Mit freundlicher Unterstützung
der Kulturabteilung Wien - MA 7

Bibliografische Information der Deutschen Bibliothek

Die Deutsche Bibliothek verzeichnet diese Publikation in der Deutschen Nationalbibliografie; detaillierte bibliografische Daten sind im Internet über http://dnb.ddb.de abrufbar.

Impressum

Wolfgang Katzer: Die Sonne der Maulwürfe

1. Auflage 2018
ISBN 978-3-902838-34-6

als e-Book
ISBN 978-3-902838-37-7

Satz und Gestaltung: PROverbis e.U., Wien
Umschlag: PROverbis e.U., Wien

Druck: alket, Wien
Gesetzt aus der Adobe Garamond Pro, Titelschrift: Bulky Refuse Type von Philip Steffen
Gedruckt auf Munken print cream

Dieser Roman ist reine Fiktion in Anlehnung an tatsächlich Passiertes, die dargestellten Ereignisse und Orte sind teilweise real, teilweise erfunden. Ähnlichkeiten der handelnden Personen mit lebenden oder verstorbenen Personen sowie etwaige Namensgleichheiten sind nicht intendiert und rein zufällig.

Der Bibeltext ist eine dem Matthäusevangelium nachempfundene Neuschöpfung des Autors.

Wolfgang Katzer

Die Sonne der Maulwürfe

Eine Buchüberschreibung in 28 Tableaus

PROverbis

Erstes Tableau

Stammtafel Jesu Christi, des Sohnes Davids, des Sohnes Abrahams. Abraham war der Vater Isaaks, Isaak der Vater Jakobs, Jakob der Vater Judas und seiner Brüder. Juda war der Vater des Phares und des Zara, der Söhne Thamars. Pharez war der Vater Hezrom, Hezroms der Vater Rams. Ram war der Vater Aminadabs, Aminadab Vater Nahassons, Nahasson Vater Salmas.

Gemeindebau. Nach dem Krieg gebaut. Neben der Eingangstür eine Tafel mit dem Namen des Bürgermeisters von Wien. Interessierte keinen Menschen. Wohnung erster Stock. Man konnte mit der Hand die Decke erreichen. Jeder hatte ein eigenes Zimmer: Pius Lang, Josef Gettinger, Reinfried Seewald. Betreutes Wohnen, einmal die Woche kam der Sozialhelfer: Werner Gertl. Machte den Job schon zwanzig Jahre.

Salma war der Vater des Boas, dessen Mutter Rahab war. Boas der Vater Obeds, dessen Mutter Ruth. Obed war der Vater Jesses, dieser der Vater des Königs David.

Seewald, Lang und Gettinger mussten die Küche gemeinsam betreuen. Hatten einen Turnus fürs Abendessen festgelegt, mittags hatte jeder für sich selbst zu sorgen. Seewald konnte nur einfache Gerichte zubereiten. Hatte es erst mühsam lernen müssen. Gettinger spülte einmal öfter, weil er nicht kochen konnte, aß aber am meisten. Mittwoch bis Freitag wusch Lang das Geschirr und Seewald kochte. Dann begann das Ganze wieder von vorn.

David war der Vater Salomos, seine Mutter die Frau Urias'. Salomo war der Vater Roboams, Roboam Vater Abias, Abia Vater des Assa. Assa der Vater Josaphats, Josaphat der Vater Jorams, Joram der Vater Osias.

Die drei Männer waren nicht gemeinsam eingezogen. Seewald wohnte am längsten hier. Über ein Jahr. War nicht üblich. Weigerte sich, in eine eigene Wohnung zu ziehen. Bin noch nicht so weit! Bekam immer seine Asthmaanfälle, wenn Werner davon sprach. Bis vor kurzer Zeit hatte noch Friedl mit ihnen gewohnt, jähzornig, hatte

Tassen an die Wände geworfen, den Tisch mit dem Ellbogen abgeräumt. Mehrmals hatte Werner seinetwegen außertourlich kommen müssen. Jetzt stand sein Zimmer leer.

Ozia war der Vater Jothams, Jotham der des Achas', Achas der Vater Ezechias, Ezechia Vater Manasses, Manasse Vater Amons, Amon wiederum jener Josias, Josia zeugte Jechonia und dessen Brüder zur Zeit des Wegs nach Babylon.

Das Vorzimmer war eng, kaum Platz für Garderobe und Schuhe. Die Tür zur Toilette und die Eingangstür waren einander im Weg. Der kleine Balkon, von der Küche zugänglich, hing nicht weit über den Köpfen der Passanten, die den ganzen Tag über in regelmäßig wiederkehrenden Wellen der Straßenbahn zuströmten, die vor dem nächsten Häuserblock hielt. Gettinger verbrachte Stunden damit, sie zu beobachten. Das Balkongeländer war angerostet. Es fand sich niemand, der es streichen wollte. Unten die Pensionisten mit den fetten Hunden, als hätten sie nichts zu tun, als sich an der Leine von Laternenpfahl zu Laternenpfahl ziehen zu lassen, die grauen Waggons der Tram, sind nur vom Gehsteig aus gesehen haupstächlich rot, weil man die Dächer nicht sehen kann, die Kolonnen der Autos zu beiden Seiten der Ampel, Stoßstange an Stoßstange. Im Sommer brannte die Sonne auf den Balkon.

Gettinger hatte einen Sonnenschirm erstanden, Aktion beim Supermarkt zwei Häuser weiter. Der aufgespannte Schirm war einmal sonntags, als gerade alle drei Männer um den Küchentisch saßen, mit einer Windbö auf die Straße hinuntergesegelt. Der Schirm ist weg! Drängerei in der Balkontür. Gettinger war umgekehrt, das Stiegenhaus hinuntergerannt, kurze Hosen, Sandalen, war dem Schirm die ganze Hausbreite nachgelaufen. Große Aufregung am Gehsteig: Sind Sie verrückt? Der kann doch jemanden erschlagen! Wortlos hatte Gettinger den Schirm gepackt, die Leute mit gesenktem Kopf von unten angestarrt, völlig außer Atem, rückwärts zur Haustür geschlichen. Wurde immer wegen seiner hundertzehn Kilo aufgezogen. Aber auf der Psychiatrie waren noch viel dickere! Ich schwöre es!

Sein Zimmernachbar hatte über hundertfünfzig Kilo auf die Waage gebracht. Downsyndrom, benahm sich wie ein Kind, hatte einmal Gettingers Kugelschreiber gestohlen und ihn zerbrochen, als er ihn zurückgeben sollte.

Lasst mich allein rennen! Gettinger hatte den verbeulten Schirm durch die Küche wieder auf den Balkon geschoben. Lang hatte heiser gelacht, Seewald nicht reagiert. Lang war immer heiser. Hatte sich vor über zwanzig Jahren einer Kehlkopfoperation unterziehen müssen, wäre sonst bös ausgegangen, hatte der Primar gemeint. So war nur die Stimme draufgegangen.

Nach der babylonischen Gefangenschaft zeugte Jechonia Sealthiel, dieser wiederum den Zorobabel, den Vater Abiuds, Abiud war Vater des Eliachim, Eliachim der Vater Asors.

An der Innenseite der Tür zur Toilette klebte ein Poster von Eric Clapton. Gettinger spielte jeden Abend mehr schlecht als recht auf seiner alten Elektrogitarre zu Claptons Platten, über Kopfhörer ins Gehirn gepumpt, mit Zimmerverstärker und Plattenspieler verkabelt wie in einem überdimensionierten Spinnenetz. Über Claptons Kopf Jimy Hendrix, die Gitarre in der falschen Hand, sang dort den Spülkasten an. War Linkshänder, hatte Gettinger dem Seewald erklärt. Da kannte wieder er sich besser aus. „Hey Joe!" Daneben Janis Joplins ausgebleichtes Gesicht über der Inschrift: Love and peace.

Reinfried Seewald besaß eine ganze Mappe mit alten Fotos von Woodstock und danach. Hatte als Jugendlicher kaum etwas davon mitbekommen. Sein Vater war Eigentümer mehrerer Schottergruben am Stadtrand von Wien, und Reinfried musste schon als Kind im Betrieb helfen, war in der Schule sehr schlecht. Zweimal durchgefallen, saß wie ein Kuckucksei in der letzten Reihe, weil sonst niemand über ihn drübersah. Sein Vater prügelte ihn wegen jeder Kleinigkeit, oft vor der ganzen Belegschaft. Keiner sagte etwas, Arbeitsstellen waren kostbar. Dietmar, einer der Arbeiter, besaß einen Kassettenrekorder, hatte damals noch kaum jemand, unvorstellbar klein. Heimlich hörten sie Hendrix. Fiel unter Schundmusik. Im Schatten der Lastwagenzüge hinter der Bürobaracke. Dietmar wusste alles über Crosby, Stills, Nash & Young, Santana und Joe Cocker. Reinfried nichts. Fünfhunderttausend Menschen sollen zum Konzert gekommen sein! Einmal musste Reinfried nach einer Ohrfeige, die ihm sein Vater verabreicht hatte, ins Spital: Jochbeinbruch. Er war mit dem Kopf gegen das Führerhaus eines Lastwagens geprallt. Sein Vater fuhr ihn selbst ins Krankenhaus, zeigte sich sehr besorgt. Verstehe auch nicht, wie das passieren konnte! Man sprach nicht mehr über den sogenannten Unfall. Mutter hatte immer alles erduldet, sich nicht eingemischt. Auch nicht in Vaters ständige Affären, die sogar Reinfried mitbekam. Sie wirkte oft abwesend, geschrumpft, unscheinbar, eingefallene Augen. Trinkt heimlich, sagte Dietmar. Alle wüssten es. Die leeren Flaschen werfe sie nachts in den Schotterteich. Reinfried glaubte nichts davon, fand einmal eine unter Mutters Bett. Müller Thurgau, Flaschenpost aus einer fremden Welt. Mutter musste in jungen Jahren einmal schön gewesen sein. Sie schluckte an ihrem vierzigsten Geburtstag zwei Röhrchen Schlaftabletten. Reinfried entdeckte die Leiche im Bett, als sie schon kalt war. Abschiedsbrief fand sich keiner.

Die Geburt Jesu Christi: Maria, seine Mutter, war bereits mit Joseph verlobt. Hatte, noch ehe sie mit ihm zusammengezogen war, vom Heiligen Geist empfangen. Joseph, ihr Verlobter, ein rechtschaffener Mann, brachte es nicht über sich, dadurch Schande über sie zu bringen, gedachte sie heimlich zu entlassen.

Zum Begräbnis von Reinfrieds Mutter kam die gesamte Belegschaft. Für sie war die Chefin an der asiatischen Grippe gestorben. Wenn Reinfried etwas ausplauderte, könne er etwas erleben, hatte Vater gedroht. So etwas gehe niemanden etwas an, die Leute haben ja keine Ahnung, würden alles verdrehen. Verstanden? Ja, Vater. Der Himmel war dunkelblau, passte nicht zum Trauerzug. Vater hatte Reinfried einen dunklen Anzug gekauft. Die Hose hatte Hochwasser, zum Ändern reichte die Zeit nicht. Reinfried trug ihn nur dieses eine Mal. Am Grab sangen drei gemietete Sänger das „Ave Maria" von Schubert, gaben sich erschüttert, bevor sie zur nächsten Leiche wechselten. Vater verzog keine Mine, stand mit eisernem Gesicht vor der Grube, ging, ohne sich kondolieren zu lassen.

Als Joseph überlegte, erschien ihm im Traum ein Engel des Herrn: Joseph, Sohn Davids, fürchte dich nicht, Maria zu dir zu nehmen, das Kind, das sie erwartet, stammt von dem Heiligen Geist. Sie wird einen Sohn zur Welt bringen, und du sollst ihn Jesus nennen, und er wird sein Volk von seinen Sünden erretten.

Reinfried brach die Schule ab, konnte nur stockend lesen, im letzten Zeugnis hatte er fünf Nicht genügend. Schaufelte Schotter mit den anderen Arbeitern. Hat mir auch nichts geschadet, sagte Vater. Wenn die anderen Dienstschluss hatten, musste Reinfried weiterarbeiten. Erst als sein Asthma zu stark wurde, bestand der Arzt darauf, dass er ins Büro übersiedelte. Reinfried erledigte Rennereien, bis er alt genug war, den Führerschein zu machen. Nachts hatte er oft das Gefühl, zu ersticken, hustete weißlichen Schleim, traute sich nicht, Vater davon zu erzählen. Vater heiratete ein zweites Mal, kein Jahr nach Mutters Tod: Elfriede, eine seiner beiden Sekretärinnen, blondiert, Busen wie Orangen. War nicht viel älter als Reinfried, nur zwei Kopf kleiner. Die Hochzeitstafel war in der Garage für die Lkw gedeckt worden. Blasmusik und Tanz über schwarzen Ölflecken am Boden, Pin-ups an den Wänden. Die Hälfte der Arbeiter war nach Mitternacht völlig betrunken. Um zwei Uhr früh gab es eine Schlägerei, aber das Brautpaar war bereits im Bett.

Elfriede ließ das ganze Haus umbauen, überredete Reinfried, sich auswärts ein Zimmer zu nehmen. Als er sie eines Tages mit einem jungen Fahrer im Führerhaus eines Lastwagens erwischte, schlug er auf sie ein, bis sie, nur mit einem T-Shirt bekleidet, bewusstlos aus dem Wagen fiel. Der Fahrer sah zu, zog sich dabei die Hose an. Kollegen schleppten Reinfried aus der Garage. Elfriede zeigte Reinfried bei der Polizei an, und der Fahrer sagte aus, er sei zufällig dazugekommen, wie Reinfried die Frau vergewaltigen wollte.

All das geschah, die Worte des Herrn durch seinen Propheten zu erfüllen: Siehe, die Jungfrau wird schwanger sein und einen Sohn gebären, dem man den Namen Emanuel geben wird: Gott ist mit uns. Joseph erwachte, tat, wie der Engel des Herrn ihm befohlen hatte, nahm Maria zu sich. Er schlief nicht mit ihr, bis sie ihren Sohn geboren hatte, und gab ihm den Namen Jesus.

Zweites Tableau

Während der Untersuchungshaft besuchte Reinfrieds Vater ihn kein einziges Mal. Reinfried wurde bei Verhören geschlagen, mit dem Sessel umgeworfen. Versuchte, sich an seinem Unterhemd, das er in Streifen gerissen hatte, aufzuhängen, aber es glückte nicht. Der Stoff zerriss, und er polterte mit dem Hinterkopf gegen die Zellentür. Die Beamten klebten ihm daraufhin mit Klebeband Arme und Beine zusammen. Zwei Tage darauf wurde er in eine geschlossene Anstalt überstellt. Ein Dreivierteljahr später besuchte ihn erstmals Dietmar. Über Reinfried werde im Betrieb kaum mehr gesprochen. Er habe durch Zufall seinen Aufenthaltsort herausgefunden. Angeblich habe Elfriede die Anklage gegen Reinfried zurückgezogen. Dietmar schenkte ihm den Kassettenrekorder, einen ganzen Packen alter Fotos aus Schundheften und ein paar Kassetten mit eiernden Popsongs, hatte einen neuen Rekorder, einen besseren. Reinfried habe einen Halbruder bekommen.

Als Jesus zu Bethlehem in Judäa geboren war, in den Tagen des Königs Herodes, siehe, da kamen Magier vom Morgenlande nach Jerusalem: Wo ist der neugeborene König der Juden?, fragten sie. Sein Stern leuchtete im Osten. Gekommen sind wir, ihm zu huldigen.

Reinfried Seewalds Asthmaanfälle waren so stark geworden, dass er kaum noch schlafen konnte. War am Morgen erschöpft wie nach stundenlangem Schotterschaufeln. Inhalator, Spuckkübel. Hatte über zehn Kilo abgenommen, war verlegt worden: Heilanstalt, hohe, schmale Fenster, der Lack der Rahmen abgesprungen. Draußen Birken, deren Blätter an der Unterseite hell, an der Oberseite dunkel waren. Mit jedem Windstoß wechselten sie die Farbe. Im Herbst waren sie die ersten, die runterfielen. Im dritten Herbst schnitt man die Bäume um.

König Herodes hörte es, war bestürzt und ganz Jerusalem mit ihm. Versammelte alle Hohepriester und Schriftgelehrten des Volkes, erkundigte sich bei ihnen, wo dieser König geboren sein solle. Zu Bethlehem im Lande

Judäa, so steht es durch den Propheten geschrieben: Du, Bethlehem, bist keineswegs die geringste unter den Fürstenstädten Judäas. Denn aus dir wird ein Herrscher hervorgehen, der mein Volk Israel führen wird.

Als Reinfried die Anzeige vom Tod seines Vater bekam, fühlte er nur Leere. Ein Pfleger fuhr ihn zum Begräbnis. Elfriede war schwarz verschleiert, neben ihr ein kleiner Bub mit den Gesichtszügen des Fahrers, der gegen Reinfried ausgesagt hatte: hohe Backenknochen, tiefschwarzes Haar. Reinfried stellte sich in die Reihe der Trauernden. Jeder schüttelte mit einer kleinen Schaufel wie zum Gemüsestechen aus der Hand eines der livrierten Leichenbegleiter Erde über den riesigen Kranz weißer Rosen auf dem Sarg. Anstatt Elfriede zu kondolieren, schlug Reinfried ihr die Schaufel ins Gesicht, dass sie rückwärts über das dahinterliegende Grab fiel.

Herodes ließ die Magier heimlich zu sich kommen, fragte sie nach dem genauen Zeitpunkt des Erscheinens des Sternes. Sandte sie nach Bethlehem: Geht, sucht nach dem Kind. Habt ihr es gefunden, berichtet mir, dass auch ich komme und ihm huldige.

Elfriedes Verwandte stürzten sich auf Reinfried, prügelten ihn zu Boden. Sein Pfleger hatte alle Mühe, ihn freizubekommen, zerrte ihn im Laufschritt durch die Gräberreihen hinter sich her, durch das Friedhofstor, gefolgt von schreienden Männern in schwarzen Anzügen, nachdem sie Efriede aufgeholfen hatten. Der gehört ja aufgehängt! Rundherum blieben die Leute stehen, starrten sie an. Mitzi, schau! So etwas sah man nicht alle Tage. Papa, was hat der Mann angestellt? Der Pfleger stieß Reinfried, der immer noch die Schaufel in der Hand hielt, in den Fond des Autos, schlug die Tür zu. Sie schoben rückwärts aus der Reihe der parkenden Autos. Einer der Männer versuchte, die Tür neben Reinfried aufzureißen, aber der Pfleger hatte die Zentralverriegelung betätigt. Sie rannten dem Auto noch ein paar Schritte nach, verschwanden dann aus dem Rückspiegel.

Ein paar Ampeln weiter rammte sich Reinfried die spitze Schaufel in den Bauch, stellte sich dabei vor, Elfriede zu vergewaltigen, ihr das Höschen vom Leib zu reißen, sie verkehrt aufs Bett zu werfen, von hinten in sie einzudringen, sie bewusstlos zu vögeln. Er sackte mit dem Kopf auf die Schulter des vor ihm sitzenden Pflegers, sah Elfriedes nackten Hintern vor sich, wie damals im Führerstand des Lastwagens, die gespreizten Beine über dem speckigen Leder der Sitze. Sie hatte schwarzes Schamhaar, im Gegensatz zu ihrer blonden Mähne. Es war das einzige Mal gewesen, dass Reinfried Seewald eine nackte Frau aus der Nähe gesehen hatte. Wachte in einem Krankenzimmer auf, kotzte das Bett voll. Wieder vergitterte Fenster. Nach drei Wochen wurde er abermals verlegt. Sein Pflichtteil der Erbschaft wäre auf ein Treuhandkonto überwiesen worden, teilte man ihm eines Tages mit. Die Firma sei an Elfriede gegangen.

Die Magier hörten den König, brachen auf. Und siehe, der Stern aus dem Osten zog vor ihnen her, blieb über dem Ort stehen, an dem sie das Kind finden sollten, und es erfüllte sie mit großer Freude. Als sie das Haus betraten, sahen sie Jesus, Maria, seine Mutter, fielen nieder und huldigten ihm. Öffneten ihre Schatztruhen und brachten ihm Geschenke dar: Gold, Weihrauch und Myrrhe. Empfingen im Traum eine göttliche Weisung, nicht wieder zu Herodes zurückzukehren, zogen auf einem anderen Weg zurück.

Reinfried Seewald sollte seinen Vater malen. Er malte ihn groß und ohne Gesicht. Seine Gestalt füllte das Blatt aus. Kein Platz für jemanden anderen. „Vorlesung vom 5. 7." stand auf der Rückseite des Schmierblatts, Demenz durch chronische Vergiftungen, Stoffwechselstörungen und Ernährungsmängel. Als Seewald dann mit der Therapeutin über das Bild reden sollte, wusste er nichts zu sagen. Frau Dr. Seidl trug einen anliegenden Hosenanzug, hatte lange Beine. Angeblich hatte sie einmal einer ihrer Klienten, wie die Patienten hier genannt wurden, gefragt, ob sie einen Freund habe. Erzählte beim Mittagessen davon. Ehering trug sie keinen. Und? Sie ist nicht darauf eingegangen. Unterdrücktes Gelächter am Tisch. Hätte ich dir vorher sagen können! Es gab Specklinsen.

Seewalds Asthma wurde nicht besser. Nachts litt er unter der Angst, zu ersticken, saß stundenlang aufrecht im Bett, hustete in die Decke, wollte nicht Licht machen, außer ihm schliefen noch zwei andere im Zimmer, sein rechter Nachbar jammerte ständig. Seewald musste mehrmals täglich den sogenannten Peak-Flow-Wert feststellen: kurz in ein Gerät blasen, dann auf einer Skala den Ausschlag eines Zeigers ablesen. Blies er zu stark, konnte das Asthmaattacken auslösen. Für einige Zeit wurde er in eine Spezialklinik überstellt, bekam Cortison, Beta-2-Sympathomimetikum, zwei Hübe fünfmal täglich. Lag allein in einem schmalen Zimmer mit einer Videokamera an der Decke über dem Bett. Big Brother is watching you. Versuchte, nicht ständig in die Linse zu starren. Nahm wieder zu, wirkte aber aufgeschwemmt und ungesund. Fühlte sich auch so. Nach sechs Wochen kam er wieder zurück. Sein rechter Zimmerkollege war entlassen worden. Erzählte man ihm zumindest. Sein Gejammere fehlte fast, seine Decke war halb zurückgeschlagen und auf beiden Seiten unter die Matratze gespannt. Seewald saß lange auf seinem Bett, schaute auf das leere hinüber.

Die Magier waren gegangen, als Joseph im Traum ein Engel des Herrn erschien: Steh auf, nimm das Kind und seine Mutter zu dir. Fliehe nach Ägypten, bleib, bis ich es dir sage. Herodes wird das Kind suchen, um es zu töten. Joseph stand noch in der selben Nacht auf, nahm das Kind und dessen Mutter und zog nach Ägypten. Dort blieb er bis zum Tode Herodes', damit erfüllt würde, was der Herr durch den Propheten gesagt hatte: Aus Ägypten habe ich meinen Sohn gerufen.

Der nächste Winter war schneereich, doch die Kälte trocken. Seewald fühlte sich besser, ging öfter im Park der Anstalt spazieren, zog seine Runden durch den Schnee, versuchte, immer in die Abdrücke seiner Schuhe zu steigen. Kannte bereits jeden Ast über seinem Kopf, jeden Sprung im Verputz der Wände des alten Hauses, jeden Zentimeter der mannshohen Mauer um den Park. Es gab Fernsehen und eine Bibliothek im Haus, aber Seewald interessierte sich für nichts, sah sich höchstens ab und zu einen Film an, und mit dem Lesen hatte er sich ja immer schon schwer getan. Die Therapeutin wurde abberufen, an ihre Stelle trat ein Mann: Vinzenz. Vollbart und dicke Brille.

Konnte nicht älter als dreißig sein, wirkte durch den Bart älter. Er arbeitete mit den Klienten einzeln, ließ sie zu vorgegebenen Themen im Kopf Bilder entwerfen und darüber sprechen. Seewald sagte über das Bild „Winter“: Überall liegt Schnee. Dann fiel ihm nichts mehr dazu ein. Sehen Sie Tritte im Schnee? Nein. Wie sieht der Horizont aus? Mauer. Wo sind Sie selbst? Unter dem Schnee, sagte Seewald.

Herodes tobte, als er merkte, dass er von den Magiern hintergangen worden war. Ließ alle Knaben bis zum Alter von zwei Jahren in Bethlehem und Umgebung töten, entsprechend dem Bericht der Magier. So wurde erfüllt, was durch den Propheten Jeremias geweissagt worden war: Eine Stimme erschallt in Rama, Weinen und Wehklagen. Rachel beweint ihre Kinder, will sich nicht trösten lassen, keines ist mehr am Leben.

Als Seewald vorgeschlagen wurde, in eine sogenannte betreute Wohngemeinschaft zu übersiedeln, wurde sein Asthma wieder stärker. Abermals Beta-2-Sympathomimetikum, fünfmal zwei Hübe, Cortison bekam er diesmal nicht. Er hatte Angst, gab aber vor, zu krank zu sein, war auch zu krank. Vinzenz stellte ihm die Aufgabe, sich eine Familie vorzustellen. Die Mutter war ganz klein, wie ein Kind, Vater ließ sich nicht berühren, wich jedesmal zurück, sagte Seewald. Sprach auch nichts. Und das Kind? Ist brav. Arbeitet im Haus. Was arbeitet es? Alles, sagte Seewald. Was bekommt es dafür? Vater wird vielleicht mit ihm sprechen. Hat er schon mit ihm gesprochen? Nein.

Eines Tages stellte sich Werner vor: Er betreute Wohngemeinschaften, war sympathisch, Bauchansatz, rundes Gesicht, lachte gern. Wollte mit Seewald eine dieser Wohnungen lediglich besuchen, sagte er. Fuhr ein altes Auto mit völlig durchgewetzten Sitzüberzügen. Die drei Männer in der Wohngemeinschaft wirkten wie aufgestörte Nachttiere im Kegel einer Taschenlampe. Beäugten Seewald, als würde er ihnen zum Essen serviert. Du darfst das nicht persönlich nehmen, lachte Werner während der Rückfahrt. Die haben Angst, einen Verrückten reingesetzt zu bekommen. Das verstehst du doch? Seewald verstand.

Herodes war gestorben, da erschien Joseph in Ägypten ein Engel des Herrn im Traum: Steh auf, nimm das Kind und seine Mutter und zieh heim nach Israel. Die nach dem Leben deines Kindes trachteten, sind nicht mehr. Und er stand auf, nahm das Kind und dessen Mutter, kehrte nach Israel zurück.

Zwei Wochen später übersiedelte Seewald. Als Gepäck hatte er nur eine einzige Tasche, und die war halb leer. Er bekam das Zimmer angrenzend an die Küche. Kannst du kochen? Nein. Schon wieder einer! Augenverdrehen. Aber Seewald lernte: Ham and eggs, Suppen aus dem Packerl, Toasts, später sogar Kartoffeln und Gemüsesuppen, als sich die Beschwerden über die einseitige Kost gemehrt hatten. Geld für den Einkauf legte jeder der Bewohner in eine gemeinsame Handkassa in der Küchenkredenz. Seewald bekam einen Job in einer Autowerkstätte. Mädchen für alles, Montag bis Freitag von sieben bis vierzehn Uhr. Fuhr mit der Straßenbahn fünf Stationen, war jeden Abend zu Hause. Otto war ihm am sympathischsten. Der erzählte alles, war nicht so misstrauisch wie die anderen beiden. Dafür hörte er nicht auf zu reden. Im Laufe der Zeit wurden alle ausgetauscht. Zuletzt ging Friedl. Der hatte Seewald einmal angebrannte Spiegeleier ins Gesicht geworfen. Otto bezog eine eigene Wohnung. Franz ebenfalls. Friedl kam ins Heim zurück.

Als Joseph aber hörte, dass Archelaus an der Stelle seines Vaters Herodes über Judäa herrsche, zögerte er, dorthin zu gehen. Empfing im Traum eine göttliche Weisung, zog danach in die Gegend von Galiläa, ließ sich in Nazareth nieder. Damit wurden die Worte des Propheten erfüllt: Er wird Nazarener genannt werden.

Drittes Tableau

Pius Lang war der Älteste der Gruppe. Drahtiger Typ, an den Oberarmen tätowiert. Sprach breiten Dialekt. An den heiseren Klang seiner Stimme hatte man sich gewöhnt, gehörte zu ihm wie die ausgebeulten Jeans, die furchterregenden Totenköpfe und die ordinären Sprüche auf den T-Shirts, die er trug, angeblich ohne genau zu wissen, welches aus dem Stapel im Kasten er am Morgen angezogen hatte. Er hockte stundenlang in der Küche vor dem gemeinsamen Fernseher über der Abwasch, hatte keinerlei Interessen außer am Fernsehprogramm in der Wochenbeilage zur Tageszeitung, dessen Bilder er genau studierte, wobei niemand wusste, ob er die zugehörigen Texte auch lesen konnte. Doch er kochte ausgezeichnet, hinterließ zwar jedesmal ein heilloses Durcheinander von Töpfen und Tellern, aber man nahm es hin, Klagen änderten ohnedies nichts. Er war ein geschickter Einkäufer, hatte Gespür für günstige Angebote und Gefühl für Geld. Hatte einmal einige Scheine aus der gemeinsamen Kassa mitgehen lassen, um sich Pornohefte zu kaufen, die er unter der Matratze seines Betts versteckte, wurde durch einen beginnenden Zimmerbrand, den er mit der letzten Zigarette vor dem Einschlafen verursacht hatte, aber durch Abtöten und Draufpinkeln gerade noch löschen konnte, überführt. Dann war klar, wohin das Geld geflossen war. Teure Hochglanzhefte: „Monstertitten“. Busen wie Medizinbälle. Bereute den Diebstahl anscheinend nicht, wohl aber, sein Geheimnis verraten zu haben.

In jenen Tagen predigte Johannes der Täufer in der Wüste von Judäa: Tut Buße, denn das Reich der Himmel ist nahe! Hatte doch Jesaja von ihm geweissagt: Hört die Stimme des Rufers in der Wüste: Bereitet den Weg des Herrn! Ebnet seine Wege! Johannes, Kleider von Kamelhaaren, lederner Gürtel um die Hüfte, ernährte sich von Heuschrecken und wildem Honig. Und Menschen aus ganz Jerusalem kamen zu ihm, aus Judäa und der Gegend um den Jordan, sie bekannten ihre Sünden, und er taufte sie im Jordan.

Lang war seinerzeit im Spital getauft worden. Von den geistlichen Schwestern: Pius, der Fromme. Im Namen des Vaters und des Sohnes und des Heiligen Geistes. Der Pfarrer hatte die Taufe an seinen Rundgang drangehängt. Das Kind sollte es einmal besser haben als seine Mutter, die ihn nicht sehen wollte. Sie arbeitete als Prostituierte in den Außenbezirken, tablettenabhängig, hatte erst von den Schwestern gewaschen werden müssen, als man sie in die Gynäkologie einlieferte. Vater des Kindes unbekannt. Irgend so ein Arsch, laut Mutter. Pius wurde zur Adoption freigegeben und kam zu einer Familie mit bereits drei Kindern, sechzig Kilometer westlich von Wien. Vater Sozialhelfer, Mutter Lehrerin. Wuchs gemeinsam mit den anderen Kindern auf, im Dachboden des kleinen Häuschens waren zwei Kinderzimmer ausgebaut worden, die Eltern schliefen wie ein doppelter Cerberus im Erdgeschoß. Ein Mädchen kam noch nach. Pius entwickelte sich gut, war bald der stärkste von allen, schaffte es aber selbst nach stundenlangem Üben nicht, ein Weihnachtsgedicht von fünf Zeilen auswendigzulernen. Dafür handelte er mit älteren Jugendlichen aus der Umgebung bereits mit sechs Jahren mit Zigaretten und Schnaps, Grappa aus Südtirol, den er seinem Ziehvater entwendete, merkte dabei aber nicht, dass der Diebstahl auffliegen musste. Dem einberufenen Familienrat versprach er Besserung und änderte seine Bezugsquelle für Schnaps: Ließ beim Einkaufen so lange Flaschen mitgehen, bis er entdeckt wurde und Hausverbot erhielt. Er besuchte eine Sonderschule, Montag bis Freitag ganztägig mit Übernachtung, die erste Klasse dreimal hintereinander, nur im Sport war er der beste. Rannte die fünfhundert Meter schneller als der Schuh Karl, und der war einen Kopf größer als Pius, konnte aber nicht wie Pius die starken Zigaretten rauchen, ohne kotzen zu müssen. Mit fünfzehn knackte Pius sein erstes Auto.

Als er aber viele der Pharisäer und Sadduzäer zur Taufe kommen sah, schrie ihnen Johannes entgegen: Schlangenbrut! Glaubt ihr, dem Zorngericht zu entgehen? Tut lieber, was einer Bekehrung würdig ist. Nicht, dass ihr Abraham zum Vater habt, ist es. Ich sage euch, Gott vermag

Abraham aus diesen Steinen hier Kinder zu erwecken! Schon ist die Axt an die Wurzel der Bäume gelegt. Jeder Baum, der nicht gute Frucht bringt, wird umgehauen und ins Feuer geworfen.

Pius streifte mit dem gestohlenen Mercedes eine Hauswand und wurde von der Gendarmerie gestellt. Sein Ziehvater kam für den Schaden auf.

Ich taufe euch zur Buße nur mit Wasser. Der nach mir kommt, ist aber stärker als ich, der ich nicht würdig bin, ihm auch nur die Sandalen nachzutragen.

Das Verfahren wurde wegen Pius' jugendlichen Alters und seiner Unbescholtenheit niedergeschlagen. So etwas wie der, meinte der Besitzer des Autos, ein Nachbar, gehört doch weg! Kopfnicken um den Wirtshaustisch, die Luft zum Schneiden, es roch nach verbranntem Öl aus der Küche.

Er wird euch mit dem Geist und mit Feuer taufen! Die Wurfschaufel hält er bereits in seiner Hand, um seine Tenne zu reinigen, den Weizen in der Scheune zu sammeln, die Spreu aber im unauslöschlichem Feuer zu verbrennen.

Pius' vier Halbgeschwister mochten ihn, er war einer von ihnen. Als die Eltern mit ihm zum Psychologen in die Stadt fuhren, wollten sie die erschreckenden Ergebnisse einiger einschlägiger Tests nicht wahrhaben, wurden bei dieser Gelegenheit darauf aufmerksam gemacht, dass die jüngste Tochter, damals Volksschulkind, zunehmend gefährdet wäre: Gerade geistig zurückgebliebene Halbwüchsige wären oft körperlich voraus, und niemand könne voraussagen, verstehen Sie? Man verstand bekümmert. Still fuhr man nach Hause, lag stumm im Bett, starrte an die Decke, horchte angestrengt in die Finsternis, ob Pius nicht schon ins andere Zimmer schlich. Der Keim war gesät, die polternde Fröhlichkeit, mit welcher der Alltag sonst einhergegangen war, ständigem Belauern gewichen. Als sechstes Kind war die Angst geboren worden.

Damals kam Jesus aus Galiläa zu Johannes an den Jordan, um sich von ihm taufen zu lassen. Der aber wehrte ihm und sprach: Sollte nicht ich von dir getauft werden, und doch kommst du zu mir? Jesus antwortete: Lass es geschehen, Gerechtigkeit zu erfüllen, und Johannes ließ es geschehen.

Pius kam in ein Heim, hatte starkes Heimweh. Einmal im Monat durfte er ein Wochenende nach Hause, saß dann wie unter Drogen an seinem alten Platz am Küchentisch, stierte auf die Uhr an der Wand, als könnte er sie dadurch anhalten. Um sechs ging der Bus zurück. Seine Ziehmutter heulte nachts in die Decke, aber es gab keine andere Lösung. Er begann eine Tischlerlehre, kam jedoch nicht weiter, wurde schließlich bei Waldarbeiten eingesetzt, wo er sich recht bewährte, Stämme, die andere zu dritt schleppten, allein schaffte, schließlich sogar samstagabends bis elf sein selbstverdientes Geld in der Disko ausgeben durfte. Dort vergewaltigte er ein Jahr später auf der Toilette ein siebzehnjähriges Mädchen, hielt ihr dabei so lange den Mund zu, bis sie bewusstlos war. Er kam in die Jugendstrafanstalt, verbrachte die nächsten Jahre in der Anstaltswäscherei, kam auf Bewährung raus, schlug sich als Hilfsarbeiter durch, bis er eines Tages nicht mehr sprechen konnte. Er wurde am Kehlkopf operiert, lag wochenlang im Spital, seine Stimme glich ab da dem Bellen eines Seehunds. Die Logopädin suchte er nur zweimal auf, dann war ihm die Therapie zu umständlich. Rauchen sollte er auch nicht mehr, aber unter einem Päckchen am Tag ging es nicht. Er nahm wieder Arbeit an, reinigte jahrelang Kanalrohre, schleppte Bretter für ein Sägewerk.

Erst starb seine Ziehmutter, kurz darauf Vater. Passiert oft, wenn einer der beiden stirbt, erzählte man ihm. Zu seinen Geschwistern hatte er schon längere Zeit kaum Kontakt. Begann zu trinken, wie alle tranken. Wer nicht mittat, war daneben. Jeden Freitag war Zahltag. Du kommst doch mit? Nach Mitternacht war der halbe Lohn schon versoffen. Im Nebenzimmer spielte man Stoß, da ging der Rest drauf. Mit gepumptem Geld ging's weiter. Zweimal wurde er zusammengeschlagen, weil er die Schulden nicht bezahlen konnte. Als er im Gasthaus Lokalverbot bekam, stahl er Schnaps aus dem

Supermarkt und soff sich so gut wie jeden Abend im Sägewerk nieder. Zündete dabei eines Nachts mit einer weggeworfenen Zigarette die Halle B an. Dass er selbst entkam, grenzte an ein Wunder. Sogar das Fernsehen brachte einen Beitrag: Als Brandursache wird Brandstiftung nicht ausgeschlossen. Die Flammen loderten sieben Meter hoch, sagte der Sprecher.

Lang tobte bei seiner Einweisung ins Gefängnis, trat wie verrückt um sich. Was hatte er noch zu verlieren? Mich bringt Ihr da nicht mehr hinein! Sie brachten. Zu viert schleppten sie ihn durch die automatischen Tore. Lang kotzte nächtelang, Schüttelfrost. Rannte mit der Stirn gegen die Wand, sodass man ihn auf Entzug in eine geschlossene Anstalt überstellte, die er jahrelang nicht verließ, bis man ihn endlich in der betreuten Wohngemeinschaft unterbrachte. Werner Gertl hielt ihn für fähig, sich einzuordnen, verschaffte ihm einen Job als Hilfsarbeiter in einer Lagerhalle. Garantie wollte niemand übernehmen, aber der Anstaltsplatz war auf die Dauer zu teuer geworden. Und so ging Lang nach all den Jahren erstmals wieder allein über eine Straße und fühlte sich wie ein Firmling.

Jesus war getauft, stieg aus dem Wasser, und siehe, der Himmel tat sich auf, und er sah den Geist Gottes wie eine Taube niederfahren und über ihn kommen. Und eine Stimme sprach: Dies ist mein geliebter Sohn, an dem ich Wohlgefallen gefunden.

Viertes Tableau

Der übergewichtige Josef Gettinger hatte fast ein Jahr lang stets Vaters altes Gewehr zu Hause griffbereit geladen stehen, um sich umzubringen. Der Augenblick war nie gekommen, an dem es so weit war, sollte nie kommen, wusste es selbst nicht, hatte es gestreichelt, schlafender Henker, gefürchteter Freund, Liebesbeziehung. Hatte außer seiner Mutter auch allen anderen davon erzählt, die es nicht wissen wollten. Zu Mittag im Gasthaus. Blödsinn! Ernst nahm ihn eigentlich niemand. Einzimmerwohnung im Erdgeschoß, hofseitig, einen Meter hinter den Scheiben standen die Coloniakübel. War jahrelang für ein großes Taxiunternehmen gefahren, meistens nachts, und konnte dann nach seiner Kündigung auch weiterhin nachts nicht schlafen. Ich hab solche Schmerzen! Aber niemand hatte erfahren, wo. Er hatte zwei Autounfälle gehabt, beim ersten nur die Fahrzeugtür eingedrückt, beim zweiten der ganze Motorraum. Totalschaden, Rahmen verzogen. Gettinger war unverletzt geblieben, trug aber Schuld am Unfall, Kündigungsgrund. Beim Aufprall war ihm die junge Dame vom Rücksitz von hinten um den Hals gefallen. Hatte im Schock schreiend auf ihn eingeschlagen, war dann hinkend geflüchtet, als würde wie im Fernsehen das Taxi jeden Augenblick explodieren.

Und der Geist führte Jesus in die Wüste hinaus, ihn zu versuchen. Vierzig Tage und vierzig Nächte fastete Jesus, und es hungerte ihn. Da trat der Versucher zu ihm hin: Wenn du Gottes Sohn bist, mach, dass diese Steine Brot werden. Und Jesus sprach: Es steht geschrieben, nicht vom Brot allein soll der Mensch leben, sondern von jedem Wort aus dem Mund Gottes.

Gettinger hatte damals kein Telefon, hatte es bereits abgemeldet, nachdem er sich mit seiner Mutter endgültig zerstritten hatte. Hatte bei dieser Gelegenheit das Türschloss austauschen lassen, zusätzliche Riegel für die Innentür gekauft, abends im Dunkeln gegessen, was er bei McDonald's besorgt hatte oder im Schnellimbiss in der Unterführung. Der kleine Kühlschrank in der Kochnische war gefüllt mit Wurst, Käse und Toastbrot, Bierdosen und Mineralwasserflaschen, den Gasherd daneben hatte er selbst noch nie benutzt. Für seine Taxlerkollegen war er der „Fatty“ gewesen. Schlank war keiner von ihnen gewesen, aber so dick? Saßen ja alle den ganzen Tag nur herum, wie sollte man da? Außerdem haben Männer ab einem bestimmten Alter eben Bäuche. Die einzige Frau im Team war auch nicht gerade schlank gewesen.

Angeblich schenken Mütter ihren Kindern das Leben, pflegte Gettinger zu sagen. Meine Mutter mir nicht. Sie hat es mir sicher aufgedrängt! Hatte seinerzeit sogar sein Zimmer eingerichtet, das Muster der Tapete bestimmt. Den Beistelltisch von Tante Anni bekommst du noch! Er wollte ihn nicht, bekam ihn trotzdem, hatte ihn mit seinem Taxi aus Simmering hereingefahren, während sie für ihn kochte. Aber ich möchte heute nichts mehr essen. Jetzt habe ich extra für dich gekocht, und dann isst du nichts! Also aß er. Du solltest mehr auf deine Figur schauen, sagte Mutter während des Essens. Betreibst du denn gar keinen Sport? Wann denn?, meinte Gettinger. Wie dein Vater, sagte sie. Hat auch nie etwas für seine Figur getan. Ihr hättet gut zusammengepasst. Wenn du mich fragst, ist er an Herzverfettung gestorben. Sie zog die Augenbrauen hoch, nickte hektisch. Könnte heute noch leben. Träne zerdrückt. Hast du ein Taschentuch? Gettinger schüttelte wortlos den Kopf, mit vollem Mund spricht man nicht. Kannte die Geschichte schon. Wiederholte sich mit Variationen.

Gettinger las Böll und Handke, war sicher der einzige unter seinen Taxlerkollegen, liebte Popmusik, die seiner Mutter zu laut war. Für sie gab es nur Mozart und Beethoven. Gettinger hatte sich eine alte Elektrogitarre gekauft, spielte auch nach stundenlangem Üben noch miserabel zu Clapton-Platten. Kleiner Verstärker aus dem Secondhandshop, krachte, wenn er das Kabel bewegte. Mutter war entsetzt. Du wirst noch aus der Wohnung fliegen! Aber ich spiel doch nicht laut! Kind, Kind! Als hätte er ihr eröffnet, Exhibitionist zu sein. Als sie gegangen war, stellte er fest, dass das Kabel fehlte. Durchwühlte eine Viertelstunde vergeblich das Zimmer. Damals gab es den ersten lauten Streit über Telefon. Danach warf er den Apparat an die Wand, stellte sich vor, Mutter stünde dort, aß dann alles, was er im Kühlschrank fand.

Der Teufel nahm Jesus mit sich in die heilige Stadt, führte ihn auf die höchste Zinne des Tempels: Wenn du Gottes Sohn bist, wirf dich hinab, denn es steht geschrieben, er wird seinen Engeln deinetwegen befehlen, und sie werden dich auf Händen tragen, damit dein Fuß an keinen Stein stößt. Jesus sprach zu ihm: Wiederum steht geschrieben, du sollst den Herrn, deinen Gott, nicht versuchen.

Die Entdeckung des Widerstands. Nur zu spät. Gettinger lag mit einem Fahrgast im Bett, war von ihm direkt angesprochen worden, ungefähr dreißig, Haare auf der Brust, als Mutter das Zimmer betrat. Hatte damals noch die Schlüssel zur Wohnung. Einkaufskorb und Josefs Anzug aus der Reinigung. Sekundenlang blieb sie im Türrahmen stehen, warf dann den Korb durch den Raum, den Anzug auf den Boden, knallte die Tür hinter sich zu.

Misch dich nicht ständig in mein Leben!, schrie er ins Telefon. Welches Leben? Sie lachte auf. Mit diesem Drecksstück von Mannsbild im Bett? Vater hätte dich erschlagen! Hätte er doch nur!, schrie Gettinger zurück. Vater war gestorben, als Josef zwei Jahre alt war.

Sein Geliebter ließ sich nicht mehr blicken. Dafür brachte Mutter die Cousine ihrer Feundin mit: Das ist Winnie! Mutter kochte Eiernockerln, Winnie aß nur den Salat, wegen der Linie. Mein Gott, wenn du nur Josef etwas davon abgeben könntest. Gettinger aß Winnies Portion mit, versuchte, die junge Frau nicht anzusehen, kam sich vor wie im Tiergarten: Bärenfütterung mit Publikum. Danach gab's wieder Telefonstreit. Es war die Nacht des zweiten Unfalls. Die Firma legte ihm nahe, selbst zu kündigen. Ein Rausschmiss mache sich im Lebenslauf nicht so gut. Wir wollen Ihnen da entgegenkommen, verstehen Sie? Also ging er. Erzählte Mutter nichts, tat vor ihr so, als käme er immer vom Taxifahren, brachte das Arbeitslosengeld im Gasthaus an den Wirt, bis Mutter dahinterkam: Hatte telefonisch in seiner ehemaligen Firma nach ihm gesucht, da sie ihn sonst nicht erreichen konnte. Gettinger? Ist schon seit einem halben Jahr nicht mehr bei uns. Das muss ein Irrtum sein, hatte sie gemeint. Josef Gettinger! Jaja, hatte die Dame beharrt, hat nach seinem Unfall gekündigt. Was für ein Unfall?

Das Schreiduell in der Gaststube hatte viele Interessenten. Ist immer spannend, live dabeizusein. Gettinger überlegte, sich umzubringen, lag die ganze Nacht wach, suchte im Morgengrauen Vaters altes Gewehr aus dem Kasten, lud es, legte es auf den Tisch.

Erneut nahm der Teufel Jesus mit auf einen hohen Berg, zeigte ihm alle Reiche der Welt in ihrer Herrlichkeit: All dies will ich dir geben, fällst du nieder und betest mich an. Da sprach Jesus zu ihm: Gehe hinweg, Satan! Es steht geschrieben, du sollst den Herrn, deinen Gott, anbeten und ihm allein dienen.

Gettinger legte das erste Mal den Lauf von unten an sein Kinn. Saß steif auf dem Stuhl vor dem Waschbecken, sah sich im Spiegel: übernachtig und aufgedunsen. Lebenswertes Leben? Heiße Luft. Das Metall fühlte sich kalt an. Als er einschlief, rutschte das Gewehr zu Boden.

Der Teufel ließ von Jesus ab, und siehe, es kamen Engel herbei und dienten diesem.

Monate später erzählte Gettinger erstmals stockend einem Psychiater von seinen Problemen. Peter, sein Wirt, kannte den Arzt, hatte die Verbindung hergestellt. Ich weiß, ich nerve euch nur mit meinen Problemen, hatte Gettinger gemeint. Ehrlich, hatte Peter gesagt, so kanns doch nicht weitergehen! Zwei Achtel Rot auf vier, und einen Schweinsbraten!

Jesus wanderte am Ufer des Sees von Galiläa, traf auf zwei Brüder: Simon, genannt Petrus, und Andreas, seinen Bruder. Sie warfen Netze in den See, waren Fischer. Und er sprach zu ihnen: Kommt und folgt mir, ich will euch zu Menschenfischern machen. Und sie verließen ihre Netze und folgten ihm.

Neurotische Depression stand auf der Überweisung an den Therapeuten. Der schickte Gettinger nach zwei Monaten in eine Anstalt weiter, in die Gettinger mit seiner Elektrogitarre und zwei Koffern voll Büchern einzog und längere Zeit stationär behandelt wurde, bis er, ohne irgend einen Erfolg zu bemerken, in die betreute Gruppe von Werner Gertl wechselte. Bekam Notstandshilfe, die er später, wieder arbeitsfähig, zurückzuzahlen hatte. Ich habe solche Schmerzen, schilderte er Seewald am ersten Abend. Ich auch, sagte Seewald.

Und Jesus zog in ganz Galiläa umher, lehrte in Synagogen, verkündigte die Frohbotschaft vom kommenden Reich und heilte jede Krankheit und jedes Gebrechen. Und sein Ruf verbreitete sich in ganz Galiläa. Sie brachten Leidende zu ihm, Gequälte und Kranke, Besessene und Gelähmte, und er heilte sie. Und es folgten ihm große Volksmengen von Galiläa und dem Gebiet der Zehnstädte, Jerusalem und Judäa bis jenseits des Jordan.

Fünftes Tableau

Raimund Renker bezog das leer stehende Zimmer neben der Küche. Werner brachte ihn an einem Freitag, einem der heißesten Tage des Jahres. Am Nachmittag konnte man vom Balkon aus das Flimmern des Asphalts sehen. Fünfzig Grad zeigte das Thermometer am Küchenfenster, die Sonne schien voll drauf. Erst zum Wochenende leichte Abkühlung vom Wester her, hatte der Wetterbericht im Fernsehen vorausgesagt.

Renker war großgewachsen, vierzig vorbei, schwer einzuschätzen, kurzes Haar, Jeans und schwarzes T-Shirt, Schweißflecken unter den Achseln. Begrüßte mit deutschem Akzent die drei Männer im Vorzimmer, sprach sonst nichts mehr. Renker kommt aus der ehemaligen DDR, klärte Werner auf, wird sicher bald zu arbeiten beginnen. Stellte ihm in kurzen Worten seine Mitbewohner vor, trug Renkers Tasche in das leere Zimmer weiter. Ich muss erst Geschirr waschen, meinte Lang mit heiserer Stimme in der Tür zur Küche, breiter Dialekt, Zigarettenstummel im Mund. Eigentlich ist Seewald dran, aber der hat sich in den Finger geschnitten. Renker folgte Werner mit dem Koffer, setzte sich auf sein Bett, sah sich um: ihm gegenüber ein Kasten, altdeutsch mit einem verspiegelten Türflügel, daneben ein Tisch und ein Sessel, ein Regal für Bücher und Sonstiges neben der Tür zum Vorzimmer. An der anderen Schmalseite das Fenster zur Straße, der ausgeblichene, gelbe Vorhang gegen die sengende Sonne geschlossen.

Werner öffnete den Kasten, überzeugte sich, dass ihn Renkers Vorgänger geräumt hatte, zog in Plastik verpacktes Bettzeug aus dem untersten Fach, warf es neben Renker aufs Bett. Viel davon werden Sie ja bei der Hitze nicht brauchen. Renker schwieg. Seewald und der dicke Gettinger standen in der Tür zum Vorzimmer, beobachteten die beiden, wirkten geduckt, eingefallene Augen Seewald, eine Hand verbunden, Gettinger den Kopf eingezogen: Ich habe solche Schmerzen! Die dritte Nacht nichts mehr geschlafen! Warf den Kopf hoch. Du kannst dir das nicht vorstellen, Werner! Doch, sagte Werner. Schläfst du tagsüber? Ich? Ja. Nie! Stundenlang!, hörte man Langs heisere Stimme durch die Wand. Gettinger erregt, den Kopf der Küche zugewandt: Woher willst du das wissen? Bist doch den ganzen Tag weg! Geschirrklappern. Der Fernseher lief. Werner kramte in seiner Umhängetasche. Nimm das am Abend! Streckte Gettinger ein Fläschchen entgegen. Fünfundzwanzig Tropfen auf ein Glas Wasser. Und geh tagsüber spazieren. Bei der Hitze?, stöhnte Gettinger. Werner wandte sich wieder Renker zu. Ich zeige Ihnen noch das Bad.Schob sich zwischen den beiden Männern ins Vorzimmer zurück, öffnete die Tür neben der Toilette, schaltete das Licht an: weiß verfliest bis in Kopfhöhe, Dusche mit geblümtem Plastikvorhang, Spiegelkonsole über dem Doppelwaschbecken, auf einem vorspringenden Sims an der Wand Zahnputzbecher und Seifentassen, Zahnpastatuben und Rasierzeug. Zur Toilette gehts durch die nächste Tür, erklärte Werner. Renker stand mit gesenktem Kopf vor ihm, war zu groß für den Türstock, nickte wortlos. So, und jetzt zur Küche! Werner verließ das Bad, betrat die Küche, schob sich am aufgestellten Bügelbrett vorbei. Das ist sozusagen der Gemeinschaftsraum. Wie ich ja schon auf der Fahrt erklärt habe, teilt man sich hier die Arbeit. Ist in den wenigsten betreuten Wohnungen üblich, finde ich aber toll. Und in die Runde mit hochgezogenen Augenbrauen: Renker kann kochen! Beifälliges Nicken der anderen drei. Na, Gott sei Dank einmal etwas anderes!, ließ Lang hören. Fatty, es wird einsam! Werner lachte, Gettinger lächelte gequält, das Fläschchen in der Hand.

Werner ging. Alles Gute! Schulterklopfen, ein letzter, misstrauischer Blick in die Runde, macht mir keine Schande! Lächeln um die Lippen, kannte seine Pappenheimer. War nicht die einzige Gruppe, die er betreute, aber eine der problemloseren, man wird bescheiden. Unter Berufsbezeichnung hatte er bei der letzten Volksbefragung geschrieben: Hebamme. Nähere Beschreibung: Versuche, Menschen auf die Welt zu bringen. Otto hatte im Bus das Fenster eingeschlagen, weil es sich nicht öffnen ließ. Reaktion der Polizei: Der ist doch nicht normal! Kennen Sie jemanden, der es ist?, hatte Werner gefragt, als er Otto von der Wachstube abholte. Ich nicht! Hatte Otto in sein altes Auto geschoben. Die meisten verbergen es nur besser! Manche konnten anfangs nicht einmal allein Straßenbahn fahren. Hatte es mit Josef geübt, mehrmals: Aussteigen vor dem großen, gelben Haus neben der Kirche. Siehst du es? Ja. Und Josef war trotzdem weitergefahren. Gibt ja viele Kirchen. Hatte sein Handy in der Straßenbahn liegengelassen. Einen Tag lang Suche nach ihm. Eine Pensionistin fand ihn. Rief um neun Uhr abends bei der Polizei an, sie fürchte sich vor einem Mann, der schon seit über vier Stunden auf einer Bank vor ihrem Fenster sitze. Ist harmlos, klärte Werner die Beamten auf, steckte Josef dessen Ausweis wieder in die Sakkotasche. Wir versuchen, ihn langsam wieder an ein selbstständiges Leben zu gewöhnen. Alle nickten, waren froh, die beiden loszuwerden.

Werner erzählte zu Hause nicht viel, wen sollte es schon interessieren? Seine Freundin arbeitete als Chefsekretärin, hatte selbst genug um die Ohren. Das Handy läutete ohnedies immer dann, wenn ihr Werner die Bluse aufknöpfte. Heb nicht ab! Was soll ich denn tun? Wie im Film: Otto hatte ein Auto gekauft. Für Werner, sagte er. In dessen altes steige er nicht mehr ein. Nur war Otto nicht geschäftsfähig, der Verkäufer aber zwei Tage lang nicht dahintergekommen.

Als Jesus nun die Volksmengen sah, stieg er auf einen Berg, setzte sich, und seine Jünger traten zu ihm. Und er öffnete seinen Mund und lehrte sie:

Selig sind die Armen im Geist, denn ihrer ist das Himmelreich. Selig sind die Trauernden, denn sie werden getröstet werden. Selig sind die Sanftmütigen, denn sie werden das Land erben. Selig, die hungern und dürsten nach der Gerechtigkeit, denn sie werden gesättigt werden.

Renker packte seine Sachen aus, versteckte, als niemand hinschaute, einen abgegriffenen Stoffaffen unter den Socken, legte die leere Tasche in den Koffer, den Koffer auf den Kasten. Er überzog das Bett, warf die Decke in den Schrank zurück, der leere Überzug musste bei der Hitze reichen. Aus der Küche roch es angebrannt. Geschirrklappern, kaum ein Wort, als wäre alles schon gesagt. Dann saß man gemeinsam um den Tisch. Niemand versuchte, mit Renker ein Gespräch anzufangen. Seewald in Jeans und Unterhemd, Gettinger in kurzer Hose, füllte sie bis zum Platzen aus. Sein weißes Hemd mit langen Ärmeln klebte ihm an der Brust. Lang mit hochgekrempelten Ärmeln, offensichtlich wegen der Tätowierungen: rechts ein Drache bis zum Ellbogen, links eine nackte Frau. Seewald hatte das Abendessen zubereitet: Toasts mit Salat und Mayonnaise, leicht angebrannt. Hätte es gestern auch schon gegeben, bemängelte Lang, klang in seiner heiseren Stimmlosigkeit glucksend, als hätte er den Mund voller Wasser. Kratzte mit dem Messer die verbrannte Schicht vom Toast. Seewald duckte sich in seinen Teller. Ewig diese beschissenen Toasts, sagte Lang. Hör doch endlich auf!, rief Gettinger, wischte sich den Schweiß von der Stirn. Warum?, fragte Lang. Hektische Kopfdrehung. Willst denn du Krebs kriegen? Hinter seinem Rücken lief der unvermeidliche Fernseher. Eine der amerikanischen Vorabendserien mit hineingeschnittenen Lachern. Jeder Satz ein Gag. Stell doch die Kiste leiser, sagte Gettinger kauend. Ist ja gestört! Ich habe ohnehin Kopfweh! Ich möchte das aber sehen! Lang warf seinen Toast auf den Teller. Wie denn?, meinte Gettinger gereizt. Mit dem Rücken zum Apparat? Warum?, fragte Lang. Weißt du, sagte Gettinger zu Renker, ich hab solche Schmerzen! Spuckte beim Sprechen Brösel über den Tisch. Mensch, guck dir den an, tönte es aus dem Fernseher. Das unsichtbare Publikum lachte auf. Renker nickte, schaute nicht auf.

Selig die Bamherzigen, denn sie werden Barmherzigkeit erlangen. Selig sind, die reinen Herzens sind, denn sie werden Gott schauen. Selig sind die Friedfertigen, denn sie werden Kinder Gottes heißen. Selig sind, die um der Gerechtigkeit willen Verfolgung leiden, denn ihrer ist das Himmelreich.

Woher kommst du?, fragte Gettinger. Steckte den letzten Bissen in den Mund, sah Renker aus den Augenwinkeln an. Aus der DDR, fiel Lang dazwischen, zog die letzte Silbe in die Länge, schüttelte über Gettingers scheinbares Unwissen den Kopf. Hat Werner doch erzählt! Gettinger würgte den Bissen hinunter. Halt doch einmal den Mund! Abwehrende Handbewegung. Woher genau? Aus Berlin, sagte Renker. Lang kaute mit offenem Mund, stierte Renker an. Im Fernsehen expoldierte ein Küchenherd. Alle schwarz im Gesicht. Eine Kinderstimme: Wow! Men in black! Lacher. Draußen fuhr die Straßenbahn an.

Nach dem Essen lag Renker auf seinem Bett, war zu lang für die Matratze. Hatte nur die Hälfte des Toasts gegessen. Die Decke über seinem Kopf leicht gelblich, wie die des Dresdner Restaurants, zwei Straßen hinter Yvonnes Wohnung. Die Kellner dort hatten stets Smoking getragen, spiegelte schon an den Hosenbeinen: Wie viele Personen?, hörte Renker noch. Zwei. Raucher? Ja. Um einen Platz hatte man sich anzustellen, selbst wenn das Lokal leer war. Speisesaal wie für eine Garnison, Nussfurnier aus den Fünfzigern, Plastikfolien über den Tischtüchern. Was in der Karte stand, gab es meistens nicht. Geraucht werden durfte nur an bestimmten Tischen. Zigaretten, die ausrannen, wenn Renker sie zu steil hielt. Zweimal Würstchen mit Kraut, bitte, hatte Yvonne bestellt. Und einmal Saft! Hatte seine Hände auf dem Tisch in ihren gehalten. Das tust du doch nur, lachte er, damit ich nicht rauche. Sie lächelte. Dunkle Augen, schlank, trug das schwarze Haar kinnlang, Stirnfransen, die Ohren frei. Arbeitete als Floristin in einem Blumenladen. Blumen waren Luxus. Als bei einer Fernsehaufzeichnung heimischen Stars vor den Kameras Rosensträuße in die Arme gedrückt wurden, Intervision, angeblich schaute von Kuba bis Vietnam alles zu, hatte danach Yvonne den Stars die Rosen hinter der Bühne wieder abzunehmen.

Selig seid ihr, wenn man euch um meinetwillen schmäht und verfolgt und alles Schlechte euch lügnerisch nachsagt. Freut euch und frohlockt darüber, denn euer Lohn ist groß im Himmel. Ebenso hat man ja auch die Propheten verfolgt, die vor euch waren.

Ihr seid das Salz der Erde. Wenn aber das Salz seine Kraft verloren hat, womit soll man sie zurückgewinnen? Es taugt zu nichts mehr, als hinausgeworfen und von den Menschen zertreten zu werden.

Yvonnes Mutter lebte in München, war ein Jahr vor dem Mauerbau geschieden worden, wie hunderte andere damals in den Westen gezogen, hatte einen Regisseur aus der Bundesrepublik kennengelernt, angeblich erfolgreiche Spielfilme, Renker hatte von keinem je etwas gehört. Yvonnes Vater, Arbeiter einer Straßenbaufirma in einer Satellitensiedlung von Dresden, hatte seiner Frau nie verziehen, dass sie gegangen war, hatte auf dem Sorgerecht für die Tochter bestanden. Der Staat hatte einen Menschen weniger verloren. Kindergarten ganztägig, Ulbrichts Bild an allen Wänden. Vater arbeitete bis zum Abend, kochte dann für Yvonne. Meistens gab es Polenta. Wo ist denn deine Mutti? Die Mädchen turnten gemeinsam auf der Klopfstange hinter dem Plattenbau. Weg! Wo? Weg! Yvonne erinnerte sich kaum mehr an sie, nur an ihr langes, rotes Kleid. Hat sie nie eines besessen, hatte Vater gemeint. Kommst du essen? Ihre Wohnung lag im ersten Stockwerk, ziemlich dunkel, aber Fließwasser und Toilette. Zu Ulbrichts Geburtstag durfte Yvonne mit den anderen Mädchen im weißen Kleidchen auf der Bühne am Hauptplatz stehen. Stundenlang, mit Blasmusik. Vater war auch dabei, alle aus seiner Firma waren dabei. Von den Reden verstand Yvonne nichts. Ulbricht kam nie.

Ihr seid das Licht der Welt. Eine Stadt, hoch oben auf dem Berg, wird nie verborgen bleiben. Wer entzündet auch Licht und stellt es unter den Scheffel? Lasst es allen leuchten, die im Haus sind! Lasst euer Licht vor den Menschen leuchten, damit sie eure guten Werke sehen und euren Vater im Himmel preisen.

Yvonnes Vater starb kurz nach ihrem Schulabschluss, als hätte er bis dahin zugewartet. Lungenkrebs. Hatte sein halbes Leben den feinen Staub der Steinschneidemaschine geatmet. Erstickte wochenlang. Sein Tod war eine Erlösung. Yvonne übernahm die kleine Wohnung, begann im Blumenladen einige Straßen weiter die Lehre. Täglich von sechs bis siebzehn Uhr. Für ein Jahresgehalt hätte sie gerade mal einen Schwarzweißfernseher in der Konsum-Kaufhalle bekommen. Betriebssitzungen im Parteilokal. Anwesenheit freiwillig. Als Yvonne nicht erschien, erhielt sie eine Rüge. Sie schrieb an ihre Mutter, wusste nicht, ob die Adresse noch stimmte. „Liebe Mutti“ schrieb sich wie Chinesisch. Vater ist voriges Jahr gestorben. Saß dann minutenlang vor dem Blatt, machte sich Kaffee, hockte wieder beim Tisch. Meine Adresse, schrieb sie. Grüße, Yvonne. Sonst nichts. Wenn Mutter ihr wirklich schreiben wollte, könnte sie es so auch. Und sie schrieb. Lebe allein, schrieb sie. Am Stadtrand von München. Schickte kein Foto mit, wollte aber eines von Yvonne. Kein Wort über Vater. Yvonne ließ sich fotografieren, mit Blumen im Arm. Der Fotograf hatte drauf bestanden. Vor einer Tapete wie im Charlottenschlösschen. Gefiel sich überhaupt nicht. Ich sehe ganz anders aus, schrieb sie. Die bringen hier keine ordentlichen Fotos zusammen.

Als Mutter sie das erste Mal besuchte, war es Yvonne, als träfe sie ihr gealtertes Spiegelbild. Man umarmte einander vorsichtig, blaues Cabrio, Münchner Kennzeichen, nach zwei Minuten standen die ersten Kinder im Kreis. Hattest du eine gute Reise? Hätte jeder gefragt, was sagt man bei einer solchen Gelegenheit? Die Grenze ist eine Katastrophe! Nicken. Große Szenen gibt's nur im Film. Eine gute Unbekannte, hatte Karl Valentin einmal gesagt. „Mutter“ würde sich fremd anhören, hatte es da leichter: Yvonne blieb Yvonne. Keine der beiden wusste, was sie sagen sollte. Lass dich ansehen! Kleines Mädchen, hatte sie lange Nächte in der Münchner Dachwohnung verfolgt. Warum schläfst du denn nicht, Schatz?

Mutter trug Hosenanzug, immer noch gute Figur, hohe Schuhe. Yvonne das Mädchen vom Lande. Arm, aber reinlich, war in ihrem Märchenbuch gestanden. Goldmarie, in der Abbildung leicht dicklich mit hüftlangem Haar. Gedruckt in Leipzig.

Lass mich den Koffer tragen! Kommt nicht in Frage! Münchner Akzent, lebte ja schon lang genug dort. Schleppte ihr Gepäck hinter Yvonne die Stiege hinauf. Steinwender kam entgegen, zwängte sich vorbei. Wohnte zwei Stock drüber, Rentner. Tag! Tag. Schaute Mutter unverhohlen nach. Die Tür quietschte. Wollte Yvonne schon seit Jahren ölen. Mutter stellte das Gepäck ab, ging steif durch die kleine

Wohnung, sah lang aus dem Fenster, sagte nichts. Strich mit der Hand übers Klavier: Das steht immer noch da! Pianino, unbekannte ostdeutsche Marke mit Halterungen für Kerzen an der Vorderseite. Öffnete den Deckel. Spielst du? Nein, sagte Yvonne. „Für Elise", A-Moll. Mutter trug mehrere Ringe an den Händen. Verstimmt ist es, sagte Yvonne. Klar, konnte Mutter ohnedies hören. Yvonne lachte verlegen: Du spielst gut. Nur das! Mutter lachte auch, schnäuzte sich. Beide lachten. Willst du dich nicht frisch machen? Mutter hörte sie nicht: Haben wir von den Leuten übernommen, die vor uns hier gewohnt haben. Weißt du das? Yvonne wusste. Denen war der Abtransport zu mühsam. Ich weiß, sagte Yvonne. Mutter schloss den Deckel. Vorsichtig, Reliquie aus dem ersten Leben. Wandte sich wieder dem Fenster zu, trug das lange Haar im Nacken gebunden. Der Block stand damals noch nicht! Ist ja scheußlich! Damals war der Blick auf die ganze Wiese frei. Dahinter stehen noch zwei, sagte Yvonne. Noch zwei solche? Ja. Und der Bach? Welcher Bach? Da floss ein Bach! Dort? Mutter nickte. Was ist das dort? Wo? Der niedrige Bau. Ein Hutladen. Ein Hutladen? Sie schüttelte den Kopf. Und daneben? Ein Café. Apropos: Ich mach uns Kaffee. Dort war ein kleiner Tümpel mit Seerosen, sagte Mutter.

Sie tranken Kaffee, und Yvonne erzählte von ihrer Arbeit.

Glaubt nicht, ich bin gekommen, das Gesetz oder die Propheten aufzuheben. Ich bin nicht gekommen aufzuheben, sondern zu erfüllen. Denn wahrlich, ich sage euch: Bis Himmel und Erde untergehen, wird vom Gesetz kein einziges Jota, kein Strich vergehen, bis alles in Erfüllung gegangen ist. Wer also ein einziges von den Geboten, und wäre es das bedeutungsloseste, aufhebt, wird der Geringste sein im Himmelreich. Wer es aber befolgt und lehrt, wird groß geheißen. Ich sage euch: Wenn eure Gerechtigkeit die der Schriftgelehrten und Pharisäer nicht um vieles übertrifft, werdet ihr nicht in das ewige Reich eingehen.

Yvonne lernte Renker beim Sonnwendfest kennen. Tanzveranstaltung im Stadtsaal. Alles geschmückt mit Papiergirlanden und Lampions. Yvonne hatte nachmittags die großen Blumenkugeln zu liefern, am Luster direkt vor der Bühne zu montieren. Auf der Bühne probte eine Blaskapelle, zehn Mann und eine Sängerin, „Wenn die Wandervögel ziehen". Alle Mann in Westjeans, die Sängerin den Busen hochgebunden, wiegte den Oberkörper beim Singen. Können wir Ihnen helfen?, fragte der Bandleader, hellblaue Augen, Trompete in der Hand, klopfte der Kapelle ab. Nein, nein, lassen Sie nur! Sie stellte einen Sessel auf den Tisch, kletterte vorsichtig hinauf, reichte, wenn sie sich auf die Zehenspitzen stellte, noch immer nicht zum Luster hinauf. Leiter war keine zu finden. Unterdrücktes Lachen im Orchester, Trommelwirbel des Schlagzeugers wie im Zirkus. Sollen wir Ihnen nicht doch helfen? Hilflos ihr Blick vom Sessel hinüber. Zu viert sprangen sie von der Bühne, der Chef war der längste, hängte die Kugel auf, kippte beim Hinuntersteigen mit dem Stuhl um und polterte über den Tisch zu Boden. Seine Musiker versuchten, ihn zu fangen, wurden von ihm umgerissen. Yvonne schlug die Hände zusammen: Du liebe Güte! Stürzte auf ihn zu. Haben Sie sich verletzt? Die Männer krochen auf, ihr Chef hielt eine Hand mit der anderen, humpelte fluchend aus dem Saal, Yvonne hinter ihm her. Hinter der Bar im Foyer gab es fließendes Wasser. Darf ich mal? Ängstlich sah sie ihm zu. Ist's gebrochen? Glaube nicht, sagte er, konnte die Finger unterm Wasser bewegen. Hilft's? Glaube nicht, sagte er. Yvonne schüttelte den Kopf. Das hätte nicht passieren müssen! Doch, sagte er.

Abends drängte sich Yvonne gleich nach der Eröffnungsnummer durch die Menschenmenge zur Bühne vor. Hallo! Der Bandleader wandte sich ihr zu. Ach, Sie! Sie reichte ihm einen kleinen Blumenstock hinauf. Damit's nicht so weh tut. Ist sofort viel besser, lächelte er. Danke! Sie stellte sich auf die Zehenspitzen, die Bühne war hoch. Jetzt können Sie meinethalben nicht spielen! Ist toll, sagte er. Weniger Arbeit! Berliner Schnauze, meinte sie. Merkt man das?, fragte er. Sie lachte. Ich dachte, das Herz bleibt mir stehen! Gott sei Dank haben Sie es nur gedacht, sagte er, sonst hätten wir jetzt einen Verletzten und eine Tote! Er schaute auf. Entschuldigen Sie! Selbstverständlich! Tusch. Seine Hosen waren zu kurz.

Genossinnen und Genossen! Rednerpult mit Beleuchtung, der Funktionär klein, sah kaum drüber. Yvonne fuhr herum. Die letzten hatten die Tanzfläche verlassen, die nachfolgenden Redner warteten am vordersten Tisch. Man war dem Westen haushoch überlegen, Wirtschaftszuwachsraten, von denen sie drüben nicht einmal träumen konnten. Yvonne stand unten am Bühnenrand. Roter Kopf. Hatte das Gefühl, alle schauten sie an. Der Kapitalismus war längst tot.

Ihr habt gehört, dass zu den Alten gesagt worden ist: Du sollst nicht töten. Wer tötet, soll dem Gericht verfallen. Ich aber sage euch: Jeder, der seinem Bruder auch nur zürnt, wird dem Gericht verfallen. Wer seinen Bruder Tor nennt, soll dem Hohen Rat verfallen. Nennt er ihn gar Narr, soll er dem Feuer der Hölle verfallen. Bringst du deine Opfergabe an den Altar, erinnerst dich dort, dass dein Bruder etwas gegen dich hat, dann lass deine Gabe liegen, geh und versöhne dich mit ihm. Dann erst komm und opfere.

Der nächste Redner trug Ertragszahlen städtischer Betriebe vor, Nelke am Revers. Neue Kindergärten, Krabbelstuben für die Kleinsten, Dreijahresplan für den stufenweisen Umbau des Hauptplatzes, das Leben ist schön.

Zögere nicht vor einem Vergleich mit deinem Gegner, solange du noch mit ihm auf dem Weg bist. Sonst könnte dich dein Gegner dem Richter und der Richter dem Gerichtsdiener übergeben, der dich ins Gefängnis wirft. Und ich sage dir, du wirst von dort nicht herauskommen, bis du alles bezahlt hast.

Wie heißen Sie eigentlich?, fragte der Bandleader Yvonne in der Pause. Am Gang vor der Bar, man musste sich um Getränke anstellen. Yvonne. Raimund Renker, sagte er. Die Hand gebe ich Ihnen das nächste Mal. Dafür gab er ihr seine Karte: Berliner Stadtkapelle mit Sängerin Karin. Raimund Renker, Kapellmeister. Wenn Sie mal eine Blumenkugel nach Berlin bringen müssen. Eine Hand hätte ich noch frei, sagte er. Sie lächelte mit gesenktem Kopf.

Rief an, als sie zwei Wochen später nach Berlin kam. Mit dem Bus: Tour „Bruderstadt zu Neujahr", Essen und Stadtrundfahrt im Preis inbegriffen. Hatte sie in der Zeitung entdeckt. Telefon in einem Restaurant in Kreuzberg, eine Frauenstimme am Apparat: Renker sei für einige Tage in Meißen, glaubte sie. Schade, sagte Yvonne. Wer sind Sie?, fragte die Stimme. Richten Sie bitte Grüße aus von Yvonne aus Dresden? Yvonne? Ja. Kann er Sie zurückrufen? Ich hab kein Telefon.

Sonnabends fuhr sie Renker mit einer Freundin nach Meißen nach, wusste selbst nicht recht, warum. Ist ja nicht weit! Angela saß im Bus am Fenster, aß die Brote, die sie für beide gemacht hatten, allein, Yvonne konnte nichts essen. Der Märchenprinz, kicherte Angela. War schon mehrmals im Fernsehen! Yvonne verdrehte die Augen: Du bist so dumm! Besaß keinen Fernseher, wegen des abgeschlossenen Elbtals bekam man in Dresden ohnedies nur DDR I und DDR II rein, höchstens noch den Tschechen oder Polen.

Renker zeigte sich überrascht: Wie haben Sie mich gefunden? Ist doch groß plakatiert, sagte sie. Er schüttelte lächelnd den Kopf: Wo ist die Blumenkugel? Yvonne lachte. Das ist Angela. Die Musiker grüßten von der Bühne. Yvonne tanzte mit Angela, die Luft im Saal war zum Schneiden. Gefällt er dir? Könnte doch dein Vater sein, sagte Angela. Nie im Leben! In den Pausen tranken sie Rotkäppchen Sekt. Tanzen Sie? Älterer Herr mit Kugelbauch. Nein. Schade! Kicherten in die Servietten. Zehn Minuten danach der nächste. Die Sängerin sang das „Wolgalied“, Renker blies Trompete. Spielt toll, stellte Yvonne fest. Angela kicherte. Du bist so dumm, sagte Yvonne. Für die Tombola hatten sie nicht genug Geld mit. Stellten plötzlich entsetzt fest, den Bus zurück versäumt zu haben. „Zwei Märchenaugen“, sang die Sängerin. Guck noch mal nach, sagte Angela. Bist du sicher? Aber es stimmte. Saßen eine Nummer lang ratlos am Tisch, dann fragte Yvonne Renker verlegen nach Übernachtungsmöglichkeit. In meinem Hotelzimmer stehen noch ein Bett und ein Sofa leer, meinte die Sängerin, reichte ihr die Hand: Karin. Yvonne zog den Kopf ein. Und Sie würden wirklich? Klar, sagte Karin.

Einige der Musiker fuhren noch in der Nacht nach Berlin zurück. Sie müssen uns aber das Geld fürs Zimmer vorstrecken, hatte Yvonne kleinlaut gesagt, Renker sie um die Schulter genommen. Das müsst ihr abdienen! Zu jedem Auftritt eine Blumenkugel!

Um drei Uhr früh bauten die Musiker ab, schleppten übernächtig ihre Instrumente aus dem hell erleuchteten Saal, überall Papiergirlanden auf dem Boden. Kellner räumten die letzten leeren Flaschen und Gläser von den Tischen. Kommt ihr? Renker fuhr Mercedes. Noch nie war Yvonne in einem Mercedes gesessen. Rote Ledersitze, weißes Lenkrad wie ein Wagenrad. Ein letztes Glas müsst ihr noch mit mir heben, sagte er, hatte eine Flasche in der Manteltasche. Ende nie, meinte Karin, war schon zu müde. Angela kam nur kurz auf Renkers Zimmer mit, dann ging auch sie schlafen. Blick aus den Augenwinkeln, Tschüss! Ciao, sagte Yvonne. Sperr nicht zu! Kichern.

Sind Sie oft im Westen?, fragte Yvonne. Mehrmals im Jahr. Meist Fernsehauftritte. Toll, sagte Yvonne. Renker rauchte dunkelbraune Zigaretten, erzählte von seinem Tonstudio in Berlin. Gibt's bei uns Geräte dazu?, fragte Yvonne. München, sagte er. München? Meine Mutter lebt dort. Wo?, fragte er. Unterföhring. Der Wein war dunkelrot. Wie bekommen Sie das alles herüber? Mit dem Auto. Und der Zoll?, fragte sie. Kein Problem, lachte er, bei uns geht das. Wollte ihr nachschenken. Nicht mehr! Er füllte den Rest in sein Glas. Auf die Blumenkugeln! Ich muss ins Bett, sagte Yvonne. Renker packte seine Trompete aus, spielte den Zapfenstreich. Es ist vier Uhr früh!, rief Yvonne, sprang auf, hielt sich den Kopf. Von zwei Seiten schlug man an die Wände. Bist du verrückt? Ruhe! Er nahm Yvonne um die Taille, küsste sie lange, schmeckte nach Rotwein und Tabak, drückte mit dem Rücken den Lichtschalter. Er trug sie zu seinem Bett, legte sie auf die Decke, knöpfte ihr Kleid auf. Sie hatte die Augen geschlossen, ließ ihn gewähren, ihr das Höschen ausziehen, spürte seine warme Hand zwischen ihren Beinen, seine Zunge in ihrem Mund. Rausch, Wasserfälle im Kopf, Märchenprinz, hatte Angela geätzt. War nicht geplant, ich schwöre. Jaja, würde sie morgen sagen, weiß schon! Und was ist mit mir? Hatte doch einen Freund. Jürgen, der von der Imbissstube: Bärtchen und Schmalzlocke. Hörte, wie Renker sich auszog, fühlte seine Haut auf ihrer, rau, haarig, sein Glied an ihren Schenkeln, ihr Herz schlagen. Spürte, wie er zwischen seinen Beinen hantierte. Kennst du den Unterschied zwischen Mondos und Trabis?, fragte er. Gibt keinen, antwortete er sich gleich selbst. Beide behindern den Verkehr. Lachte heiser, drang langsam in sie ein, vorsichtig, hielt inne. Bin ich der Erste? Sie nickte. Mädchen, sagte er, fast bedauernd, plötzlich unsicher, stemmte sich von ihr ab. Kalt der Schweiß auf ihrer Haut, Traumende, morgen wird wie gestern sein. Wie war er? Angela, neugierig war sie immer. Gar nicht, würde sie sagen.

Bleib doch bei mir! Sie schlang ihre Arme um ihn, zog ihn an sich, vergrub ihren Mund in seinem, spürte sein Glied langsam wieder wachsen, eindringen, krallte sich in seinen Nacken, biss ihn vor Schmerz in die Lippen, hatte es sich anders vorgestellt.

Dann lag er neben ihr, rauchte. Yvonne wickelte sich in die Decke, kuschelte sich an ihn: Hat dir eigentlich deine Sekretärin meine Grüße bestellt? Er zog an der Zigarette: Welche Sekretärin? Ich hab doch angerufen, sagte sie. Das war meine Frau, sagte er.

Ihr habt gehört, dass gesagt ist: Du sollst nicht ehebrechen. Ich aber sage euch, dass jeder, der eine Frau auch nur begehrlich ansieht, im Herzen schon Ehebruch begangen hat. Reizt dich dein rechtes Auge zur Sünde, reiß es aus und wirf es von dir. Es ist besser für dich, eines deiner Glieder zu verlieren, als dass dein ganzer Leib in die Hölle geworfen wird. Reizt dich deine rechte Hand zur Sünde, hau sie ab und wirf sie von dir. Es ist besser für dich, dass eines deiner Glieder verloren geht, als dass dein ganzer Leib in die Hölle geworfen wird.

Am Morgen saßen alle beim Frühstück, bekamen die Augen nicht auf. Aber Frühstück gab es nur bis zehn, und das war schon die Ausnahme. Kleine Blümchen auf den Tischen, Kuckucksuhr an der Wand, Putzenscheiben. Niemand sprach über die Nacht. Nur über den Zapfenstreich um vier Uhr früh. Du hast eine Meise, meinte Karin. So etwas Verrücktes gibt's nicht noch einmal! Ich dachte, mich trifft der Schlag! Yvonne hielt sich an ihrer Kaffeetasse fest, beobachtete Angela aus den Augenwinkeln. Eifersüchtig war sie. Nicht zu übersehen. Renker rauchte, trank drei Tassen Kaffee und einen halben Liter Vita Cola. Dann rannten die beiden zu ihrem Bus, die Jacken über den Köpfen, es regnete. Nicht noch einmal versäumen! Angela saß wieder am Fenster. Hat er eine Freundin? Eine Frau, sagte Yvonne. Das Wasser aus den Pfützen der desolaten Straße spritzte über die Gehsteige neben der Fahrbahn, dass die Menschen wegsprangen.

Es ist aber gesagt: Wer seine Frau entlassen will, gebe ihr einen Scheidebrief. Ich aber sage euch: Jeder, der seine Frau entlässt, außer sie ist der Hurerei überführt, der verschuldet, dass sie Ehebruch begeht. Und ebenso begeht Ehebruch, wer eine Entlassene heiratet.

Schon wenige Tage darauf schrieb Renker Yvonne aus München. Hat doch überall Liebchen, sagte Angela. Warum bist du nicht da?, schrieb er. Habe Zigaretten, Rotwein, ein weiches Bett. Nur die Blumenkugel fehlt! Briefpapier sichtlich aus einem feinen Hotel, gefüttertes Kuvert. Sie durfte nicht zurückschreiben. Meine Frau holt immer die Post ab, hatte er gesagt. Ich schließe die Augen, schrieb er, denke an alle deine Lippen. Warum sollte er ihr schreiben, wenn er überall eine hätte? Oder schrieb er allen? Konnte sie sich nicht vorstellen. Du bist naiv, sagte Angela. Schau ihn dir doch nur an: Der kann doch jede haben! Vielleicht will er aber nicht jede, sagte Yvonne. Angela lachte. Und wie viele Kinder hat er? Keine, sagte Yvonne. Glaubst du!

Als Renker in Dresden zu tun hatte, verbrachte er die Nacht in Yvonnes Wohnung. Hatte sie im Blumenladen angerufen. Zwei Tage lang hatte sie vorbereitet, gekocht, Kerzen auf dem Tisch, die Lampe mit einer kleinen Blumenkugel geschmückt, selbst gemacht. In der Konsum-Kaufhalle neue Unterwäsche gekauft, rot, durchbrochen, gab es nur auf Anfrage, hatte ein halbes Monatsgehalt gekostet. Er kam auf die Minute genau, hatte sich einen Bart wachsen lassen, wirkte älter. Lässt du mich trotzdem herein? Sie fiel ihm in der Tür um den Hals, küsste ihn, ließ ihn nicht mehr los. Auch nicht, als Steinwender hinter ihm die Treppe heraufkeuchte. Tag! Der Bart kitzelte.

Yvonne erinnerte sich nicht, dass je jemand in ihrer Wohnung geraucht hätte. Wir leben in Scheidung, erzählte er in der Nacht. Sie hielt ihn umschlungen, sah nur die Glut der Zigarette neben sich, fühlte plötzlich ihr Herz klopfen. Scheidung? Wir leben getrennt, sagte er. War ein Zufall, dass du sie am Telefon angetroffen hast. War doch nie eine Ehe. Yvonne hörte ihn kurz auflachen: Da schwört man als halbes Kind ewige Treue und hat doch keine Ahnung, wovon man spricht. Sie setzte sich halb auf: Wann ist der Termin? Sie bekommt das Haus in Warnemünde, ging er nicht darauf ein. Yvonne konnte nur die Konturen seines Gesichts erkennen. Hat sie jemanden? Nein, sagte er.

Weiter habt ihr gehört, dass zu den Alten gesagt ist: Ihr sollt nicht fälschlich schwören, Eide sollt ihr aber erfüllen. Ich aber sage euch: Ihr sollt überhaupt nicht schwören, weder beim Himmel, denn er ist Gottes Thron, noch bei der Erde, denn sie ist seiner Füße Schemel, noch bei Jerusalem, denn dies ist des großen Königs Stadt. Auch bei deinem Haupt sollst du nicht schwören, vermagst du doch kein einziges Haar weiß oder schwarz zu machen. Eure Rede sei vielmehr: Ja, ja – nein, nein. Alles darüber hinaus ist schlecht.

In den nächsten Wochen trafen sie einander mehrmals: In Dresden, Leipzig, Ball der Stadtbediensteten, Cottbus, Volksmusikfest in der Stadthalle, mehr als zehn Kapellen musizierten zum Finale zusammen, alles schunkelte, glückliche Gesichter, wenn die Fernsehkameras vorbeifuhren. Zimmer im „Devisenhotel“, eigener Dutyfree-Shop mit Westware. Renker kaufte Kognak und Zahnpasta, die Nacht dauerte nur drei Stunden. Renker war aus Österreich angereist. Warum kommst du eigentlich immer wieder in die DDR zurück?, fragte Yvonne im Bett, den Kopf auf seiner Brust. Meinetwegen? Er schwieg. Ist alles verwanzt, erklärte er später im Auto. In eurem Hotel Merkur ist eine ganze Etage für Gäste gesperrt: Da sitzen die Fräuleins mit den Kopfhörern. Er lachte. Kissinger habe in einem vietnamesischen Hotel Papiere zum Luster über sich hochgehoben: Erspare euch die Arbeit! Yvonne schüttelte den Kopf.

Fuhr Renker nach Berlin nach. Zweihundert Kilometer Autobahn mit kindskopfgroßen Löchern in der Fahrbahn. Jürgens Trabi. Jahrelanges Sparen für die Beweglichkeit einer Labormaus, sagte Angela. Von einem Gitter zum anderen. Yvonne kroch aus dem Fahrzeug, als wäre sie zwei Tage durchgefahren, zog in ein Hotel „Unter den Linden", Blick auf Brandenburger Tor und Stacheldraht. Renker hatte das Zimmer bestellt. Das Foyer sah aus wie in Hollywood, Messing und Teakholz, auf ihrem Zimmer fiel sie mit dem Klodeckel von der Muschel. Renker besuchte sie nachmittags. Sie tranken Kaffee in der Lounge, aufregende Atmosphäre, Yvonne hatte das Gesicht gepudert, nahm ein kleines Törtchen, zweifingerdick mit Schokotunke. Barmusik, als eine Dame von der Straße herein hinter Renkers Rücken direkt auf Yvonne zukam: Ach, Sie sind auch hier? Lächeln. Hatte Yvonne nie gesehen. Renker fuhr herum, sprang auf. Was tust du hier? Irritiert, geballte Serviette in der Hand. Ich wollte deiner lieben Freundin nur zu meinem Mann gratulieren, sagte sie. Sie wissen doch, Lächeln, legte ihre Hand auf Yvonnes Arm, dass er immer noch mit mir verheiratet ist! Yvonne saß starr, trockener Mund, fühlte, wie ihr das Blut aus dem Gesicht wich. Renkers Frau war offensichtlich wesentlich älter als sie, Falten um die Augen, stark geschminkt, eng anliegendes Kostüm, hohe Schuhe. Würdest du das bitte unterlassen, sagte Renker, unterdrückte Stimme, roter Kopf. Ich?, wunderte sich Renkers Frau. Wie wär's mit dir? Findest du das nicht geschmacklos, deine Flittchen jetzt schon nach Berlin einzufliegen? Daniela, ich bitte dich! Worum? Sah ihn groß an. Euer Tête-à-Tête nicht zu stören? Bedauernder Blick auf Yvonne: Tut mir leid, Kindchen, bin ich zu früh gekommen? Entschuldige, wandte sich Renker an Yvonne, zog seine Frau am Arm vom Tisch, redete einige Schritt abseits leise, aber heftig auf sie ein. Sie stand ruhig vor ihm, wischte sich eine Träne von der Wange, ließ ihn schließlich stehen, ging wortlos.

Ihr habt gehört, dass gesagt worden ist: Auge um Auge, Zahn um Zahn. Ich aber sage euch: Leistet dem Unrecht keinen Widerstand. Schlägt dich jemand auf die rechte Wange, halte ihm auch die andere hin. Schleppt dich jemand zu Gericht, will deinen Rock, lass ihm auch den Mantel. Zwingt dich jemand, eine Meile mitzugehen, geh zwei mit ihm.

Ich möchte hier nicht bleiben, sagte Yvonne mit zitternder Stimme, konnte vor Aufregung kaum sprechen, schob die Tasse weg, erhob sich, suchte mit fahrigen Bewegungen nach ihren Sachen. So mach doch keinen Unsinn, sagte Renker.

Gib dem, der dich um etwas bittet, und wer von dir borgen will, den weise nicht ab. Ihr habt gehört, dass gesagt worden ist: Du sollst deinen Nächsten lieben und deinen Feind hassen. Ich aber sage euch: Liebet eure Feinde, segnet, die euch fluchen, tut denen wohl, die euch hassen, betet für eure Verfolger.

Was soll das? Renker nahm sie an den Schultern, versuchte, sie in die Bank zurückzudrängen. Lass mich los, heulte sie, wischte sich mit dem Handrücken Angelas Puder von den Wangen. Klär das erst einmal, dann sehen wir weiter. Bitte zahlen! Hatte kein Geld dabei. Ich mach das schon! Renker warf Geld auf den Tisch, lief Yvonne bis vor ihr Zimmer nach. Sei doch nicht kindisch! Ich habe es nicht nötig, rief sie, mich beschimpfen zu lassen! Durchwühlte ihre Tasche nach dem Zimmerschlüssel. Schrei nicht so, zischte er. Müssen doch nicht alle hören. Ist mir scheißegal!, rief sie. Warum hast du mich nicht in Schutz genommen? Hab ich doch, regte er sich auf. Hab nichts gehört! Ein Pärchen ging vorbei, musterte sie verstohlen. Du liebst mich gar nicht!, rief Yvonne. Red doch keinen Unsinn! Sie sperrte auf, drängte ihn aus der Tür, sperrte sich ein, warf sich heulend aufs Bett.

Dann werdet ihr Söhne eures Vaters im Himmel. Seine Sonne geht über Gute und Böse auf, es regnet auf Gerechte und Ungerechte. Liebt ihr bloß die, die euch lieben, welchen Lohn wollt ihr dafür? Tun das nicht auch die Zöllner? Grüßt ihr nur eure Brüder, was tut ihr da Besonderes? So tun doch selbst die Heiden! Seid vollkommen wie euer Vater im Himmel!

Renker klopfte noch eine Weile an der Tür, dann ging er. Yvonne fuhr bis in die Nacht zurück, heulte die halbe Strecke.

Sechstes Tableau

Abends spielten Lang und Seewald in der Küche Karten. Immer wieder heiseres Schimpfen Langs durch die Wand zu Renkers Zimmer: Scheißblatt, jetzt reichts langsam! Aufgeregtes Gestammel Seewalds: Spiel doch endlich aus! Husten. Langs Dialekt: Verkrampf dich nicht! Darunter Dialoge eines Films im Fernsehen, Musik, Schüsse, Explosionsgeräusche. Gettinger hatte sich nach dem Essen wie Renker auf sein Zimmer zurückgezogen: Habe letzte Nacht so gut wie nichts geschlafen! Hatte noch das Schlafmittel genommen. Kenn ich doch schon! Auf dieses Zeug bin ich den ganzen nächsten Tag immer wie erschlagen. Das Glas mit dramatischer Geste gekippt. Aber immer noch besser als nicht schlafen können. Du kannst dir nicht vorstellen, was ich mitmache! Lass doch Renker in Ruh', hatte Lang gerufen. Lass ich doch! Türenschlagen, noch eine zeitlang gedämpfte Musik aus Gettingers Gitarrenverstärker zusätzlich zum Fernsehton, hellhörig die Wände, alle nur aus Gips, kaum zwei Finger dick. Wenn ich einen Rausch hab, pflegte Lang zu ätzen, kotzt der Nachbar! Lachte wiehernd. Die anderen kannten den Gag schon.

Das Radio verstummte. Polizeisirenen aus dem Fernseher. Dreht doch den Kasten leiser! Die Stimme Gettingers. Keine Reaktion. Wo ist Frank? aus dem Fernseher. Ich weiß es nicht! Musik. Du lügst! Ich lüge nicht! Lass mich durch! Ihr sollt den Fernseher leiser drehen!, wiederholte Gettinger durch die Wand. Man wird ja verrückt! Wer geht denn um die Zeit schlafen?, rief Lang zurück. Renker hörte, wie Gettinger die Tür zu seinem Zimmer wieder aufriss. Ich habe doch gesagt, dass ich die ganze letzte Nacht kein Auge zugemacht habe! Hör doch endlich auf mit dem Terror!, rief Lang im breitesten Dialekt. Du schläfst doch nie! Spiel lieber mit! Was heißt Terror? Gettingers Hochdeutsch passte zu Langs Slang wie Kuhscheiße zu Dresdner Christstollen, hätte Renkers Mutter gesagt. Christstollen gab es nur einmal im Jahr, als Süßes sonst nur manchmal Frischli-Leckermäulchen, kam aber selten vor.

Hey! Lang polterte an die Wand zu Renkers Zimmer. Zusammen mit Renker könnten wir bauernschnapsen! Renker? Spielst du mit? Nein, sagte Renker laut, zog sich die Socken aus. Gettinger spielte auch nicht mit, drehte den Fernseher leiser, knallte die Tür zu. Trottel, hörte man Lang. Jeden Abend dasselbe Theater!

Gebt acht, nicht nur vor Menschen Gutes zu tun, um von ihnen gesehen zu werden, sonst habt ihr keinen Lohn zu erwarten von eurem Vater im Himmel. Tut ihr Gutes, posaunt es nicht in alle Welt hinaus, wie es die Heuchler in den Synagogen und auf den Straßen um des Ruhmes willen tun. Wahrlich, ich sage euch, sie haben ihren Lohn schon erhalten. Gibst du Almosen, lass deine linke Hand nicht wissen, was die rechte tut, damit deine Gabe im Verborgenen bleibe. Dein Vater aber, der auch Verborgenes sieht, wird es dir vergelten.

Renker saß eine Weile am Bett, öffnete dann das Fenster, ein Schwall heißer Luft drang in den Raum. Das ist sinnlos! Gettinger hatte unhörbar hinter Renkers Rücken die Tür geöffnet. Kommt nur von außen heiß herein! Darf ich? Stand bereits halb im Zimmer. Renker schloss wortlos das Fenster, zog den Vorhang zu, setzte sich aufs Bett. Gettinger stand eine Weile geduckt in der Tür, setzte sich dann wie beiläufig auf den Sessel an der Wand, keuchend jede Bewegung wegen seines Übergewichts, schloss die Tür neben sich. Entschuldige, gedämpfte Stimme. Dieser Mensch ist unausstehlich! Schaute sich um, als könnte Lang ihn durch die Wand sehen. Renker ging nicht darauf ein, schaute ihn nicht an. War jahrelang im Gefängnis, flüsterte Gettinger, wies mit dem Daumen hinter sich. Ich habe keine Ahnung, was der hier soll! Nur weil er draußen wieder zu saufen anfinge? So einer gehört doch nicht in eine WG wie unsere! Stör ich? Schweigen. Nein, nein, sagte Renker dann, suchte irritiert mit den Augen den Tisch neben Gettinger ab. Seewald hat Asthma, berichtete Gettinger weiter. Wird eine Wohnung für ihn frei, bekommt er jedesmal seine Anfälle! Keine Ahnung, wie das weitergehen soll. Sind doch alle beide gesund! Ich weiß bei Gott, wovon ich spreche! Renker erhob sich, nahm eine Schachtel Tabletten vom Tisch, öffnete sie.

Gettinger beugte sich vor, um die Packung sehen zu können. Hab ich auch bekommen! Sprach schnell, sprudelte die Wörter heraus, als müsse er sie in kürzester Zeit unterbringen. Hat bei mir überhaupt nichts genützt! Renker drückte eine Tablette heraus, verschloss die Packung wieder, ging in die Küche, suchte im Hängeschrank nach einem Glas. Lang beobachtete ihn von unten aus den Augenwinkeln, Zigarette zwischen den Lippen. Gib es zu, tönte es aus dem Fernseher. Gib es doch endlich zu! Ich war's nicht! Hubschrauberrotoren. Vierzig!, rief Lang. Seewald warf seine Karten auf den Tisch: Das ist doch sinnlos! Was heißt?, lachte Lang heiser. Kapitulation? Frank! Eine Frauenstimme. Gib acht! Schüsse. Der Hubschrauber zog den Motor hoch. Renker goss Wasser ins Glas, steckte die Tablette in den Mund, nahm einige Schluck vom Wasser, schenkte nach, nahm das Glas mit auf sein Zimmer. Gettinger setzte sich gerade wieder. Ich habe ständig Schmerzen! Beobachtete Renker. Ich kann es niemandem beschreiben, es könnte sich ohnedies keiner vorstellen! Weißt du, wie das ist, wenn man ständig Schmerzen hat? Renker stellte Glas und Tablettenschachtel auf den Tisch, setzte sich wieder aufs Bett. Ich habe mir ein Fachbuch besorgt, sprudelte Gettinger weiter. Ich weiß, Psychologen haben keine Freude, wenn Klienten so etwas lesen. Haben es mir weggenommen, plötzlich war es fort! Einfach weg, verstehst du? So ein Wälzer kann doch nicht über Nacht verschwinden! Aber ich habe es nachkaufen können. Man hat mich jahrelang falsch behandelt, sag ich dir! Das weiß ich jetzt. Hätte ich sonst ständig diese Schmerzen? Mein Befund lautet auf neurotische Depression. Völliger Blödsinn! Die bricht aus, wenn du das ganze Zeug schluckst, das sie dir geben, sag ich dir! Ich kann vor Schmerzen nicht schlafen, und das schon seit Jahren! Wenn du denkst, die heilen dich in einer Anstalt, liegst du falsch! Probieren alles Mögliche an dir aus, sag ich dir! Kannst dich ohnedies nicht wehren! Du kannst zwar jederzeit gehen, es hält dich niemand fest, wie ja immer alle betonen, aber dann stündest du da und es ginge dir dreckiger als vorher. Abwehrende Handbewegung. Alles Blödsinn! Ich weiß, was ich sag!

Hob die Schachtel mit den Tabletten hoch. Nimm das erst einmal ein paar Monate, warf sie auf den Tisch zurück, und du bist wirklich gestört. Garantiere ich dir. Du kannst mir glauben! Renker sah ihn nicht an. Kannst dir nicht vorstellen, hörte er Gettinger, was ich für Schmerzen habe. Kannst dir nicht vorstellen! Und dann ständig diese Schlaflosigkeit! Renker zog sich mit langsamen Bewegungen aus, warf die Kleidungsstücke neben das Bett, auf dem einzigen Stuhl saß Gettinger.

Auch wenn ihr betet, sollt ihr nicht wie Heuchler beten. Die stellen sich gern in den Synagogen und an Straßenecken auf, um dort zu beten, damit sie alle sehen. Wahrlich, ich sage euch: Sie haben ihren Lohn schon erhalten. Willst du beten, schließe dich ein und bete zu deinem Vater im Verborgenen. Dein Vater aber, der auch Verborgenes sieht, wird es dir vergelten.

Renker legte sich nieder, hörte Gettinger wie von Weitem auf ihn einreden, Worthülsen, fremde Ferne. Räume außerkopf, luftgefüllt, drängten sich in Schichten um Renker, durchscheinend wie milchiger Rauch. Lag bewegungslos, fühlte nicht das Betttuch unter sich, wunderte sich nicht, das Leintuch auf seiner Haut, Körpergrenze, draußen die Welt. Öffnete weit die Augen. Dunkle Zimmerdecke irgendwo über sich, unerreichbar, brannte auf den Pupillen. Lider starr. War ihm egal, dachte er, was der Mann ihm gegenüber erzählte, hatte nicht vor, warum auch, es ihm mitzuteilen, ihn damit zu kränken, wäre ihm aber auch gleichgültig gewesen, kannte ihn nicht, wollte ihn nicht kennenlernen, hatte nichts vor, nichts. Nichts füllte ihn aus wie Gettinger die Wörter, die ihm aus dem Mund quollen. Dicker Mann auf Renkers Stuhl, brauchte selbst keinen, konnte auch auf dem Bett sitzen, war ihm egal. Mann, der Name war ihm entfallen. Dicker Mann, sprechend. Renker wollte sich nicht bewegen, fühlte, wie er langsam in sich glitt, wie schon so oft. Zeitlupe, seit Monaten, Jahren, wusste es nicht. Wenn er die Augen schloss, drehte sich sein Körper um die eigene Achse, Gleiten ohne Boden. Angst vor der Dunkelheit. Sehenmüssen, gelbe Luft über sich. Die Ruhe im Inneren der Hektik, das Auge des Sturms, Lautlosigkeit. Stille wie Schritte im Neuschnee, das Fallen von Blütenblättern im Frühjahr, wenn die Sonne kommt, jenseits des Tages, innen im Ohr, außen dicker Mann auf dem Stuhl. Wörterketten, Lautreihen. Gettinger heißt er! Dazwischen atmete Gettinger hörbar ein, als fehlte ihm die Zeit, die Luft in Ruhe einströmen zu lassen. Zeit, Tochter des Nichts, in Stücke geschnitten, zerhackt im Leben draußen, zerredet. Wörter, Wörter, Wörter fielen in die aufkommende Nacht, zu Boden. Renker umklammerte die Matratze mit den Fingern. Die Dunkelheit stieg wabernd höher, wogte an die Wände, über die Kleidungsstücke auf dem Boden, Gettingers Beine, stieg über die Bettkante, leckte Mund und Nase, drang in die Ohren, ins Gehirn, presste die Augen aus den Höhlen. Renker fuhr hoch, schlug um sich, zog keuchend Luft in die Lungen, singender Ton, Schweiß auf der Stirn, schlug die flache Hand an die Wand neben sich, krallte die Finger in die Tapete. Sprang aus dem Bett, riss den Vorhang auf, die Fensterflügel. Heiße Luft wie eine Ohrfeige. Stammeln hinter sich: Entschuldige! Sesselrücken. Ich geh schon. Brauchst du etwas? Renker stützte die Hände aufs Fensterbrett, heißer Rahmen, Atem der untergegangenen Sonne. Keuchte in kurzen Stößen. Hörte Gettinger nicht mehr, wortlos, verschreckt. Zieh dir etwas an! Gettingers Stimme, gehoben. Regen sich die Leute gegenüber sonst auf, haben wir schon gehabt. Renker bewegte sich nicht. Dann sind wir wieder die Verrückten, hörte er Gettinger sagen, hörte ihn gehen, sich durch die Tür drücken, nichts damit zu tun haben wollend, kannte das schon. Hilft dir niemand, dem du vor die Tür kotzt, hatte jemand in der Anstalt gesagt.

Es war immer noch hell. Draußen mehr Leute als vorher, ruheloses Gehen, die Straßenbahn, keiner schaute herauf. Renker fühlte Schweiß den Rücken hinunterrinnen, über die Stirn, in den Augen brennen, klammerte sich ans Fensterbrett, wurde langsam ruhiger. In der Küche lief der Fernseher.

Wenn ihr betet, sollt ihr nicht wie die Heiden plappern, die glauben, durch viele Worte Erhörung zu finden. Macht es ihnen nicht gleich. Euer

Vater weiß, worum ihr ihn bittet, bevor ihr es tut. Betet: Vater im Himmel, geheiliget werde dein Name, dein Wille geschehe, wie im Himmel, so auch auf Erden. Gib uns unser tägliches Brot und vergib uns unsere Schuld, wie auch wir unseren Schuldigern vergeben. Führe uns nicht in Versuchung, sondern erlöse uns von dem Bösen.

Tropfenweise verrann die Nacht. Renker lag auf dem Bett, der leere Bettüberzug daneben auf dem Boden. Hatte noch Tabletten genommen. Es war schwül. Alle waren schlafen gegangen, zuletzt Lang. In regelmäßigen Abständen hielt die Straßenbahn vor dem Haus, fuhr wieder ab. Licht der Straßenlaternen an der Zimmerdecke, blühte mit zunehmender Dunkelheit auf. Renker war erschöpft, unfähig, sich zu bewegen, Kühlung zu fächeln. Halboffener Mund, die Augen geöffnet. Tat ihm fast leid, Gettinger erschreckt zu haben, aber was hätte er tun sollen? Ihn rechtzeitig aus dem Zimmer drängen, erklären, was den dicken Mann ohnedies nicht interessiert hätte? Interessierte nur Menschen, die dafür bezahlt wurden, Verständnis zu zeigen, davon war er überzeugt: Entspannen Sie sich! Lassen Sie los! Wollte man Klienten vortäuschen, sie wären privat hier. Dennoch Atmosphäre wie in einem Büro. Ihre Beine werden schwer, die Unterarme, die Oberarme. Sie atmen regelmäßig.

Irgendwann blieb auch die Straßenbahn aus. Das Gefühl der Leere. Hatte er der Therapeutin einmal beschrieben, nach unzähligen schweigsamen Sitzungen war es aus ihm herausgebrochen: Ungarische Ebene, Sand unter den Füßen wie Schnee mitten im Sommer. Pause. Erzählen Sie weiter! Maulwurfshügelartige Häuser, hatte Renker gesagt, Schweiß auf der Stirn. Darüber Himmel, grauweiß. Hätte den Abschleppwagen nur noch in verfließenden Konturen erkennen können, Nebelschleier, gefühlt, wie er langsam in seinem Kopf versickerte. Pause. Wie ging es weiter?, hatte die Therapeutin gefragt. Weiß nicht mehr! Als wäre es in seinem Kopf abgesoffen: Echo von Kindergeschrei irgendwo, längst gegangen, hüpfendes Menschlein. Die eigenen Schritte über den sandigen Boden flüchtige Erinnerung. Hatte früher Tolstoj, Dostojewskij gelesen, Romantik im warmen

Zimmer, wusste er noch. Buch rot mit Ledereinband. Volksbibliothek Dresden. Schwesterchen Wahrheit, jetzt auf der Couch, war kalt, bis die Zehen abfroren, einzeln, Glied für Glied, und die Finger schwarz wurden, schmerzlos, gefühllos, abbrachen wie morsches Holz. Erfrieren sei angeblich ein schöner Tod. Man fühlt nichts mehr, eins mit dem Schnee.

Können Sie jemanden sehen? Ruhige Stimme der Therapeutin. Nein, hatte Renker gesagt, lag zitternd, versuchte, es zu verbergen, die Arme angepresst, die Augen geschlossen. Hören Sie etwas? Motorlärm, hatte Renker gesagt. Das Anfahren eines Lastwagens. Wer fährt den Lastwagen? Zwei Burschen. Kennen Sie sie? Renker schwieg, konnte sich nicht mehr erinnern. Können Sie die beiden beschreiben?, fragte die Therapeutin nach einer längeren Pause. Nein. Renker erhob sich: Ich gehe jetzt. Tolstojs Knecht Puntila hatte man halberfroren weggeschleppt.

Vergebt ihr den Menschen, vergibt euch auch euer Vater im Himmel. Vergebt ihr ihnen aber nicht, wird euch euer Vater im Himmel auch nicht vergeben. Fastet ihr, so macht kein düsteres Gesicht wie die Heuchler, die es tun, damit alle sehen, dass sie fasten. Wahrlich, ich sage euch: Sie haben ihren Lohn schon erhalten. Wenn ihr fastet, salbt euch und wascht euer Gesicht. Nicht die Menschen sollen euer Fasten sehen, sondern euer Vater im Himmel. Er, der auch das Verborgene sieht, wird es euch vergelten.

Alle halben Stunden schlug draußen irgendwo eine Uhr, zählte jedes zweite Mal die vollen Stunden. Renker kämpfte gegen das Einschlafen, war zu oft schweißgebadet hochgefahren, zitternd am Bettrand gesessen, Sehnsucht nach traumlosem Schlaf, Tod auf Zeit. Durfte die üblichen Mittel nicht mehr nehmen: Man gewöhnt sich an sie, Sie müssten die Dosis ständig erhöhen! Stunden, die eine Nacht lang schienen, und die darauffolgenden ebenso. Gedankenfetzen, immer im Kreis, Ringelspiel im Dunkeln: der hölzerne Apfelschimmel, lautlos das Feuerwehrauto mit der Glocke auf dem Dach, das Motorrad mit den Seitenstützen. Drehorgel im stummen Rhythmus, Bilder jubelnder Kinder, tonlos. Irgendwann gegen Morgen ging die Batterie aus, der Motor wurde langsamer, stockend, lief aus, immer im Kreis herum, zweimal noch, einmal, dann nur noch bis zur Hälfte. Darf ich nochmal fahren? Die Gedanken blieben stehen, mit dem hölzernen Apfelschimmel, dem Feuerwehrauto mit der Glocke auf dem Dach, dem Motorrad mit den Seitenstützen. Dunkelheit. Draußen schlug die Uhr an. Die erste Straßenbahn bremste an der Haltestelle.

Sammelt keine Schätze auf Erden, wo Motten und Rost sie zerstören, Diebe einbrechen und sie stehlen. Sammelt vielmehr Schätze im Himmel, wo weder Motten und Rost sie zerstören, noch Diebe einbrechen und sie stehlen. Denn wo euer Schatz ist, wird auch euer Herz sein.

Ruhe. Der Eingang des Tunnels als weißer Punkt im Rücken, erlöscht wie ein Stern am Morgen. Stille. Die Seele breitet ihre Flügel aus. Langsames Einatmen. Nach Auftritten war Renker oft in den ersten Stunden des erwachenden Tages nach Hause gefahren, müde, konzentriert, um nicht am Steuer einzunicken, schien ihm Jahrzehnte her. War jedes Mal verwundert gewesen, wie viele Menschen um diese Zeit noch oder schon auf den Beinen waren, in ihren Autos unterwegs, unbekannten Zielen entgegen. Scharen menschlicher Ameisen, vierrädrig, programmiert, ferngesteuert, täglich von Neuem, durch die Gassen und Straßen, über die Autobahn. Scheinwerfer. Die Krägen hochgestellt, die erste Zigarette. Man spricht nicht miteinander, dümpelt stumpf vor sich hin, noch nicht da.

Das Licht deines Körpers ist dein Auge. Ist das Auge gesund, hat der Körper Licht. Ist das Auge krank, wird es dunkel in dir, und diese Dunkelheit wird groß sein. Niemand kann zwei Herren dienen. Entweder wird er den einen hassen und dem anderen dienen oder den anderen verachten und den einen lieben. Ihr könnt nicht zugleich Gott dienen und dem Mammon. Deshalb sage ich euch: Sorgt euch nicht um euer Leben, was ihr essen und trinken, was ihr anziehen sollt. Ist nicht das Leben mehr wert als die Nahrung, der Körper mehr als die Kleidung?

Im Westen gab es um sieben den ersten Stau: Zwischen Düsseldorf und Krefeld vier stehende Kolonnen nebeneinander. Die Scheiben angeschlagen, man putzte mit Taschentüchern und Handschuhrücken. Jede Minute zehn Meter vorwärts, wie gestern, wie vorgestern.

Schaut auf die Vögel des Himmels. Sie säen nicht, ernten nicht, sammeln nicht in die Scheunen, und der Vater im Himmel ernährt sie doch. Seid ihr nicht viel mehr wert als sie? Wer von euch kann durch solche Sorgen nur eine Sekunde länger leben? Warum sorgt ihr euch um Kleidung? Seht die Lilien auf dem Feld, wie sie wachsen. Sie arbeiten nicht, spinnen nicht. Ich sage euch aber, nicht einmal Salomon in seiner Pracht war so herrlich gekleidet wie eine von ihnen. Wenn nun Gott Gras auf den Feldern, das morgen verbrannt wird, so kleidet, wie viel mehr euch, ihr Kleingläubigen.

Nach einem Unfall vor Koblenz zwölf Kilometer Stau in beiden Richtungen. Im Osten waren die Busse überfüllt, roch es nach einem Gemisch aus Schweiß und Abgasen.

Sorgt euch nicht um Nahrung und Kleider, das kümmert auch die Heiden. Euer Vater im Himmel weiß, dass ihr alles braucht. Sucht nach dem Reich Gottes und Gottes Gerechtigkeit, und alles wird euch gegeben werden. Sorgt euch nicht um den morgigen Tag, er wird für sich selbst sorgen. Jeder Tag bringt genug Sorgen.

Siebentes Tableau

Als Lang an die Wand zu Renkers Zimmer schlug, war es kurz vor neun. Frühstück! Wird sonst alles kalt! Lass ihn doch! Gettinger kauend. Hatte keine gute Nacht! Renker zog sich an, öffnete das Fenster, fühlte sich besser. Holte seine Zahnbürste aus dem Schrank, ging ins Bad. Wankte ein wenig, suchte vergeblich nach einer Absperrmöglichkeit der Tür, war abmontiert worden. Aus der Küche der Ton des Fernsehers.

Am Spiegel klebte ein Sticker von Greenpeace neben einer Bikinischönheit mit hochgestecktem Haar. Seewald hatte Eier gekocht. Sind leider etwas hart, sagte er. Lang kaute an einem Brot, rutschte die Bank hinein, um Renker Platz zu machen. Morgen! Morgen, antwortete Renker. Man aß schweigend, lauschte den Nachrichten aus dem Fernseher oder auch nicht. Danach räumte Lang den Tisch ab, rauchte, begann mit dem Geschirrabwaschen. Müssen einen neuen Turnus machen, sagte er mit seiner heiseren Stimme. Renker verstand ihn schlecht, schon wegen seines Dialekts. Lang grinste Renker an. Womit möchtest du anfangen? Abwaschen oder Kochen? Ist egal, sagte Renker, ging um seine Tabletten. Gut, hörte er Lang, dann kochst du morgen. Okay? Ist das Bad jetzt frei?, fragte Renker. Kein Widerspruch aus der Küche. Renker holte frische Unterwäsche aus seinem Schrank, ging ins Bad, nahm eine Tablette, atmete eine Minute lang tief durch. Duschte, ließ sich Wasser übers Gesicht laufen, in den offenen Mund, musste leicht gebückt stehen, war zu groß für die Dusche. Versuchte, die Nacht aus den Haaren zu spülen, die Dunkelheit, die Müdigkeit aus den Augen, ständig müde, schlafen wollen, Monate hindurch, wegtauchen, untertauchen, hatte sich erst die letzten Wochen gelockert, für Stunden gelegt.

Er trocknete sich ab, kleidete sich an, frisierte sich, sein Haaransatz war deutlich nach hinten gerutscht, die Ecken waren tiefer geworden, Daniela würde ihn nicht mehr erkennen. Die Bikinischönheit vor ihm hielt die Hände hinter dem Kopf verschränkt. Er stützte sich aufs Waschbecken. Seine Augen lagen tief, ihr helles Blau war trüb. Seit Tagen hatte er sich nicht rasiert, war unschlüssig, sich wieder Bart stehen zu lassen, hatte es schon mehrmals getan, dann doch immer wieder abrasiert. Scheißegal. Hauptsache, die Nächte überstehen. Er packte sein Zeug zusammen, verließ das Bad wieder, schloss in seinem Zimmer das Fenster, die Sonne stand bereits zu hoch. Kommst du mit? Lang ging einkaufen, wollte Renker die nächste Umgebung zeigen, zog im Vorzimmer seine Schuhe an. Auf seinem T-Shirt über den ganzen Rücken eine geballte Faust mit emporgestrecktem Mittelfinger. Renker nickte, steckte seine Geldbörse ein.

Der Asphalt flirrte im Sonnenlicht. Unter breitkrempigen Hüten liefen die Menschen geduckt unter den Sonnendächern, die über den Auslagen nach der Straße griffen. Aus den Fenstern der Autos rot gebrannte Ellbögen, winkende Arme. Weiterfahren! Hupen, Fahrzeug an Fahrzeug, die Ampel grün, die Kolonne reichte bis um die nächste Biegung der Straße. Die Häuser blind vor Jalousien, scharf die Ränder der Dächer vor dem azurblauen Himmel. Kondensstreifen wie dünne, weiße Seile zwischen den Giebeln, als hätte man eben die Wäsche abgenommen. Abgase der Autos in der Luft, flirrten über den Wagendächern.

Der Supermarkt lag zwei Häuser weiter. Das große Lebensmittelgeschäft direkt gegenüber hatte Lang übergangen. Er besorgte ein Einkaufswägelchen. Was willst du kochen? Zigarette im Mundwinkel, Augen zusammengekniffen. Weiß nicht, sagte Renker. Koteletts?, schlug Lang vor. Mit Nudeln? Renker nickte, war ihm egal, folgte Lang durch die Reihen der Regale, beobachtete seine katzenhaften Bewegungen, wie er den Kopf leicht einzog, schief legte, wenn er zu Renker sprach, geschickt die Zigarette vor dem Personal verbarg. Lang packte Fleisch in den Einkaufskorb, hastige Bewegungen, zwei Pakete Nudeln. Sind in zwei Tagen weg! Schokolade. Für Gettinger, sagte er, trat die Zigarette am Boden aus. Renker hatte keinen Hunger, schon nur die Hälfte des Frühstücks gegessen, der Gedanke an Essen erfüllte ihn mit Widerwillen, nahm trotzdem Brot und Käse für sich mit. Lang ging voraus, verschwand zeitweise hinter den Lebensmitteltürmen, den Regalen, tauchte von der anderen Seite wieder auf, drängte an die Kassa, zahlte, trug Geld offen in der Tasche seiner weiten Militärhose, ließ sich einen Beleg geben. Fürs gemeinsame Essen immer einen Beleg geben lassen, erklärte er Renker mit seiner heiseren Stimme. Wegen der Abrechnung.

Hinter dem Supermarkt ein Schuhgeschäft, eine Eisenhandlung, ein Haus weiter der Friseur. Echt gut, sagte Lang, zeigte Renker durchs Fenster die blausträhnige Viktoria, sah ihn lauernd an. Renker lächelte, schwitzte, fühlte sich müde. Lang zog ihn weiter, hielt vor einem Pornoladen. Rot tapezierte Auslage mit verschiedenen Kondomen in bunten Schächtelchen, Puppen in Netzstrümpfen und Strapsen, breitbeinig über halb abgedeckten Magazinen. Soll Gettinger das Heft'l da mitbringen! Lang zeigte auf den Boden der Auslage. Das mit den Schulmädchen! Gehst du? Warum ich? Lang wand sich. Hast du Geld mit? Renker nickte.

Im Geschäft war es dunkel und unnatürlich kühl. Die einzige Öffnung zur Straße die schmale Tür mit einem Vorhang aus Plastikschnüren. Unter dem Klimagerät der junge Verkäufer, gelangweilt, dicke Brillengläser, suchte erst vergeblich in einem Stapel von Magazinen, holte das Heft dann aus der Auslage. Renker zahlte, trat damit auf die Straße. Die Hitze sprang ihn an, als fiele er in kochendes Wasser. Lang zog ihm das Heft aus der Hand, verstaute es in einer der Taschen seiner Hose, kehrte um. Wortlos eilte er Renker voraus, zur Hauptstraße zurück, ins Haus, die Treppe hinauf, sperrte die Wohnungstür auf, verschwand in seinem Zimmer. Renker zog das verschwitzte Hemd aus, warf sich aufs Bett. Hörte Lang in die Küche gehen, kurz darauf den Fernseher. Werbesendung. Kombinationspfanne für jede Gelegenheit. Begeisterte Zustimmung mehrerer Frauen. Dazwischen Gettingers Stimme: Dreh den Kasten ab, ich hab Kopfweh! Lang wechselte nur den Sender, drehte lauter, um Gettinger zu übertönen.

Richtet nicht, damit ihr nicht gerichtet werdet. Mit demselben Recht, das ihr an andere legt, wird über euch gerichtet werden, und mit dem

Maß, mit dem ihr messt, wird euch zugemessen werden. Siehst du den Splitter im Auge deines Bruders, spürst aber den Balken im eigenen Auge nicht? Wie willst du deinem Bruder sagen, lass mich den Splitter aus deinem Auge ziehen, während in deinem Auge ein Balken steckt? Heuchler, zieh erst den Balken aus deinem Auge, dann sieh zu, wie du den Splitter aus dem deines Bruders ziehst.

Renker aß zu Mittag nichts, hatte keinen Appetit, blieb liegen, stierte an die Decke. Schnitt sich am Nachmittag zwei Scheiben Brot ab, ein Stück vom Käse, aß in seinem Zimmer, sah ängstlich der Nacht entgegen. Schwarze Mamba, Augen wie Stecknadelköpfe, bewegungslos, scheinbar tot, über den Ästen, wird langsam den Tag häuten, wenn die Sonne geht, Giftzahn. Renker nahm zwei Tabletten, hörte Gettinger im Nebenzimmer Gitarre spielen, immer die gleichen Fehler an derselben Stelle, verschlief die Dämmerung. Erwachte in der Nacht, schweißüberströmt, in Hose und Schuhen auf seinem Bett. Die Dunkelheit hatte sich in seine Haut gekrallt, drückte ihm das Gesicht ein. Er schlug um sich, um Luft zu bekommen, war eingeschlafen, ohne Licht aufgedreht, das Fenster geöffnet zu haben. Schnellte seinen Körper zur Seite, kippte über die Bettkante, griff ins Leere, schlug auf dem Boden auf, ihm war übel. Ist alles okay?, tönte es aus dem Nachbarzimmer, wusste nicht, wer es war. Jaja!, rief er, erhob sich schwankend, tastete ans Fenster, ihn schwindelte, öffnete die Fensterflügel. Der Motor eines Lastwagens, die Stimmen zweier Männer, Schlagen von Autotüren. Wandte sich ab, taumelte ins Bad, schloss die Tür hinter sich, kotzte ins Waschbecken, drehte dabei das Wasser auf, sollte keiner mitbekommen, ging die da draußen einen Dreck an. Verzweiflung, immer das Gleiche. Fluchte mit unterdrückter Stimme, ließ sich auf den Hocker neben der Dusche fallen, verharrte minutenlang zusammengekauert, eine Hand am Beckenrand.

Der Sonntagmorgen war dunstig, es sah nach Regen aus, längst überfällig. Ein Wetter zum Schlagtreffen, meinte Gettinger vor Renkers Tür, schlurfende Schritte auf dem Weg zur Toilette. Renker ging es besser, hatte die letzten Stunden tief geschlafen, traumlos. Er duschte, hatte danach das Gefühl, nicht trocken zu werden, zog sich an, in der Hitze klebte das Gewand an der Haut. Betrat die Küche. Gettinger allein am Tisch. Morgen! Renker nickte, holte sich Kaffee, setzte sich Gettinger gegenüber. Erstmals erlebte er die Küche ohne Fernsehton, rührte in seiner Tasse. Auch Gettinger schwieg. Ticken der Uhr an der Wand, der Kaffee schmeckte billig. Hatte Renker immer nach Berlin mitgebracht: Kaffee aus Österreich. Daniela liebte ihn. Wie Schokolade aus der Schweiz, in dünnen Blättchen, zartbitter war ihr am liebsten. Hatte er ihr aber nur zu besonderen Gelegenheiten gebracht.

Renker kramte in der Hosentasche nach seiner Geldbörse, legte einen Geldschein auf den Tisch. Für die gemeinsame Kassa. Ist das genug? Jaja, sagte Gettinger, steckte den Schein in eine Blechdose hinter sich, notierte den Betrag auf einem Zettel. Ach ja, Renker schob ihm den Rechnungszettel aus dem Pornoladen zu. Gettinger rührte ihn nicht an, Käsebrot in der Hand, Finger abgespreizt. Was soll ich damit? Für die Schulmädchen, sagte Renker. Schulmädchen? Kugelaugen in dem runden Gesicht. Gettinger schüttelte den Kopf, sprudelte die Worte heraus. Was soll ich mit Schulmädchen? Schweigen, überlegte sichtlich. War Lang mit dir dort? Ja, sagte Renker. Gettinger starrte ihn an, prustete plötzlich los. Lass dich von diesem Typen nicht legen! Lachte wiehernd, schlug mit der Hand auf den Tisch. Die Nummer hat er mit mir auch schon versucht. Hat dort Hausverbot. Ich werd dir etwas zeigen! Warf sein Brot auf den Teller, sprang auf, watschelte aus der Küche, kam mit zwei Flaschen Schnaps wieder. Die lässt er im Supermarkt mitgehen und verkauft sie dann günstig an Sandler. Nimmt diesen Typen dafür ihr ganzes erbetteltes Geld ab! Hob die Flaschen in die Höhe. Im Geschäft gegenüber hat er deswegen auch Hausverbot.

Renker nickte, trank Kaffee. Hatte den Zöllnern am Flughafen Schönefeld Kaffee mitgebracht. Jedem eine Dose mit dem Bild des Schlosses Schönbrunn auf dem Deckel. Vielen Dank! Habe

Sie vorige Woche im Fernsehen gesehen. Renker, Handgepäck mit Übergewicht, Schalk im Nacken: *Sie* waren das! Kam jedesmal gut an.

Werft das Heilige nicht den Hunden vor wie Perlen vor die Schweine, sonst zertreten sie es, wenden sich um und zerreißen euch. Bittet, und es wird euch gegeben werden. Sucht, und ihr werdet finden. Klopft, und euch wird geöffnet werden. Wer bittet, empfängt, wer sucht, der findet, wer klopft, dem wird geöffnet. Wer von euch wird seinem Sohn, der ihn um Brot bittet, einen Stein geben, eine Schlange für einen Fisch? Wenn nun ihr, die ihr nur Menschen seid, euren Kindern Gutes gebt, wie viel mehr wird euer Vater im Himmel denen Gutes geben, die ihn darum bitten? Tut anderen nur das, was ihr selbst wollt, dass euch getan wird. Das ist das Gesetz nach den Propheten.

Das Haus in Warnemünde hatte Renker wie die Villa in Berlin nach den ersten großen Fernsehauftritten gekauft. Typische Datsche an der Ostsee: Fachwerkbau, schilfgedeckt, Fenster nicht viel größer als ein paar Handflächen. Daniela hatte sich auf den ersten Blick in das alte Haus verliebt, monatelang jede freie Minute mit Ausmalen und Streichen verbracht, mit Nähen von Vorhängen und Überzügen für die Korbmöbel auf der Terrasse, die man selten benützte, meist war der Wind zu stark. Die Einrichtung noch handgemacht: der grobe Tisch, Stühle mit kurzen Lehnen und gespreizten Beinen, als wäre der Seegang der Ostsee, drüben, jenseits der Dünen, noch in der Stube zu spüren. Abends saß man unter der alten Petroleumlampe zusammen, lud Nachbarn ein: Delf Feininger, Produzent mehrerer Volksmusiksendungen im Fernsehen, mit seiner geschiedenen Frau, lebten zeitweise trotzdem zusammen. Hatte Renker das Haus vermittelt, kannte ihn von einigen Fernsehsendungen, fuhr den größten BMW, den es gab, war Besitzer einer Segelyacht, Zweimaster, im Hafen. Armin, Vorstandsmitglied der Warnow Werft, eins zweiundfünfzig. Napoleon war auch nicht größer. Konnte seit einem Schlaganfall den linken Arm nicht mehr bewegen. Frau Margot und zwei Töchter. Max, Zirkusartist. Seine Frau Adrienne stieg zweimal täglich in einen Koffer aus Plexiglas, kaum kniehoch, und er trug sie darin, als römischer Gladiator verkleidet, mit einer Hand durch die Arena. Außerdem schlug er mit bloßer Faust Nägel in Bretter. Die beiden sollen nach der Wende Schlaftabletten genommen haben. Zirkus war im Westen nur noch leere Ränge und ein Haufen Spesen.

Man trank Wein von der Mosel, alter Jahrgang, pflegte Renker auf Tour zu besorgen, wenn sie mit dem Auto unterwegs waren, besonders die Damen liebten ihn. Spaghetti aus Italien, hatte Adrienne mitgebracht, kochte wie eine Italienerin, obwohl sie von Rügen stammte. Aß selbst nur wie ein Kleinkind. Ich pass' doch sonst nicht mehr in meinen Würfel! Oft ging es die ganze Nacht durch, nur die beiden Mädchen schliefen auf dem Sofa unter den Farnen. Sanken neben ihnen die Quadrate der kleinen Fenster in der aufgehenden Sonne rot die Wände herab, trennte man sich halb betrunken. Schlaft gut! Ihr auch, vor allem schnell! Torkelte den Weg zurück ins Nachbarhaus, die Mädchen mussten getragen werden, schliefen bis Mittag durch.

Geht ein durch die enge Pforte, denn weit ist das Tor und breit die Straße, die ins Verderben führt. Zu viele benützen sie. Eng ist die Pforte und schmal der Weg, der zum Leben führt, und nur wenige sind es, die ihn finden.

Selbst wenn die Sonne schien, war es kühl. Unter den Strandkörben der weiße Sand, in den man die Füße grub. Der stete Wind sorgte dafür, dass Armin mit seiner Familie viele Jahre hindurch einen Teil des Urlaubs trotz der See vor der eigenen Tür doch in Kuba verbrachte. Kehrten braun wie gebürtige Kubaner heim. Seine Frau Margot hielt es angeblich stundenlang in der prallen Sonne aus, und wer sie sah, glaubte das auch. Eine Zeitlang war Blässe Mode, Margot litt darunter wie andere unter Heuschnupfen, fand, es stehe ihr nicht, wollte aber nach ihren Worten nicht wie von gestern aussehen. Ihr Mann war fast nie zu Hause, so hatten die drei Frauen zueinandergefunden. Max und Adrienne waren immer zusammen, stritten deshalb auch unverhältnismäßig oft, wie Renker bemerkte.

Er konnte sich nicht erinnern, sie jemals länger als eine Stunde getrennt voneinander gesehen zu haben. War in dieser Zeit oft mehrere Wochen hindurch unterwegs, zweimal einen Monat in Stuttgart, einmal in Hamburg: Varieté, spielte mit kleinerer Besetzung, Musik aus dem Berlin der Zwischenkriegszeit, kam ungeheuer an. Karin im Charlestonkostüm und mit Pagenfrisur, die Männer mit gestärkten Stehkrägen und schwarzen Anzügen. Verdiente durch Einzelauftritte und Fernsehaufzeichnungen in einem Monat das Jahresgehalt eines normalen Staatsbürgers, während Daueraufenthalten im Ausland weniger, doch das Privileg, reisen zu dürfen, machte alles wett und ermöglichte es ihm, in seinem Berliner Haus ein Tonstudio einzurichten. Die Technik besorgte er sich im Westen. Fuhr deshalb oft mit Delf mit, der hatte den tieferen Kofferraum zum Transportieren der Geräte. Außerdem spendierte ihm Delf immer wieder einzelne Geräte. Hab ja auch was 'von! Renker war es recht. Bald war sein Arbeitszimmer derart vollgeräumt, dass er den Bücherschrank ins Wohnzimmer übersiedeln musste. Daniela flüchtete erst zu ihrer Mutter, als der angrenzende Raum, der ursprünglich als Kinderzimmer vorgesehen war, zum Aufnahmeraum wurde – Der ist ja total durchgeknallt! – und Renker ein Fenster zum Arbeitszimmer durchbrechen ließ. Der Staub lag überall, der Schutt füllte viele Schubkarren. Mutter hielt sich raus, Renker telefonierte stundenlang mit Daniela, beschwichtigte. Ich tu's doch für uns! Der Sommer war verregnet, Daniela hängte den Schirm ans Mikrofonstativ, als sie wiederkam.

Eine Parteihymne, von Renker Jahre zuvor in Weinlaune eigentlich als Parodie geschrieben, hatte das alles ermöglicht: Bei der Uraufführung zum Gründungstag der DDR in Berlin zwei Reihen Mitglieder des Ministerrats und hohe Funktionäre zu Füßen Renkers im Parkett. Karin im langen Schwarzen, die ganze Kapelle im dunklen Anzug. Daniela stand hinter dem Vorhang, aufgeregter als Renker selbst, versuchte, es zu überspielen, schaute durch den Vorhangspalt in den Saal: Bonzenaquarium! Eine volle Stunde Reden, üppiger Blumenschmuck, schlechte Akustik. Karin saß mit Flecken im Gesicht neben den Bläsern, die Hände im Schoß, schmale Lippen. Dann sang sie: Steht zusammen, dichte Reihen, lasst gedeihen Volkes Kraft. Reckte den Kopf hoch, bleich um die Nase, die Hände im Rücken ineinandergeklammert. Heimattreue, stets aufs Neue, alles schafft. Renker dirigierte, war froh, dabei das Publikum nicht ansehen zu müssen. Standing Ovations und Händeschütteln mit Menschen, die Renker bisher nur aus dem Fernsehen kannte, Erleichterung, konnte es noch nicht glauben, Schulterklopfen, Stein vom Herzen. Daniela mit Tränen in den Augen, Umarmung in der Kulisse. Gratuliere! Hab ich's nicht gesagt?, meinte Renker. Mistvieh! Danach gab es im kleinen Saal Salonmusik zum Galadiner.

Hütet euch vor den falschen Propheten, die in Schafskleidern kommen, aber reißende Wölfe sind. An ihren Früchten sollt ihr sie erkennen. Pflückt ihr Trauben von Dornbüschen oder Feigen von Disteln? Ein guter Baum trägt gute, ein schlechter schlechte Früchte. Kein guter Baum trägt schlechte, kein schlechter gute Früchte. Jeder Baum, der schlechte Früchte trägt, wird umgehauen und ins Feuer geworfen. An ihren Früchten also werdet ihr sie erkennen.

Der Abend des Gründungstags sollte sich als Renkers Durchbruch herausstellen. Seine Hymne wurde bei allen möglichen Gelegenheiten aufgeführt, Noten wurden gedruckt, in Schulen verteilt, das Stück von Chören einstudiert und vorgetragen. Fernsehgastspiele und Anfragen für Auftritte überschlugen sich. Renker übersiedelte in Berlin in die Villa, kaufte ein halbes Jahr später die Datsche in Warnemünde. Seine Melodie war bald zum Volkslied geworden, vaterlos, niemand wusste mehr, wer sie geschrieben hatte. Ist von mir! Zwei Uhr früh, Bar in Kreuzberg, Uschi, strohblond, gut fünfzehn Jahre jünger als er: Kannst du doch deiner Großmutter erzählen! Hatte keinen Fernseher. War nicht das einzige Mal. Ich beweis es dir! Spinner! Drückte ihr eine halbe Stunde später zu Hause die Ehrenurkunde in die Hand. Für besondere Verdienste um die DDR. Zwei Unterschriften von Mitgliedern des Politbüros. Unter Glas, hing über dem Blüthnerflügel. Uschi war rasiert, Taille wie Kaiserin Sisi, schrie beim Orgasmus. Daniela war bis Sonntag in Warnemünde.

Nicht jeder, der zu mir Herr, Herr, sagt, wird ins Himmelreich eingehen, sondern wer nach dem Willen des Vaters im Himmel lebt. Viele werden an jenem Tage zu mir sagen: Herr, haben wir nicht in deinem Namen geweissagt, Dämonen ausgetrieben, in deinem Namen Wunder gewirkt? Ich aber werde ihnen sagen: Ich kenne euch nicht. Geht, ihr Übeltäter.

Die brünette junge Dame mit den dunkelrot geschminkten Lippen besaß eine Kassette mit Marschmusik, gespielt von der Berliner Stadtkapelle. Ließ sie nach dem Konzert von Renker signieren, Musikertisch im Hotel Post, überheizte Gaststube, Kellnerin mit ausladendem Dekolleté: Noch ein Bier? Drei bitte! Karin war schon nach Jena unterwegs, der Schlagwerker hatte sie und die Bläser mitgenommen, Erfurt war schon die vierte Station in Folge gewesen. Noch vier Mal, dann war Feierabend. Niemand liebte mehr als drei Auftritte hintereinander, keine Nacht vor Mitternacht ins Bett, der Hänger nach einigen Tagen war nicht zu überhören. Die junge Frau, das Martiniglas in der Hand, setzte sich unaufgefordert zu Renker auf die Bank. Habe Sie am Samstag im Fernsehen gesehen! *Sie* waren das, sagte Renker. Die beiden anderen Musiker am Tisch lächelten gequält, sie verstand nicht. Schenkst du mir eine Zigarette? Klein war sie, hatte schon leichten Zungenschlag, hätte sich sonst nie getraut, hatte Renker schon öfter erlebt. Wow! Kenne ausländische Marken nur vom Hörensagen, sagte sie, beschnüffelte die Zigarette. Renker lächelte, gab ihr Feuer. Sie sog, hustete, die Zigarette fiel ihr aus der Hand. Hey! Du zündest noch die Stube an! Als das Bier kam, saß sie immer noch da, klammerte sich an die Zigarette, der ganze Filter rot vom Lippenstift: Mein Opa ist auch Musiker. Dein Opa? Ja! Spielt Schalmei. Holger zeigte auf. Ich auch! Wow, sagte sie. Kennst du meinen Opa? Wie heißt er denn? Dönherr, wie ich! Döner? Nicht Döner, Dönherr! Grinsen der Männer. Klar kenn ich den! Wir haben doch zusammen Kontrafagott gespielt. Sie sah ihn ungläubig an. Was?

Kontrafagott, und Sarrusophon! Jaja, bestätigte Ingo. Ich kenn ihn auch. Wir sind gemeinsam aufgetreten, beim Lauchhammer Gärtnerinnenball! Pause. Wo ist Lauchhammer? Zwischen Eislerwerde und Bauzen, erklärte Holger. Kennst du nicht? Nee, sagte sie. Ist das größte Anbaugebiet von Schalmeien in der Republik! Gott, seid ihr dämlich, meinte Renker, schlug sich mit der flachen Hand gegen die Stirn. Die veräppeln mich doch bloß, schmollte sie. Nie im Leben, sagte Holger treuherzig.

Renker nahm sie mit aufs Zimmer, drei Bier später. Elke hieß sie, war mit Renker allein in der Stube übrig geblieben, hatte Freunde vom Nachbartisch verabschiedet, ohne aufzustehen. Komm nach! Konnte kaum mehr sprechen. Schon gut, hatte eine der jungen Frauen gesagt, untersetzt, Hütchen, die Augen verdreht. Nur die Kellnerin war noch da, stellte die Stühle auf die Tische. Gute Nacht! Nacht! Renker schob das Mädchen am Hintern die Stiege hinauf. Sie kicherte. Hey, du! Stolperte vor ihm über die Stufen. Ich bin anständig erzogen! Ich nicht, flüsterte Renker, sperrte auf. Im Zimmer überdeckte der Naphthalingeruch mühsam den kalten Rauch in den Vorhängen. Renker zog sie zu, knipste das Lämpchen auf dem Nachttisch neben dem Bett an, drehte die Deckenlampe ab, in deren Licht der Raum etwas Bahnhofsartiges hatte, sperrte ab. Elke war mitten im Zimmer stehen geblieben, den Mantel über dem Arm, wirkte plötzlich verlegen. Renker lief um sie herum, als wäre sie eine Zierpflanze, warf sein Sakko über eines der abgesessenen Fauteuils, nahm ihr den Mantel ab, warf ihn zum Sakko, zog eine Flasche aus einer Tasche am Boden, suchte vergeblich nach einem zweiten Trinkgefäß zusätzlich zum Zahnputzglas. Drückte schließlich Elke das Glas in die Hand, schenkte ein. Ich trink aus der Flasche. Was ist das?, fragte sie, Nase vorgestreckt. Whisky. Igitt! Sie zog den Kopf ein. Wenn ich das, setzte nochmals an, wenn ich das auch noch trink, kotz ich mich an. Renker schaute sie an, nahm ihr das Glas wieder aus der Hand. Dann muss ich wenigstens nicht aus der Flasche trinken! Nahm einen Schluck. Mach es dir bequem! Elke bewegte sich nicht. Was ist? Renker ließ sich aufs Sofa fallen, legte die Beine auf den niedrigen Tisch, zündete sich eine Zigarette an. Ist nicht eben das Charlottenschlösschen, aber feiern kann man überall! Sie ließ sich auf dem zweiten Fauteuil nieder, vorsichtig, zog den Rock über die Beine, wirkte ängstlich. Stille. Renker gähnte. Hast du einen Freund? Ja, sagte sie leise. Er nickte, nahm einen Schluck. Geh doch zu ihm! Legte den Kopf an die Wand. Wartet sicher schon auf dich. Sie bewegte sich nicht. Renker rutschte tiefer ins Sofa, schloss die Augen, sog an der Zigarette. Du, zeigte mit dem Finger auf sie, wolltest doch mitkommen, oder? Pause. Hatte nichts dagegen, schlafen zu gehen, wenn er sich's überlegte, war müde genug. Stundenlang auf der Bühne, fünf Bier, die Nacht wäre auch ohne Elke zu kurz. Daniela hätte er anrufen sollen, fiel ihm ein, würde er gleich in der Früh tun. War gestern schon zu müde, Schatz. Scheißtournee, sag ich dir! Eigentlich schmeckte ihm die Zigarette nicht mehr. Das Auto gehörte auch in die Werkstatt, Daniela soll einen Termin ausmachen. Liebst du mich noch? Fragte sie jedesmal. Natürlich, Schatz!

Jeder nun, der diese meine Worte hört und sich nach ihnen richtet, gleicht einem klugen Mann, der sein Haus auf Felsen baute. Und es kam Regen, floss in Strömen, Stürme tobten gegen das Haus, es stürzte nicht ein, weil es auf Felsen gebaut war.

Gib her, sagte Elke tonlos, nahm Renker das Glas aus der Hand, setzte an, leerte es auf einen Zug, schüttelte sich mit verzogenem Gesicht. Renker lächelte sie mitleidig an, nahm ihr das Glas aus der weit vorgereckten Hand, schenkte nach, sah aus den Augenwinkeln, wie sich Elke langsam den Pulli über den Kopf zog, ihre Bluse aufknöpfte. Sie warf den Kopf in den Nacken, glasige Augen, halb geöffneter Mund. Hatte eine Zahnlücke. Gibt's hier keine Musik? Nein, sagte er lauernd. Davon hab ich heute schon genug gehabt. Sie erhob sich mit offener Bluse, legte die Hände an den Hinterkopf, wiegte sich in unhörbarer Musik, tänzelte mit geschlossenen Augen durch den Raum, torkelte an den Kasten, kicherte. Tschuldigung! Drehte sich in langsamen Kreisen Renker zu, blieb vor seinen Füßen stehen,

Blitzen in den kleinen Augen. Kletterte auf den Couchtisch, erhob sich vorsichtig, breitbeinig in den Stöckelschuhen über seinen Beinen, leicht wankend, sah auf ihn hinunter, Becken vorgeschoben. Renker sog an der Zigarette. Doch nicht schlafen gehen. Wenn sie vom Tisch fiel, würde sie ihrem Freund sagen, dachte er, sie sei die Stiegen runtergefallen. Hey, sagte er, kipp mir nicht von der Platte! Sie lächelte, Zungenspitze über die geöffneten Lippen, lasziv, konnte die Pose nur aus Westfilmen haben, gab es so im realen Sozialismus nicht. Öffnete den Gürtel, ließ den Rock die Beine hinunterfallen. Lange Strümpfe mit altrosa Strumpfbändern, altrosa Slip, Centrum Warenhaus, hatte Renker Daniela auch gekauft. Sie wandte Renker den Rücken zu, stelzte dabei vorsichtig über seine Beine, löste ihren BH, warf ihn über den Kopf Renker zu, breitete die Arme aus, wiegte sich. Hatte Renker in Schwabing erlebt. Go-go-Tänzerin auf der Theke. Hatte längere Beine gehabt als Elke, aber die Wäsche blieb an, sonst wäre die Polizei gekommen. Elke hatte einen netten Arsch. Sie fasste das Höschen an beiden Seiten, wartete endlos. Renker griff sich zwischen die Beine. Asche seiner Zigarette fiel auf den Boden. Hätte er nicht mehr erwartet von der Kleinen, man verschätzt sich immer wieder. In Dessau hatte es ihm Heidemarie im Auto während der Fahrt ins Hotel besorgt. Einfach so. Renker hätte sie nie angesprochen, war die Freundin seines Trompeters. Wusste bis heute nichts davon, hatte sich noch bei Renker ausgeweint, als sie dann mit einem anderen zog.

Jeder nun, der diese meine Worte hört und sich nicht nach ihnen richtet, gleicht einem törichten Mann, der sein Haus auf Sand baute. Und es kam Regen, floss in Strömen, Stürme tobten gegen das Haus, und es stürzte ein, und der Trümmerhaufen war groß.

Langsam zog Elke den Slip die Beine hinunter, Stück für Stück, stieg heraus, wandte Renker das Gesicht zu, ohne sich umzudrehen, die Arme vor den Brüsten verschränkt, streckte Renker den nackten Hintern entgegen. Na? Toll, sagte er, zog seine Beine unter ihren hervor, dämpfte die Zigarette ab, öffnete seine Hose. Sie kniete nieder, rutschte rücklings vom Tisch, setzte sich verkehrt auf seinen Schoß.

Er drang in sie ein, umfasste sie mit den Armen, ergriff ihre Brüste, steif die Brustwarzen. Sie wandte ihm das Gesicht zu, küsste ihn tief in den Mund. Es dauerte länger, als Renker wollte, zu viel Alkohol. Er legte sie mit dem Rücken auf den Tisch, Beine weit abgespreizt, zog das Hemd aus, stieg über sie, spürte ihre Strümpfe unter seinen Achseln. Sie verlor einen Schuh, als er kam, hüpfte mit aneinandergepressten Oberschenkeln auf die Toilette. Renker zog die Socken aus, zündete sich eine Zigarette an, kroch ins Bett, hörte die Klospülung, Elke ins Bad gehen. Sie kam mit einem Stück Seife in hellgrünem Seidenpapier aus einem Münchner Nobelhotel zurück ins Zimmer. Schenkst du mir die? Klar! Sah Elke ihre Sachen zusammensuchen, sich anziehen. Gehst du? Ja, sagte sie. Renker drehte sich ihr zu. Fährt doch nichts mehr um diese Zeit! Ich kann laufen, sagte sie. Ist nicht weit! Schlüpfte in den Mantel, steckte die Seife ein, küsste Renker flüchtig, plötzlich keine Zeit mehr. War schön! Renker nickte. Ciao! Tschüss! Sie werkelte an der Tür, der Schlüssel klemmte, schaffte es schließlich, Blick zurück, Küsschen, zog die Tür hinter sich zu. Renker schaute auf die Uhr, drehte das Licht ab, wickelte sich in die Decke. Hatte vergessen, den Wecker zu stellen, war aber zu müde, um nochmals aufzustehen. Holger würde ihn schon aufwecken. Oder Ingo. War auch egal.

Als Jesus seine Rede beendet hatte, staunten die Volksscharen über seine Lehre. Er lehrte wie einer, der Gewalt hat, und nicht wie die Schriftgelehrten.

Achtes Tableau

Die Sommer verbrachten sie in Warnemünde. Wetter durchwegs schön und manchmal sogar heiß. Armin hielt sich oft über Wochen geschäftlich in Moskau auf, Margot ging fast täglich mit Daniela und den Mädchen an den Strand, die beiden waren erst aus dem Wasser zu bringen, wenn sie blaugefroren waren. Man saß in den Strandkörben, las oder unterhielt sich, cremte sich gegenseitig den Rücken ein. Adrienne hatte eines Tages aus Paris Sonnenöl mit Sandelholzduft mitgebracht, ließ sich beriechen. Erotisch, was? Schon etwas anderes als Florena-Creme. Max cremte sie mit seinen Riesenhänden ein, warf sich dann wie ein Seelöwe ins Wasser, kastenförmiger Brustkorb, schwamm die hundert Meter, die für den Schwimmwettbewerb mit Bojen gekennzeichnet waren, in Rekordzeit, unterbot sich im zweiten Durchgang sogar noch. Seine Frau wirkte neben ihm wie ein Kind. Blondierte Mähne, trug abseits der Showbühne Rossschwanz. Nur die Falten um die Augen verrieten sie, machten ihr seit Jahren Sorgen. Sag mir ehrlich, wie alt sehe ich aus? Mensch, hör doch auf mit dem Quatsch! Ick liebe dir auch so! Was heißt so?, ließ sie nicht locker. Er ließ sie stehen, ging um Würstchen zur Würstchenbude neben den Strandkabinen. Bringst du mir Saft für die Mädchen mit?, rief ihm Margot nach, suchte nach ihrer Geldbörse. Zweimal? Bitte! Gib mir das Geld nachher! Seine Haare wallten ihm ins Genick, und er genoss die Blicke junger Damen, ging manchmal öfter als nötig etwas holen, hätte aber nie eine der Strandschönheiten angesprochen, war zu schüchtern, außerdem war Adrienne immer dabei.

Als Jesus vom Berg herabgestiegen war, folgten ihm große Volksmassen. Und siehe, ein Aussätziger warf sich vor ihm auf den Boden und sprach: Herr, wenn du willst, kannst du mich rein machen. Jesus streckte seine Hand aus, berührte ihn und sprach: Ich will, sei rein! Und der Aussätzige war geheilt. Und Jesus sprach zu ihm: Hüte dich, jemandem davon zu erzählen. Geh hin, zeig dich den Priestern und bring die Opfergabe, die Moses vorgeschrieben hat, zum Zeugnis dar.

Renker war oft an den Wochenenden unterwegs, nur unter der Woche mit Daniela zusammen, lag dann die meiste Zeit des Tags am Strand herum. Hatte ein Gestüt ausfindig gemacht, das Pferde für Ausflüge entlang der Dünen verlieh. Daniela konnte nicht reiten, hatte Angst vor den Tieren. Aber Adrienne, im Zirkus aufgewachsen, ritt ohne Sattel, brachte Renker bei, beim Aufsteigen nicht gleich wieder auf der anderen Seite hinunterzufallen. Sah leichter aus, als es war. Daniela lachte in sicherer Entfernung Tränen. Am dritten Tag ritt Renker schon so passabel, dass der Aufpasser, der sonst mitkam, mit einer anderen Gruppe ritt. Allerdings hatte Renker abends Muskelkater in den Beinen, sodass er eine Zeitlang kaum gehen konnte. Max war nur das erste Mal mitgekommen: Vermieten Sie auch Saurier? Mein Mann ist so dämlich!, hatte Adrienne gesagt. Ist doch nur zu faul! Hasta la vista, hatte Max gesagt. Ich nehme inzwischen ein Bier! War mit erhobenem Arm gegangen. Ave, Raimund! Gladiator mit Flasche. Margot besaß eine Kühltasche aus der Schweiz.

Der Reitweg war ausgetreten, eine dünne Schicht Sand mit einzelnen Grasbüscheln. Adrienne tänzelte mit ihrem Pferd voraus, zweiteiliger Badeanzug, Seidenbluse drübergezogen, Strohhut mit breiter Krempe, Sonnenbrille mit hochgezogenen Ecken. Renker hintennach. Hatte sich Pferderücken nicht so breit vorgestellt, verstand jede Frau im Damensitz. Ritten in Richtung Diedrichshagen, Wilhelmshöhe, die Sonne stand schon tief.

Als Jesus in Karpharnaum eintraf, trat ein Hauptmann zu ihm: Herr, mein Knecht liegt gelähmt zu Hause und leidet große Schmerzen. Jesus antwortete ihm: Ich will kommen und ihn heilen. Der Hauptmann aber sprach: Herr, ich bin nicht würdig, dass du eingehst unter mein Dach, aber sprich nur ein Wort, und mein Knecht wird gesund. Auch ich habe Vorgesetzte, genau wie Soldaten unter mir. Sag ich zu einem: Geh, so geht er. Zu einem anderen: Komm, so kommt er. Und zu meinem Knecht: Tu das, und er tut es.

Was ist jetzt mit der großen Schlagerparade?, fragte Adrienne. Bekommt ihr den Job? Welchen Job? Den bei der Schlagerparade im

Fernsehen. Wir bekommen ihn, rief Renker. Und wenn ich Dreck fressen muss! Hast du mit Delf gesprochen? Was denkst du?, sagte Renker. Schon vor zwei Monaten, die anderen Bewerber sind praktisch chancenlos! Wissen die das? Nee, lachte Renker. Der Hintern tat ihm weh. Weit draußen schien ein großes Handelsschiff festzuliegen, zehn Minuten später war es hinter dem Horizont verschwunden.

Als Jesus das hörte, staunte er und sprach zu seinen Begleitern: Wahrlich, ich sage euch, solchen Glauben habe ich in ganz Palästina noch bei keinem gefunden. Ich aber sage euch: Viele werden von Osten und Westen kommen, um sich mit Abraham, Isaak und Jakob im Himmel zum Mahl niederzulassen. Die Söhne des Reichs werden jedoch in die Finsternis hinausgestoßen werden. Dort wird sein Jammern und Zähneknirschen. Zu dem Hauptmann aber sagte er: Geh hin, und dir geschehe, wie du geglaubt hast. In derselben Stunde war der Knecht gesund.

Sie kehrten um, bevor es dunkel wurde, ritten zwischen den Dünen zurück. Als plötzlich ein Kind aus einer Quergasse durch den Dünenwall über den Weg rannte, scheute Adriennes Pferd, warf sie fast ab. Eine Frau in orangem Strandkleid hintennach: Bärbel! Ich hab gesagt, du sollst bei mir bleiben! Schaute Adrienne verschreckt an. Entschuldigen Sie! Decke unter dem Armen, Strandtasche in der Hand, zweites Kind am Arm. Ist Ihnen etwas passiert? Nein, nein, sagte Adrienne. Erleichterung. Gott sei Dank! Die Frau gab Bärbel einen Klaps hinters Ohr, packte das losheulende Mädchen an der Hand, zog es weiter. Würden sicher morgen wiederkommen: Ausziehen, einölen, lass den Hut auf! Beobachtete Renker den ganzen Tag: Kinderspielzeug auspacken, der grüne Plastikeimer ist weg! War schon der dritte. Flaschen eingraben, du sollst den Hut auflassen! Essensdose in den Schatten. Dann hast du wieder Kopfweh! Aber wie soll ich mit dem Hut schwimmen? Dazu nimmst du ihn ab! Ich möchte aber jetzt schwimmen! Gib schon her, wo ist denn dein Bruder? Schon im Wasser! Ist doch noch nicht eingecremt! Lautes Rufen, nützt nur nichts, der Wind zu stark. Urlaubsstress. Hast du die Zeitung, Liebling? Liegt am Zimmer! Nee, also, ich hol sie nicht!

Sie gaben die Pferde zurück, Renker zahlte. Daniela und Margot waren schon gegangen, nur die beiden Mädchen warteten noch auf sie. Wo ist Max? Auch schon zu Hause. Macht Grillkoteletts. Wir sollen alle kommen! Aha, sagte Renker, sah Adrienne an. Weißt du davon? Jetzt, sagte sie. Sie gingen gemeinsam, waren die letzten im ganzen Umkreis. Ein Mann schlurfte mit einem großen Korb über den Strand, spießte mit einem Stock Abfall auf. Renker hinkte, als wäre er verletzt. Daniela hatte die Haare eingedreht, kochte Kartoffeln. Sind die für Max? Ja, sagte sie. Renker duschte noch.

Die kurze Dämmerung war schon hereingebrochen, als sie das Haus verließen. Renker, seinen weißen Leinenanzug aus Hamburg angezogen, weiße Stoffschuhe, schleppte den Topf mit den Kartoffeln. Adriennes Haus war das kleinste der drei. Im Garten davor eine Dusche, ein Wagenrad an die Wand gelehnt, eine gelbe Holzschubkarre mit Pelargonien, bunte Stühle um einen Campingtisch mit rotem Tischtuch. Max grillte Fleisch auf einem auf Ziegel gelegten Rost. Holt ihr euch bitte selbst Getränke? Sind in der Küche! Wo soll ich den Topf hinstellen?, fragte Renker. Gleich auf den Tisch, wir ... Wie sieht denn das aus, so einfach nur mit dem Topf?, fiel ihm Daniela ins Wort. Wo ist denn Adrienne? Im Haus, sagte Max. Hat ihren Goldarmreifen verloren! Wo? Daniela schlug die Hände zusammen. Keine Ahnung, aber jetzt setzt euch schon mal her! Daniela nahm Renker den Topf aus der Hand, eilte damit ins Haus. Den trug sie doch noch, meinte Renker, als wir ausgeritten sind. Zumindest bilde ich es mir ein. Adrienne!, rief Max laut. Raimund meint, du hättest den Reifen beim Ausreiten getragen! Wendete die Koteletts mit einem langen Spieß. Seine Frau erschien in der Haustür, noch dasselbe Gewand wie vorhin, das Haar aufgelöst, schüttelte den Kopf. Ich geh doch nicht mit dem Schmuck an den Strand. Renker hob die Schultern. Entschuldige, habe es mir nur eingebildet.

Jesus stieg ins Boot und seine Jünger folgten ihm. Und siehe, es erhob sich ein heftiger Sturm. Das Boot wurde von den Wellen überflutet, aber Jesus schlief. Da traten seine Jünger an ihn heran, weckten ihn und riefen: Herr, rette uns, wir ertrinken! Er aber sprach zu ihnen: Was seid ihr so furchtsam, ihr Kleingläubigen?

Du hast doch auch deine Brille gesucht, sagte Max, und hattest sie am Kopf! Das ist doch etwas anderes, sagte Adrienne. Wieso? Max spießte zwei Fleischstücke auf, trug sie zu einem Teller auf dem Tisch. Ist doch dasselbe! Hör auf!, rief sie. Mach mich nicht noch verrückt! Ich?, lachte Max. Du machst doch alle verrückt! Daniela ergriff von hinten Adriennes Schultern. Lasst sie doch in Ruh! Zog sie ins Haus zurück. Kommt jetzt essen!, rief Max. Sonst wird alles kalt. Und bringt die Kartoffeln mit!

Jesus erhob sich, gebot dem Wind und dem Wasser, und es ward eine große Stille. Die Menschen aber waren voll des Staunens und sagten: Wer ist das, dem sogar der Wind und der See gehorchen?

Sie saßen alle um den Tisch, die beiden Mädchen in gleichen Sommerkleidchen mit Matrosenkrägen, Margot mit weißer Bluse und bodenlangem Wickelrock. Stimmung wollte nicht so richtig aufkommen. Prost! Max hob sein Glas. Danke für die Einladung, sagte Daniela. Danke für die Kartoffeln, antwortete Max. Adrienne schwieg. Ja, so sag doch auch etwas, rief ihr Max zu. Sie zuckte die Achseln, gereizt: Was soll ich denn sagen? Scheißarmreifen!, rief Max. Weg ist weg! Adrienne warf die Stoffserviette auf den Tisch, wollte aufstehen. Daniela zog sie wieder in den Sessel zurück. Wird schon auftauchen! Adrienne schüttelte den Kopf, Tränen in den Augen. War noch von meiner Mutter! Sie schenkte sich Rotwein ein, leerte das Glas auf einen Zug. Prost, sagte Max. Mein Weib säuft!

Als Jesus am jenseitigen Ufer anlegte, dem Gebiet der Gardarener, liefen ihm aus Grabhöhlen zwei von bösen Geistern besessene Männer entgegen. Sie waren gefährlich, sodass es niemand wagte, mit ihnen zusammenzukommen. Als sie ihn erblickten, schrien sie auf: Was willst du von uns, Sohn Gottes? Bist du gekommen, uns vor der Zeit zu quälen?

Eineinhalb Stunden später öffnete Renker die vierte Flasche. Max hatte auf einer Schnur über dem Tisch Lampions aufgehängt. Alle hatten Westen übergezogen, Renker rauchte. Vom Fleisch war fast nichts übrig geblieben. Adrienne saß in den Stuhl gesunken, den Kopf auf der Brust. Junge, komm bald wieder, sang Max, dirigierte sich selbst mit dem Fleischspieß, die Mädchen kicherten. Margot schlug vor, am nächsten Tag ein Segelboot zu mieten. Raimund kann doch auch segeln, oder? Renker nickte, hatte nicht sonderliche Lust, aber es war ihm egal. Junge, sang Max, fahr nie wieder, nie wieder hinaus. Wenn wir zeitig in der Früh losfahren, meinte Margot, könnten wir mittags in Heiligendamm essen. Ist das älteste Seebad Deutschlands, wunderschön! Daniela war begeistert, die Mädchen nicht. Wir wollten baden gehen! Was sagt ihr? Ich mach mir Sorgen, sang Max, Sorgen um dich. Wir wollten baden gehen! Kannst du nicht mal still sein?, rief Margot. Denk doch an morgen, Max unbeirrt, ausgestreckte Arme, denk doch an mich! Renker applaudierte. Könnt ihr ja dort auch, sagte Margot. Was? Baden! Wer will noch einen Schnaps?, fragte Max, klopfte mit dem Spieß an die Flasche. Um Himmels Willen, sagte Daniela. Willst du uns umbringen? Adrienne nahm einen Doppelten.

In einiger Entfernung zu Jesus weidete eine große Schweineherde. Da baten ihn die Dämonen: Willst du uns austreiben, lass uns in die Schweineherde fahren.

Daniela und Margot gingen gemeinsam, nahmen die Kinder mit. Morgen um sieben! Alles klar? Renker nickte, hatte keine Freude. Eine Viertelstunde später schlief Max am Tisch ein. Ich könnte schwören, sagte Renker über Max hinweg, du hast den Armreifen heute getragen. Nie im Leben, lallte Adrienne. Die Zikaden schabten. Irgendwo in der Nachbarschaft spielte Musik, immer wieder Lacher. Renker erhob sich. Komm mit! Muss das sein?, sagte sie. Komm! Er zog sie aus dem Stuhl, durch das Gartentor, den Weg zum Strand. Was soll das? Widerwillig lief sie hinter ihm drein, hielt mit der Hand die Weste zu. Mir ist kalt! Der Himmel war übersät mit Sternen, der Vollmond tauchte den Boden, die Sträucher am Wegrand in bläuliches Licht. Der Sand knirschte unter den Schuhen. War ein ungewohntes Gefühl, hier in Straßenschuhen zu gehen. Renker bog in den Weg ein, über den sie wenige Stunden zuvor geritten waren, zog Adrienne bis zu der Stelle, an der das Kind vor das Pferd gelaufen war, ließ sie los, suchte den Boden Stück für Stück ab. Nichts. Adrienne sah ihm zu. Es ist sinnlos! Ich hab ihn nicht getragen, glaub mir doch. Abwehrende Handbewegung. Sie wandte sich um, torkelte den Weg zurück. Renker kniete nieder, durchwühlte den Sand, bog Zweige der Sträucher auseinander, nichts. Ging den Weg ein Stück hinunter, wieder zurück, schaute nach Adrienne, klopfte den Sand aus der Hose, schlurfte Adrienne nach, hielt plötzlich inne.

Gehet hin, rief Jesus, und die Dämonen fuhren aus und in die Schweine hinein.

Adrienne!, rief Renker. Komm her! Sie kam zurück, missmutig, neugierig, hielt einige Sekunden später den Goldreifen in der Hand.

Die ganze Schweineherde stürmte den Abhang hinunter in den See und ertrank. Die Hirten aber flüchteten in die Stadt und erzählten, was geschehen war, auch von den Besessenen. Alle Einwohner der Stadt zogen daraufhin zu Jesus hinaus, forderten ihn auf, ihr Land zu verlassen.

Adrienne schob den Reifen über ihre Hand, hob langsam den Blick zu Renker, schüttelte wortlos den Kopf. Ihre Lippen zitterten. Hinter der Düne das regelmäßige Aufbrausen der Wellen, ohrenbetäubend das Sirren der Zikaden. Plötzlich fiel Adrienne Renker um den Hals, küsste ihn ab. Er stolperte lachend rückwärts, kippte in die Sträucher, riss Adrienne mit sich. Sie biss ihn in die Unterlippe, krallte sich in seinen Nacken. Er wollte etwas sagen, konnte nicht, sie presste ihren Mund auf seine Lippen, streckte ihm die Zunge in den Mund, harte, kleine Zunge, schmeckte nach Kornbrand. Er spürte Adriennes Körper auf sich, quirlig, wie sie immer war, Kälte und Weltschmerz verflogen, weggeblasen. Hatte sich Adrienne im Bett mit Max nie vorstellen können: er mächtig, behäbig, einfaches Gemüt, sie gelenkig wie keine andere, knabenhafter Körper, fünf Sprachen, Zirkuskind. Riskierte schon mal ein Auge auf andere Männer neben ihrem Riesenschatten, hatte Renker bemerkt, Max nie, war sich Renker sicher. Max lief auf Schienen, Kumpel, Handschlagqualität. Klopfte seine Nägel mit der Faust in Bretter, die er hütete wie seine Augäpfel, bis Renker einmal zufällig eines in die Hände bekam: War porös wie dickes Löschpapier, Renker hätte mit dem Daumen Nägel reindrücken können. Wusste niemand, Glitzerwelt im Scheinwerferlicht. Adrienne hatte keinen doppelten Boden, entweder sie schaffte es in den gläsernen Würfel oder nicht. Renker hatte sie sich, als er das erste Mal zusah, nackt vorgestellt. Männerfantasien, Freakshow. Hatte er mit Hochseiltänzerinnen auch schon getan. War mit Adrienne einmal nach einem gemeinsamen Auftritt in einem Varieté eine halbe Stunde allein im finsteren Auto gesessen, hatte sie zum Wohnwagen gefahren, Max hatte noch auf der Bühne zu tun gehabt. Belangsloses Gespräch, rot glänzende Lippen, Haar offen über die nackten Schultern, die Spannung war mit Händen zu greifen gewesen. Dann war sie plötzlich ausgestiegen, Küsschen auf die Wange. Schlaf gut! Ciao! Zum Wohnwagen gelaufen, Artistenquartier, zogen quer durch Europa.

Die Äste der Sträucher stachen Renker in den Rücken. Er zögerte, bevor er Adriennes Hintern berührte, fuhr dann vorsichtig mit der flachen Hand unter ihr Bikiniunterteil, streichelte sie, durchtrainierte, harte Backen, hätte er schon damals im Auto tun sollen, griff ihr zwischen die Beine, zog ihr das Badehöschen bis an die Knie hinunter. Sie setzte sich ruckartig auf, riss sich die Weste vom Leib, die Bluse, das Bikinioberteil, sprang auf, stolperte mit dem Unterteil an den Knien über Renker hinweg die Düne hinauf, strampelte das letzte Stückchen Stoff ganz ab. Komm mit, rief sie, hielt einen Augenblick inne, zog den Goldreifen vom Arm, warf ihn Renker zu, ihr heller Körper gegen den Sternenhimmel. Lief zwischen den verlassenen Strandkörben durch, über den bleichen Sand dem Meer entgegen. Renker folgte ihr bis ans Wasser, blutete an der Lippe. Steckte den Reifen ein, zog sich aus, lief ihr gegen die Wellen nach, das Meer war wärmer als die Luft. Sprang hinein, tauchte, die See schwarz wie Tinte, tauchte auf, schüttelte das Wasser aus dem Gesicht, Mondstraße quer über die Oberfläche, Adrienne wie ein wächserner Delfin um ihn herum.

Er fing sie, zog sie an sich, küsste sie. Sie packte unter der Wasseroberfläche seinen Schwanz, rieb ihn mit beiden Händen. Finderlohn! Renker lachte. Alles hätte er sich für diese Nacht vorgestellt, nur das nicht. Sie fiel ihm um den Hals, sprang hoch, schlang ihre Beine um seinen Leib, zog ihn rücklings unter Wasser, ließ nicht los. Renker rappelte sich hoch, spuckte Wasser, Salz im Mund, schleppte sie auf den Strand zu, wurde von einer Welle umgerissen, rollte über den Sand, blieb am Rücken liegen, Adrienne über ihm. Sexfilm, hatte er in einem Hotel in Straßburg die halbe Nacht geschaut, es sich zweimal selbst gemacht. Dieselbe Szene, nur diesmal war er im Film dabei. Adrienne ließ kurz von ihm ab, um sich umzudrehen, stieg über Renkers Brust, steckte sein Glied tief in den Mund. Und Max schlief am Tisch vor dem Griller. Die Wellen spülten über sie hinweg, brachen sich über ihren Köpfen, gaben den Boden wieder frei, kamen erneut. Sie machte es ihm mit der Hand, immer schneller, verbissen, spritzte seine Säfte ins Meer, sprang auf, kniete sich über seinen Kopf in den Sand, ließ Renker mit der Zunge in sie eindringen, griff sich zwischen die Beine, krümmte schließlich ihren Leib keuchend nach hinten, zuckte, weit geöffneter Mund, einige Sekunden angespannte Ruhe, Milchstraße über ihnen, Millionen weißer Löcher im schwarzen Nichts, Welle für Welle, rauschend, gurgelnd, regelmäßig alle paar Sekunden, Minute für Minute, Stunde um Stunde, Tage, Jahre, Jahrhunderte, Jahrtausende.

Langsam entspannte sich Adrienne, ließ von Renker ab, erhob sich, ging ins Meer zurück, vorsichtig Bein vor Bein, anderes Mädchen, schob das Becken vor, wie Mannequins es tun, lächelte zurück, Sommersprossen, glänzende Augen, glitt lautlos ins Wasser, schwamm die Mondstraße hinaus.

Als Renker nach Hause kam, saß Daniela am Küchentisch, hörte Musik: „Das kann doch einen Seemann nicht erschüttern", kratzige alte Scheibe, hatte ihr Delf einmal geschenkt. Sie musterte kommentarlos die Grasflecken auf Renkers weißem Anzug: Haben die beiden so lang durchgehalten? Renker schüttelte den Kopf. Max ist am Tisch eingeschlafen. Sie nickte, Augenbrauen hochgezogen. Und Adrienne? Frauen sind zäher, sagte Renker. Ich hab ihren Goldreifen wiedergefunden! Sie hob den Tonarm von der Platte. Du hast ihn gefunden? Wenn ich's dir sag! Wo? Wo ich vermutet habe: auf dem Reitweg. Sie hat ihn doch getragen! Gratuliere, sagte Daniela.

Was ist mit deiner Lippe?, fragte sie später im Bett neben ihm, Licht abgedreht. Hab mich reingebissen, sagte Renker.

Während der Segeltour am nächsten Morgen war Renker müde, schlecht gelaunt. Adrienne verkatert, sonst unverändert, als wäre es eine Nacht wie alle anderen gewesen, saß Rücken an Rücken mit Max im Boot, Gurkenscheiben auf den Augen und über der Nase. Nie wieder Schnaps, hatte sie geschworen. Heiligendamm war vornehm und teuer, das Essen nicht besonders.

Neuntes Tableau

Jesus stieg in ein Boot, fuhr über den See zurück nach Kapharnaum. Dort brachte man einen Gelähmten auf einer Bahre zu ihm. Als Jesus ihren Glauben sah, sprach er zu dem Gelähmten: Sei getrost, mein Sohn, deine Sünden sind dir vergeben. Und siehe, einige der Schriftgelehrten dachten, dass er Gott lästere. Jesus durchschaute ihre Gedanken und sprach: Warum denkt ihr Böses in euren Herzen? Was ist denn leichter? Zu sagen: Deine Sünden sind dir vergeben, oder: Steh auf und geh. Ihr sollt aber erkennen, dass der Menschensohn die Macht hat, auf Erden Sünden zu vergeben. Dann sprach er zu dem Gelähmten: Steh auf, nimm dein Bett und geh. Und der stand auf und ging. Als die Volksscharen dies sahen, waren sie voll Ehrfurcht und priesen Gott, der den Menschen solche Macht gegeben.

Lang und Seewald kamen gegen Mittag, polterten zur Tür herein, waren anscheinend Karten spielen gewesen. Renker saß auf dem Stuhl in seinem Zimmer, hatte das Fenster fixiert, wusste nicht, wie lang schon. Die Zeit war abgebrochen. Straßenbahn, bremste, fuhr wieder an, die nächste, gedämpfte Motorgeräusche der Autos, die Fensterscheiben vibrierten. Die Drähte der Oberleitung, tote Köpfe der Straßenlaternen. Leere im Gehirn, Bilder wie in Zeitlupe. Ton verzerrt. Kinderjubeln.

Lang musste gewonnen haben, zeigte offenbar in der Küche stolz seinen Gewinn her. Kannst damit Renker dein Pornoheft bezahlen, hörte Renker Gettinger giftig durch die Wand. Keine Antwort. Er sollte es nie bezahlen. Seewald: Was gibt's zu essen? Schweigen. Langs heisere Stimme: Renker soll doch kochen! Er betrat das Zimmer ohne anzuklopfen. Alter, du bist dran! Hunger! Renker bewegte sich nicht, Lang widerte ihn an, tot stellen. Harry hatte sich ihm auf den Schoß gesetzt, Tagtraum, kurze, blaue Hose, weiße Söckchen, flüchtete unters Bett. Hey, rief Lang, war doch ausgemacht, Koteletts mit Nudeln! Heisere Stimme, verschluckte Vokale. Die nächste Straßenbahn. Nachts wird es kalt werden, Harry. Nimm die Decke mit!

Renker wandte sich Lang zu, erhob sich zögernd, ging in die Küche, stellte Wasser auf, öffnete den Kühlschrank. Heilloses Durcheinander. Alles einfach so reingeschossen, Butter lag unter unverpacktem Käse, eine Stange Chinakohl drüber, angeschimmelte Tomaten. Suchte das Säckchen mit den Koteletts, die Nudeln im Schrank daneben, eine Pfanne. Ist unterm Herd, hörte er Lang hinter sich. Schmutzige Bestecklade, war ihm egal, begann zu kochen. Er hatte bleierne Beine, war müde, hatte das Gefühl, auf der Stelle einschlafen zu müssen, hielt sich am Herdrand fest. Neben ihm lief der Fernseher. Fußballübertragung. Lang lungerte breitbeinig auf der Küchenbank, rauchte, kaute dabei mit offenem Mund Kaugummi, die beiden anderen waren in ihren Zimmern. Gettingers Gitarre durch die Wand, verzerrt, schlecht gestimmt, A-Saite zu tief. Flat, sagen die Musiker. Die Koteletts rauchten in der Pfanne, schrumpften um die Knochen. Claptons „Sunshine of your love". Lang trommelte am Tisch den Rhythmus dazu. Ginger Baker wäre verzweifelt, hätte Jan gesagt. Tor!, schrie der Fernsehreporter, die Menge im Stadion jubelte. Scheiße, sagte Lang, wechselte das Programm: Videoclip, alle Sekunden Umschnitt, weiße Rapper, T-Shirt, Kappe verkehrt, hinter ihm Graffiti an den schwarzen Wänden.

bullenzoff,
hinterhof,
explodiert das leben eben,
ledernacken,
scheißkanaken,
schlechter stoff.

Endlos, bis das Wasser kochte. Mittags sei das Gas zu schwach, meinte Lang, kochten alle im Haus um die gleiche Zeit. Die A-Saite war zu tief. Lang drehte lauter. Gettinger auch. Ruhe!, durch die Wand. Dreh endlich den elenden Kasten leiser! Immer die gleiche Debatte. Das Leben als Bumerang, hatte Werner gesagt. Sisyphus muss gegen mich ein Dreck gewesen sein!

nie geschlagen,
alle sagen:
hände an die wände,
beine breit.
ewigkeit
zu ertragen.

Gettinger riss die Tür auf, drehte den Fernseher ab. Roter Kopf, stotterte vor Aufregung. Ist doch unerträglich! Wen interessiert dieses Gequatsche? Lang kletterte halb auf die Tischplatte. Bist du noch zu retten, Fatty? Griff an Renker vorbei, schaltete das Gerät wieder ein. Gettinger drehte wieder ab, rannte aus dem Raum. Trottel! Langs heisere Stimme hinter ihm her, als hätte er sich stimmlos geschrien. Dann wieder Clapton aus Gettingers Zimmer. Renker warf die Nudeln in den Topf, suchte vergeblich nach einem Kochlöffel. War egal. Kochten auch so. Schleppte sich an die Balkontür. Dunkelblauer Himmel über den Dächern, erschlug einen. Der ist doch komplett verblödet, hörte er Lang hinter sich. Clapton persönlich! Abermals „Sunshine of your love“, das heiße Fett spritzte. Renker schloss die Augen, klammerte sich mit beiden Händen an eine Sessellehne, tat, als sähe er aus dem Fenster, wusste selbst nicht, warum, hörte, wie Lang den Fernseher wieder aufdrehte. Anderer Sender, Stimmengewirr, mehrere Menschen redeten gleichzeitig aufeinander ein. Der Gitarrenton verzerrte. Wie tausend Jahre her: Wandergitarren, Lokal direkt neben der Berliner S-Bahn. Fuhr der Zug vorbei, war jedesmal der Verputz von der Decke gerieselt.

Als Jesus von dort weiterzog, sah er einen Mann namens Matthäus an der Zollstätte sitzen und sagte zu ihm: Folge mir. Sogleich stand Matthäus auf und folgte ihm. Und als er dann im Haus zu Tisch lag, kamen viele Zöllner und Sünder und gesellten sich zu Jesus und seinen Jüngern. Als die Pharisäer dies sahen, sprachen sie zu seinen Jüngern: Warum isst euer Meister mit Zöllnern und Sündern? Jesus hörte das und sprach: Nicht die Gesunden brauchen einen Arzt, sondern die Kranken. Geht hin und versucht das Wort zu verstehen: An Barmherzigkeit habe ich

Wohlgefallen und nicht an Schlachtopfern. Ich bin nicht gekommen, Gerechte zu rufen, sondern Sünder.

Plötzlich fuhr Renker herum, stürmte aus der Küche, riss Gettingers Tür auf. Sehr vernünftig, hörte er Lang. Gib's ihm! Gettinger auf dem Stuhl, über die Gitarre gebeugt, mit der schwarzen Box unter einem kleinen Waschbecken verkabelt, starrte ihn mit offenem Mund an, hielt inne. Überall Stapel von Büchern auf dem Boden, Kleidungsstücke über den Möbeln, muffeliger Geruch. Lang sprang hinter Renker her, katzenartig, fing sich im Türrahmen, lüsterner Blick: Seewald, schau! Renker riss Gettinger die Gitarre aus den Händen. Hau sie ihm um die Ohren!, rief Lang. Das geht schon seit Monaten so. Kann kein Mensch mehr hören. Renker drehte das Instrument um, Gettinger gelähmt, verfolgte wie ein Kleinkind mit den Augen Renkers Bewegungen. Seewald drängte sich in die Tür: Was ist passiert? Mit einer Handdrehung zog Renker die A-Saite an, stellte einen Fuß auf Gettingers Verstärkerbox, ließ das Instrument aufjaulen: „Sunshine of your love", den Gitarrenriff kannte jeder. Wahnsinn!, rief Gettinger, leuchtende Augen, sprang auf. Wo hast du das gelernt? Clapton hatte damals Popgeschichte geschrieben. Kassetten aus dem Westen. Detlef aus Renkers Klasse hatte einen Kassettenrekorder besessen. Vater bei der Partei. Hatten alle heimlich gehört, versucht, auf der Wandergitarre mitzuspielen. Schülerball dann mit Volksmusik. Daniela war im weißen Kleid gekommen, noch in Freddie verliebt gewesen.

Renker brach mitten in der Phrase ab, das Telefon läutete. Welche Trotteln regen sich da schon wieder auf?, rief Gettinger. Renker gab ihm das Instrument zurück, drängte sich zwischen Lang und Seewald ins Vorzimmer. Weiter, hörte er Gettinger. Lass dich nicht unterkriegen! Hatte er schon. Seewald hob ab: Werner ist's! Alles okay! Hörte zu, nickte, spielte dabei mit dem Hörerkabel. Werner kommt heute noch kurz vorbei, sagte er, nachdem er aufgelegt hatte.

Die Koteletts waren einseitig verkohlt, doch niemand sagte etwas. Du spielst ja irrsinnig gut! Gettinger, bewundernd, sprach mit vollem

Mund, stopfte Nudeln nach, besaß als einziger eine eigene Stoffserviette. Musst mir einiges zeigen! Renker ging nicht darauf ein, aß kaum etwas, sah Lang die verkohlte Schicht vom Fleisch kratzen, das Messer in der Faust, als wollte er jemanden erstechen. Vom ganzen Essen blieben nur die Knochen übrig, und Lang wusch ab.

Darauf kamen die Jünger des Johannes zu Jesus und sagten: Warum fasten wir und die Pharisäer oft, deine Jünger aber nicht? Jesus antwortete ihnen: Können Hochzeitsgäste trauern, solange der Bräutigam noch unter ihnen weilt? Der Tag wird kommen, an dem er ihnen entrissen wird, dann werden sie fasten. Niemand setzt einen neuen Flicken auf ein altes Kleid, reisst er doch sonst ab, vergrößert nur den Riss. Niemand füllt neuen Wein in alte Schläuche, zerreissen sie doch sonst, der Wein läuft aus, und auch die Schläuche sind verdorben. Füllt neuen Wein in neue Schläuche, und beide werden erhalten bleiben.

Nach dem Essen legte sich Renker auf sein Bett, hörte Lang noch eine Zeitlang abwaschen, dann Stille. Auch Gettinger war ruhig. Renker lag mit offenen Augen, hatte Angst, sie zu schließen. Angst wie Haut, Knochen, Blut, Teil seines Lebens, unsichtbar hinter dem Kopf, unhörbar, wich zurück, tastete er nach ihr, geschmeidig, Raubkatze, lautlos, tagelang unsichtbar, antwortete nicht. Dunkelpause hieß sie, gelöschte Vergangenheit, viele Namen: Tagnacht. Haben Sie keine Angst, sagt man so dahin. Manchmal war es ihm fast recht, quatschte ihm Gettinger die Ohren voll, lenkte ab, Alltag, Langs Geschrei, Streitereien, der Fernseher: zurücklehnen, durchatmen, wiegte in Sicherheit. Sie wartete dahinter auf die Stille, geduckt, hatte Zeit: Angst, viel Zeit, um ins Bewusstsein zurückzuschleimen, umkreiste ihn, unaufhaltbar. Schweiß auf der Stirn, nasse Hände. Ist doch nichts passiert! Ich weiß, entschuldigen Sie! Interessierte kein Schwein. Hat jeder eigene Probleme. Die zerstörte Gesellschaft nach dem Kommunismus zu heilen, war auf einem Kalenderblatt in Ybbs gestanden, oder so ähnlich, sei wie aus Fischsuppe wieder ein Aquarium zu machen. Václav Havel. Schönes neues Jahr vom Rauchfangkehrer.

Die Straßenbahn vor dem Haus, den Wogen der Ostsee gleich, Quietschen der Bremsen, das Zischen beim Öffnen der Türen, Türenschließen, Abfahren, das Geräusch versickerte wie das Wasser im weißen Sand unter den nackten Füßen. Hinterließ Stille bis zur nächsten. Angst. Renker versuchte, nichts zu denken, Bilder aus dem Kopf zu drängen, Zeit zu ersticken, schaffte es nicht. Immer die gleichen Gedanken, verhasste Lebensgefährten, vertraute Feinde, saßen mit ihm zu Tisch, schliefen neben ihm, tanzten in der Dunkelheit. Ständig die selbe Zeit bis zur nächsten Straßenbahn. Quietschen der Bremsen, Zischen beim Öffnen der Türen, Türenschließen, Abfahren. Harry spielte in der Ecke. Setz dich weiter hinaus, die Flut kommt! Lang zog durch die Nase auf, tat das öfter, spuckte ins Klo. Spülung, Türschlagen. Die Straßenbahn. Quietschen der Bremsen, Zischen beim Öffnen der Türen, Türenschließen, Abfahren. Irgendwann nahm Renkers Kopf die Geräusche nicht mehr auf, das Ticken von Uhren, Stundenschlagen, die Straßenbahn, Panik, mit der Stille dazwischen allein gelassen zu werden, lauschte er angestrengt, klammerte sich an die Matratze. Sonntags waren die Intervalle der Straßenbahn größer.

Während Jesus noch so zu den Jüngern des Johannes sprach, kam ein Vorsteher hinzu, warf sich vor ihm nieder: Meine Tochter ist eben gestorben. Aber komm, lege deine Hand auf sie, und sie wird leben. Und Jesus erhob sich und folgte ihm mit seinen Jüngern. Und siehe, eine Frau, die schon zwölf Jahre an Blutfluss litt, berührte von hinten die Quaste seines Gewands, dachte bei sich: Wenn ich nur sein Gewand berühre, werde ich gesund. Jesus wandte sich um, sah sie an und sprach: Sei getrost, dein Glaube hat dich geheilt. Von jener Stunde an war die Frau gesund.

Renker fuhr hoch, drehte sich herum, ließ die Beine vom Bett hängen, lehnte sich an die Wand, fühlte sich müde, eingesperrt, wollte wegen der Hitze das Fenster nicht öffnen, Spiegel in der Kastentür: eingefallene Augen, bleiche Haut, fiel in dieser Jahreszeit auf, fremder Mann, sollte er selbst sein. Renker als unkenntliche Fotografie, wie das einzige Bild von seinem Vater als Soldaten: der achtzehnte von links. Hätte ich dich nie erkannt! Wochenlang Morast unter den Füßen, hatte Vater erzählt, seine Hände begannen dabei zu zittern. Lass die ollen Kamellen, hatte Mutter gesagt. Will doch niemand mehr hören! Kaffee und Kuchen. Albträume unter der Serviette. Raimund hatte nie Genaueres erfahren. Umrisse, Ideen von Geschützqualm und Flugzeuglärm, gefallener Freund, war angeblich mit Schiller und Goethe im Koffer eingerückt.

Renker fühlte sich nicht mehr, bewegte den Arm, wunderte sich, dass der Mensch im Spiegel es ihm gleichtat. Pieps, sein Kanarievogel, erst rötliches Gefieder, später immer grauer, war stundenlang vorm Spiegel gesessen und hatte sich aufgeregt, bis Mutter das Ding entfernte. Seinen Gesang hatte man bis auf die Straße hinunter hören können.

Als nun Jesus an das Haus des Vorstehers kam, die Flötenspieler und die lärmende Menge sah, sprach er: Geht, das Mädchen ist nicht tot, es schläft nur. Und sie verlachten ihn. Als man die Menge aus dem Haus getrieben hatte, ging er hinein und ergriff die Hand des Mädchens, und es erhob sich. Die Kunde davon verbreitete sich im ganzen Land.

Renker schlug den Hinterkopf gegen die Wand, halb geöffneter Mund, schlug gegen die Mauer, bis es schmerzte, bis er sich fühlte, stechender Schmerz, dahinter war die Nachbarwohnung. Er fuhr sich mit beiden Händen übers Gesicht, durchs Haar, immer wieder, warf sich aufs Bett zurück, setzte sich wieder auf, vermied es, in den Spiegel zu sehen. Erhob sich schließlich mit einem Ruck, ging ins Bad, wusch sich das Gesicht, trocknete sich ab. Zog ein frisches T-Shirt an, suchte seinen Hut aus dem Kasten, hellbraun, breite Krempe gegen die Sonne, verließ die Wohnung, stieg langsam die Treppe hinunter, trat aus dem Haus. Die Hitze stand zum Greifen über dem Pflaster. Vorstadt: kaum Menschen auf der Straße, wenige Autos. Er ging die Häuserzeile entlang. Geschlossene Geschäfte, Rollbalken über den Türen, die Ware aus den Auslagen geräumt. Er überquerte die Straße, ging eine Gasse hinein, unruhig, getrieben, bemühte sich, langsam zu gehen. Ich kann Ihnen schon folgen, hatte die Therapeutin gesagt, aber laufen Sie mir bitte nicht davon. Hatte in manchen Stunden sogar ein wenig seinen Akzent angenommen, war ihm aufgefallen, er hatte deshalb gelächelt, einen Augenblick lang. Warum lächeln Sie? Wollte er ihr nicht erzählen, sie nicht kränken. Schlanke, große Frau, Mitte vierzig. Nach der letzten Sitzung hatte sich Renker entschuldigt, nichts weitergebracht zu haben. Viel zu wenig Zeit, hatte sie gesagt. Ist immer dasselbe. Auf ihrem Tisch waren jedes Mal frische Blumen gestanden.

Kreidezeichnungen auf Gehsteigen, überfüllte Mülleimer an Laternenmasten, bloßfüßige, braune Kinder in den Hauseingängen. Nach einiger Zeit ein kleiner Park, einen Häuserblock groß: eine Handvoll Bäume über abgetretenem Gras, ein hölzernes Klettergerüst für Kinder neben einer Doppelschaukel. Hunde verboten, stand auf einer Tafel. Mehrere Kinder spielten in einem hohen Käfig aus Maschendraht Fußball. Auf einer Bank zwei ältere Frauen, Sommermäntel, Hütchen, unterhielten sich, ihre Hunde tollten durch den Sandkasten hinter der Schaukel. Renker ließ sich auf die Bank ihnen gegenüber fallen, nervös, wusste nicht, warum. Legte den Hut neben sich, wischte sich den Schweiß von der Stirn. Die Hitze kroch unter die Haut, alles Denken aufs bloße Überleben beschränkt. Am anderen Ende der Bank saß eine junge Frau mit einem Buch in der Hand, sah kurz auf, als sich Renker setzte, las dann weiter.

Zehntes Tableau

Dann rief Jesus seine zwölf Jünger herbei und verlieh ihnen die Kraft, unreine Geister auszutreiben, alle Krankheiten und Gebrechen zu heilen. Dies sind die Namen der zwölf Apostel: Simon an erster Stelle, der auch Petrus hieß, sein Bruder Andreas, Jakobus, der Sohn des Zebedäus, und Johannes, sein Bruder. Philippus und Bartholomäus, Thomas und Matthäus, der Zöllner. Jakobus, der Sohn des Alphäus, und Lebbäus mit dem Beinamen Thaddäus. Simon aus Kanaa und Judas Iskariot, der ihn verraten sollte.

Renker hob den Blick hinauf ins Blattwerk des Baums, in dessen Schatten er saß, öffnete den Mund. Dicht die inneren Blätter, gegen außen zu lichter, die Sonne blitzte zwischen ihnen durch, grell jedes Fleckchen Himmel durch das Grün, dunkel geblendet, fast Schwarz gegen die Sonne. Nur einzelne Spitzen der Blätter bewegten sich, Windstille über dem sandigen Boden, die heiße Luft schien wie ein Keil zwischen den Häuserblöcken zu stecken. Dunkelblau über den Wipfeln, wolkenfrei. An zwei Seiten des Parks Neubauten, weiße Fassaden, ausgebaute Dachgeschoße, Grün auf den Dächern zwischen rot-weiß-gestreiften Markisen, Fenster spiegelten die Bäume wider. Direkt angrenzend ein alter Block aus der Gründerzeit, als sollte er weggeschoben werden. Der Verputz zum Großteil heruntergefallen, Fenster wie skelettierte Augenhöhlen, schwarz mit schmutziggrauen Vorhängen dahinter, dazwischen einige leer, eingeschlagen, im Erdgeschoß blinde Fenster, zugemauert zwischen längst geschlossenen Läden, starb still, wartete hinter verstaubten Rollbalken auf den Abbruch, Einschüsse noch vom Krieg. Ums Eck zwei niedrige Gebäude, Biedermeier, kragten verschieden weit in den Platz vor, duckten sich in den Asphalt. Wellige Simse, kleine Fenster in Stuckrahmen, bleichgelbe Fassaden unter rot geschindelten Dächern. An der vierten Seite ein Nachkriegsbau, stillos, rußvergraut die Betonplatten, Zweckbau, und hatte sich damals doch jeder glücklich geheißen, darin wohnen zu können. Wusste Renker von

Verwandten seiner Mutter in Cottbus: Onkel Hans und seiner Frau. Die beiden schrulligen Alten in ihren schachtelartigen Zimmerchen hatten Raimund an Meerschweinchen erinnert und doch, sooft er sie mit seiner Mutter besuchen gekommen war, so etwas wie Glück verbreitet. Jahre später, die Tante war längst tot, hatte Renker in Cottbus zu tun gehabt: berghohe Abraumhalden von Braunkohle am Stadtrand, ölig rußig das Gesicht des Plattenbaus, in dem der Onkel übrig geblieben war, das Bett des Flüsschens davor verschmutzt. Jetzt sei wieder alles anders, hatte Renker gehört. Grün sprieße, wo die Industrie durch die Stadt gekrochen war, konnte es sich nicht vorstellen, starrte das Haus zu seiner Rechten an, Gruß von gestern.

Auf dem Klettergerüst turnte ein Bub herum, redete mit sich selbst Türkisch. Am Boden darunter eine junge Mutter mit Kopftuch, neben ihr ein kleines Mädchen mit einem hölzernen Puppenwagen und einer staubigen Puppe. Harry hätte sicher gern mitgespielt, hatte einen alten Stoffaffen besessen: Huhu. Schön war er nicht mehr. Renker wischte sich mit dem Taschentuch den Schweiß aus dem Nacken, presste den Mund zusammen. Das Mädchen legte die Puppe liebevoll in den Wagen, deckte sie zu, schob sie an Renker vorbei über den holprigen Boden, dass sie fast aus dem Wagen fiel: Fatma, Salina, ausländische Puppen heißen sicher nicht Ilse. Ein Ball flog aus dem Käfig auf die Straße hinaus. Aufgeregtes Geschrei, zwei Buben liefen ihm nach, Autos kamen um diese Zeit ohnedies keine vorbei.

Entschuldigen Sie, sagte die junge Frau am anderen Ende der Bank zu Renker, dass ich Sie anspreche. Sprach leise. Um die fünfunddreißig, mager, dünne Arme. Erschien gepflegt, obwohl ungeschminkt, bleiche Hautfarbe, halblanges Haar. Augen engstehend, hohe Backenknochen wie Indianerinnen, die Hollywood lieber von Weißen spielen ließ. Bewegte sich etwas linkisch, als wären ihr die Arme zu lang. Jeans, weiße Bluse mit kurzen Ärmeln, hatte ihr Buch in den Schoß gelegt. Störe ich Sie? Nein, nein, sagte Renker irritiert, war herumgefahren, hatte nicht damit gerechnet, angesprochen zu werden, war es nicht mehr gewöhnt. Hätte genausogut bejahen können, doch was hätte es gebracht? Die Zeiten waren längst vorbei: Ich habe Sie im Fernsehen gesehen! Dresden, Nachtcafé. Ist es nicht schlimm, hatte die Dame im grünen Kostüm damals gefragt, ständig angesprochen zu werden? Augenaufschlag, hochgesteckte Frisur. Man gewöhnt sich daran! Renker die Zigarette zwischen den Fingern, zum Zeitgewinnen allemal gut genug: den Rauch einsaugen, Kopf in den Nacken gelegt, Augen gegen das Licht halb geschlossen, ausatmen, langsam, bedächtig, die Lippen geschürzt. Hatte ihr Kostüm aus den Augenwinkeln gemustert. Schlimmer wäre es gewesen, nicht mehr angesprochen zu werden. Hatte er nicht gesagt.

Kam sich jetzt vor wie ein Fossil, Leben nach dem Tod. Manchmal stolperte jemand drüber. Entschuldigung!

Die junge Frau auf der Bank zögerte, rutschte dann ein wenig näher. Haben Sie sich schon einmal Gedanken darüber gemacht, dass eine Welt ohne Gott eine sehr kalte Welt wäre?

So eine war sie. Renker sah sie an. Hätte ihn auch gewundert. Arme Würstchen, hatte er in der DDR nicht erlebt. Der Himmel war im Westen. Jesus liebt dich! Gott mit dem weißen Bart, schickt auf kitschigen Ölbildern seine Schutzengel an Steige über romantische Rinnsale in üppigen Wäldchen. Seine Jünger mit den Hochwasserhosen, Mädchen wie Gipsmadonnen, Hand auf dem flammenden Herzen auf der Brust. Die Welt ist verderbt! Zu zweit und zu dritt sangen sie, einer mit Gitarre:

Der in seiner Hand uns hält,
Licht in uns'rer dunklen Welt.

Standen im Weg, S-Bahnsteig Spindlersfeld, Berlin, für zwanzig Pfennige auf ein paar Stunden in den goldenen Westen, war schon ohne dieses Grüppchen zu eng gewesen. Müssen Sie ausgerechnet hier stehen?, hatte eine Frau gerufen, Renker sich vorbeigedrängt, sonst fuhr ihm der Zug heim vor der Nase davon. Tasche um die Schulter, Gerempel.

Gibt uns Kraft für ein Morgen,
kennt er alle unsere Sorgen.

Die Verse holperten, man las gemeinsam von einem Notenblatt, der Bursch konnte in dem Gedränge das Blatt kaum halten. Hinter ihm ein Transparent über den Köpfen, selbstgemalt zwischen zwei Holzstangen: Jesus mit uns! Haben die keine anderen Sorgen? Sollten lieber etwas arbeiten! Unbeachtet, wollten eigentlich auffallen. Neben Renker ein Bub mit einem Radio am Ohr. Spülte sie für sich fort, machte die Jünger Gottes zu stummen Marionetten am Wegrand.

Ich bringe Ihnen eine frohe Botschaft, hatte einmal ein Mann Renker angesprochen. Lange her. Regensburg, Busbahnhof. Aufzeichnungen irgendeiner dieser Volksmusiksendungen. Heile Welt. Lass ihn, hatte ihm Delf zugeraunt. Ich kenn die! Reden dich nieder. Ich bin konfessionslos, hatte Renker gesagt, amüsiert. Irgendetwas gesagt. Genausogut hätte er sagen können: Warum ziehen Sie sich nicht anders an? Grauer Mantel, grauer Hut in der Hand. Hätte Renker nie getragen. War ich auch, hatte der Graue gesagt. Hartnäckig, stimmt. Geschult, hatte auf jede Antwort eine Replik, fünf Minuten lang. Delf war inzwischen eine Zeitung kaufen gegangen. Dann war der Bus gekommen.

Diese zwölf Jünger sandte Jesus aus mit der Weisung: Geht nicht zu den Heiden und nicht in die Städte der Samariter. Geht zu den verlorenen Schafen des Hauses Israel. Geht und predigt: Das Himmelreich ist nahe. Heilt Kranke, erweckt Tote, macht Aussätzige rein und treibt Dämonen aus. Umsonst habt ihr empfangen, also gebt auch umsonst. Sucht nicht, Gold, Silber oder Kupfer in den Gürtel zu stecken, nehmt keine Tasche mit, nicht zwei Röcke, Schuhe oder Stab. Der Arbeiter ist seines Unterhalts wert.

Wir leben in einer so schönen Welt, sagte die junge Frau auf der Parkbank, und nehmen sie gar nicht mehr wahr. Aber ist nicht unser ganzes Leben ohnedies von Dingen bestimmt, die wir nicht mitnehmen können? Sie lispelte ein wenig. Alles dreht sich heute um Geld und Karriere, nur glücklich wird niemand damit. Setzte die Worte vorsichtig wie junge Pflänzchen in Porzellantöpfe, bewegte die Arme dazu. Gott hat ganz anderes mit uns vor, sagte sie. Seht die Lilien auf dem Feld, wie sie wachsen. Matthäus sechs, achtundzwanzig. Sie arbeiten nicht, spinnen nicht.

Das türkische Mädchen stand vor dem Sandkasten, fürchtete sich augenscheinlich vor den beiden Hunden. Hunde nicht erlaubt, sagte seine Mutter in gebrochenem Deutsch zu den beiden älteren Damen auf der anderen Seite der Sandkiste. Die tun nichts, entgegnete die eine, unterhielt sich weiter. Mädchen Angst, sagte die Mutter. Keine Antwort. Die beiden Tiere sprangen über die Begrenzungsbretter, verfolgten eins das andere um das Klettergerüst, kamen zurück. Staubwolke, fielen spielerisch übereinander her, sprangen wieder auf.

Jesus lebt uns vor, hörte Renker die junge Frau neben sich, wie wir ohne Sorgen um unser tägliches Brot leben können, wenn wir nur bereit sind, seine Worte anzunehmen.

Bitte Hunde wegholen, rief die Frau am Sandkasten. Kommt her, befahl eine der älteren Damen den Tieren. Genervte Miene, fahrige Bewegungen. Keines folgte.

Wir alle kennen seine Worte, sagte die Frau neben Renker. Aber wir hören sie nur so wie die Werbung im Fernsehen!

Die beiden Hunde rannten knapp an dem Mädchen, an Renker vorbei, heraushängende Zungen, wehendes Fell, tobten über die Wiese hinter der Bank. Das Mädchen begann verschreckt zu weinen, wurde von seiner Mutter hochgenommen. Hunde Maulkorb, rief die Frau den beiden Damen zu. Meine Hunde beißen niemanden, kam es zurück. Weiß nicht, sagte die Mutter. Verboten ohne Maulkorb! Reg dich nicht auf, schaltete sich die zweite Dame ein. Sprach in derselben singenden Art wie Lang. Ist etwas passiert?

Die junge Frau neben Renker hob das Buch von ihrem Schoß hoch. Dieses Buch ist der Schlüssel zu einem anderen Leben!

Die Mutter stellte das Mädchen wieder auf den Boden. Die Hunde kamen zurück.

Ich habe es selbst nicht gewusst, sagte die junge Frau mit der Bibel in der Hand. Staubsaugervertreter, dachte Renker: Ich selbst verwende dieses Gerät seit vielen Jahren und ich sage Ihnen, ich könnte mir kein besseres vorstellen!

Das Mädchen klammerte sich weinend an seine Mutter. Bitte Hunde fortnehmen, wiederholte diese. Axel!, rief die eine Dame. Einer der Hunde stutzte, lief dann auf sie zu. Der andere folgte schwanzwedelnd. Hunde machen in Sand, sagte die Mutter. Ihre Kinder genauso, entgegnete die Hundebesitzerin. Yasemin nicht! Wie? Die ältere Dame fuchtelte mit der Hand. Da hinten machen sie immer hin, da stinkt's wie in einer Kloake!

Ich selbst, sagte die junge Frau neben Renker, bin von einem guten Freund darauf angesprochen worden. Und mein Leben hat plötzlich Sinn bekommen!

Die Alten auch, ergänzte die zweite Dame im Sommermantel. Als könnten sie nicht nach Hause pinkeln gehen. Da gehört die Polizei her! Sind wir denn am Balkan?

Renker schloss die Augen. Wer mein Wort bewahrt, hörte er die Frau neben sich, wird den Tod nicht sehen in Ewigkeit! Johannes acht, einundfünfzig. Wirkte auswendig gelernt. Steht zusammen, dichte Reihen, lasst gedeihen Volkes Kraft. Hatten ein Kind Renkers Hymne aufsagen lassen. S-Bahn, Südring, stolze Mutter: Dieser Herr hat das geschrieben, weißt du? Heimattreue, stets aufs Neue, alles schafft! Sommersprossen, Zahnlücke, Tanzbär. Hatte nur noch der Ring durch die Nase gefehlt.

Es ist so einfach, sagte die junge Frau neben ihm. Und doch tun wir uns so schwer, es anzunehmen! Renker erhob sich, ging wortlos. An der Frau mit dem Kopftuch vorbei, hinaus auf die Straße, sah sich nicht um.

In welche Stadt oder welches Dorf ihr auch immer kommt, erkundigt euch, wer darin würdig sei. Dort bleibt, bis ihr weiterzieht. Tretet ihr in ein Haus, dann grüßt es. Verdient es das Haus, soll es den Frieden, den ihr ihm wünscht, auch haben. Verdient es ihn nicht, möge euer Gruß zu euch zurückkehren. Hört man euch nicht an, dann verlasst jenes Haus oder jene Stadt und schüttelt den Staub von euren Füßen. Wahrlich, ich sage euch: Sodom und Gomorrha wird es am jüngsten Tag besser ergehen als jener Stadt.

Als Renker die Wohnung betrat, war Werner da, saß mit Gettinger und Lang am Küchentisch. Seewald war nicht zu Hause. Bei dieser Hitze waren Sie unterwegs?, rief Werner durch die Tür. Renker nickte, zog die Schuhe aus. Die Luft im Vorzimmer schmeckte abgestanden. Alle Vorhänge waren zugezogen. Renker wechselte das T-Shirt, langsame Bewegungen, hatte das Gefühl, in einen Käfig zurückgekehrt zu sein. Nur eine Übergangslösung, hatte Werner versprochen, Renker schien bereits jetzt jeder Tag zu viel, Langs heiseres Geschrei, die ewigen Streitereien, der unvermeidliche Fernseher. Der war jetzt abgeschaltet. Nur die Stimmen der Männer, die Straßenbahn vor dem Haus, wie in der Nacht, und der nächste Abend wartete. Renker hockte einige Minuten auf dem Bett, fühlte den Schweiß den Rücken hinunterrinnen, Sehnsucht, alle Nächte aus seinem Leben zu verbannen. Ging ins Bad, hängte den Kopf unter den Wasserhahn, trocknete sich ab, frisierte das Haar zurück, betrat die Küche. Die drei Männer hielten inne, sahen ihn an. Er setzte sich neben Gettinger auf die Bank. Wie geht es Ihnen?, fragte Werner. Renker nickte, hätte sich lieber niedergelegt, wollte nicht erzählen. Hoffentlich fing Gettinger nicht an. Spielt ausgezeichnet Gitarre, begeisterte sich Gettinger. Unvermeidlich. Weiß ich, sagte Werner. Er war ja lang genug Musiker. Werner trug alte Jeans, kariertes Hemd, war seit seinem letzten Besuch sichtlich beim Friseur gewesen: kurzes Haar über dem runden Gesicht, strahlte Wärme aus. Spielt seine Rolle perfekt, dachte Renker, Verständnis, passte nicht in die Küche. Adrienne hatte die liebende Ehefrau gespielt und nachts Renker gevögelt, wenn keiner hersah. Schien ihm wie aus einem anderen Leben.

Ich hätte einen Job für Sie, sagte Werner. Renker schaute auf. Im Büro der Firma, in der auch Lang arbeitet. Super!, rief Lang, schlug mit der Hand auf den Tisch. Werner wehrte ab. Die suchen einen zuverlässigen Mitarbeiter. Es hat nur einen Haken. Lang platzte wieder dazwischen: Du kriegst dafür genau so wenig wie ich! Sei einmal ruhig, sagte Werner. Sie haben geschrieben, Sie könnten Schreibmaschine schreiben? Ja, sagte Renker. Haben Sie schon einmal mit einem PC gearbeitet? Nein. Werner nickte. Sie könnten einen Sommerkurs besuchen. Dauert zwei Wochen. Ich würde Ihnen für diese Zeit zum Üben meinen Laptop überlassen. Danach könnten Sie einsteigen. Trauen Sie sich das zu? Klar, rief Lang, endlich muss ich nicht mehr allein fahren! Werner schüttelte den Kopf: Du bist doch ganz woanders! Aber wie auch immer, wandte er sich wieder Renker zu. Könnten Sie sich das vorstellen? Renker nickte. Alle schauten ihn an. Werner lächelte. Da ist noch ein Haken! Noch ein Haken? Lang heiser. Scheißjob! Werner zögerte. Der Kurs beginnt schon morgen früh, sagte er dann. Geht alles ein bisschen schnell! Unterricht ist immer nur am Vormittag. Gott sei Dank, grinste Lang. Er muss doch kochen! Werner zog einige Papiere aus dem Sakko, lachte: Ich habe Sie schon angemeldet! Hier die Anschrift. Lang stürzte sich auf die Papiere, entzifferte wie ein Kind die Adresse: Ist nicht schwierig! Du fährst mit der Straßenbahn und dann mit der U-Bahn. Ich hol Sie morgen um sieben, winkte Werner ab. Renker nickte.

Als Werner gegangen war, machte Renker Brote mit Schinken und Käse. Seewald kam erst später nach Hause, nahm sich etwas aus dem Kühlschrank.

Seht, ich sende euch wie Schafe mitten unter Wölfe. Seid daher klug wie Schlangen und ohne Falsch wie Tauben. Nehmt euch aber in Acht vor den Menschen. Sie werden euch den Gerichten ausliefern und in den Synagogen geißeln. Sogar vor Statthalter und Könige werdet ihr meinetwegen geschleppt werden, ihnen und den Heidenvölkern zum Zeugnis. Macht euch keine Sorge, wie oder was ihr reden sollt, es wird euch in jener Stunde eingegeben werden. Nicht ihr seid es, die dann reden, sondern eures Vaters Geist spricht durch euch.

Die Nacht war lang. Renker war eingeschlafen, wachte auf, als es noch dunkel war. Nur das Licht der Straßenlaternen an der Decke. Schaffte es nicht, konnte die Uhr nicht entziffern, wollte kein Licht machen, um nicht vollends aufzuwachen, hoffte, wieder einzuschlafen, warf sich lange Zeit im Bett herum, tastete sich schließlich um ein Glas Wasser in die Küche, nahm eine Tablette, schaute durch den Vorhang auf die Straße hinunter. Kein Mensch war zu sehen, die Straßenlaternen standen herum wie übrig gebliebene Gäste des Gehsteigs. Schwarz der Himmel, es musste noch lang bis zum Morgen sein. Er legte sich wieder hin, drehte sich zur Wand. Nahm den Geruch der Matratze wahr, auf der er lag, roch nach Staub, dem alten Holz des Rahmens, die Dunkelheit schärfte das Geruchsempfinden. Du riechst nach Adriennes Parfum, hatte Daniela gesagt, plötzlich mitten in der Nacht, Renker hatte gedacht, sie schliefe längst, sich schlafend gestellt. Stille. Ich weiß, dass du nicht schläfst, hatte sie dann gesagt. Er hatte nicht vorgehabt, Adrienne noch ein zweites Mal zu berühren. Altes Zirkusgesetz: Nicht mit jemandem aus der eigenen Truppe. Und sie wussten, was sie sagten. Jeder auf jeden angewiesen. Eifersucht auf dem Hochseil kann tödlich sein. Max war unterwegs gewesen, Renker von Delf gekommen, hatte noch Licht gesehen, wusste, dass Adrienne zu Hause sein musste, war lange vor dem Zaun gestanden. Guten Abend! Altes Ehepaar, wohnte drei Häuser weiter, Renker kannte nicht einmal den Namen. Guten Abend! Hallo, hatte Adrienne gesagt, die Tür einen Spalt geöffnet, unbefangen, abgeschnittene Jeans, Seidenbluse. Was tust du da? Komme grad von Delf! Hatte sich auf einen Schnaps einladen lassen.

Es wird der Bruder den Bruder und der Vater den Sohn dem Tod überlassen. Kinder werden gegen die Eltern aufstehen und sie dem Tod ausliefern. Ihr werdet um meines Namens Willen allen verhasst sein. Wer aber ausharrt bis ans Ende, wird gerettet werden.

Renker trank Wacholderschnaps, erzählte Belangloses von Delf und gemeinsamen Projekten. Stellte dann das Glas ab, ergriff Adriennes Hand. Lass das, sagte Adrienne. Er drehte das Licht ab, zog sie an sich. Sie versuchte, ihn wegzuschieben: Ich mag Daniela! Wich seinem Mund aus. Ich kann ihr sonst nicht mehr in die Augen sehen! Von Max sagte sie nichts. Jetzt auf einmal?, flüsterte Renker in ihr

Ohr. Und was war draußen in den Dünen? Finderlohn, kicherte sie, versuchte loszukommen, Renker lachte. Kannst du nicht wieder etwas verloren haben? Er griff ihr in die Hose, drückte Adrienne an sich, fühlte ihren Körper, hob die zierliche Frau hoch, trug sie ins Schlafzimmer. Nicht hier, sagte sie. Altes Messingbett mit polierten Knäufen. Hatte sich Renker nie vorstellen können, wie Max hineinpasste. Sie schliefen dann miteinander auf dem Teppich im Wohnzimmer. Renker kam schnell. War, als er sich anzog, ständig mit einem Ohr am Fenster, plötzlich voller Sorge. Adrienne lag auf dem Boden, beobachtete ihn schweigend. Ich will das nicht mehr, sagte sie, bevor er ging. Warum? Sie lag mit gespreizten Beinen vor ihm. Lass uns Freunde bleiben! Er sah sie lange an, war vielleicht das letzte Mal, dass er sie so sah, nickte. Es war bewölkt, begann zu regnen. Renker lief den Weg nach Hause.

Verfolgen sie euch nun in dieser Stadt, flieht in eine andere, denn wahrlich, ich sage euch: Ihr werdet mit den Städten Israels nicht zu Ende sein, bis der Menschensohn kommt.

Ich kenn doch ihr Parfum, sagte Daniela. Was sagst du? Renker drehte sich herum. Draußen hatte es zu regnen begonnen. Schien ihm die halbe Stunde mit Adrienne wie ein Film im Fernsehen: umgeschaltet, anderes Programm. Würde sie ohnedies nicht mehr angreifen. Wie lange geht das schon?, hörte er Daniela. Was? Stell dich nicht blöd, sagte Daniela. Glaubst du, ich bin blind? Er konnte hören, wie sie sich aufsetzte. Weißt du, wenn du irgendeine Tussi in München vögelst, die dir Delf ins Bett legt ... Moment, unterbrach er sie, was soll das wieder? Delf ist ... Delf ist um kein Jota besser, fiel ihm Daniela ins Wort. Schreien ja die Spatzen von den Dächern, dass er es seit Jahren mit Adrienne treibt. Aber du jetzt auch? Was sagst du da?, rief Renker. Delf und Adrienne? Ist doch lächerlich, könnte doch ihr Vater sein! Daniela schwieg. Renker hörte seinen eigenen keuchenden Atem. War er zu naiv, das alles mitzubekommen? Nie auf die Idee gekommen, obwohl er von Delfs Seitensprüngen wusste, waren eigentlich keine, war doch geschieden. Freudenhaus in Schwabing, kannte schon seinen Typ: üppige Blondinen, laut mussten sie sein, kreischend, große Busen, das Gegenteil von seiner ehemaligen Frau, mit der er noch immer fast ständig zusammenlebte. War einmal im Westen von Delf eingeladen worden, hatte Dreier abgelehnt. Der Gedanke, mit Delf zusammen, ekelte ihn. Hatte sich dann eine Kleine mit knallroten Haaren genommen, auf einer Arschbacke ein rotes Herz tätowiert, rote Lackstiefel, die sie selbst im Bett nicht ablegte.

Sind doch alles Hirngespinste!, rief Renker, versuchte sich zu beruhigen. War doch Adrienne gar nicht Delfs Typ. Sie hat mich auf einen Schnaps eingeladen, sagte er, als ich von Delf kam. Frag doch diese beiden Alten von dort oben, zeigte im Finstern Richtung Badezimmer, die haben mich gesehen! Daniela sagte nichts. Und das war's, rief Renker. Ich bin doch nicht verrückt! Er warf sich herum, zog sich die Decke über den Kopf.

Ein Jünger steht nicht über seinem Meister, ein Knecht nicht über seinem Herrn. Ein Jünger muss zufrieden sein, ergeht es ihm wie seinem Meister, und ein Knecht, ergeht es ihm wie seinem Herrn. Schilt man den Herrn des Hauses Beelzebub, wie viel mehr erst seine Hausgenossen. Fürchtet euch nicht, nichts ist verhüllt, das nicht enthüllt, nichts geheim, das nicht bekannt werden wird. Was ich euch im Dunkel sagte, das verkündet bei hellem Tageslicht. Was euch ins Ohr geflüstert wurde, verkündet auf den Dächern.

Was ich noch sagen wollte, sagte Daniela zwei Tage danach zu Adrienne, beiläufig, saß im Strandkorb neben Renker, Adrienne gegenüber, gegen Abend, hatten den Nachmittag gemeinsam am Strand verbracht. Lass die Finger von Raimund! Adrienne cremte sich eben die Beine ein, machte sich fertig, mit Renker reiten zu gehen, hielt inne, schaute auf. Wie? Du weißt schon, sagte Daniela, was ich meine. Erhob sich. Ich habe keine Ahnung, sagte Adrienne. Daniela zog ihre Bluse über. Na, dann frag doch einmal meinen Mann. Wandte sich zum Gehen. Adrienne warf Renker einen kurzen Blick zu, stand auch auf. Wenn du denkst, rief sie Daniela nach, ich habe deinen Mann verführt, dann frag doch mal dich, was in diesem Fall bei euch alles nicht stimmen könnte! Daniela hielt an, wandte sich um. Das sagst gerade du? Ja, rief Adrienne, das sag gerade ich! Mein Max würde dich nämlich nie anmachen! Hätte auch keine Chance, ätzte Daniela. Ich bin da nicht so wie ... sie zögerte, andere. Nimm das zurück, sagte Adrienne, zitterte vor Aufregung. Was denn? Daniela überheblich: Dich kann ich doch damit nicht gemeint haben, du bist doch unschuldig! Drehte sich um, ging. Gallertartige Luft, Adrienne festgefroren wie auf einer Fotografie, hinter ihr spielende Kinder. Adrienne, begann Renker. Lass mich!, unterbrach sie ihn, raffte ihre Sachen zusammen. Ich hab's gewusst! Es ist nicht so, sagte Renker, wie du denkst. So? Wie denn? Von mir hat sie nichts, sagte Renker. Ist aber beruhigend, lachte Adrienne auf, von mir auch nicht! Riss ihr Badetuch aus dem Korb. Muss eben alles geträumt haben! Ließ Renker allein am Strand zurück.

Meiner Partnerin ist heute nicht gut, erzählte Renker dem Pferdeverleiher. Ein andermal! Das tut mir leid! Baldige Besserung! Danke, werde es ausrichten. Tschüss! Ciao!

Fürchtet euch nicht vor denen, die den Leib, aber nicht die Seele töten können. Fürchtet euch vielmehr vor dem, der es vermag, Leib und Seele in der Hölle zu vernichten. Werden nicht zwei Sperlinge um ein As verkauft, und fällt doch nicht einer davon zu Erde ohne den Willen eures Vaters? Selbst die Haare auf euren Häuptern sind gezählt. Fürchtet euch also nicht, ihr seid mehr wert als viele Sperlinge.

Sie verließen Warnemünde vorzeitig, ohne Adrienne oder die anderen noch einmal zu treffen. Sie habe Margot angerufen, erzählte Daniela im Auto, nicht jedoch, wie sie ihr die plötzliche Abreise erklärt hatte. Das Fahrzeug voller Schmutzwäsche, zwei Körbe mit Lebensmitteln auf den Rücksitzen, hatte man sonst immer am letzten Abend gemeinsam „vernichtet", wie sie es nannten. Über Adrienne war nicht mehr gesprochen worden. Überhaupt wenige Worte gefallen. Ich möchte nach Hause, hatte Daniela gesagt. Renker war sofort einverstanden gewesen, fast erleichtert, hatte von sich aus das

Gespräch nicht mehr auf Adrienne gebracht. Was hätte er sagen sollen? Weiter leugnen? Konnte nicht abschätzen, wie weit Adrienne mitspielte. Höchstwahrscheinlich gar nicht mehr. Konnte sich aber auch nicht vorstellen, wie es weitergehen sollte. Den restlichen Sommer ging jeder seiner Wege, Renker hatte viele Termine, sowohl im Osten als auch im Westen. Doch der nächste Sommer würde unweigerlich wieder alle am Strand zusammenführen. Die Zeit war umgebrochen, etwas geschehen, das wie Radioaktivität in den Dünen lauern würde, unsichtbar, unausgesprochen, nie verarbeitet. Renker schob es aus dem Kopf, versuchte, nicht daran zu denken. Es drang aus allen Ritzen des Gedächtnisses, zwischen den Worten, Gedanken, wie Schlamm durch die Finger, kam nur die Rede auf Warnemünde, im Gespräch mit Freunden, ahnungslos, Bekannten. Seid ihr öfter dort? So gut wie jede freie Minute. Muss ja wunderbar sein! Kommt uns mal besuchen! Gern! Man redete dahin, Daniela scheinbar unbefangen, Renker wusste nicht, was er davon halten sollte. War sie bereit zu vergessen? Kam aus kleinen Verhältnissen, hatte ihr Renker nie vorgeworfen, war ja sein Vater auch Arbeiter gewesen. Daniela hatte durch ihn mehr erreicht als alle ihre Freundinnen. Keine besaß eine Datscha an der See, Mercedes, Haus in Berlin. Dafür treue Männer. Sagten sie, was Renker bezweifelte. Wusste von einigen Affären in der Nachbarschaft, waren an langen Sommerabenden oft stundenlanger Gesprächsstoff gewesen.

Renker traf Max zufällig in Berlin, Café beim Alexanderplatz, spürte seine Handflächen nass werden. Ihr seid so schnell abgereist! Kam etwas dazwischen, erklärte Renker. Abtasten. Setz dich doch her, sagte Max. Hast du Zeit? Renker schaute auf die Uhr. Nicht lang. Setzte sich, behielt den Mantel an, sprungbereit, sah Max immer nur flüchtig in die Augen. Wie geht's euch? Viel unterwegs, sagte Max. Hatte keine Ahnung, ob Adrienne dichtgehalten. Klar, hatte ja auch etwas zu verlieren. Max sah schlecht aus, eingefallen, tief liegende Augen. Du siehst gut aus, log Renker. Max nickte, ging nicht darauf ein. Vielleicht wollte er nichts wissen. Seine riesigen Hände rührten mit einem kleinen Löffelchen den Kaffee zwischen ihnen. Wie geht's Daniela? Danke, gut! Wir müssen am Haus noch einiges für den Winter tun, sagte Renker. Dach ausbessern lassen und so. Da bin ich froh, wenn sie mir die Telefonate abnimmt. Max legte vorsichtig den Löffel auf die Untertasse. Wart ihr noch mal oben? Nein, sagte Renker. Fürs Wochenende ist's doch zu weit. Der Kellner kam. Einen Schwarzen, bitte! Renker schilderte seine Pläne für die Wintersaison, ließ Max nicht zu Wort kommen, verabschiedete sich hastig. Blick auf die Uhr: Schon so spät! Ich muss! Legte einen Geldschein auf den Tisch. Für uns beide! Danke, sagte Max. Grüß Daniela! Mach ich. Tschüss! Drückte sich zwischen den Tischen durch zum Eingang.

Jeder nun, der sich vor den Menschen zu mir bekennt, zu dem werde auch ich mich bekennen vor meinem Vater im Himmel. Wer mich aber vor den Menschen verleugnet, den werde auch ich vor meinem Vater im Himmel verleugnen. Denkt nicht, dass ich gekommen bin, Frieden auf Erden zu bringen, ich bin nicht gekommen, Frieden zu bringen, sondern das Schwert.

Du hast mir nicht erzählt, sagte Daniela am nächsten Abend, dass du Max getroffen hast. Hab ich nicht?, gab sich Renker irritiert. Hast du nicht. Renker nickte. Zufällig, im Café beim Alexanderplatz. Schweigen. Renker aß Spaghetti. Was kam jetzt wieder? Du hast deinen Schirm hängen gelassen, sagte sie. Er schaute auf. Also dort! Habe ihn schon gesucht. Sie erhob sich, trug den Topf in die Küche: Was wollte er denn von dir? Wer? Max! Nichts, rief Renker. Ich sagte doch, ich habe ihn zufällig getroffen! Kann ich dir glauben, oder auch nicht, vernahm er sie. Sei nicht kindisch, sagte er. Ich bin kindisch?, hörte er sie plötzlich losschreien, hörte, wie sie den Topf auf den Herd knallte. Sie kam ins Zimmer zurück, rotes Gesicht, bei Aufregung sammelte sich immer weißer Speichel in ihren Mundwinkeln. Nicht mehr naiv genug, dir deine jahrelangen Lügengeschichten immer noch abzunehmen! So war es aber, rief Renker, ich schwöre es! Lass die Schwörerei, schrie sie ihn an. Schlimm genug, immer durch Zufall von deinen Liebschaften hören zu müssen! Bei mir kannst du schwören, so viel du willst, ich hab die Schnauze voll davon! Hätte dir schon bei der Trauung deine Schwüre nicht glauben dürfen! So beruhige dich doch, versuchte Renker. Jaja, rief sie, weiß schon! Immer schön ruhig sein! Der Star braucht Ruhe! Warf die Schürze auf einen Stuhl, schlug die Tür hinter sich zu. Das Thema war für dieses Mal wieder gegessen, unverdaut, wartete auf die nächste Gelegenheit, herausgekotzt zu werden.

Ich bin gekommen, den Sohn mit seinem Vater, die Tochter mit ihrer Mutter und die Schwiegertochter mit ihrer Schwiegermutter zu entzweien. Des Menschen Feinde sind seine eigenen Hausgenossen. Wer Vater oder Mutter mehr liebt als mich, ist meiner nicht wert. Wer Sohn oder Tochter mehr liebt, ist meiner nicht wert. Wer sein Kreuz nicht auf sich nimmt und mir nicht folgt, ist meiner nicht wert.

Renker schlief nicht mehr mit Daniela. Sie lagen nebeneinander im Bett, lasen, berührten einander nicht: Müdigkeit, der Tag war zu lang gewesen, sieben Uhr schon die erste Sitzung. Wer macht solche Termine aus? War um die neueste Produktion gegangen, Beginn des Bühnenaufbaus sieben Uhr dreißig. In zwei Tagen war Aufzeichnung. Mit einem echten Wasserfall im Hintergrund. Hatte Delf im Pariser Lido gesehen: Strömte plötzlich durchs Publikum! Kannst du dir nicht vorstellen! Dafür reichte es in Berlin nicht ganz. Die ganze Woche davor Probenarbeiten mit den neuen Arrangements. Jan war ausgefallen, hatte Schwierigkeiten mit den Zähnen, ging auch nie zum Zahnarzt, und der Ersatztrompeter hatte nur jeden zweiten Tag Zeit. Daniela las, während Renker sich beklagte. Er wusste nicht, ob sie zuhörte, las dann ebenfalls.

Einmal zog sich Daniela abrupt aus, nahm Renker das Buch aus der Hand. Schlaf mit mir! Jetzt? Genau, jetzt! Sie löschte das Licht, legte sich auf ihn, küsste ihn auf den Mund, fremde Zunge, würgte ihn fast. Er strich ihr vorsichtig über den Rücken, spürte ihre Hand zwischen seinen Beinen, seinen Mund austrocknen, beobachtete sich, als säße er vor dem Fernseher: Sexfilme in Westhotels, pralle Brüste, die eigene Frau passte nicht ins geruchsfreie Bild. Endlose Kameraeinstellungen lustverzerrter Gesichter unter dickem Make-up. Klappe, die nächste. Angeblich hatte Delf früher einmal so etwas gedreht. Hatte es Renker erzählt, Flasche Gin, am nächsten Morgen alles widerrufen: Blödsinn! Alles Scheiß! Langsam erstarrte Renker unter Daniela, Fernbedienung, Power off. Klammerte sich ans Leintuch unter sich, wandte sich ab. Sie lag noch eine Weile auf ihm, still geworden, ihre Tränen rannen über seine Wangen. Er wollte ihr Haar streicheln, doch sie wehrte brüsk ab, kletterte aus dem Bett, lief ins Bad.

Jeder Tag erstarrte Hektik, stellten sich die Fans aufregend vor: Bitte um zweiundzwanzig Fotos mit Unterschrift, eine Schülerin im Namen der ganzen Klasse. Ihre Frau singt wunderschön, schrieb eine Dame. Meinte Karin damit. Mit Karin hatte er nie etwas gehabt. Hatte sich nicht ergeben. Sie war stets eine Minute nach der Probe weg. Renker wartete schon auf Danielas Frage. Kam nicht. Kam überhaupt nichts mehr. Man zog die Geschäftigkeit als Hemd an, Bitterkeit als Rock darüber, ließ ihn dann zu Hause hängen. Hätte bei Hildegard nur gestört. Hatte er in Zwickau kennengelernt, wohnte aber auch in Berlin. Bohnsdorf. Ähnlicher Typ wie Adrienne, verheiratet, zwei Kinder. Mann Buschauffeur. Hildegard hatte nur vormittags Zeit, wenn die Kinder in der Schule waren. Putzte nachts Büros. Ihr Häuschen schien aus Pappe und Holzplatten gebaut zu sein, die Veranda aus Plexiglas. Auf der Straße vor dem Haus wuchs das Gras büschelweise. Hildegard stellte keine Fragen, hatte keine Ansprüche, öffnete Renker nackt. Was tust du, lachte er, wenn ich mal jemand anderer bin? Haben dann alle wat von, meinte sie. Mochte es, in der Küche geliebt zu werden, auf dem Tisch, der Anrichte. Was, wenn dein Mann einmal früher kommt? Dann steht der Bus irgendwo, antwortete sie.

Wer sein Leben findet, wird es verlieren, wer aber sein Leben um meinetwillen verliert, wird es finden. Wer euch aufnimmt, nimmt mich auf, und wer mich aufnimmt, der nimmt den auf, der mich gesandt hat.

Renker brachte Hildegard gern Rotwein mit, Käse und Brot fürs Frühstück danach. Kam mehrmals mittags halb betrunken zur

Probe. Eines Tages saß Daniela neben dem Klavier, als er antorkelte, hatte ihm die vergessenen Noten nachgetragen, musterte ihn wortlos. Wer war's denn diesmal?, fragte sie schießlich, wartete keine Antwort ab, warf die Blätter vor Renker auf den Boden, ging. Die Kollegen schwiegen bedrückt. Haussegen schief und so. Wirst du abends knien müssen, sagte Jan. Außer ihm wusste niemand von Hildegard. War dabei gewesen, als Renker Hildegard kennenlernte. Kann ich heute bei dir bleiben?, fragte ihn Renker nach der Probe, hatte ihn beiseite genommen, vorher vergeblich versucht, Daniela telefonisch zu erreichen. Aber nur eine Nacht, sagte Jan. Klar! Seine Heidemarie war längst ausgezogen.

Wer einen Propheten aufnimmt, weil er ein Prophet ist, wird dafür den Lohn eines Propheten empfangen. Wer einen Gerechten aufnimmt, weil er gerecht ist, wird eines Gerechten Lohn empfangen.

Als Renker am nächsten Abend nach Hause kam, war Daniela nicht mehr da. Er ging von Zimmer zu Zimmer, keine Nachricht, kein Zettel, nichts. Scheute sich davor, ihre Mutter anzurufen. Zwei Tage später kam Daniela. Um ihre Post, wie sie sagte. Daniela, lass uns doch reden! Nein, sagte sie, ging wieder.

Wer einem der einfachen Leute, weil er Jünger heißt, auch nur einen Becher Wasser reicht, wahrlich, ich sage euch, er wird nicht unbelohnt bleiben.

Zur Wintersonnenwende lernte Renker Yvonne kennen.

Elftes Tableau

Punkt sieben stand Werner vor der Tür. Seewald öffnete: Renker schläft noch. Nein, rief Renker durch die Tür, ich komm schon! Zog sich hastig an, war noch nicht rasiert, würde es nachmittags nachholen. Dumpfer Kopf, hatte das Gefühl, überhaupt nicht geschlafen zu haben, hörte Gettinger durch die Wand schnarchen, den, der ständig klagte, nicht schlafen zu können.

Morgen! Werner trug weiße Jeans, schwarzes T-Shirt, wirkte bestens gelaunt. Ich muss nur kurz ins Bad, sagte Renker, drückte sich durch die Tür, putzte sich die Zähne, frisierte sich.

Werners Auto parkte direkt vor dem Haus, zwei Räder auf dem Gehsteig, alle Fenster geöffnet. Ein Polizist stand davor, notierte eben die Nummer. Ich komme schon, rief ihm Werner entgegen, deutete Renker, einzusteigen, zog den Beamten am Ärmel etwas beiseite, redete für Renker unhörbar auf ihn ein, hielt ihm einen Ausweis unter die Nase. Der Mann nickte, steckte sein Büchlein weg, legte einen Finger an die Kappe, wandte sich ab, ging mit langsamen Schritten weiter.

Die Hitze ist unerträglich, stöhnte Werner, als er zu Renker stieg. Jede Minute in dieser Kiste ist zu viel! Aber was soll man tun? In der Straßenbahn ists noch ärger. Sie fuhren los, standen schon an der ersten Kreuzung mehr als fünf Minuten. Heiße Luft floss durch die Fenster herein. Der surrende Ventilator, mit Leukoplast an die Windschutzscheibe geklebt, kühlte kaum. Der Verkehr schien mit jedem Meter zuzunehmen. Werner sah alle Augenblicke auf die Uhr, zweigte schließlich ungeduldig ab, zwängte sich durch vollgeparkte Seitengassen, musste endlos warten, um sich einige hundert Meter weiter wieder in die Hauptstraße zu drängen, schimpfte durchs Fenster auf Fahrer, die ihn nicht einreihen ließen. Ist um diese Zeit völlig egal, resignierte er, wie man fährt. Das alte Auto ächzte bei jeder Bremsung, schien sich dabei zu verneigen, um die Insassen gleich darauf wieder in die durchgesessenen Sitze zurückfallen zu lassen. In den Kurven polterte im Kofferraum einiges umher, immer die gleichen Geräusche: erst ein Aufprall, hell, metallisch, dann Rutschen, Poltern, dumpfer Aufschlag. Werner schien es nicht zu bemerken, war es offenbar gewöhnt. Dazwischen das knatternde Geräusch des Auspuffs, wenn er leckt, widerhallte beim Anfahren wütend von den Hauswänden an der Straße. Das geheime Leben der Autos. Der bloße Besitz des Mercedes, die Ledersitze, das weiße Lenkrad, hatten Renker seinerzeit in Berlin die höheren Weihen wichtiger Menschen verliehen, bevor er noch ein Wort gesagt hatte, sich beweisen hätte müssen. Großer Bruder aus Blech und Leder, Förderer und Gönner. Um heute in Wien vergleichbar Bedeutsamkeit zu signalisieren, drängte es sich Renker auf, müsste vor ihnen eine Polizeieskorte fahren.

Ein Lastwagen schräg neben ihnen füllte das Gefährt mit Abgasen. Werner kurbelte ärgerlich das Fenster hoch, schaute ein weiteres Mal auf die Uhr. Heute ist's heavy! Rutschte tiefer in den Sitz, verdrehte die Augen. Renker saß neben ihm, stumm, den Blick durch die Frontscheibe auf das voranfahrende Fahrzeug gerichtet, wünschte sich, nicht aufgewacht zu sein. Erinnerungen an Momente, in denen es ihm war, wie aus faulendem Wasser aufzutauchen, Bilder toter Filme aufgestiegen waren, Einzelkader, aus dem Zusammenhang geschnitten. Hatte dann für Augenblicke wieder seine Fingerspitzen gespürt, Leben, den Schweiß auf seiner Stirn, den Wind im Haar. Ostsee, die Schreie der Möwen, den Atem des Meeres, Woge für Woge. Magst du noch Kuchen? Kann nicht mehr! Später vielleicht. Sand zwischen den Zehen, weiße Wolken über dem Horizont, waren sie doch nur über die Dächer Wiens gezogen, Salzhimmel wieder verblasst, duftflüchtig, hatte Renker ins Leere gedacht, sich das Gestern schließlich wie Nebel am Morgen verlaufen.

Sie erreichten die Schule für Erwachsenenfortbildung an der Hinterseite, stellten das Auto wieder auf dem Gehsteig ab. Werner lief voraus, erkundigte sich beim Portier, hetzte die Stiegen in den ersten Stock hinauf. Auf einer Bank an der Wand ein kleiner Bub, vertieft in ein Heftchen, die Beine baumelten vom Sitz. Sah nur kurz auf, als Werner an ihm vorbeieilte, ein flüchtiger Blick auf Renker. Der war auf dem oberen Stiegenabsatz stehen geblieben, starrte das Kind an, klammerte sich ans Geländer. Was machen wir hier?, fuhr ihm durchs Gehirn, Kinderstimmchen. Dresden, Reisevermittlungsbüro. Als wär's aus einem anderen Leben. Ein Bild eines Strands in Rumänien draußen in der Auslage. Ich muss nur mit der jungen Frau etwas besprechen, hatte Renker damals gesagt. Bleib schön sitzen!

Werner öffnete eine der Türen. Der Unterricht hatte bereits begonnen. Entschuldigung! Er wandte sich nach Renker um. Kommen Sie doch! Er wartete kurz vergeblich, ging dann zwei Schritt zurück, zog Renker am Ärmel ins Klassenzimmer. Mehrere Menschen saßen an Tischen mit Monitoren. An der Stirnseite des Raums der Vortragende, ein junger Mann mit Vollbart und Brille. Entschuldigen Sie die Verspätung, sagte Werner, der Verkehr war mörderisch. Wies auf Renker. Raimund Renker. Ist angemeldet. Der Vortragende suchte eine Liste auf seinem Tisch ab, nickte, wies auf einen leeren Tisch in der letzten Reihe. Nehmen Sie bitte Platz, wir haben eben begonnen. Ich hol Sie wieder ab, sagte Werner leise zu Renker. Warten Sie auf mich, sollte ich noch nicht da sein! Wandte sich ab. Wiedersehen! Verließ die Klasse.

Als Jesus mit seinen Anweisungen an die Jünger fertig war, zog er weiter, um in ihren Städten zu lehren und zu predigen.

Renker sah Werner nach, fühlte alle Blicke auf sich, zwängte sich zwischen den Tischen durch, setzte sich an den freien Platz, erlebte alles wie von Weitem, als liefe er auf Schienen, gehörten seine Beine nicht zu ihm, seine Hände neben ihm. Er hörte den Vortragenden sprechen, Wortblasen über den Köpfen der Schüler. Haben Sie schon einmal mit einem Computer gearbeitet? Wie bitte? Ob Sie schon einmal mit dem Computer gearbeitet haben! Nein, antwortete Renker. Dann schalten Sie ein. Ihr Nachbar ist Ihnen dabei sicher behilflich! Ein junger Mann griff vom Nachbartisch auf Renkers Gerät, schaltete ein. Danke, sagte Renker, saß abwesend vor dem Monitor.

Als Johannes im Gefängnis vom Wirken des Messias hörte, ließ er ihm durch seine Jünger eine Botschaft zukommen: Bist du es, der kommen soll, oder sollen wir auf einen anderen warten? Jesus antwortete: Geht hin und meldet Johannes, was ihr hört und seht: Blinde sehen, Lahme gehen, Aussätzige werden rein, Taube hören, Tote werden zum Leben erweckt, und den Armen wird die Heilsbotschaft verkündigt. Selig, wer an mir keinen Anstoß nimmt.

Renker fühlte den Schweiß auf seiner Stirn, wäre am liebsten wieder gegangen, hinaus auf den Gang. Klicken Sie auf das Symbol links oben, hörte er den Vortragenden, sehnte sich ans Meer, bevor alles begann. Es war der salzige Geruch gewesen, der in der Luft Warnemündes lag, noch bevor man das Meer sehen konnte: Hätten Düfte Farben, wäre dieser blau gewesen, grünlich blau von den Algen am Strand. Und draußen auf der Linie zwischen Wasser und Himmel die Silhouetten der Schiffe wie Besucher von einem anderen Stern, die beobachteten, regungslos, geräuschlos, immer fern, um plötzlich wieder verschwunden zu sein.

Renker vernahm eine Frage einer Kursteilnehmerin vor sich, hörte sie nicht. Nachts war es fast immer kühl geworden. Ohne Pullover und lange Hosen fror man nach Sonnenuntergang. Einmal hatte Renker der frierenden Adrienne seine Leinenhose übergezogen, die Beine hochgekrempelt, an der nötigen Stelle hatte ein Loch im Gürtel gefehlt. Allgemeines Gelächter, die Unschuld war noch unter ihnen gestanden, der Gedanke an Berührung noch Keim gewesen, ungedacht die Möglichkeit, Freund Max.

Links oben lesen Sie das Wort „Datei“, hörte Renker die Stimme des Vortragenden. Er hatte das Gefühl gehabt, Adriennes Taille mit den Händen umfassen zu können. Der Gürtel war viel zu lang gewesen. Jetzt wirst aber du frieren, hatte Adrienne gesagt. Ich doch nicht! Die Badehose war noch feucht, klamm auf der Haut. Der Abendwind immer gleichmäßig, kam übers Wasser mit gekräuselten Wellen, weißgischtig liefen sie über den Sand aus, versickerten zwischen den Fußabdrücken, verwischten sie, nur noch Erinnerung, wehte des Nachts die Haare nach hinten, bis an den Hals gezogen die wollenen

Jacken, Daniela hatte sogar den Mantel übergeworfen. Die Luft fiel aus dem schwarzen Himmel, unablässig, als flössen hinter dem Meer unendlich große Speicher über. Ungreifbar, allgegenwärtig, drückte sie die Menschen am Strand zu Sandkörnern, unbedeutend, würde übers Meer kommen, wenn längst keines Menschen Fuß mehr den Strand beträte. Es ist unheimlich hier, hatte Adrienne gesagt, Renkers Hose vor dem Bauch mit den Händen zusammengehalten, froh, hatte sie gemeint, um diese Zeit hier nicht allein sein zu müssen. Max wie ein Leuchtturm neben ihr mit einer Fackel in der Hand.

Renker klammerte sich an den Tisch. Wie lange geht das schon?, hörte er noch Daniela sagen. Was? Stell dich nicht blöd! Echo untergeganger Welten. Er hätte Adrienne nie berührt. Sie hatte angefangen. Braungebrannt war ihre Haut gewesen, sie konnte stundenlang in der Sonne liegen. Zog sie das Höschen aus, war sie weiß zwischen den Beinen, scharf abgegrenzt die Ränder des Bikinis, hatte Renker erregt, verbotene Zone. Schreien ja die Spatzen von den Dächern, hatte ihm Daniela hingeworfen, dass Delf es seit Jahren mit Adrienne treibt. Jetzt, wo Renker wusste, dass es wahr gewesen sein musste, früher Undenkbares im Kopf zuließ, versuchte er sich zu erinnern, hatte dazu mehr Zeit, als ihm lieb war. Augenblicke der Unachtsamkeit fielen ihm ein, zumindest bildete er es sich ein: immer wieder einmal ein schneller Blick zwischen den beiden, niemand hatte es beachtet, scheinbar zufällige Berührungen ebenso wie bewusste Distanz, wo Nähe unverdächtiger gewesen wäre. Spuren im Sand, durch die Wochen, über die Sommer, Abdrücke von Adriennes heimlichem Sonnen in Delfs Bedeutsamkeit: Produzent, Fernsehen, Starlets an jedem Finger, hätten sie alle um ihn beneidet. Renker wusste nicht, ob sie sich Chancen ausgerechnet hatte, eines Tages Delfs ehemalige Frau auszustechen, als neue Frau Feininger an deren Stelle in sein Haus zu ziehen, musste sich eingestehen, es ihr zuletzt zugetraut zu haben. Ich will das nicht mehr, hatte sie zu Renker gesagt, nackt auf dem Teppich vor ihm, mit Delf offenbar weiterhin geschlafen. Der Gedanke daran hatte Renker wütend gemacht, eifersüchtig, war er doch zumindest in der DDR weit prominenter als Delf. Wer kannte schon Delf? Alternder Produzent kitschiger Volksmusiksendungen im Ostfernsehen. BMW, Zweimaster im Hafen, zwielichtige Verbindungen nach oben, altes Gesicht, verlebt, versoffen. The mouse, that roared. Renker war froh gewesen, Adrienne nicht mehr zu treffen, war nach Danielas Auszug aus ihrem gemeinsamen Berliner Haus nie mehr nach Warnemünde gefahren. Die Sonne war hinter dem Meer ohne ihn untergegangen, die Dünen davor hatten die Erinnerungen unter ihre Schatten gezogen, in ihrem heißen Sand vergraben, Renker das Erbe der langen Abende abgesprochen: An der Ostsee kalte Nächte, hatte der Fernsehsprecher für den Herbst danach angekündigt. Renker war allein in Berlin gesessen, hatte abends schon mal das dritte Päckchen Zigaretten an einem Tag aufgerissen. Adrienne vielleicht zur selben Zeit mit Delf im Bett. Irgendwo musste noch Whisky sein, hatte Renker die Schränke durchsucht, vom Gin noch eine halbe Flasche gefunden. Geschenk von Delf. Renker hatte lachen müssen. Nach einer Stunde war sie leer, Max und Adrienne waren einige Jahre später angeblich tot gewesen. Erinnerte sich schon am Tag darauf wohl niemand mehr an sie: Frau im Plexiglaswürfel. Gab es andere. Oder keine mehr. Wo früher der Zirkus gestanden war, hatten sie eine Siedlung gebaut.

Die Schwierigkeit beim Suizid war, hatte Renker gehört, sich nicht zu übergeben. Die nötige Menge Schlafmittel hatte Adrienne sicher ohne größere Probleme bekommen, einfallslos war sie nie gewesen.

Während die Jünger Jesus verließen, begann Jesus zu den Volksscharen über Johannes zu reden: Wozu seid ihr in die Wüste gegangen? Ein Schilfrohr zu sehen, wie es im Wind schwankt? Einen Mann in feinen Kleidern? Die in den feinen Kleidern finden sich am Hof der Könige. Wozu dann? Um einen Propheten zu sehen? Ja, ich sage euch, noch mehr als einen Propheten. Er ist es, von dem geschrieben steht: Siehe, ich sende meinen Boten vor dir her, um deinen Weg vor dir zu bereiten.

Die Bedeutungslosigkeit des Todes: Selbst der Untergang einer ganzen Armee nicht einmal ein Fingerschnippen der Natur. Gras wuchs über den Feldern, Bäume. Man träumte den Tunnel ins Licht am anderen Ende, das leere Glas in der Hand, wachte drüben auf, oder wachte nie mehr auf. Der Traum vom Träumen, und in Wahrheit stirbt jeder für sich allein. Vielleicht war es die Einsamkeit des Todes, die Renker abhielt, es Max und Adrienne gleichzutun, dachte er, mit den Augen vielleicht auch alle Irrtümer über das Jenseits zu schließen, platte Wünsche unerfüllter Leben. Auf dem Monitor vor ihm weiße Wolken auf blauem Himmel. Verschwanden auf Knopfdruck in einen leeren Rahmen aus Kunststoff.

Renker atmete tief ein, fingerte nach dem Medikamentenröhrchen in seiner Hosentasche, entnahm eine Tablette, steckte sie in den Mund, würgte sie hinunter. Hatte er für den Fall bekommen, dass es ihm schlecht ginge, nachher ging es ihm meistens noch schlechter, konnte aber nie sagen, wie es ihm ohne Tabletten gegangen wäre. Scheißzeug. Er lehnte den Kopf an die Wand hinter sich, schloss die Augen. Bitterer Geschmack im Mund.

Wahrlich, ich sage euch: Unter den von Frauen Geborenen ist kein Größerer aufgetreten als Johannes der Täufer. Der Kleinste im Himmelreich jedoch ist größer als er. Seit den Tagen Johannes des Täufers bis jetzt wird dem Himmelreich Gewalt angetan. Die, die Gewalt anwenden, versuchen, es an sich zu reißen. Alle Propheten und das Gesetz bis auf Johannes haben es geweissagt. Er aber ist, wenn ihr es annehmen wollt, Elias, der da kommen soll. Wer Ohren hat, der höre.

Renker wusste nicht einmal, wo man die beiden begraben hatte, das Haus in Warnemünde war ihnen längst gepfändet worden, das Grundstück war Staatsbesitz gewesen.

Wem soll ich dieses Geschlecht vergleichen? Es gleicht Kindern auf dem Marktplatz, die ihren Spielgefährten zurufen: Wir haben für euch auf der Flöte gespielt, und ihr habt nicht getanzt. Wir haben euch Klagelieder gesungen, und ihr habt nicht getrauert.

Die Wende hatte die Banalität der Zirkusnummer fortgespült, Akrobatik aus Las Vegas die Wohnzimmer geöffnet: Doppelact unter einer Zirkuskuppel und gleichzeitig auf dem Boden darunter die

Clowns, zugige Holzbänke gegen das Sofa vor dem Fernseher eingetauscht. Während der Hochseilnummer umschalten auf Kanal vierunddreißig, Thriller im Rotlichtmilieu. Glücklich, die dabei unter dem Zelt nicht merken, dass man auch sie verlassen hat.

Johannes war aufgetreten, hatte weder gegessen noch getrunken, und sie sagten: Er hat einen Dämon. Nun ist der Menschensohn gekommen, isst und trinkt, und sie sagen: Was für ein Schlemmer und Säufer, Freund der Zöllner und Sünder. Und doch wurde die Weisheit durch ihre Werke gerechtfertigt.

Der Applaus war verklungen, stellte sich Renker vor, der letzte Musiker von der Bühne über dem Eingang zur Arena gekrochen. Hatten kaum Platz gehabt dort oben, stets im blauen Smoking, durchgeschwitztes Hemd mit Rüschenärmeln, die sich immer in den Instrumenten verfangen hatten. Jeden Abend derselbe Einzugsmarsch, Trommelwirbel, Tusch, die Scheinwerfer brannten auf die Köpfe, samstags und sonntags zweimal. Jetzt war ein Kinderspielplatz, wo der Wagen gestanden war, in dem sich die Musiker umzogen.

Dann begann Jesus die Städte zu schelten, in denen er seine meisten Wundertaten vollbracht hatte, und die dennoch nicht Buße getan hatten. Wehe dir Chorozain, wehe dir, Bethsaida. Wären in Tyros und Sidon die Wunder geschehen, die bei euch geschehen sind, längst hätten sie in Sack und Asche Buße getan. Ich aber sage euch: Tyros und Sidon wird es am Tag des Gerichts erträglicher gehen als euch.

Jan, Renkers ehemaliger zweiter Trompeter, hatte ihm erzählt, er hätte vom Selbstmord der beiden gehört. Völlig betrunken, Zehntagebart, hatte eine Viertelstunde im ganzen Café nach seinem Sakko mit der Brille in der Innentasche gesucht. Hatte nicht gedacht, hier in Wien ausgerechnet Renker zu treffen, ihn wie einen Außerirdischen angeglotzt. Wollte ihm seine neue, seine Wiener Adresse aufschreiben. Ist nichts Tolles, scheißen geh ich übern Gang, verstehst du? Hatte die Sucherei schließlich aufgegeben. Arbeit? Wie denn? Ohne Zähne? Die oberen Schneidezähne fehlten. Wie geht's Yvonne?

Weiß nicht, hatte Renker gesagt, wusste nicht, ob Jan überhaupt mitbekam, was er sagte. Und Harry? Harry?, fragte Renker verloren zurück. Jan schüttelte den Kopf, rülpste. Hast dich nicht geändert. Er lachte. Renker bleibt Renker! Idiot, sagte Renker.

Zu jener Zeit nahm Jesus das Wort und sprach: Ich preise dich, Vater des Himmels und der Erde, dass du dies den Weisen und Klugen verborgen, den Schlichten aber geoffenbart hast. Ja, Vater, so war es dein Wille.

Hast du etwas von Daniela gehört?, hatte Renker gefragt. Von wem? Von meiner Ex. Nee.

Alles ist mir von meinem Vater übergeben worden, und niemand erkennt den Sohn als nur der Vater, und niemand erkennt den Vater als der Sohn, und wem es der Sohn offenbaren will.

Wie kommst du ausgerechnet nach Wien?, hatte Renker gefragt. Jan schien durch ihn hindurchzuschauen: Und wieso bist denn du hier? Lachte wieder auf, und die Zahnlücke klaffte in seinem Mund.

Kommt alle her zu mir, die ihr mühselig seid und beladen, ich will euch erquicken.

Jan war in Schlangenlinien auf der Toilette verschwunden, nicht mehr zurückgekommen. Renker hatte noch eine Weile gewartet, dann gezahlt und war gegangen. Draußen regnete es.

Nehmt mein Joch auf euch und lernt von mir, denn ich bin sanftmütig und demütig von Herzen. So werdet ihr Ruhe finden für eure Seelen. Denn mein Joch ist sanft und meine Bürde leicht.

Zwölftes Tableau

Ist Ihnen nicht gut? Frauenstimme. Renker fuhr auf. Seine Umgebung hatte sich gewandelt, die Reihen um ihn waren leer. Die letzten Kursteilnehmer drängten zur Tür hinaus. Zeitsprung, der Tag war ausgeronnen, Risse im Kopf. Als hätten Augen tote Winkel: Passt ein halbes Leben hinein, hatte Jan gesagt. Was meinst du damit? Verdrängen, hatte Jan gesagt. In den Mülleimer stopfen, was das Zeug hält! Das Leben ist schön! Prost! Soff sich zu Tode, fiel des Nachts nicht weiter auf. Die Adresse hatte er Renker noch geben wollen, wurde wohl nichts mehr draus, war gegangen.

Auf der Bank sitzt Harry, dachte Renker. Draußen auf dem Gang. Oder auch nicht. Lassen Sie ihn nicht weg, sagte er zu der jungen Frau neben sich. Wen? Sie trug ein rosa Kleid mit Spitzenkragen und langen Ärmeln, berührte ihn mit den Fingerspitzen am Arm. Renker zog erschreckt den Arm zurück, versuchte, an ihr vorbei zur Tür zu sehen, erhob sich, das T-Shirt klebte ihm an der Haut. Hatte sie schon einmal gesehen. Wen soll ich nicht weglassen?, wiederholte sie, wandte sich um. Draußen, sagte Renker, der Bub, Harry. Sind schon alle weg, kicherte sie. Sie müssen eingeschlafen sein! Das vorderste Fenster war geöffnet. Auf dem Lehrertisch davor ein Kalender und eine blaue Schreibunterlage. Auf der Parkbank war sie gesessen, fiel Renker ein, gestern, neben ihm: Jesus liebt dich. Entschuldigung, sagte er, wischte sich den Schweiß von der Stirn, fiel auf den Stuhl zurück, sah sich um. Was machen denn Sie hier? Ich werde Ihnen ein Glas Wasser bringen, sagte die Frau. Sie ging zum Waschbecken neben der Tafel, hinkte, spreizte beim Gehen die Arme seitwärts ab, als balanciere sie, suchte nach einem Glas. Es ist kein Glas da! Sie wandte sich Renker zu. Lassen Sie nur, wollte Renker sagen. Es geht schon! Wusste nicht, ob er es gesagt hatte, atmete regelmäßig, war auch egal. Hatte er als Musiker gelernt: Atemtechnik. Hilft, Stress zu verarbeiten. Frontman bei Fernsehaufzeichnungen. Würde in tausenden Wohnzimmern gleichzeitig aus dem Kasten lächeln.

Schmetterlinge im Bauch. Vor der Aufzeichnung waren die Toiletten ständig besetzt.

Er stemmte sich wieder hoch, wollte hinaus, als ob das Haus brannte. Schob sich zwischen Tischen und leeren Stühlen auf die Tür zu, zog die schweren Beine hinter sich her, Schritt um Schritt, ein Sessel fiel um. Poltern hinter ihm. Der Raum neigte sich gegen den Ausgang zu, langsam senkte sich die Decke, Rauch im Kopf. Hatte nichts im Magen und die Tablette genommen, fiel ihm ein. Warten Sie, hörte er die junge Frau, ich helfe Ihnen. Ihre Stimme von Weitem, draußen, dort wo die Menschen sind. Am Rande des Tages hockten sie, wusste er, beobachteten ihn aus den Augenwinkeln, halfen nicht, würden nie helfen, hatten noch nie geholfen, sprachen bloß davon: Soll ich Ihnen helfen? Machten einen Bogen um Renker, wenn er vom Bahnsteig kotzte: U-Bahnstation. Bitte zurücktreten, Zug fährt ein! Einen Besoffenen greift niemand an. Er war nicht betrunken, vertrug die Tabletten auch nicht viel besser, wenn er etwas gegessen hatte, taumelte zurück. Der Luftdruck des vorbeifahrenden Zugs warf ihn fast um. Türen öffneten sich, Menschen quollen heraus, kannten ihn nicht, die anderen drückten sich vor ihm in die Waggons, beachteten ihn nicht. Alle würden wegsehen, kannte Renker nur zu gut, hatte er schon wiederholt erlebt. Tieren schaut man auch nicht in die Augen, Pferden, fühlen sich dadurch bedroht, hatte Armin gesagt, hatte selbst zwei Pferde besessen, irgendwo am Stadtrand von Leipzig untergestellt. Renker hatte sie nie gesehen. Der Zug fuhr ohne ihn ab.

Die junge Frau kam auf ihn zu, versuchte, ihn zu stützen, Funken auf der Haut. Er wehrte sie ab, stürzte auf die offene Tür zu, hinaus auf den Gang, gewundener Körper, der Ausgang war bereits fast zu eng geworden, würde die Klasse schließen wie eine Mundhöhle, weiß lackierte Lippen, schlossen sich hinter ihm, schmatzendes Geräusch. Renker richtete sich auf, der Schweiß brannte in den Augen. Der Gang war leer, auch die Bänke an den Wänden. Er tastete sich die Mauer entlang, betrat die Stiege ins Erdgeschoß. Spürte seine Hände nicht, fuhr sich übers Gesicht, fremde Berührung. Wie war er nur auf Harry gekommen? Hatte geklatscht, wenn Renker auf der Trompete „Yellow basket“ blies, kleine Hände, nicht halb so groß wie Renkers Handflächen.

Renker stolperte, fiel die Stiege hinunter, versuchte kaum, sich zu halten, schlug mehrmals mit dem Kopf gegen Kanten der Stufen, blieb am unteren Ende des Stiegenaufgangs liegen, schloss vor Schmerz die Augen.

Zu jener Zeit wanderte Jesus an einem Sabbat durch die Ährenfelder. Seine Jüger verspürten Hunger, begannen, Ähren zu pflücken und zu essen. Als die Pharisäer dies sahen, sprachen sie zu ihm: Sieh, deine Jünger tun etwas, was am Sabbat nicht erlaubt ist. Er aber sprach zu ihnen: Habt ihr nicht gelesen, was David tat, als ihm und seinen Gefährten hungerte? Wie er das Haus Gottes betrat und die Schaubrote aß, die nur die Priester essen durften. Oder habt ihr nicht im Gesetz gelesen, dass Priester die Sabbatruhe nicht einhalten und doch nicht sündigen? Ich aber sage euch: Hier ist Größeres als der Tempel.

Na großartig!, hörte Renker eine männliche Stimme. Am Montag in der Früh schon besoffen! Nein, rief die junge Frau aufgeregt. Renker hörte sie die Stufen heruntertrippeln, immer zwei Schritte hintereinander, wie es Kinder tun, deren Beine noch zu kurz sind, fühlte, wie sie ihren Arm unter seine Schultern schob, ihn aufzurichten versuchte. Helfen Sie mir, bitte! Ich hol lieber die Polizei, wandte der Mann ein. So helfen Sie mir doch! Mehrere Arme zogen Renkers Oberkörper hoch, Ächzen des Mannes: Vorsicht, der speibt Sie gleich an, ich kenn das!

Hättet ihr erkannt, was das Wort bedeutet: „An Barmherzigkeit habe ich Wohlgefallen und nicht an Schlachtopfern“, dann hättet ihr Unschuldige nicht verurteilt. Denn der Menschensohn ist der Herr über den Sabbat.

Renker wurde aufgesetzt, an die Wand gelehnt. Er fühlte die Hand der jungen Frau auf seiner Stirn, hielt die Augen geschlossen, sein Kopf dröhnte. Hallo, hörte er die Stimme der Frau dicht über sich, spürte, wie eine Hand seine Wangen tätschelte. Holen Sie ein nasses Tuch, sagte sie, lispelte ein wenig. War ihm schon im Park aufgefallen. Ich hol die Polizei!, sagte der Mann, zog durch die Nase auf. Ich hab doch gesehen, wie er gewankt ist dort ... Bringen sie mir ein Tuch, unterbrach sie ihn, echauffiert, sprudelte die Worte heraus.

Es geht schon besser, flüsterte Renker, ich danke Ihnen! Gottseidank, hörte er ihre Stimme, wollte die Augen nicht öffnen.

Jesus zog weiter und kam in ihre Synagoge.

Dunkelheit wie ein Tuch über dem Gesicht. Abschalten, Renkers Großmutter hatte die Kerzen immer mit speichelnassen Fingern ausgedrückt, sichtlich darin Übung gehabt, hunderte Kerzen in ihrem Leben gelöscht. Es hatte noch kein elektrisches Licht gegeben, als sie jung war, hatte sie erzählt. Harry hatte sich, Jahre später, beim Versteckspiel an die Wand gestellt und die Augen geschlossen. Da war für ihn die Welt um ihn herum verschwunden. Ja, wo ist denn Harry?, hatte Renker gelächelt, dann das Kind zu suchen begonnen, dabei alles laut kommentiert, damit Harry es hörte: Also, hinter der Tür ist er nicht, unter dem Bett auch nicht! Hatte es dem Buben schließlich zu lange gedauert: Da! Augen öffnen, Arme ausgebreitet. Renker erstaunt: Hier bist du ja! Habe ich dich gefunden!

Da war ein Mann mit einer gelähmten Hand. Und sie fragten Jesus: Ist es erlaubt, am Sabbat zu heilen? Sie suchten einen Grund, ihn anzuklagen. Er aber sprach zu ihnen: Besäße einer von euch nur ein einziges Schaf, und es fiele an einem Sabbat in eine Grube, zöge er es nicht sofort heraus? Wie viel mehr wert ist nun ein Mensch als ein Schaf? Also darf man an einem Sabbat Gutes tun.

Renker fühlte ein nasses Tuch auf seiner Stirn, Wasser seine Schläfen hinunterlaufen. Sie haben sich die Stirn aufgeschlagen, sagte die junge Frau, und abgewandt: Haben Sie ein Pflaster im Haus? Schritte entfernten sich.

Dann sagte Jesus zu dem Mann: Strecke deine Hand aus. Und er tat es, und sie wurde wieder gesund wie die andere. Da gingen die Pharisäer hinaus und berieten, wie sie Jesus umbringen könnten. Als Jesus das erfuhr, zog er sich von dort zurück. Viele folgten ihm, und er heilte sie alle.

Renker öffnete die Augen. Die junge Frau kniete neben ihm auf dem Boden, tupfte mit dem Tuch seine Stirn. Ihr Gesicht war ungeschminkt, dünne Lippen, die engstehenden Augen etwas schräg gestellt, das halblange, glatte Haar hing ihr über die Ohren. Hoffentlich haben Sie sich nichts gebrochen, sagte sie. Renker schüttelte leicht den Kopf. Wenn Ihnen übel wird, sagte sie, müssen Sie ins Spital. Könnte eine Gehirnerschütterung sein. Renker presste die Lippen aufeinander. Seine linke Schulter schmerzte. Ein Mann in schwarzem, schlampigem Anzug, Bauch, trat zu ihnen, stellte einen Verbandskasten neben Renker auf den Boden, öffnete ihn, betrachtete Renker misstrauisch: Was ist mit dir?

Jesus gab ihnen strenge Weisung, es nicht öffentlich bekannt zu machen. So sollte sich das Wort des Propheten Isaias erfüllen: Siehe, mein Knecht, den ich erwählt habe, mein Geliebter, an welchem meine Seele Wohlgefallen gefunden hat. Ich will meinen Geist auf ihn legen, und er wird den Völkern das Recht verkünden.

Giftler?, fragte der Mann lakonisch, die Hände in die Seiten gestützt, beobachtete die junge Frau, wie sie ein Pflaster auf Renkers Stirn klebte. Haben wir mehrere da. Er zündete sich eine Zigarette an. Kenn ich schon! Vor zwei Monaten war deshalb die Polizei da. Er sprach starken Dialekt, zog zwischen den Sätzen durch die Nase auf. Einer ist durch die geschlossene Glastür marschiert! Er deutete zum Ausgang, lachte in die Zigarette, hustete.

Renker setzte sich auf, stützte sich am rechten Arm ab. Träge drehte sich der Raum um ihn. Sehnsucht nach einer Zigarette. Lungenzug, Betäubung für einige Augenblicke, Papier zwischen den Fingern. Hatte fast ein Jahr nichts mehr geraucht.

Glauben Sie, fragte die junge Frau, dass Sie aufstehen können? Renker nickte, wollte weg. Kroch langsam auf alle Viere, konnte den linken Arm nicht ohne Schmerzen bewegen, hangelte sich die Wand hinauf, spürte die Hände der Frau unter seinen Ellbögen, sah zur Tür.

Werner hatte gesagt, er würde kommen: Warten Sie auf mich, sollte ich noch nicht da sein! Würde die nächste Enttäuschung für ihn sein: Renker schaffte nicht einmal die erste Stunde. Werner hatte ihn wohl falsch eingeschätzt. Renker stand mit dem Gesicht zur Wand, die Hände wie ein Verbrecher an der Mauer, den Kopf gesenkt. Fühlte die weiße Tünche durch die Haut, unselige Erinnerungen sickerten über die Fingerspitzen zurück, mit der Kälte der Ziegel, andere werden so erschossen. Endstation. Letzter Händedruck der Verputz vor sich. Man verbindet ihnen die Augen, die Angst des Exekutionskommandos, als letztes Bild mit hinübergenommen zu werden in die andere Welt, aufgehoben, eingebrannt in die unsterbliche Seele, Geister haben Zeit.

Er wird nicht streiten und nicht schreien, noch wird jemand seine Stimme auf den Straßen hören. Ein geknicktes Rohr wird er nicht brechen und einen glimmenden Docht nicht löschen, bis er das Recht zum Sieg führe. Auf seinen Namen werden die Völker hoffen.

Renker wandte sich um, lehnte sich gegen die Wand, betastete das Pflaster auf seiner Stirn. Danke, sagte er. Seine Beine zitterten. Vor ihm standen die beiden, sie, die Arme abgespreizt, die Verpackung des Pflasters in der Hand, besorgter Blick. Dramatisch, wie in billigen Filmen, drängte sich Renker auf, schämte sich für seine Gedanken. Der Mann, Hände in den Hosentaschen, Zigarette zwischen den Lippen, die Augen gegen den Rauch zusammengekniffen. Könnte ich einen Stuhl haben?, fragte Renker. Sein Mund war ausgetrocknet. Einen Sessel, wiederholte die junge Frau aufgeregt. Der Mann wandte sich um, ging mit schlurfenden Schritten in die Portierloge neben dem Eingang, kam mit einem Aluminiumsessel zurück. Renker setzte sich, stützte den Kopf in die Hände. Ich danke Ihnen. Hörte den Mann aufziehen. Ich werde abgeholt, sagte Renker. Sie brauchen meinentwegen nicht hierzubleiben. Nein, nein, sprudelte die Frau heraus, ich kann Sie doch nicht so sitzen lassen! Der Mann hob den Verbandskasten auf, verschwand damit in seiner Loge. Ich werde Ihnen Cola besorgen, sagte die Frau. Regt den

Kreislauf an! Renker nickte. Bitte! Suchte in der Hosentasche nach seiner Geldbörse. Lassen sie nur, sagte die Frau, ich bin gleich wieder da. Oder wollen Sie etwas anderes? Renker schüttelte den Kopf. Sie hinkte zum Ausgang, erkundigte sich durch die offen stehende Tür zur Portierloge nach einem Geschäft in der Nähe, verließ dann das Gebäude, lief mit leicht abgespreizten Armen den Gehsteig entlang, verschwand um die Ecke.

Vor den wandgroßen Scheiben flimmerte die Luft über dem Asphalt, die Fassade des Gebäudes gegenüber in der prallen Sonne, Rollos in den Fenstern, Vorhänge zugezogen. Draußen schmolz zitternd die Welt, schlugen Hauswände in der Hitze Blasen. Geräuschlos fuhren hinter dem Glas Autos vorbei, Kinder in kurzen Hosen auf den Gehsteigen, Bilder im Kopf: Harry in der kurzen Lederhose, die Renker ihm gekauft hatte. Ist ihm doch viel zu groß, hatte Yvonne gesagt. Nach einem halben Jahr war sie ihm zu klein geworden.

Man brachte einen Besessenen zu Jesus, blind und stumm. Jesus heilte ihn, sodass er redete und sah. Und es erstaunten die Volksmengen und sagten: Ist dieser nicht doch Davids Sohn? Die Pharisäer, die es hörten, sagten: Dieser Mann treibt die Dämonen nur durch Beelzebub, den Obersten der Dämonen, aus.

Strohblond war Harry, genau wie Renker im selben Alter, kannte ein altes Foto von sich.

Da Jesus die Gedanken der Pharisäer durchschaute, sprach er zu ihnen: Jedes Reich, das in sich selbst uneins ist, wird zerfallen. Keine Stadt, kein Haus, das in sich selbst uneins ist, hat Bestand. Wenn nun der Satan den Satan austreibt, ist er mit sich selbst uneins. Wie soll dann sein Reich bestehen?

Draußen winkte ein Kind jemandem außerhalb des Gesichtsfeldes der großen Scheibe. Wie Harry, wenn Yvonne ihn abgeholt hatte, dachte Renker. Lautloses Gestern, wiederholen sich Träume jede Nacht, immer dieselben Bilder, Harry winkt, bis sie das ganze Gehirn einnehmen, erdrücken, die Luft nehmen: Plattenbau mit Trabis am Straßenrand, in der Luft der Geruch unverbrannten Treibstoffs.

Yvonne genervt, packt das Kind: Komm endlich, ist schon spät! Und Harry winkt.

Treibe ich Dämonen durch Beelzebub aus, durch wen treiben eure eigenen Söhne sie aus? Darum werden sie eure Richter sein. Wenn ich durch den Geist Gottes Dämonen austreibe, ist das Reich Gottes schon zu euch gekommen. Wie kann jemand in das Haus eines Starken dringen und sein Rüstzeug rauben, ohne zuerst den Starken zu fesseln? Erst dann kann er das Haus ausplündern.

Die Nächte fressen die Tage auf, umklammern sie, Träume sind lautlose Jäger: schwarze Raubkatzen, nur die Augen leuchten. Fließen wie flüssiger Teer übers Gesicht, in die Augenhöhlen, heiß über die Schläfen, versengen die Haare. Und Harry winkt. Dringen in die Nase, den Mund, ersticken. „Gruß aus Berlin" stand auf der Lederhose.

Wer nicht mit mir ist, der ist gegen mich. Wer nicht mit mir sammelt, der zerstreut.

Wie oft hatte sich Renker schon verflucht, Yvonne so weit getrieben zu haben, den Filmprojektor an die Wand zu werfen, bevor Harry auf die Welt kam, jetzt war es zu spät. War längst Schnee von gestern, einige Tage nach dem großen Auftritt seiner Frau vor der geschockten Yvonne im Hotel unter den Linden in Berlin: Daniela war immer nur nach Hause gekommen, um die Post zu holen. Delf hatte Renker wie schon öfter in seinem BMW nach Österreich mitgenommen, Proben und Aufzeichnung für eine Samstagabendsendung. An der Grenze lachende, salutierende Zöllner, nichts Ungewohntes, wenn Delf in den Westen fuhr. Durchs Autofenster bot er den Beamten Autogramme von Renker an. Renker hatte nie mitbekommen, wie Delf es schaffte, nicht wie alle anderen stundenlang aufgehalten zu werden. Für Thomas, schrieb er auf Fotos von ihm selbst, die Delf wie zufällig immer dabeihatte, für Monika, und die Zöllner bedankten sich grinsend, winkten durch.

Renker erstand Kamera und Projektor in Salzburg. Kosteten mehr, als die ganze Aufzeichnung brachte, Delf half aus. Renker studierte die halbe Nacht im Hotelzimmer die Gebrauchsanweisung, hatte noch nie eine Kamera besessen. Stellte sie auf einen Sessel, den Sessel auf den niedrigen Tisch, drehte alle Lichter auf, setzte sich vor die Linse. Lederfauteuil, kämmte sich noch einmal, atmete durch. Renker, die erste, schaltete ein. Es tut mir leid, hatte er geschrieben, hielt den Zettel vor die Linse. Das habe ich nicht gewollt. Bist du mir noch böse? Hob einen Strauß Blumen vom Boden auf, rote Rosen vom Salzburger Unversitätsplatz, würde er dann am Zimmer stehen lassen, überlebten sicher die lange Autofahrt zurück nicht. Roch daran, schaute in die Kamera. Wusste nicht, was er noch machen sollte, sah müde aus, dachte er, Ringe um die Augen. Stellte sich Yvonne vor, dunkles Haar, Vorhänge vor die Fenster gezogen. Er ließ den Film entwickeln, bekam ihn am letzten Tag seines Aufenthalts in Salzburg zurück, bat Delf, über Dresden nach Hause zu fahren. An der Grenze das übliche Erkennen Renkers, neugierige Blicke auf die Geräte am Rücksitz. Nizo, acht Millimeter, kommentierte Renker. Beeindrucktes Kopfnicken, Weiterwinken. Real funktionierende Technologie, lachte Delf.

Renker gab die Schachtel mit Projektor und Film bei Yvonnes Nachbarn ab, mit der Bitte, sie weiterzuleiten. War sich nicht sicher, ob Yvonne es schaffen würde, den Film richtig einzulegen.

Eine Woche später rief er sie im Blumenladen an. Könnte ich Fräulein Yvonne sprechen? Am Apparat. Ich bin's, sagte Renker leise. Stille. Du bist ja verrückt, sagte sie dann. Nach dir, sagte er. Hat's geklappt? Du tust mir was an, sagte sie. Habe erst Jürgen holen müssen, ich kann doch so etwas nicht! Wer ist Jürgen? Angelas Freund! Ach der, sagte Renker. Jetzt wussten es wahrscheinlich alle. War auch egal. Ich muss dich wiedersehen, sagte Renker.

Darum sage ich euch: Jede Sünde und Lästerung wird den Menschen vergeben werden, aber die Lästerung gegen den Geist wird nicht vergeben werden.

Am Abend saß Renker am Tisch und betrank sich. Wartete wieder einmal darauf, dass sich die Tür öffnete und Daniela heimkehrte, aber sie kam nicht.

Jeder, der etwas gegen den Menschensohn sagt, wird Vergebung finden. Wer aber ein Wort gegen den Heiligen Geist sagt, dem wird weder in dieser Welt noch in der kommenden vergeben werden.

Renker traf Daniela in einem Café. Sie hatte auf einem Zettel um das Treffen gebeten, ihn auf den Tisch gelegt, als sie um die Post gekommen war.

Er war fahrig, angespannt. Sie trug ein Kostüm, das er nicht kannte, schwarze Seidenhandschuhe, große Sonnenbrille, wirkte abweisend, grüßte wie eine Fremde. Wo wohnst du eigentlich?, fragte er. Ich könnte dir doch die Post nachschicken. Unbeteiligt, Heimweh ist etwas für Kinder. Legte die Zeitung beiseite. Erwachsene Menschen. Interessiert dich das?, fragte sie. Brauchst du nicht Geld?, fragte er zurück. Darauf kommen wir gleich zu sprechen, sagte sie. Die Karten waren neu gemischt, vor Jahren noch im selben Café Händchen haltend, lange her. Ich habe alles eingeleitet, begann sie, Warnemünde auf mich überschreiben zu lassen. Nahm die Brille nicht ab, Renkers Spiegelbild in den Gläsern. Ich nehme an, das ist auch in deinem Interesse. Renker schwieg. Ja, ja, sagte er dann, wollte sich nichts anmerken lassen, zündete sich eine Zigarette an. Sie bestellte Kaffee, wandte sich wieder Renker zu. Berlin kannst du haben. Er nickte, schaute scheinbar uninteressiert zur Auslage hinaus. Ich verkaufe dir meine Hälfte, hörte er sie, falls du interessiert bist. Renker wandte ihr das Gesicht zu, zögerte. Was heißt, deine Hälfte? Konnte durch ihre Brille hindurch nicht feststellen, ob sie ihn ansah oder nicht. Die Hälfte des Hauses in Berlin, sagte sie, lauernd, bewegte nur die Lippen. Pause. Renker merkte, dass er den Mund geöffnet hatte. Es zieht, hätte sie früher gesagt, war ihm, als wäre es noch vor dem Krieg gewesen. Oder glaubst du etwa, fuhr sie in freundlichem Ton fort, neigte sich leicht Renker zu, dass ich mit dir nach all dem, was du mir angetan hast, einfach geschwisterlich teile? Sprach leise, wie im Vertrauen, als sollte niemand mithören.

Einige Sekunden sagte niemand etwas. Die Zeit brach um. Hatte Renker schon einmal erlebt, von einer Sekunde auf die andere, als

Daniela ihn angesprochen hatte, in der Nacht, in der er Adrienne auf dem Fußboden ihres Hauses geliebt hatte. Ich kenn doch ihr Parfum, hatte sie gesagt. Eine Epoche war zu Ende gegangen, vorher nie die Frage gestellt worden, wie lange das schon so gehe. Nie wieder würde es so werden, wie noch Sekunden zuvor.

Was soll das heißen?, fragte Renker. Dein Blumenmädchen, ging Daniela nicht darauf ein, wird doch hoffentlich vermögend sein. Jetzt hör mal!, fuhr Renker auf. Woher hatte sie das alles? Er sah sie die Arme ausbreiten. Schmerzhafter Gesichtsausdruck: Du wirst doch nicht hier einen Skandal machen wollen? Renker spürte das Blut in den Schläfen. Daniela wieder vertraulich: Wenn sie es nicht schaffen sollte, Lächeln um ihre Lippen, wirst du wohl verkaufen müssen. Der Kaffee kam. Danke, nickte Daniela dem Kellner zu, nahm sich Zucker. Handschuhe wie eine Rüstung, Visier runtergeklappt. Zweite Runde im Turnier, hatte Renker nicht daran gedacht, zu kämpfen, war schon die erste Runde an Daniela gegangen. Er würde sie nie auszahlen können, hatte damit gerechnet, wenn es wirklich dazu käme, jeder ein Haus. Spürte seine Hände nass werden, zog an der Zigarette. Am Nachbartisch lachte ein junges Paar laut auf. Ahnungslose Welt, einen Arm lang entfernt. Daniela trank Kaffee, erläuterte das weitere Vorgehen scheinbar emotionslos. Renker sprach nur wenig, war mit dem Kopf nicht dabei. Das aufsteigende Bewusstsein, dieselbe Frau zur Gegnerin zu haben, mit der er jahrelang alles geteilt hatte, klammerte sich wie eine Krake um ihn. Irrglaube, alles bliebe beim Alten, blinde Naivität. Wir bleiben gute Freunde! Gab es anscheinend nur im Film. Plattes Drehbuch. Der Gedanke, gegen Daniela antreten zu müssen, wollte er versuchen, das Berliner Haus für sich zu retten, Gericht, Anwälte, lähmte ihn. Alte Liebe durch die Hintertür, es war längst zu spät. Beißhemmung, fiel ihm ein, nennt man das bei Tieren. Hatte Daniela bis heute anscheinend nicht gekannt. Wie benommen saß er ihr gegenüber, fremde Frau.

Angenommen, der Baum ist gut, dann ist auch seine Frucht gut. Ist der Baum faul, ist es auch die Frucht. An den Früchten sollt ihr sie erkennen.

Bitte zahlen!, rief sie dem Kellner zu. Lass nur, sagte Renker. Sie schüttelte den Kopf, mitleidig lächelnd: Du wirst das Geld noch brauchen. Sie zahlte ihren Kaffee. Ciao! Ließ Renker sitzen. Roch nach einem Parfum, das er nicht kannte.

Ihr Schlangenbrut. Wie könnt ihr Gutes reden, da ihr doch böse seid? Wes Herz voll ist, des geht der Mund über. Ein guter Mensch bringt aus seiner guten Vorratskammer Gutes hervor, ein böser Mensch Böses. Ich aber sage euch: Von jedem unnützen Wort werden die Menschen am Tag des Gerichts Rechenschaft ablegen müssen. Aus deinen Worten wirst du gerechtfertigt und aus deinen Worten wirst du verurteilt.

Renker fuhr nach Hause, saß wie paralysiert im Auto, wusste danach nicht, wie er gefahren war, schleuderte im Studio einen Stapel Noten ans Regiefenster, trat gegen den Tisch, dass das Telefon zu Boden fiel, schrie, bis seine Stimme versagte.

Er fuhr noch am selben Tag nach Dresden, Samstag nachmittags, hatte sich nicht mehr die Zeit genommen, im Geschäft anzurufen, wusste nicht, ob Yvonne um diese Zeit noch dort wäre, wollte sie nur sehen, ihre Haut spüren, ihre Liebkosungen. Begierde wie Heißhunger, alles zudecken, das wie Speichel an der Haut klebte, mit Sex überziehen, sich bewusstlos vögeln. War nicht sicher, ob sie ihn noch sehen wollte, sie war bei ihrem Telefonat nicht darauf eingegangen.

Abends kam er an, sah schon von unten Licht in ihrem Fenster, wartete, bis ihn jemand ins Haus ließ, läutete. Wer ist's?, hörte er ihre Stimme durch die Tür. Ich bin's, sagte Renker, nasse Handflächen. Sie trug ein geblümtes Hauskleid, Brille, mit der er sie noch nie gesehen hatte, machte sie fremd, die Haare aufgesteckt. Sie klammerte sich an die Türschnalle, sprachlos, hatte sichtlich nicht mit Renker gerechnet. Darf ich reinkommen?, fragte er, war schon in die Türöffnung getreten. Yvonne wich zurück. Die Wohnung war unaufgeräumt, ein Korb mit Wäsche auf dem Klavier, davor der Bügeltisch. Auf dem Tisch Essensreste und ein schmutziger Teller. Yvonne schloss die Tür, lehnte sich mit dem Rücken dagegen, sah Renker wortlos an, nahm die Brille ab. Entschuldige, begann er, dass ich dich so überfalle.

Zögerte, sah zu Boden. Aber ich hatte Angst, du würdest mich nicht sehen wollen. Ging langsam auf sie zu, berührte ihre Hände mit seinen Fingern. Ich habe mich mit Daniela ausgesprochen. Sie bekommt das Haus in Warnemünde. Das hast du mir schon einmal erzählt, sagte Yvonne scheinbar unbeteiligt, bewegte sich nicht. Renker nickte. Ich werde Berlin verkaufen und mit dem Geld woanders hinziehen. Was wird mit dem Studio?, fragte Yvonne. Renker zuckte die Achseln. Keine Ahnung. Vielleicht verkaufe ich es auch. Aus der Nachbarwohnung drang gedämpfte Radiomusik durch die Wand. Willst du etwas essen?, fragte Yvonne. Wie? Ob du etwas essen willst! Wich ihm aus. Wer dachte jetzt an Essen? Ist nicht notwendig, sagte er, wollte nicht, dass sie ablenkte. Sie löste sich von ihm, räumte den Tisch ab, zerbrechliche Figur, das Mädchen mit der Blumenkugel. Ihm schien, als wäre es gestern gewesen, die Stadthalle, Sessel auf dem Tisch, sie war raufgeklettert, fast noch ein Kind, das Gebinde in der Hand. Können wir Ihnen helfen? Nein, nein, lassen Sie nur, hatte sie gesagt. Einige Monate und doch ein Leben dazwischen.

Sie deutete ihm, sich zu setzen, trat an den Herd. Renker zog sein Sakko aus, setzte sich an den Tisch, unruhig, hielt eine Hand mit der anderen. Ich weiß nicht mehr, hörte er sie sagen, was ich glauben soll.

Einige von den Schriftgelehrten und Pharisäern entgegneten Jesus: Meister, wir möchten von dir ein Wunderzeichen sehen. Er aber antwortete: Ein böses und ehebrecherisches Geschlecht verlangt ein Zeichen. Es wird ihm aber kein Zeichen gegeben werden als das des Propheten Jonas. Wie Jonas drei Tage und drei Nächte im Bauch des Fisches war, so wird auch der Menschensohn drei Tage und drei Nächte im Schoß der Erde sein. Die Männer von Ninive werden mit diesem Geschlecht vor Gericht ziehen und seine Verurteilung bewirken. Denn sie taten Buße auf die Predigt des Jonas. Hier aber ist mehr als Jonas.

Yvonne servierte Renker Würstchen mit Kraut und Brot. Hab sonst nichts im Haus! Ich wollte doch gar nichts, sagte er, beobachtete sie unentwegt, wusste nicht, ob er wirklich ihretwegen gekommen war.

Kam ihm fremd vor, austauschbar. Ess ich dir jetzt etwas weg?, fragte er, um etwas zu sagen. Nein. Sie löste die Spange auf ihrem Kopf, schüttelte ihr Haar aus, setzte sich Renker gegenüber. Renker aß, hatte keinen Hunger, erzählte dabei von seinem Aufenthalt in Salzburg, erwähnte das Gespräch mit Daniela nicht mehr. Yvonne hörte ihm schweigend zu. Glück sah anders aus, kannte er vom letzten Mal in dieser Wohnung.

Die Königin des Südens wird als Anklägerin dieses Geschlechts auftreten und seine Verurteilung herbeiführen, denn sie kam vom Ende der Erde, um die Weisheit Salomons zu hören. Hier aber ist mehr als Salomon.

Nach dem Essen spülte Yvonne das Geschirr. Bleibst du über Nacht? Klang müde, abgeklärt. Ich glaub, ich fahr lieber wieder, sagte Renker. Schweigen. Dann kam Yvonne auf ihn zu, trocknete ihre Hände mit dem Geschirrtuch, berührte seine Hand mit den Fingern. Bleib, sagte sie leise.

Wenn der unreine Geist von einem Menschen ausgefahren ist, durchwandert er wüste Gegenden, sucht eine Ruhestätte, findet er sie aber nicht, dann spricht er: Ich will in mein Haus zurückkehren, das ich verlassen habe. Trifft er dort ein, findet er es leerstehend, sauber und geschmückt, dann geht er hin und nimmt sich noch sieben andere Geister, schlimmer als er. Sie ziehen ein und lassen sich dort nieder. Die letzten Dinge dieses Menschen werden ärger sein als die ersten. So wird es auch diesem bösen Geschlecht ergehen.

Yvonne räumte den Bügeltisch weg, schweigsam, den Korb mit der Wäsche. Renker war aufgestanden, wusste nicht, ob er sie berühren sollte. Entschuldige mich kurz, sagte sie, verschwand im Bad. Renker sah eine Weile aus dem Fenster, fühlte nichts. Streifte dann die Schuhe ab, die Strümpfe, zog die Vorhänge zu, wartete. Die Musik aus der Nachbarwohnung verstummte, abrupt, mitten in einem Musikstück. Eine Weile rauschte das Wasser der Dusche im Bad, Gurgeln des Abflusses, Stille.

Während Jesus noch zu der Volksmenge redete, standen auf einmal seine Mutter und seine Brüder draußen und suchten ihn zu sprechen. Da sagte jemand zu ihm: Deine Mutter und deine Brüder sind draußen und wünschen dich zu sprechen.

Renker zündete sich eine Zigarette an, suchte vergeblich nach einem Aschenbecher, nahm einen kleinen Teller aus dem Geschirrschrank, setzte sich wieder, wartete. An der Wand neben dem Herd eine Handvoll bunter Ansichtskarten um einen Kalender mit Blumenbildern. Die meisten hatte Renker geschrieben: Grüße aus Rostock mit Sonnenuntergang über der Ostsee, ein Portrait von Johann Sebastian Bach aus Eisenach. Habe einen alten Kollegen besucht, hatte Renker gescherzt, erinnerte sich an das zugige Hotel, in dem sie untergebracht waren. Nur Zweibettzimmer. Jan schnarchte, wenn er etwas getrunken hatte.

Renker lehnte den Kopf an die Wand, blies den Rauch gegen die kleine Hängelampe über dem Tisch, hörte Schritte aus der Wohnung darüber, vereinzelte Geräusche aus dem Bad. Er dämpfte die halb gerauchte Zigarette ab, war nicht den weiten Weg gefahren, um zu rauchen, hatte es schon zu lange in Berlin getan, im leeren Wohnzimmer, dem Studio, morgens war der Aschenbecher übergegangen.

Er zog sein Hemd aus, warf es über einen Stuhl, ging an die Badezimmertür, zögerte kurz, öffnete die Tür. Die Luft im Bad war feucht und warm. Yvonne stand im Höschen am Waschbecken, das Haar in ein Handtuch gewickelt. Darf ich auch duschen?, fragte Renker. Hoffentlich reicht das Warmwasser, sagte sie. Er stieg aus der Hose, duschte, nach kurzer Zeit wurde das Wasser kalt. Yvonne lief aus dem Bad, kam mit einem weißen Handtuch zurück, reichte es Renker. Er nahm es ihr aus der Hand, zog sie an sich, küsste sie tief in den Mund, Droge, Blutleere im Kopf, wartete, dass etwas passierte, in seinem Kopf: Liebe, Sehnsucht, Geborgenheit, aber es geschah nichts. Yvonne schloss nicht die Augen wie sonst, wehrte sich aber auch nicht. Er hob sie auf, trug sie ins Schlafzimmer, kühl die Luft auf der nassen Haut, legte Yvonne auf ihr Bett, küsste, streichelte sie, sog den Geruch ein, presste seinen Kopf an Yvonnes Schultern. Ruhig lag sie vor ihm, als gehöre sie nicht dazu. An der Wand neben dem Bett

Renkers Filmprojektor. In der schmalen Straße fiel gelblich fahles Licht aus dem Vorzimmer durch die offene Tür schräg übers Bett. Renker erhob sich, weiß Yvonnes Haut auf dem dunklen Bett, als wäre sie aus feinem Porzellan. Vorsichtig legte er sich neben sie, wartete vergeblich auf die alten Zeiten, fremde Frau. Wieder Schritte aus der Wohnung über ihnen.

Jesus antwortete dem, der es meldete: Wer ist meine Mutter, wer sind meine Brüder? Er streckte seine Hand über seine Jünger aus und sprach: Seht, diese hier sind meine Mutter und Brüder. Wer den Willen meines Vaters im Himmel erfüllt, der ist mir Bruder, Schwester und Mutter.

Dreizehntes Tableau

Es war der Morgen der Geräusche: Musik aus der Wohnung neben der Küche, Schritte über der Decke, schwere, alte, hintennach trippelnd junge Kinderfüße. Etwas fiel zu Boden, Schritte zurück, schnarrender Motorlärm, Babygeschrei von draußen, erzählten Geschichten für Blinde auf Zeit. Yvonne lag neben Renker, das Gesicht abgewandt, streckte sich. War bald eingeschlafen, wie in alten Zeiten, wurde immer viel früher müde als Renker. Du bist ja gewöhnt, dir die Nächte um die Ohren zu schlagen, hatte sie schon in Meißen gesagt. Er hatte damals nicht im Bett rauchen wollen. Am nächsten Morgen dann der kalte Rauch im Schlafzimmer.

Renker wäre am liebsten noch in der Nacht gegangen, fast erstickt. War noch lang wachgelegen, nur der Arm eingeschlafen, auf dem Yvonne lag. Er hatte nicht gewusst, was er hier tat, mit dem Kopf woanders. Ich habe alles eingeleitet, hatte er Daniela ständig gehört, Warnemünde auf mich überschreiben zu lassen. Augenlose Brille. Du wirst doch nicht hier einen Skandal machen wollen? Yvonne neben ihm, austauschbar. Hatte es immer geliebt, den Mädchen beim Entkleiden zuzusehen, jeder ihrer Bewegungen mit alten Träumen zu folgen, Begehrlichkeit bis in die Zehenspitzen, Fieber über der Haut, hatte ihn doch nicht zuletzt ihre Fremdheit angemacht, verbotene Ferne, ihn danach fast abgestoßen. Wäre dann oft am liebsten gegangen, hätte sich heimlich davongeschlichen, leise die Tür hinter sich zugezogen. Das war's dann, verließ er doch nur einen Körper. Ein paar Tage später das gleiche Spiel von vorn.

Und dann Momente, in denen er geglaubt hatte, die Frau im Bett zu lieben, als streiften ihn Flügelspitzen des Tags danach irrtümlich mit ihrer verkehrten Seite. Mitten im gelangweilten Warten auf die nächste Nacht ein zufälliger Augenaufschlag, Berührungen wie Wetterleuchten, übrig gebliebene Tropfen des Champagners vom vergangenen Abend in nüchternen Hotelzimmern, Frühstücksräumen: Das Buffett ist leider schon abgeräumt! Auf grauen Autobahnen.

Aufblitzen ungesuchter Nähe, überspielt, Pflänzchen, verdorrt in der Lichtlosigkeit der Geliebten. Die Nacht abschütteln, mit dem Aufgehen der Sonne unters Bett kehren, waren doch einzelne Momente ungewollter Geborgenheit wie lichte Federn hängengeblieben, stoben dann auf, lautlos, flüchtig. Er nannte es nicht Liebe, fürchtete sich davor, wollte niemandem davon erzählen, die Beziehung als Affäre weiterleben, Geborgenheit war Zuhause.

An jenem Tag verließ Jesus das Haus und ließ sich am See nieder. Und es sammelten sich so große Volksmengen um ihn, dass er in ein Boot stieg und sich setzte, während die Menschen am Ufer stehen blieben. Er trug ihnen vieles in Gleichnissen vor, indem er sprach: Seht, ein Sämann ging aus, um zu säen. Beim Säen fiel einiges auf den Weg, und Vögel kamen und fraßen es.

Guten Morgen, sagte Yvonne leise, heisere Stimme, brauchte morgens mindestens einen Kaffee, um ohne Schwierigkeiten sprechen zu können. Setzte sich auf, stellte die Beine auf den Boden.

Anderes fiel auf steinigen Boden ohne viel Erdreich. Es schoss bald auf, weil es nicht tief in der Erde lag. Als die Sonne aufging, verdorrte es, weil es keine Wurzeln hatte.

Yvonne kletterte aus dem Bett, ging ans Fenster, zog die Vorhänge beiseite. Ihr schlanker Körper gegen das milchige Licht des späten Morgens durch die Scheiben, aufgewacht. Vergessen, mit den Hähnen gegen die Dunkelheit. Vielleicht würde es doch wieder so werden wie früher.

Wieder anderes fiel unter die Dornen, die aufschossen und es erstickten. Anderes endlich fiel auf gutes Erdreich und brachte Frucht: das eine hundertfach, das andere siebzigfach und wieder anderes dreißigfach. Wer Ohren hat, der höre.

Sie lief über den alten Teppich, an Renker vorbei, sah ihn nicht an, verschwand wortlos durch die Tür. Dass die lange Dunkelheit vorüber wäre, wünschte sich Renker.

Und die Jünger traten zu Jesus und sprachen: Warum redest du in Gleichnissen zu ihnen? Er antwortete: Euch ist es gegeben, die

Geheimnisse des Himmelreichs zu erkennen, jenen aber nicht. Wer hat, dem wird in Überfluss gegeben werden, wer aber nicht hat, dem wird das, was er hat, auch noch genommen werden.

Musik durch die Wand: „Das kann doch einen Seemann nicht erschüttern." Dasselbe Lied hatte Daniela gespielt, als Renker das erste Mal von Adrienne gekommen war. Er sprang aus dem Bett, stand still, Blödsinn. Danielas unregelmäßigen Atem im Kopf, damals im Bett neben sich in Warnemünde, im Gehirn festgefressen. Im Schlaf atmet man ruhiger. Er hatte in dieser Nacht stundenlang in die Dunkelheit gestarrt, gewusst, dass sie nicht schlief, gewartet, dass sie fragte, ob er mit Adrienne. Ein Gefühl wie in einem Käfig zu hocken, die Tür ist offen, man müsste nur hinausgehen, alles hinter sich lassen, aber der Gedanke nimmt einem die Luft. Hatte sich vorgestellt, draußen drängten sich Besucher mit Kartoffelchips und Luftballons: Jan, Armin, Margot mit den Kindern. Mal etwas anderes als ständig Grillen und Rotwein. Schläft Tante Daniela?, hätte eines der Mädchen gefragt. Nein, nein, sie tut nur so! Warum tut sie nur so? Das verstehst du noch nicht.

Renker tappte die Wand entlang, durch die Tür, den engen Vorraum ins Bad. Yvonne stand über das Waschbecken gebeugt, hatte das Höschen ausgezogen, die Zahnbürste im Mund, wandte das Gesicht Renker zu. Wie durchscheinend ihr Körper im Licht der schwachen Birne an der Decke, wächsern blass. Renker trat hinter sie, berührte ihren Rücken mit den Fingerspitzen, küsste sie in den Nacken, sein Glied streifte ihre Oberschenkel. Yvonne wehrte sich nicht, sah ihn nicht an, Schaum um den Mund. Er griff ihr an die Brüste, versuchte, von hinten in sie einzudringen, alle Gedanken totvögeln, doch sie entwand sich ihm.

Was macht Onkel Renker jetzt?, fragt das andere Mädchen. Magst du noch Kartoffelchips?, lenkt Margot ab. Danke, ich hab noch!

„Keine Angst, Rosmarie" sang jetzt Hans Albers durch die Wand, Ringelspielmusik, Glöckchenläuten. Breitbeinig stand Renker hinter Yvonne, umfing sie mit einem Arm, drückte ihren Körper gegen sich. Billige Cremes auf der Ablage vor dem Spiegel, hätte Daniela nie benützt. Wird doch hoffentlich vermögend sein, dein Blumenmädchen, hatte sie gesagt. Und jetzt Yvonne vor Renker, klammerte sich ans Waschbecken, besaß nicht viel mehr als ihr Gewand draußen über dem Stuhl. Wirres Haar, versuchte, ihm das Gesicht zuzuwenden, als er sie mit der zweiten Hand zwischen den Beinen packte. Mädchen mit der Blumenkugel. War eigentlich nie sein Typ gewesen. Das ist Angela, hatte sie ihm damals ihre Freundin vorgestellt, leuchtende Augen, unten auf dem Parkett vor der Bühne, hundert Jahre her. Wie Honig war ihm ihre unverhohlene Bewunderung ins Hirn gesickert. Im Hotelzimmer danach, Renker mit der Trompete um vier Uhr früh, hatte sich seine Frau aus dem Gehirn geblasen, hatte ohnedies nicht mehr bei ihm gewohnt, jetzt war die Kleine aus Dresden da. Früher war bei solchen Gelegenheiten Daniela oft Minuten vorher noch Gegenwart gewesen, spürbar, fühlbar, am Telefon hörbar: Bist du noch auf? Gerade noch, Schatz, ich geh eben schlafen! Und dann war irgendeine Blondine neben ihm eingeschlafen, an ihn gekuschelt. Hotelbett, glatter, jugendlicher Körper.

Daniela. Toter Fleck im Auge, verlorene Heimat, als lehnte sie am Türstock zum Vorzimmer, schwarze Seidenhandschuhe, große Sonnenbrille: Warum fickst du sie nicht endlich, die Kleine? Schreit doch schon nach dir! Gehört dir ganz allein, Erlöser von allem Mief des Plattenbaus. Sonne in ihr armseliges Leben! Spritz ihr deine leeren Versprechungen in den Leib! In nomine patris et filii, Nottaufe mit heißen Säften, fällt die Gnade der Begattung wie der Heilige Geist über sie her. Berlin bekommst du nicht. Oder glaubst du etwa, dass ich mit dir nach all dem, was du mir angetan hast, einfach geschwisterlich teile? Schreit auf, Völker der Lichtlosen, jubelt, der Herr ist mit euch!

Renker stierte auf sein Spiegelbild, Unbekannter, unrasiert, Ringe um die Augen. Seine Gedanken wie Denkblasen in Cartoons vor dem Mund, wandte das Gesicht ab, als könnte Yvonne sie lesen.

Darum rede ich in Gleichnissen zu ihnen, weil sie sehend nicht sehen und hörend nicht hören, noch verstehen. So geht an ihnen die Weissagung des Isaias in Erfüllung, die lautet: Ihr sollt hören, doch nicht verstehen, sehen und nichts erkennen.

Er krallte seine Linke in Yvonnes Brust, dass sie aufschrie. Kurze, heftige Stöße gegen das Waschbecken, fiel ein Becher zu Boden, die Tube Zahnpasta rollte über den Plastikbelag. Yvonne spuckte ins Waschbecken, schrie, bäumte sich gegen Renker auf, für einen Augenblick traf im Spiegel ihr angstvoller Blick den seinen, bevor er sie an den Schultern packte, ihren Oberkörper gegen das Waschbecken drückte, hörte seine Zähne knirschen. Aus dem Hahn lief das Wasser über ihren Hinterkopf den Körper hinunter, sammelte sich zu ihren Füßen. Bist du verrückt?, rief sie gurgelnd, versuchte vergeblich, hochzukommen. Renker drang in sie ein, den Kopf in den Nacken gelegt, den Mund weit geöffnet, presste Yvonnes Schultern nach unten, hörte ihren Kopf an die Fliesen an der Wand schlagen. Ich wollte deiner lieben Freundin nur zu meinem Mann gratulieren, hatte Daniela gesagt, zynisches Lächeln, Hotelhalle Berlin. Flittchen aus Dresden. Renker sah noch Yvonnes erschrockene Augen vor sich, die schwere Brokattapete im Hintergrund, Kristalllüster, war ihre selbstgebastelte Welt zusammengebrochen. Plötzlich weht ihnen der Wind ins Gesicht, hatte schon Delf über ein Gesangstalentchen aus Klotzsche gesagt, haben doch keine Ahnung, diese Provinzdohlen! War etwas anderes als Blumenkugeln zum Sonnwendfest. Aufwachen statt Törtchen mit Schokotunke.

Yvonne schlug mit den Armen um sich, trat nach Renkers Beinen, versuchte, sich fallen zu lassen, doch Renker nagelte sie gegen das Waschbecken. Daniela hatte beim Orgasmus immer die Lippen zusammengekniffen, brave Mädchen schreien nicht, könnten doch die Nachbarn hören! Das Blut fuhr Renker in die Schläfen. Er hatte Mühe, Yvonnes Körper über dem Becken zu halten, grub seine Fingernägel in ihre Haut. Mit einem Ruck gelang es ihr, sich loszureißen, glitt dabei auf dem nassen Boden aus, rutschte aufschreiend unter das

Waschbecken. Renker warf sich über sie, hielt sie fest. Zerstören. Sie lag auf dem Rücken, trat um sich. Langsam senkte er sein ganzes Gewicht auf ihren Körper, spürte, wie sich sein Glied zwischen ihre Beine bohrte, bäumte seinen Oberkörper auf, seine Hände über ihren Unterarmen im Wasser, das einen Großteil des Bodens bedeckte. Yvonne warf den Kopf hin und her, das Wasser spritzte Renker in die Augen. Sie riss an seinen Händen, spuckte ihm ins Gesicht, erlahmte langsam unter seinem verkrampften Körper. Eine Sekunde der Stille, zwei, die Ewigkeit des Augenblicks, Ton abgeschaltet, blieb die Welt stehen. Über ihren Körpern das aufgewühlte Echo aus Gier und Verzweiflung, verklang, verhallte zu nassschwarzen Flecken an den Wänden.

Renker vernahm wieder das Rauschen des Wassers aus dem Hahn über dem Becken, leise gurgelnd durch den Abfluss, keine Musik durch die Wände, Yvonne wie leblos auf dem Plastikbelag unter ihm. Der Augenblick der Engel vor dem Aufjubeln der Massen: weiße Flügel, brennende Kerzen in Händen, berühren ihre Füße den Boden nicht. Kyrie eleison.

Er ließ von Yvonne ab, kroch auf. Verzeih mir, sagte er schwer atmend, ich ..., wusste nicht, was er sagen sollte, vermied es, sie anzusehen, drehte das Wasser ab. Verbrannte Erde, Daniela hatte gewonnen, amen. Er hob die wasserdurchtränkte Hose, die Unterhose, die noch vom Vorabend dort lagen, auf, torkelte aus dem Bad.

Das Herz dieses Volkes ist stumpf geworden. Sie sind schwerhörig, haben die Augen geschlossen, um nicht mit den Ohren zu hören, den Augen zu sehen, dem Herzen zu verstehen und sich zu bekehren, damit ich sie heile.

Renker stützte sich an der Wand ab, versuchte, sich zu beruhigen. Völlige Stille hinter ihm. Er schleppte sich ins Schlafzimmer, zerrte sich die nassen Hosen die Beine hinauf.

Glücklich eure Ohren, die hören, und eure Augen, die sehen. Wahrlich, ich sage euch: Viele Propheten und Gerechte haben zu hören begehrt, was ihr hört, und haben es nicht gehört, zu sehen, was ihr seht, und haben nichts gesehen.

Renker zog sein Unterhemd an, das Hemd.

Hört nun die Deutung des Gleichnisses vom Sämann: Hört jemand das Wort vom Reich und versteht es nicht, kommt der Böse und reißt aus, was in sein Herz gesät war. Der Sämann ist es, dessen Samen auf den Weg gefallen waren. Derjenige wiederum, dessen Samen auf steinigen Boden gefallen waren, hört das Wort und nimmt es mit Freude auf. Es wurzelt aber nicht, ist unbeständig. Erleidet er Drangsal und Verfolgung um des Wortes Willen, wird er bald irre.

Renker zog die Socken über, stieg in die Schuhe.

War unter Dornen gesät worden, ersticken weltliche Sorgen und trügerischer Reichtum das Wort, sodass es ohne Frucht bleibt.

Renker hielt inne, lauschte. Hörte sein Herz schlagen, keinen Laut von Yvonne.

Derjenige Sämann aber versteht das Wort, dessen Samen auf gutes Erdreich gefallen ist, und er bringt Frucht: hundertfach, sechzigfach, dreißigfach.

Renker wartete noch eine Minute, stand unschlüssig neben dem Bett, leerer Kopf, wunderte sich, dass er nichts fühlte, holte dann sein Sakko aus der Küche, verließ die Wohnung, ohne noch einmal nach Yvonne zu sehen, zog die Tür hinter sich zu. Als er die erste Stufe nach unten betrat, riss Yvonne die Tür hinter ihm auf, nackt, den Filmprojektor in der Hand, hob das Gerät hoch, warf es Renker nach, dass es neben ihm an der Wand zerschellte, klirrend auf den Steinboden prallte, schlug wortlos die Tür zu.

Jesus trug ihnen ein anderes Gleichnis vor: Das Himmelreich gleicht einem Mann, der guten Samen auf seinen Acker säte. Während die Leute schliefen, kam sein Feind, säte Unkraut mitten unter den Weizen und ging wieder. Als die Saat aufging, erschien auch das Unkraut.

Renker fuhr nach Berlin zurück, trank eine halb volle Flasche Wodka leer, warf sich aufs Bett, sehnte sich nach Schlaf, für den Abend war eine Probe angesetzt.

Da kamen die Knechte des Hausvaters und sprachen zu ihm: Herr, hast du nicht guten Samen auf deinen Acker gesät? Woher jetzt das Unkraut?

Er antwortete ihnen: Ein feindseliger Mensch hat das getan. Die Knechte fragten weiter: Willst du, dass wir es sammeln? Er antwortete ihnen: Nein, ihr könntet beim Einsammeln auch den Weizen mit ausreißen. Lasst beides miteinander bis zur Ernte wachsen. Dann will ich zu den Schnittern sagen: Sammelt zuerst das Unkraut, bindet es in Bündel, um es zu verbrennen. Den Weizen aber sammelt in meine Scheune.

Zwei Tage danach traf sich Renker erneut mit Daniela. Sie hatte telefonisch darum gebeten. Sie saß in einem Bistro, Hosenanzug, rauchte. Seit wann rauchst du?, fragte Renker in erstauntem Ton, war den ganzen Tag über nervös gewesen, hatte noch am Morgen kalte Kompressen übers Gesicht gelegt, setzte sich ihr gegenüber, konnte sie nicht aus den Augen lassen. Stört es dich? Sie wirkte amüsiert, betrachtete Renker leicht kopfschüttelnd, klappte ihm den aufgestellten Sakkokragen um, den kleinen Finger abgespreizt. Natürlich nicht, sagte Renker, zündete sich zittrig auch eine Zigarette an, starrte Daniela an, wie ein Museumsbesucher ein altes Gemälde, von dem das Gerücht geht, es sei eine Fälschung, bestellte Kaffee und einen doppelten Klaren. Daniela schloss sich seiner Bestellung an, nahm nur keinen Schnaps. Hatte sich verändert, war geschrumpft, wirkte plötzlich auf ihn wie seine verstorbene Mutter: überschminkt, Fassade, Gesellschaft von Menschen, die bedeutungsvoll dreinschauten. Hast du wieder getrunken? Gottseidank muss dich dein Vater so nicht mehr erleben!

Der nächtliche Geist aus der Flasche als blasser Dunst aus Zigarettenrauch und Lidschatten, menschelte, war nicht größer als die Frau hinter ihr. Ein Stück Leute, eingenebelt in Parfum, räusperte sich, vertrug die Zigarette nicht. Einen Aschenbecher, bitte! Sofort, junge Frau! Blöde Sitte, zu allen Frauen „junge Frau“ zu sagen. Renker hatte das Gefühl, Daniela nicht einmal mit ausgestreckten Armen erreichen zu können. Eine andere Farbe von Gestern.

Ich hätte einen Interessenten für die Villa, sagte Daniela. Er könnte morgen vorbeischauen. Bist du da? Renker lehnte sich zurück. Ich verkaufe nicht, hörte er sich sagen, hatte eigentlich ganz etwas anderes vorgehabt. Stille. Sie sah ihn erstaunt an. Dackelfalten auf der Stirn. Das heißt, du kaufst mir meine Hälfte ab? Nein, sagte Renker. Daniela zog an der Zigarette. Renkers Mutter hätte nie geraucht. Was soll das heißen?, fragte Daniela. Was ich gesagt habe, sagte Renker: Weder habe ich vor, mein eigenes Haus zu kaufen, noch es zu verkaufen. Daniela dämpfte die eben angezündete Zigarette im Aschenbecher ab. Hat dir das deine Dresdner Schickse eingeredet? Renker ging nicht darauf ein. Hatte sie doch keine Ahnung. Du bekommst das Haus in Warnemünde, sagte er, ich die Berliner Villa. Mit dem Studio fängst du doch nichts an. Ich bin einverstanden, beides schätzen zu lassen, um eine eventuelle Differenz in bar auszugleichen. Daniela kramte wortlos in ihrer Tasche nach dem Lippenstift, fuhr damit die Lippen nach, warf den Stift zurück, erhob sich mit hochgezogenen Augenbrauen. Der Kellner kam mit den beiden Tassen und dem Schnaps. Der Herr bezahlt, sagte Daniela, ging ohne zu grüßen.

Jesus legte ihnen noch ein anderes Gleichnis vor: Das Himmelreich gleicht einem Senfkorn, das jemand auf seinen Acker säte. Es zählt zu den Kleinsten aller Samen. Ausgewachsen ist es aber größer als alle Kräuter und dient als Baum den Vögeln des Himmels als Nistplatz.

Für Renker ging der späte Winter durch Berlin wie der stets erfolgreiche Verwandte: Er nervt, läuft er einem über den Weg: Wie geht's? Gestresste Geste: Danke! Man hört weiter nicht mehr zu. Die Häuser waren grau, der Himmel begann schon über dem zweiten Stockwerk. Alter Schnee, für andere Menschen über die Kronen der Bäume gestreut, für die Kinder. Ahnungslos hopsten sie vor seinen Füßen herum, schlurfte er mit Kopfweh durch den Park hinter der Busstation und rauchte. Zwei höchstens Zehnjährige vor ihm rauchten ebenfalls, wichtige Minen. Eine entgegenkommende ältere Dame schimpfte ungehört. Fast täglich trank Renker zwei Flaschen Rotwein, einige Schnäpse, begann damit zu Mittag, am Vormittag wäre ihm schon nach dem ersten Glas schlecht geworden, so erst um zwei Uhr früh. Hängte nach dem Aufstehen minutenlang den Kopf unters Wasser, schnitt sich beim Rasieren. Pflaster am Kinn, am Vortag war's die anderen Seite.

Von Daniela hörte er nichts, ebensowenig von Yvonne. Hatte er auch nicht erwartet. Montag und Donnerstag waren Proben. Man beäugte ihn besorgt, aber keiner sagte etwas. Einmal hatte Jan ebenfalls eine Fahne: Scheißt euch nicht an! Zog seinen Flachmann hervor. Mag jemand? Aber niemand wollte. Ab und zu kleinere Auftritte, sogenannte Mucken, nicht weit weg, danach fuhr man wieder nach Hause, aber wo war das? Renker wäre jedesmal lieber dort geblieben, hätte wieder einmal eine der Provinzblumen aufgerissen, saß dann aber noch stundenlang in der Gaststube zwei Straßen hinter seinem Haus, die sperrte selten vor vier Uhr morgens. Ließ sich dort immer von denselben Besoffenen anhimmeln, die Getränke aufschreiben, erzählte immer die gleichen Geschichten, bis ihm wieder einmal diskret die Rechnung über den Tresen geschoben wurde. Zahlte dann mit Scheinen, die er zerknüllt in der Hosentasche trug, legte noch eine Runde dazu. Die Gläser hoch: Scheiß an, Paula, kommt ohnedies der Gaskrieg! Keine Ahnung, woher er das hatte, kam aber immer äußerst gut an. Zu Hause kotzte er meistens in den kleinen Vorgarten, war der Weg auf die Toilette zu weit.

Noch ein anderes Gleichnis teilte Jesus den Volksscharen mit: Das Himmelreich gleicht einem Sauerteig, den eine Frau nahm und in drei Scheffel Mehl steckte, bis es ganz durchsäuert war. Dies alles redete Jesus in Gleichnissen zu den Volksscharen, sprach niemals ohne Gleichnisse. So sollte das Wort des Propheten in Erfüllung gehen, der da sprach: Ich will meinen Mund zu Gleichnissen auftun, aussprechen, was vom Anbeginn der Welt verborgen war. Darauf entließ er das Volk und ging nach Hause.

Es war sieben Uhr früh, als es an der Tür läutete. Renker warf sich im Bett zur Wand herum, zog die Tuchent über den Kopf, hatte das Gefühl, sich eben erst schlafen gelegt zu haben, hörte es durch die Decke gedämpft läuten, an der Tür klopfen, stand schließlich fluchend auf, wankte in der Unterhose durchs Zimmer, die Diele, presste die Hände an die Schläfen. Verdammt noch mal, ich komme ja schon! Sperrte auf.

Ministerium für Staatssicherheit, sagte einer der Männer im blauen Nylonmantel, hielt Renker einen Klappausweis unter die Nase. Raimund Renker? Ja, nickte Renker verwirrt, was soll das? Hausdurchsuchung, sagte der Beamte, drängte sich an Renker vorbei ins Haus. Der Zweite folgte. Ziehen Sie sich etwas über, sagte der Erste. Seitenscheitel, glattrasiert. An einer schwarzen Limousine vor dem Gartentor lehnte ein dritter Mann, rauchte. Abziehbild, als müssten alle Beamten Sonnenbrille tragen, aufgestellte Mantelkrägen, ihren eigenen Klischees nachlaufen, Rauchglasscheiben in den Fahrzeugen und Funksprechanlagen. Alltag der Staatsbeamten. Scheißjob, wären sicher auch lieber im Bett geblieben.

Renker fühlte sich wie in der Auslage, noch nicht ganz wach, zog irritiert die Tür hinter sich ins Schloss. Bitte, was soll das? Hustete, hätte eigentlich auffahren wollen. Warum kamen diese Knallchargen nicht wenigstens später? Für Musiker Mitternacht. Die Männer betraten das Zimmer, zogen ihre Mäntel aus, warfen sie über eine Sessellehne, als wären sie längst eingeladen: Smalltalk, kommt doch mal vorbei, wie man gesagt hat, schon gar nicht mehr wahr, ohne damit zu rechnen, dass die Eingeladenen auch wirklich kommen könnten. Graue Anzüge, polierte Schuhe. Der zweite Mann trug Stecktuch. Renker kam sich in der Unterhose neben ihnen vor wie der Feuerschlucker im Vergnügungspark: Freakshow. Treten Sie näher, so etwas haben Sie noch nie gesehen! Lieschen Müller von der Nachbarin geht dann mit der Hutschachtel Geld absammeln.

Wo ist Ihr Arbeitszimmer?, fragte der Erste. Renker versuchte zu überlegen, was er sagen sollte, Sodbrennen, nicht gewöhnt, so behandelt zu werden, aufsteigende Wut im Hals. Humpelte ihnen quer durchs Zimmer nach, hatte sich nichts zuschulden kommen lassen, was sollte das Ganze? Er strich sich das Haar nach hinten, räusperte sich. Ich wüsste nicht, warum, begann er, kam nicht weiter. Abwehrende Geste, interessierte niemanden, was er noch zu sagen hätte. Wo ist Ihr Arbeitszimmer? Renker stierte den Mann an. Feig. War froh, dass niemand zusah. An den Armen stellten sich die Haare auf. Der zweite Mann schwieg, bewegte sich durchs Zimmer, als wäre er hier zu Hause, hob den Krimi aus München von der Anrichte, den zweiten Band hatte Daniela mitgenommen. Renkers Kopf stach. Delf kannte sicher jemanden im Ministerium. Das war's. Würde ihn anrufen, sich nur schnell etwas überziehen. Wussten die nicht, wer er war? Lächerlich. Sonst erkannte ihn doch jedes Kind auf der Straße. Da drüben durch die Tür, hörte sich Renker, ärgerte sich über sich selbst. Fuhren über ihn drüber wie über einen dreckigen Penner. Staatssicherheit. Er hatte eine Parteihymne für die geschrieben: Hände grob, Arbeitslob, und die beiden hatten Hände wie sechzehnjährige Mädchen, folgten seiner ausgestreckten Hand ins Studio. Seine Finger zitterten. Immer um diese Zeit. Ein Bier auf nüchternen Magen half meistens, nur durfte keiner zusehen, machte keinen guten Eindruck. Die Leute brauchten immer etwas zum Reden.

Renker humpelte den beiden nach. Steife Glieder. Könnte ich bitte erfahren, was Sie bei mir suchen? Leben Sie allein hier?, blickte sich der Erste um. Renker hielt in der offen stehenden Tür zum Arbeitszimmer. Das muss ein Irrtum sein, sagte er, bemühte sich, freundlich zu sprechen. Immer den anderen das Gesicht wahren lassen. Ist's einmal heftig geworden, hatte er bei Jan gemerkt, stritt um jeden Dreck, ist der Friede schwer wiederherstellbar. Keine Antwort. Ihn fror, und der Boden unter seinen nackten Sohlen war rauh. Die beiden drängten sich an ihm vorbei. Warum nicht gleich? Auf seinem Schreibtisch Stöße von Noten, Notenpapier, Kaffeetassen von drei Tagen, volle Aschenbecher und die Zuckerschüssel. Leben Sie allein hier?, wiederholte der erste Mann ruhig. Renker überlegte einen Moment, nicht zu antworten, schien doch alles, was er sagte, von den Teppichen verschluckt zu werden, den zugezogenen Gardinen. Meine Frau ist im Moment nicht da! Widerwillig, ging niemanden etwas an. Aber ich weiß nicht ... Der Zweite riss die Vorhänge zur Seite. Lüften Sie hier nie? Er hatte eine hohe Stimme. Ist das mein Haus oder Ihres?, fuhr

Renker auf. Schön langsam reichte es. Der Mann mit dem Stecktuch öffnete das Fenster. Zigarettenasche stob auf, einzelne Blätter flatterten mit der kalten Luft von draußen vom Tisch. Jetzt ist's aber genug!, rief Renker, lief den Zetteln nach, kam sich vor wie in Aspik, eingelegt, hatte zu warten, bis er gefressen würde, hörte ihn niemand. Gallertwelt, Oliven statt Augen, Petersil im Mund. Ziehen Sie sich etwas über, wiederholte der andere leise. Sie werden sich verkühlen.

Da traten die Jünger zu Jesus und sagten: Deute uns das Gleichnis vom Unkraut auf dem Acker. Er antwortete: Der den guten Samen sät, ist der Menschensohn. Der Acker ist die Welt. Der gute Samen, das sind die Söhne des Reichs, das Unkraut hingegen die Söhne des Bösen. Der Feind, der es gesät hat, ist der Teufel, die Ernte das Ende der Welt. Die Schnitter sind die Engel.

Ich will wissen, was Sie hier zu suchen haben, sagte Renker mit erhobener Stimme. Sie werden es rechtzeitig erfahren, sagte der mit dem Stecktuch, ohne ihn anzusehen.

Genau, wie das Unkraut gesammelt und verbrannt wird, so wird es am Ende der Welt geschehen. Der Menschensohn wird seine Engel aussenden, um die Verführer und Gesetzlosen zu sammeln und sie in den Feuerofen zu werfen.

Sie machen einen großen Fehler!, rief Renker. Der Beamte mit dem Scheitel sah ihn mitleidig an, während er die große Lade aus dem Wandschrank zog, bis sie zu Boden polterte.

Dort wird sein Jammern und Zähneknirschen, und die Gerechten werden im Reich ihres Vaters leuchten wie die Sonne. Wer Ohren hat, der höre.

Was tun Sie da?, schrie Renker. Sie haben mir nichts vorzuwerfen! Er zitterte vor Kälte und Wut, sah den beiden von der Wand aus zu, wie sie die Lade durchwühlten, Bänder auf den Boden warfen, Protokolle zu Aufnahmen durchblätterten, zu Stößen legten. Als wäre Ungeziefer ins Haus gedrungen, durch die Türritzen, die Kanalisation, vielbeinig mit Saugnäpfen, stiege die Schränke hoch, die Fensterscheiben, fräße sich durch Papier und Bänder. Renker lief zitternd vor Wut und Kälte ins Bad, hustete, waren zu viele Zigaretten gewesen gestern, stieg in die Hose, zog das Hemd vom Vortag über, roch nach der rauchigen Luft der Schenke. Tappte nach den Sandalen, den Zigaretten, zündete sich eine an. Es würgte ihn, er nahm einen Schluck Wasser. Aus dem Studioraum gedämpfte Stimmen, das Geräusch auf dem Boden aufschlagender Bücher. Er ging ans Telefon, wählte Delfs Nummer. War früh für ihn, kannte ihn, kletterte kaum vor neun aus dem Bett, aber er würde verstehen. Ausnahmesituation. Irgendwas muss da schiefgelaufen sein, würde Renker sagen, habe keine Ahnung, was die mir anhängen wollen! Sah durchs Fenster den dritten Mann die Straße entlangschlendern, als eine Hand unter seinem Arm durchgriff, die Telefongabel hinunterdrückte. Wir telefonieren jetzt nicht, sagte der Mann mit dem Scheitel lächelnd, wie: Hotel Stasi, Rezeption, nein, Herr Renker ist im Moment nicht im Haus. Renker warf den Hörer auf den Apparat, wich einen Schritt zurück, polterte los. Ich habe das Recht, in meinem eigenen Haus zu telefonieren, mit wem ich möchte! Nein, erwiderte der Beamte, wandte sich um, ging ins Studio zurück. Versuchen Sie es bitte nicht mehr, ich müsste sonst das Telefon entfernen. Zeitbombe, tickte mit der Präzision einer Schweizer Uhr, ruhig, emotionslos, Exekutionsmaschine. Renker hörte den Kollegen husten.

Bis Mittag durchwühlten die beiden Beamten Renkers Wohnung, holten Kisten aus dem Auto, in denen sie Material aus dem Haus schleppten: alte Aufzeichnungen, Kalender, Briefe, Aktenordner mit Schriftverkehr, selbst Schmierzettel aus dem Papierkorb, Renkers Pass und Personalausweis. Seine Zettel an Daniela, nie weggeworfen, aus der Ablage: Treffe dich morgen im Café. Wenn du nicht kannst, ruf mich an. O.k. stand darunter, von Daniela dazugekrakelt. Kam in ein eigenes Schächtelchen. Reliquien, alle beschriftet, Zahlen und Stichwörter mit Schulbleistift, zugeordnet, abgelegt, archiviert. Phönix aus der Asche der Zerstörung, breitete neben der Sitzgarnitur seine Schwingen aus, ausgezirkelt, geprobt, kein Widerspruch. Nur einzelne Zurufe, akustische Gesten wie Duftnoten, inhaltslos für

Menschen. Stumm, immer in Bewegung, kannte seine Befehle. Das Program lief ab, tausendmal geprobt. Genetischer Code der Zerstörung, öffnete fremdes Leben, schnitt Renkers Brust auf wie das Skalpell eines Chirurgen: das Herz! 2 A/f, Bleistiftmarke an jeder Klappe, abgelegt neben den Eingeweiden in der Schachtel F3.

Die beiden Männer zogen an Reglern am Mischpult, sichtlich angetan, drehten Knöpfe, wann hatte man schon einmal so etwas in Händen? Schob sich der eine unter den Studiotisch, die Kabelstränge zur Seite, leuchtete mit der Taschenlampe unter die einzelnen Module, nahm der andere inzwischen alle Bilder von den Wänden, untersuchte ihre Rückseite, klopfte die Mauern ab. Schließlich durchwühlten sie Renkers Kleiderschrank, Sakkos und Hosen, untersuchten jeden Zettel in den Taschen, warfen die Kleidungsstücke auf den Boden, hielten sich nirgends auf, Ästhetik des Chaos. Das Haus Meter für Meter verwüstet, konzentrische Kreise einer Springflut aus zwei Gehirnen. Handlanger, kleine Rädchen, Nullposten, wusste Renker, geistig verdrahtet, taten nur ihre verdammte Pflicht. Er folgte ihnen eine Zeitlang wie ein Schlafwandler, wollte immer wieder etwas sagen, sich aufregen: Lasst die Finger davon! Ließ es dann doch, sinnlos, hatte er schon mitbekommen, zitterte als lebender Schatten in der schwarzen Sonne hinter den beiden her, rauchte eine Zigarette nach der anderen, mitunter zwei gleichzeitig. Hatte irgendwann das Gefühl, nicht mehr dazuzugehören, ließ sich im Wohnzimmer auf einen der wenigen leeren Sessel an der Wand fallen. Etwas war abgebrochen, Zeitenwende, die kahle Rückseite des Mondes, sieht man angeblich sonst ja nie. Leere im Kopf, den Wunsch, zu träumen, aufzuwachen und der Tag hätte nie begonnen: Yvonnes warme Arme um seinen Nacken, ihre Lippen auf seinen Augenlidern. Spürte ihre Beine um seinen Körper. Ich drück dir doch mit meinem Gewicht das Blut ab! Ich hab keins, kichert sie, reibt sich an seinen Lenden, und draußen ist Sonntag und der Himmel blau.

Wo ist der Schlüssel zur Kommode in Ihrem Schlafzimmer? Der mit dem Scheitel in der Tür. Die gehört meiner Frau, entgegnete

Renker. Sie hat den Schlüssel bei sich. Aufbrechen, rief der Beamte seinem Kollegen zu. Renker hörte das Ächzen der alten Türen, Holz splittern, stand nicht einmal mehr auf. Stille.

Als er dann doch durch die Tür sah, Schlurfschritt, sollten sie sehen, wie er sich fühlte, waren alle Laden aus Kästen und Kästchen gerissen, durchwühlt, alles liegen gelassen, waren darüber weggestiegen: Ich mache jetzt den Abstellraum! „Machen" als Arbeitswort wie schreiben, tippen, kochen oder telefonieren. Mittendrin läutete das Telefon, der mit dem Scheitel hob ab. Ja, bitte? Mit wem spreche ich? Klemmte den Hörer zwischen Schulter und Kinn, notierte etwas. Ist im Moment nicht zu sprechen! Legte wieder auf. Renker blieb stumm, mundtot, wusste nicht, was passierte, wenn er aufbegehrte, wollte es nicht wissen.

Das Himmelreich gleicht einem Schatz, der in einem Acker vergraben war. Ein Mann fand ihn, teilte es aber niemandem mit. In seiner Freude verkaufte er alles, was er besaß und kaufte jenen Acker.

Besitzt das Haus einen Keller?, fragte der mit dem Stecktuch. Nein, sagte Renker in die Zigarette im Mund. Dachboden? Ja, aber der ist bis auf ein paar alte Kisten leer. Wie kommt man hinauf? In der Diele ist der Aufgang. Der Mann verließ das Zimmer, der Rücken und ein Ärmel seines Sakkos weiß von der Wand.

Wiederum gleicht das Himmelreich einem Händler, der schöne Perlen suchte. Als er eine besonders kostbare Perle fand, verkaufte er alles und kaufte sie.

Renker hörte Schritte über seinem Kopf, das Schieben von Kisten über den Boden, konnte sich noch immer nicht vorstellen, wonach sie suchten, Politik hatte ihn nie interessiert, war Nutznießer, das war ihm klar, all die Geräte im Studio, die Auslandsreisen, hatte aber immer das Gefühl gehabt, es sei ihm passiert wie ein Lottotreffer, stand ihm doch zu. Und immerhin stammte die Hymne von ihm. Delf wäre auch nie über die DDR hergezogen. Machte Kennedy nach, mit englischem Akzent: Ich bin ein Hamburger! Grillwürstchen in der Hand. Wieherndes Lachen.

Yvonne war Renker eingefallen. Yvonne. Traute es ihr eigentlich nicht zu, ihn angeschwärzt zu haben, nein, konnte nicht sein, so war sie nicht. Blödsinn! Versuchte, den Gedanken an sie wieder zu verwerfen. Und dann doch, wie ein Bazillus im Kopf. Gedemütigt war sie, verletzt, immer schon eifersüchtig auf Renkers Reisen. München als Schlaraffenland: Tauben und Enten gebraten in der Luft, Bäche von Milch und Honig. Unsinn, hatte Renker einmal gelacht. Haben doch selbst Probleme bis zum Hals! War sich dann vorgekommen wie ein Parteiredner. Nach den Worten des Genossen spielt die Berliner Stadtkapelle. Für Yvonne lag in den Devisenläden all das, was durch die Berge aus süßem Milchbrei an den Grenzen gesickert war: französischer Sekt, Zahnpasta und Schokolade aus der Schweiz. Erreichbar nur für Außerirdische wie Renker. Er war sicher, es hätte sie nicht gewundert, wenn er eines Tages ein Auto aus purem Gold gefahren hätte oder fliegen hätte können.

Weiter gleicht das Himmelreich einem Netz, das im Meer ausgeworfen wurde und Fische aller Art in sich aufnahm. Als es voll war, holte man es ein, sammelte die guten in Gefäße, die schlechten warf man weg. So wird es geschehen am Ende der Welt: Die Engel werden ausgehen, die Bösen von den Gerechten sondern und in den Feuerofen werfen. Dort wird sein Jammern und Zähneknirschen. Habt ihr all das verstanden? Sie antworteten ihm: Ja, Herr. Da sprach er zu ihnen: Darum gleicht jeder Schriftgelehrte, der die Gesetze des Himmelreichs kennt, einem Hausvater, der aus seinem Schatz Neues und Altes hervorholt.

Die letzte Schachtel wurde aus dem Haus getragen. Wenn Sie bitte mitkommen? Der Mann mit dem Scheitel hielt die Tür auf, als wäre er es, der hier wohnte. Renker erhob sich zögernd, zog seinen Mantel über. Langsame Bewegungen, unter Wasser, würde ohnedies am Abend wieder da sein, den ganzen Krempel dann aufräumen. Arschlöcher, elende! Aber jetzt dagegen zu protestieren nützte einen Dreck, hatte er ja schon zur Genüge gemerkt. Versuchte, so aufrecht wie möglich zu gehen, sollten sie sehen, wen sie da vor sich hatten! Hunger hatte er auch, im Kühlschrank mussten noch Reste der

Bohnensuppe von gestern sein, würde er abends essen. Musste sich dann doch kurz an der Wand abstützen, leerer Magen. Man hatte ihm nichts vorzuwerfen. Nichts. Lügengeschichten. Ließ den Hut hängen, noch ein frustrierter Blick zurück, bräuchte Tage zum Aufräumen. Hoffentlich kam Daniela nicht vorher vorbei.

Als Jesus diese Gleichnisse beendet hatte, zog er von dort weg. Er ging in seine Vaterstadt und lehrte in der Synagoge. Die Menschen staunten und sagten: Woher hat er diese Weisheit und Wunderkräfte? Ist er nicht der Sohn des Zimmermanns? Heißen nicht seine Mutter Maria und seine Brüder Jakobus und Joseph, Simon und Judas? Sind nicht auch seine Schwestern bei uns? Woher hat er dies alles? So nahmen sie Anstoß an ihm.

Renker wusste nicht, wohin die Männer die unzähligen Schachteln mit seinen Sachen geladen hatten, der Fahrgastraum der schwarzen Limousine war leer. Man schob ihn auf den mittleren Rücksitz, die beiden Männer nahmen links und rechts von ihm Platz, schlugen die Türen zu. Der Wagen scherte in die Straße hinaus.

Jesus sagte zu den Menschen: Der Prophet gilt im eigenen Lande nichts. Wegen des Unglaubens der Menschen hatte er dort nur wenige Wunder gewirkt.

Vierzehntes Tableau

Die Fahrt verlief ohne ein Wort. Vertraute Umgebung, fuhr Renker fast täglich, saß höher als in seinem Mercedes, lauerte zwischen den beiden. Es roch nach Benzin. Den Schaden würde er sich ersetzen lassen: Danielas Kastentüren. Er war doch nicht irgendwer! Primitivlinge. Sie hielten in der Magdalenenstraße, hatte er die letzten Minuten schon vermutet. Durchschaubarer Zirkus, das Ganze. Stasi Hauptquartier und Untersuchungsgefängnis, „Magdalena" im Volksmund, kannte Renker vom Hörensagen. Genaues wusste niemand, hatte ihn auch nie interessiert. Hohenschönhausen war ihm noch ein Begriff, Bautzen. Ein junger Kollege war dort gesessen, Detlef, wie lange, konnte sich Renker nicht mehr erinnern. Hatte Westplatten besessen und selbstgeschriebene Texte gesungen, der Idiot: „Emma an der Wand lang" und „Stacheldraht auf Himmelblau". Nach seiner Entlassung nicht viel erzählt, außer, dass er sich am Ohr verletzt hätte. Hörte nur noch links, mit dem Musiker war's vorbei gewesen, der Gruppe „Für mir", seine Eltern waren ohnedies immer dagegen gewesen.

Schmutziggelber, alter Bau durch die Seitenscheibe, Fenster teilweise vergittert. Alles würde sich aufklären, die beiden Laffen neben ihm bloße Handlanger, übereifrig, kannte man doch. Einer roch nach Schweiß, der andere nach Renkers Rasierwasser. Renker rutschte tiefer in den Sitz, lehnte den Kopf zurück. Eine Frage der Zeit. Wie lange brauchten die hier, um das ganze Zeug zu überfliegen? Deutsche Gründlichkeit.

Bevor das Auto stand, war der mit dem Scheitel schon rausgesprungen, Renker wurde einen Augenblick danach vom zweiten Mann grob zur Tür hinausgeschoben, beschimpfte ihn über die Schulter, fiel fast zu Boden, wurde im Eiltempo über den Gehsteig gezerrt, ins Gebäude, Stiegen hinauf, sichtliche Routine, kein Wort zwischen den beiden Männern. Gänge entlang, überall Rohrleitungen und Kabelstränge an den Wänden, schmucklose Türen, Ölanstrich, Beamte in Uniform. Renker stolperte schimpfend über die Treppen, wurde plötzlich von einem der Männer in eine Zelle geschoben, kein Fenster, Pritsche ohne Bettzeug, begriff nicht sofort, fuhr herum. Was soll das? Jetzt reichte es endgültig. Sind denn alle wahnsinnig geworden? Der Beamte begann, ihn abzuklopfen. Renker schlug um sich. Was erlauben Sie sich? War doch kein Krimineller. Bebte vor Wut, wich zurück, wollte sich eine Zigarette anstecken, wurde ihm aus der Hand gerissen. Im selben Moment wurde er herumgedreht, gegen die Wand gestoßen, Beine nach hinten gezogen, festgehalten. Spürte, wie jede seiner Taschen geleert, ihm die Uhr abgenommen wurde. Ich möchte sofort Ihren Vorgesetzten sprechen! Schrie in die Mauer, ein weiterer Mann im Raum, zwei Hände mehr auf ihm, Renker konnte ihn nur aus den Augenwinkeln sehen. Musste eine Verwechslung sein, war sich sicher, was hatte er denn verbrochen, verdammt noch einmal! Links eine Klomuschel. Ein nackter Holztisch mit einem Sessel davor. Sie ließen von ihm ab. Er hörte, wie hinter ihm die Tür ins Schloss fiel, versperrt wurde, rappelte sich die Wand hoch, wandte sich um, drosch gegen die metallene Türfüllung, schlug mit den Fäusten auf sie ein. Ich verlange, sofort rausgelassen zu werden! Die Schläge dröhnten in seinen Ohren, verhallten. Rauslassen! Was soll der Irrsinn? Versickerte seine Stimme in der dumpfen Stummheit der Wände um ihn, wich seinem eigenen hechelnden Keuchen.

In jener Zeit erhielt der Tetrarch Herodes Kunde von Jesus. Er sagte zu seinen Männern: Dieser ist Johannes der Täufer. Er ist von den Toten auferstanden. Darum wirken in ihm Wunderkräfte. Herodes hatte nämlich Johannes wegen seiner Frau Herodias verhaften und ins Gefängnis werfen lassen. Johannes hatte ihn öffentlich angeklagt, als er die Frau seines Bruders Philippus selbst zur Frau nahm.

Einige Minuten stand Renker still, Gesicht dicht an der Tür, wartete, dass er sich beruhigte, wusste nicht mehr, was er denken sollte, hatte so etwas noch nie erlebt. Namenlose Wut, lauschte zitternd in das Gewirr von Geräuschen draußen. Warf sich dann abermals gegen die Tür, trat mit den Füßen dagegen, schrie in die graue Platte vor seinem Gesicht, irgendwer musste ihn doch hören, Scheißbehörde, konnte erstmals Detlef nachfühlen, hatte aber nichts getan, wusste es doch! Staatsschutz. Wer schützte hier eigentlich wen vor wem? Erlahmte langsam, sinnlos, taumelte einige Schritt zurück, Wand im Rücken. Seine Hände brannten. Über seinem Kopf eine Neonröhre, engmaschig vergittert, alle Schraubenköpfe verdeckt. Bleichgelber Ölanstrich auch hier an den Wänden bis hinauf an die Decke. Die Pritsche aus Metall mit großen Flecken abgesprungener Lackierung, der Boden grauer Beton. Warten, Lauschen, gedämpfte Zurufe von draußen, unverständlich, Schritte, Türenfallen.

Herodes hätte Johannes den Täufer gern töten lassen, hatte aber das Volk gefürchtet, das Johannes für einen Propheten hielt.

In den lähmenden Brei des Wartens drosch Renker plötzlich den Stuhl so lange gegen die Tür, bis ein Bein brach, warf den Tisch um. Innehalten, Kopf gesenkt, Augen auf die Tür, hätte jeden angefallen, der hereingekommen wäre, suhlte sich im Wogen seiner Brust, war alles egal. Sollten sie ihn schlagen! Man wusste nie, ob es wirklich geschehen war, Gerüchte, von den Betroffenen selbst dementiert. Los, stellte er sich vor, schlagt zu, traut ihr euch doch nicht! Mit den Kainsmalen der Genossen dann auf der Bühne stehen. Was wäre dagegen Detlefs Taubheit für Paragraf neunzehn, staatsgefährdende Hetze? Kam sich vor wie in einem Roman, die nächsten Seiten waren noch leer. Edgar Allan Poe hatte von einem „schmerzhaften, aber medizinisch interessanten Schädelbasisbruch" geschrieben, den er sich beim Fall aus einer Postkutsche zugezogen hatte. Schmierenklamotte hier!

Nichts geschah. Ins Leere rennen. Neonweiße Luft. Wandte sich mit eckigen Bewegungen um, sah ihn ja doch niemand, Bühne war anderswo. Den Geschmack fremden Schweißes im Mund. Stierte auf die leere Pritsche. Als hätte dort jemand gesagt: Spar dir den Zoff, Kumpel! Vertrauter Fremder, Anstaltskeidung, Einheitshaarschnitt. Hast du Zigaretten? Die Ölfarbe der Decke troff Renker ins Gehirn, lief innen die Augen hinab. Er drosch ein ungezähltes Mal beide

Handflächen gegen die Türfüllung: Ich verlange, meinen Anwalt zu sprechen! Klang durch die geschlossene Tür fast lächerlich. Ich habe das verdammte Recht dazu! Trat erneut gegen die Tür, stolperte über den kaputten Stuhl am Boden, fing sich an der Wand, Finger gestaucht. Die Zelle schien immer enger zu werden. Grube und Pendel. Anfangs fünf Schritte von der Tür bis zur gegenüberliegenden Mauer, oder sechs? Bald nur mehr vier.

Als man den Geburtstag des Herodes feierte, hatte Salome, die Tochter der Herodias, vor ihm und der Gesellschaft getanzt und Herodes so gut gefallen, dass er schwor, ihr jeden Wusch zu erfüllen. Und sie hatte sich, von ihrer Mutter angestiftet, das Haupt Johannes des Täufers auf einem Tablett gewünscht.

Wer hatte diesen Irrsinn losgetreten? Renker war sich bewusst, dass er unschuldig war, kam sich vor wie der einzige Mensch auf der Welt, der es wusste. Hockte sich schließlich auf die Pritsche, schwitzte und fror zugleich. Sah immer wieder auf die Uhr, Reflexbewegung, hatte keine Uhr mehr. Seine Atemzüge die letzten Überlebenden der Zeit in der toten Welt um ihn. Ein Königreich für eine Zigarette.

Herodes war traurig geworden, gab dann wegen seines Eides und der Gäste um ihn aber doch den Befehl, Salomes Wunsch zu entsprechen.

Die ganze Nacht über brannte Licht. Mit der Sonne war die Welt draußen untergegangen. Renker starrte an die Tür, bis ihm die Augen tränten, Träume der Begrabenen. Irgendwann sackte er übermüdet zusammen.

Herodes sandte ins Gefängnis und ließ Johannes enthaupten. Man brachte den Kopf auf einem Tablett und überreichte ihn dem Mädchen. Dieses brachte ihn seiner Mutter. Die Jünger des Johannes kamen herbei, holten den Leichnam und bestatteten ihn. Sie berichteten Jesus, und dieser zog sich, als er das hörte, auf einem Boot in eine einsame Gegend zurück, um allein zu sein. Doch als die Leute davon erfuhren, folgten sie ihm zu Fuß aus den Städten.

Renker hatte keine Vorstellung, wie spät es war, als man ihn weckte. Die Tür stand offen. Komm' Se! Er richtete sich benommen auf, hatte im Mantel geschlafen, wurde von der Pritsche gestoßen, aus der Zelle gerempelt, den Gang entlang, Stiegen hinunter, wieder Gänge, schließlich durch mehrere Türen in einen Innenhof. Ihm war leicht übel, hatte seit Stunden nichts mehr im Magen, das Gefühl, die eigenen Beine nachzuschleppen, auch zu Hause immer schon Schwierigkeiten mit dem Aufstehen gehabt. Um ihn einige Beamte in Uniform, im Hof über seinem Kopf einige Sekunden lang eine Handbreit grau bedeckter Himmel, frühmorgens, viereckig ausgeschnitten zwischen den Dächern, stummer Gruß der Welt von draußen. Dicht an der Hauswand stand ein schmutzigweißer Transporter mit einem geschlossenen Container hinter der Fahrerkabine mit der Aufschrift „Brot- und Backwaren". Renker wurde durch einen seitlichen Einstieg gedrängt, mehrere Türen im Inneren des Kastens, eine geöffnet. Ich kann mit meinem eigenen Wagen fahren, protestierte er, wandte sich um. Setzen Sie sich! Fast mitleidiger Tonfall des Beamten. Man zwängte ihn rücklings auf einen Sitz im Inneren der fensterlosen Kabine, drückte vor ihm die Tür ins Schloss. Die hintere Wand direkt im Rücken, stieß er mit den Knien an die Tür. Einzige Verbindung nach außen ein winziges Guckloch, durch das er nichts erkennen konnte. Bald darauf setzte sich der Lastwagen in Bewegung, hielt, fuhr wieder an. Eine Neonröhre über Renkers Kopf tauchte die Zelle in kaltes Licht.

Als Jesus aus dem Boot stieg, sah er die vielen Menschen, hatte Mitleid mit ihnen und heilte ihre Kranken.

Die Fahrt dauerte längere Zeit. Renker wurde hin- und hergeworfen. Ihm wurde übel, hatte das Gefühl, blind zu sein, zog fröstelnd den völlig zerknitterten Mantel an den Leib, trommelte mit den Fäusten an die Tür: Ich muss austreten! Nichts geschah. Arrest heißt, hatte Detlef einmal gesagt, es mit Menschen zu tun zu haben, mit denen man nie zu tun haben wollte. Adrienne hatte einen Oberstleutnant gekannt, fiel Renker ein, Gratosky oder Gratovsky. Woher sie ihn kannte, hatte Renker nicht erfahren, ihn bloß einmal getroffen, auf der Promenade, Warnemünde, als Renker und Fabienne eben zur

Pferdekoppel aufbrachen. Hände gereicht, auch der jungen Frau neben Gratovsky, biederes Kleidchen mit weißen Schleifen, wusste er noch, das Haar im Nacken gebunden. Ich kenne Sie aus dem Fernsehen, hatte Gratovsky gesagt. Ach, *Sie* sind das! Wieder einmal. Der Oberstleutnant hatte gelächelt, seine weibliche Begleitung anscheinend den Witz nicht verstanden. Auch egal. Perfektes Auftreten, wie im Film. Hauptabteilung IX Hohenschönhausen, hatte Adrienne erzählt, als Gratovsky nach einer charmanten Verbeugung Richtung Daniela und Fabienne wieder gegangen war. Sei für Untersuchungen zuständig. Kam Renker jetzt vor wie vor hundert Jahren.

Am Abend traten die Jünger zu Jesus und sprachen: Die Gegend hier ist öde und die Zeit bereits vorgerückt. Lass die Leute in die umliegenden Ortschaften gehen, um Lebensmittel zu kaufen. Er aber sprach zu ihnen: Sie müssen nicht weggehen. Gebt Ihnen zu essen. Sie antworteten: Wir haben hier nur fünf Brote und zwei Fische. Da ließ Jesus die Volksscharen auf dem Gras lagern, nahm die Brote und die Fische, blickte gen Himmel, segnete und brach die Brote und gab sie den Jüngern. Die verteilten sie ans Volk, und alle aßen und wurden satt.

Das Fahrzeug hielt, Motor abgestellt. Die Tür wurde geöffnet, und Uniformierte zerrten Renker in einen Hof mit hohen Wänden, einem schleusenartig verschlossenen Tor. Renker fühlte sich gerädert. Flüchtiger Blick über die Schulter, als wär's der letzte, atmete tief durch, rülpste, stolperte über die hohe Schwelle ins Gebäude. Wo ist da die Toilette? Abermals Gänge und Treppen, Gittertüren, die vor Renker geöffnet und hinter ihm wieder verschlossen wurden. Wo bin ich hier?, kam ihm seine eigene Stimme fremd vor. Die zwei Uniformierten, die ihn an den Ärmeln zogen, wirkten unbeteiligt.

In einer Nische warteten drei Beamte in Uniform. Ausziehen! Wie bitte?, lachte Renker auf, hustete, krümmte sich vor Schmerzen im Magen, blieb stehen. Was gibt's da zu lachen? Einer der Männer hielt Renker den Schlagstock unters Kinn. Ungeduldig hingeworfene Worte, Hektik, keine Zeit zu vergeuden. Ich bestehe darauf, stieß Renker hervor, meinen Anwalt sprechen zu können! Spuckte beim

Sprechen. Hast du mich nicht verstanden?, schrie ihn plötzlich der Mann mit dem Stock an. Renker spürte Schweiß seinen Rücken hinunterlaufen, sah in die Augen des Mannes vor sich, Stille, als wäre die Tonspur gerissen. Wich vorsichtig zurück, leben wollen, schüttelte wie in Zeitlupe den Kopf. Begann mit langsamen Bewegungen, sich auszuziehen, ohne den Beamten aus den Augen zu lassen. Freier Fall aus dem Wohlstandsghetto, Renker trudelte, als hätte er keinen Boden unter den Füßen. Wehrte sich nicht mehr dagegen, nicht zu begreifen. Der Mann vor ihm war kleiner als er, alle waren kleiner, die Gesichter ausdruckslos, tägliche Routine. Immer dieselbe Scheiße. Renker spürte den Stoff seiner Kleidung kaum zwischen den Fingern, den Mantel, die Hose, das Hemd. Weiter! Die Unterhose. Wie bitte? Demütigung sei das Schlimmste, hatte ihm einmal ein junger Penner in den Morgenstunden in einer Schankstube erzählt, lallend nach dem zigsten Korn. Die Demütigung, da im Dreck zu sitzen und zu betteln. Hat doch keiner 'ne Ahnung von! Nicht die Kälte ist's. Nee! Hätte Renkers Sohn sein können.

Der Beamte nahm Renker die Kleidungsstücke aus der Hand, als wären sie vergiftet, gab sie an den Mann neben sich weiter, hielt Renker mit dem Stock auf Distanz. Schlachtvieh.

Die Jünger hoben auch übrig gebliebene Brotstücke auf und füllten damit zwölf Körbe. Die Zahl derer aber, die gegessen hatten, war über fünftausend ohne Frauen und Kinder. Jesus veranlasste die Jünger, ihm in einem Boot ans andere Seeufer vorauszufahren, bis er die Menschen entlassen habe.

Die Befehle zur Leibesvisitation erfolgten über den Knüppel. Der zuständige Beamte tat es sichtlich nicht zum ersten Mal. Renker schloss die Augen, hatte Mühe, sich nicht zu übergeben, halb geöffneter Mund, atmete schnell, spürte, wie ihm der Speichel auf die Brust tropfte. Noch vor wenigen Stunden war er im Paradies gewesen, der Garten Eden trotz der leeren Flaschen unter dem Bett, der verdreckten Küche, Weihnachten gegen das hier. Nackte Angst. Immer stärker werdende Angst, zu verschwinden, von einer Maschinerie, die er nicht kannte, nicht begriff, nicht greifen konnte, vertilgt zu werden, plötzlich zum Kakerlaken geworden, Schädling, chancenlos. Niemand würde sich auch nur einen Dreck darum scheißen, wo er bliebe. Daniela? Lachhaft. Er hatte Mühe, klare Gedanken zu fassen. Yvonne dachte nicht daran, oder Adrienne. Seine Kollegen? Scherten sich doch nur um ihn, wenn sie ihn brauchten. Umdrehen!, hörte er. Und bis zum nächsten Job floss viel Wasser die Spree runter. Er fühlte das kalte Holz auf seinem Rücken, wollte aufwachen, Alb, sehnte sich nach der Decke seines Schlafzimmers über sich, stand gelähmt zwischen den Männern, aufsteigende Panik, den Mageninhalt nicht mehr halten zu können. Ich, stieß er hervor, kam nicht weiter, spürte, wie sich sein Magen immer stärker zusammenzog, kotzte schließlich den Beamten auf die Schuhe. Geschrei, lautes Fluchen. Man sprang zur Seite, mit einem Schlag geriet alles in Bewegung. Er bekam den Knüppel übergezogen, dass er gegen die Wand taumelte, fühlte seinen heißen Urin die Beine hinunterlaufen, wurde den Gang entlanggestoßen, eine Stiege hinab in einen gefliesten Raum, bellende Stimmen um ihn, Befehle, die Kälte des Steinbodens unter den nackten Füßen. Man spritzte ihn aus sicherer Distanz mit so kaltem Wasser aus einem Schlauch ab, dass er sich an die Wand presste, sich in die Fliesen krallte, trieb ihn wieder hinaus, an mehreren Beamten vorbei bis in eine fensterlose Zelle, warf ihm irgendwelche Kleidungsstücke nach, schlug die Tür zu.

Als Jesus die Leute entlassen hatte, begab er sich auf einen Berg, um zu beten. Der Abend war gekommen, und er war allein.

Renker hielt sich am Mauerwerk fest, zitterte am ganzen Körper, [redacted]chte sich aufzurichten, griff nach der Hose, viel zu klein, stieg hine[redacted]ühe, sie über die nassen Beine zu ziehen, heulte wie ein K[redacted] Scheißkerle, elende. Ohnmächtige Wut wa[redacted]Zähne aufeinanderschlagen. Zw[redacted] Gefängnisjacke, konnte sie kaum zuknöpfen, ließ sich [redacted] Holzpritsche an der Wand fallen. Kein Bettzeug, keine Decke. Auf einem Tisch an der Wand gegenüber wie zum Hohn ein Teller mit zwei Scheiben Brot und etwas Käse. Ihm graute vor dem Gedanken, jetzt etwas zu essen. Neben dem Tisch der Abort. Beleuchtung wie in einem S-Bahn-Schacht. Keine Schnalle an der Tür.

Das Boot mit den Jüngern war schon weit vom Land entfernt und wurde von den Wellen hin- und hergeworfen, denn sie hatten Gegenwind.

Renker kauerte auf der Pritsche, versuchte, sich trocken zu reiben, konnte sich kaum bewegen. Ausgesetzt, durfte jeder mit ihm machen, was er wollte, jeder dieser Aasgeier, später war es dann keiner gewesen. Ging nach dem Dienst nach Hause, mit dem Gesetz auf Du, küsste seine Frau und die Kinder. Nette Wohnung am Stadtrand, sparte seit Jahren auf ein kleines Auto, irgendwann würde es dann wohl so weit sein. Immer hilfsbereit, sagen die Nachbarn über ihn. Hat einmal einen ganzen Vormittag auf Julchen aufgepasst, als es Angina hatte! Nehmen Sie doch vom Streuselkuchen, das Rezept hab ich noch von Muttern! Renker spuckte in Richtung der Tür quer durch die Zelle.

In der vierten Nachtwache ging Jesus über den See den Jüngern entgegen. Als sie ihn erblickten, meinten sie entsetzt, es müsse eine Sinnestäuschung sein und schrien laut vor Angst. Doch Jesus sprach: Fürchtet euch nicht, ich bin es. Und Petrus erwiderte ihm: Herr, wenn du es bist, so lass mich über das Wasser zu dir kommen.

Renker wartete. Hörte seinen eigenen Atem, wartete vergeblich, dass ihm wärmer würde, hoffte und fürchtete zugleich, dass jemand die Zelle beträte, verfolgte angestrengt jedes Geräusch von draußen. Die Angst vor Schmerzen lähmte den Körper. Plötzlich waren die Schläge wieder da, die seine Mutter ihm verabreicht hatte, längst vergessen: Kinderkram, ihr waren die Nerven durchgegangen, hatte es mit Vater auch nicht gerade leicht gehabt. Renker betastete seinen Nacken, jede Berührung tat weh. Und Zuhause war in einer untergegangenen Welt. Konnte sich nicht vorstellen, käme er hier je wieder hinaus, auch nur einen Augenblick lang das frühere Leben so weiterführen zu können, als wäre nichts gewesen, steckte den Kopf zwischen die Knie.

Jesus sprach: Komm! Und Petrus verließ das Schiff und ging über das Wasser Jesus entgegen.

Auf dem Gang vor Renkers Zelle fielen Türen ins Schloss, das metallische Klirren der Gitterabsperrungen. Renker starrte auf die Tür.

Als Petrus die Stärke des Sturms bewusst wurde und er zu sinken begann, fürchtete er sich und schrie: Herr, rette mich! Sogleich streckte ihm Jesus die Hand entgegen, ergriff ihn und sprach: Kleingläubiger, warum zweifelst du? Und als sie in das Boot gestiegen waren, legte sich der Wind.

Schritte an der Zellentür vorbei, erneut das Dröhnen der Gitterabsperrung. Stille. Die Zeit war draußen geblieben. Draußen bei den Wiesen und Bäumen, im Abendrot, in den stinkenden Abgasen des Busses hinterm Haus. Renker stellte sich vor, zu rauchen, blies die Luft durch die geschürzten Lippen, legte den Kopf zurück, inhalierte den abgestandenen Geruch der Zelle tief in seine Lunge. Die Klomuschel war gesprungen, am hinteren Teil fehlte ein Stück. Brille gab es keine.

Die Jünger im Boot warfen sich vor Jesus nieder und riefen: Wahrhaftig, du bist Gottes Sohn. Und als sie über den See gefahren waren, landeten sie in Genezareth.

Wie lange dauert eine Stunde? Tausend Atemzüge oder einmal Panik und zurück? In der Zeitlosigkeit von vier Wänden eingeklemmt, eine Aneinanderreihung von Geräuschen und Gerüchen, Gedankenfetzen und einfach Leere. Wie lange dauert es, in einer Kloake zu ertrinken? Nirgendwo Halt, Umsichschlagen, und keiner sieht's. Das Auge der Tür, blechernes Lid außen. Zyklop mit dem platten Gesicht. Hinlegen gibt's nur nachts!, rief plötzlich draußen jemand, als sich Renker auf die Pritsche legen wollte, Quietschen des blechernen Schiebedeckels. Renker fuhr hoch, an der Decke das starre Licht, darüber flogen die Schwalben, hatten Nester gebaut, Frühjahr, in der Hauseinfahrt des Schmieds neben dem Haus, in dem Renker aufgewachsen war, oben im Giebel. Man hatte die Jungen piepsen gehört. Ihre Mutter kam erst geflogen, wenn niemand in der Nähe war. Am Dreck auf dem Boden darunter konnte man genau sehen, wo das Nest hing.

Als die Leute in jener Gegend Jesus erkannt hatten, schickten sie Boten in die ganze Umgebung, und man brachte die Kranken zu ihm. Man bat ihn, nur die Quaste seines Gewandes berühren zu dürfen, und alle, die ihn anfassten, wurden geheilt.

Fünfzehntes Tableau

Als die Tür geöffnet wurde, hockte Renker zusammengekauert auf dem Stuhl. Komm' Se! Er richtete sich auf, benommen, die Umrisse des Schließers vor sich. Schlaf als Freund, Vertrauter, Fluchthelfer, hatte sich kaum neben ihn gesetzt. Endlich, murmelte Renker, schielte auf den Beamten, Aufklärung, Missverständnis das alles, musste doch kommen: Entschuldigen Sie! War doch das Mindeste, was er zu erwarten hatte, drängte alle Gedanken zurück, die dem Hohn sprachen. War auch egal, nur raus hier. Geh'n Se endlich! Renker nickte, erhob sich, taumelte, steife Beine, die nackten Füße auf dem kaltem Boden, wurde durch die Tür gestoßen, den Gang entlang. Gittertür, Gänge wie Därme dieses aufgeblasenen Leibs aus Beton, immer wieder Gittersperren, Stiegen, ausschließlich künstliches Licht, keine Öffnung nach draußen, was ist draußen? In einem fensterlosen, kahlen Raum ein Tisch, Aschenbecher, zwei Stühle an gegenüberliegenden Seiten. Setz'n Se sich! Und Renker nahm Platz, war erschöpft, als wäre er tausend Meter gelaufen. Der Schließer verließ den Raum, es war völlig still. Renker hatte die Zeit verloren. Abend, Nacht, einerlei, müde war er, hatte Mühe, wach zu bleiben, rieb sein Gesicht in den Händen. Lange Zeit nichts. Er sackte immer stärker in sich zusammen, merkte es erst, als er sich reflexartig aufbäumte, um nicht vom Stuhl zu kippen, den Rücken gegen die Lehne presste. Er legte den Kopf in den Nacken, die Augen fielen ihm zu. Spürte, wie er langsam seitwärts glitt, riss sich wieder hoch. Und dann hörte er, wie hinter ihm die Tür geöffnet, wieder geschlossen wurde, Schritte. Ein Mann ging an ihm vorbei, setzte sich ihm gegenüber: etwas jünger als Renker, glattes Haar, nach hinten gekämmt, helle Augen, seltsam breite Lippen. Dünner, dunkler Pullover. Kurze Zigarette im Mundwinkel. Legte einen Stapel Unterlagen vor sich auf den Tisch.

Die Schriftgelehrten und Pharisäer kamen aus Jerusalem zu Jesus und sagten: Warum übertreten deine Jünger die Überlieferung der Alten? Denn sie waschen ihre Hände nicht, bevor sie essen.

Ich verlange, endlich freigelassen zu werden, hörte Renker seine eigene, heisere Stimme, starrte auf die Zigarette.

Sie sind ab jetzt Nummer siebenhundertelf, ging der Mann gegenüber nicht darauf ein. Merken Sie sich das! Renker zögerte. Was heißt, zog er die Augenbrauen hoch, siebenhundertelf? Siebenhundertelf, wiederholte der Mann ausdruckslos. Wie lange kennen Sie Feininger schon? Belangloser Gesprächston, lässig einen Arm über der Stuhllehne hinter sich, rauchte, sah über Renker hinweg an die Decke, als würde Renker ihn nicht im Mindesten interessieren. Lästiger Kunde, man hätte schon längst frei, nur schnell diesen Typen hinter sich bringen.

Wie bitte?, fragte Renker zurück.

Jesus antwortete ihnen: Warum übertretet dann ihr die Überlieferung wegen Gottes Geboten? Hat nicht Gott geboten: Ehre Vater und Mutter, und: Wer Vater und Mutter schmäht, soll sterben?

Den Musikproduzenten Delf Feininger, wiederholte der Mann.

Ihr aber sagt: Wer zu Vater und Mutter spricht: Ich will das, was ihr sonst als Unterstützung von mir empfangen hättet, als Opfergabe weihen, der braucht seine Eltern nicht zu ehren. Damit setzt ihr Gottes Gebot eurer Überlieferung zuliebe außer Kraft.

Drei, vier Jahre, antwortete Renker irritiert, wusste es selbst nicht genau, richtete sich auf. Aber was hat das damit zu tun, dass man mich hier wie einen Verbrecher behandelt? Wo haben Sie ihn kennengelernt?, fragte der Mann weiter. Renker schüttelte den Kopf, was hatte Delf mit der ganzen Angelegenheit zu tun? Hatte vielleicht schon angerufen, nach Renker gesucht? Das könnte sein, hatte doch seine Beziehungen überallhin, alter Haudegen.

Bei Fernsehaufzeichnungen, sagte Renker. In Berlin. Aber ich möchte bitte endlich wissen, was Sie ... Wie lange, wurde er unterbrochen, dauerte es, bis Sie das erste Mal mit Feininger in den Westen fuhren? Ich, ein, zwei Jahre, stotterte Renker. Würden Sie jetzt aber endlich die Güte haben, ... Wohin fuhren Sie das erste Mal gemeinsam?, fragte der Mann geduldig, dämpfte die Zigarette ab.

Ihr Heuchler! Jesaja hat treffend über euch geweissagt: Dieses Volk ehrt mich mit den Lippen, sein Herz ist fern von mir. Vergeblich aber verehren sie mich, indem sie Menschengebote lehren.

Was weiß denn ich?, fuhr Renker auf. Ich kann mich nicht mehr erinnern! Nach München, half der Mann Renker aus, sah mit vorgestrecktem Hals auf die Papiere vor sich, die Augen leicht zusammengekniffen. Wie bitte? Nach München! Er zündete sich eine neue Zigarette an. Sie fuhren damals zu Aufzeichnungen der Sendung „Müllers Lust".

Wenn Sie es ohnedies wissen, rief Renker, wozu fragen Sie mich dann? Der Mann lehnte sich wieder zurück. Weshalb sind Sie nicht mit Ihren Musikern gefahren? Renker zuckte die Schultern, gestikulierte: Weshalb, weshalb? Delf lud mich ein! Der Mann nickte. Er hat Sie eingeladen? Wenn ich es sage!

Warum?, wollte der Mann wissen. Was ist denn da so wichtig dran?, polterte Renker los. Wenn Sie sich bitte mäßigen würden. Halb geschlossene Augen. Der Mann streckte die Beine unter den Tisch, sah Renker nie in die Augen.

Dann rief Jesus die Volksmenge hinzu und sprach zu ihr: Hört und versucht zu verstehen. Nicht, was in den Mund hineingeht, verunreinigt die Menschen, sondern, was von ihm ausgeht.

Warum lud Feininger Sie und nur Sie ein, mit ihm zu fahren? Renker lachte auf. Wie hätten wir den alle in Delfs Wagen Platz haben sollen? Können Sie mir das sagen? Sie wissen doch sonst auch alles! Außerdem bin ich immer noch der Chef der Kapelle! Renker war wieder klar im Kopf. Ärger hilft. Hatte er schon im Rausch erlebt. Dieser eingebildete Fatzke, Grünschnabel. Hatte doch nichts gegen ihn in der Hand. Wie sollte er auch? Gab ja nichts. Vielleicht das Ganze nur einer von Delfs rauen Scherzen?, fuhr es Renker durch den Kopf. Zugetraut hätte er es ihm. Zu Renkers Geburtstag. War zwar schon länger her, aber die beiden hatten einander seither nicht getroffen. Würde zu ihm passen. Alter Sadist. Renker warf aus den Augenwinkeln einen schnellen Blick über die Schulter: hinter ihm nur einer der Schließer, an die Wand gelehnt. Stand keiner von den Musikern heimlich in der Tür. Schmutzige Mauer, kein Delf mit einer Flasche Schampus. Liebte es, Leute aufs Kreuz zu legen. Einen kleinen Parteifunktionär um Mitternacht in einem Leipziger Hotel. Delf hatte ihm ein Sexheft aus dem Sakko gezogen, Taschenspielertrick, tat er gern. Alle hatten gebrüllt vor Lachen. Konnte auch recht gut jonglieren.

Da traten die Jünger zu Jesus und sagten: Weißt du, dass deine Rede die Pharisäer verärgerte? Er antwortete: Jede Pflanze, die nicht mein himmlischer Vater gepflanzt hat, wird ausgerissen werden. Lasst sie, sie sind blinde Blindenführer. Wenn ein Blinder einen anderen führt, fallen beide in die Grube.

Fuhr damals noch jemand dritter mit?, wollte der Mann wissen. Nein, antwortete Renker unsicher, fühlte sich alleingelassen. Von wem eigentlich? Alles würde sich aufklären, jetzt, spätestens morgen, wenn Delf persönlich vorbeikäme: Lasst den Typen laufen, Knallköpfe!

Auch Feiningers Frau nicht?, fragte der Mann. Renker schüttelte den Kopf, lachte. Was sollte die denn bei den Aufzeichnungen? Außerdem sind die beiden geschieden. Der Mann suchte mit den Augen wieder das oberste Blatt vor sich ab: Nicht ganz zwei Monate später sind Sie mit Feininger nach Stuttgart gefahren. Wieder allein? Natürlich, sagte Renker. Bitte, was soll das Ganze? Der Mann hatte das Blatt von dem Stapel gehoben: Sie hielten sich sechs Tage im Westen auf. Im Februar des darauffolgenden Jahres fuhren Sie mit Feininger nach Rosenheim. Wieder Sie und Feininger. Na und?, rief Renker. Wir hatten immer ordnungsgemäße Papiere! Ich weiß, nickte der Mann. Renker schlug mit der Hand auf den Tisch. Wer gibt Ihnen dann das Recht, mich hier festzuhalten? Beruhigen Sie sich, sagte der Mann, ohne den Blick von dem Zettel zu heben.

Petrus aber ergriff das Wort und sagte: Erkläre uns doch das Gleichnis! Und Jesus antwortete: Habt ihr noch immer nicht verstanden?

Im ersten Jahr, fuhr der Mann fort, das Blatt Papier vor dem Gesicht, waren Sie dreimal mit Feininger im Westen. Na und?, zuckte

Renker die Achseln. Der Mann beachtete ihn nicht. Im nächsten Jahr insgesamt viermal. Jedesmal Sie beide. Das waren doch nicht alles Fernsehaufzeichnungen? Natürlich nicht, fuhr ihn Renker an, wurde immer lauter. Besprechungen, Studiobesichtigungen und was weiß denn ich! Er hatte das Gefühl, zu ersticken, sprang auf, knickte in den Knien leicht zusammen. Sie haben mir nicht das Geringste vorzuwerfen! Der Schließer packte Renker von hinten an den Schultern und drückte ihn auf den Stuhl zurück. Lass deine Finger von mir!, schrie ihn Renker an, schlug mit der Hand hinter sich ins Leere.

Der Mann gegenüber beachtete Renker nicht, suchte aus dem Stapel von Papieren einige Seiten heraus, drehte eine davon herum, warf sie vor Renker auf den Tisch: Kennen Sie diese Frau?

Renker beugte sich über das Blatt. Es war das Brustbild einer Frau mit kurzem Haar, ungefähr dreißig, ausdrucksloses Gesicht. Nie gesehen, schüttelte Renker den Kopf. Und dieser Mann? Auf einem zweiten Bild ein Mann mit Oberlippenbart. Kenne ich nicht, sagte Renker. Hätte der jüngere Bruder von Onkel Hans aus Cottbus sein können, aber der hatte keinen Bruder, nur eine Schwester, Renkers Mutter.

Begreift ihr noch immer nicht, sagte Jesus, dass alles, was in den Mund hineingeht, in den Leib kommt und auf natürliche Weise ausgeschieden wird? Was aber aus dem Mund herauskommt, kommt aus dem Herzen hervor und verunreinigt den Menschen.

Oder diese Frau? Ein drittes Blatt mit einer Fotogruppe, diesmal wie aus der Verbrecherkartei, einmal von vorn, darunter zweimal von der Seite. Ich kenne diese Frau nicht, sagte Renker ärgerlich. Ihn fror. Er versuchte, mit den nackten Füßen den kalten Boden zu berühren, schlang die Arme um seinen Körper.

Das ist Anna Stiegel, lehnte sich der Mann zurück. Sie haben sie am ..., er suchte den ersten Zettel mit dem Finger ab, am zweiten April zusammen mit Feininger über den Grenzübergang Hof illegal in den Westen gebracht. Leise Stimme, die Augen erstmals auf Renker gerichtet.

Renker starrte ihn an. Was sollen wir getan haben? Sein Mund wurde trocken. War ja lächerlich, absurd. Konnten sich doch nicht einfach etwas aus den Fingern saugen. Er hatte schon gehört von angeblichen Methoden der Stasi, aber das war ja völlig aus der Luft gegriffen. Viel dämlicher könnten sie es nicht mehr anstellen, ihn fertigzumachen, warum auch immer, wusste ohnedies kein Mensch. Jetzt hörte der Spaß auf. Sie brauchten doch nur Delf zu befragen, oder die Musiker, die Zöllner, genau, die Zöllner. Die waren doch dort jedesmal um sie herumscharwenzelt. Renker hatte immer Autogramme geschrieben: Für Monika, herzlichst Raimund Renker. Mensch, meine Olle wird Augen machen!

Ich habe diese Frau noch nie in meinem Leben gesehen!, rief Renker. Noch nie! Der Mann beugte sich vor, zog das Foto des Mannes unter dem Bild der Frau hervor, klopfte mit dem Finger drauf: Das ist ..., er las wieder auf dem Zettel in seiner Hand nach, Rainer Wegeiner, achtunddreißig Jahre alt. Er wurde von Feininger und Ihnen angeblich am sechzehnten Mai desselben Jahres über die Grenze gebracht.

Das ist doch völlig aus der Luft gegriffen!, rief Renker. Wer hat Ihnen denn diesen Unsinn verzapft? Er spürte, wie sich sein Nacken verkrampfte.

Aus dem Herzen kommen böse Gedanken, fuhr Jesus fort. Mord, Ehebruch, Unzucht, Diebstahl, Verleumdungen und Lästerungen.

Die junge Frau auf dem ersten Foto, sagte der Mann, heißt Jutta Seiblinger. Sie sollen ihr am dreißigsten Juni zur Flucht verholfen haben. Erinnern Sie sich, Siebenhundertelf? Nein, schrie Renker, ich habe sie nie gesehen, nie in meinem ganzen Leben! Und die anderen auch nicht! Er fuchtelte mit der Hand über den Fotos. Wie sollen wir denn die alle über die Grenze gebracht haben? Er stotterte, schnappte nach Luft. In der Sakkotasche? Nein, antwortete der Mann. Unter der ausgehöhlten, hinteren Sitzbank! Renker schlug sich mit der Hand gegen die Stirn. Ist doch völlig absurd! Die Zöllner ... Haben Sie nur oberflächlich kontrolliert, fiel ihm der Mann ins Wort, lehnte sich zurück. Deswegen hat Feininger ja einen Prominenten wie Sie gebraucht! Renker konnte kaum atmen, spürte sein Herz schlagen. Es konnte nicht sein. Man versuchte, ihn aufs Kreuz zu legen, warum auch immer. Er traute Delf alles zu, aber ihn zu benützen? Hatte aber doch angeblich auch Adrienne gevögelt und mit ihrem Mann Bier getrunken. War aber etwas anderes, selbst wenn es wahr gewesen wäre, hatte Renker ja auch getan. Bilder jagten ihm durch den Kopf: Ellbogen aus dem Autofenster, die grinsenden Gesichter der Zollbeamten vor sich. Wachtürme, Flutlichtanlage, die schlangenförmige Fahrbahn am Übergang.

Das ist es, sagte Jesus, was den Menschen verunreinigt. Mit ungewaschenen Händen zu essen, macht den Menschen nicht unrein.

Ich weiß von der Sache nichts!, rief Renker, spuckte beim Schreien auf die Fotos. Fragen Sie doch Delf! Tun wir, sagte der Mann ruhig, keine Sorge! Renker fühlte das Blut in den Schläfen pulsieren, konnte den Kopf nicht mehr ruhig halten. Na und? Wo haben Sie Jutta Seiblinger aussteigen lassen? Renker ließ sich zurückfallen, schloss die Augen. Ein Irrer, Delf hatte aber nicht gegen ihn ausgesagt, ihn nicht reingezogen. Wer weiß, wenn überhaupt etwas an der ganzen Sache dran war, was Delf dafür jedesmal kassiert hatte. War immer ein Spielertyp gewesen, brauchte den Kick wie einen Bissen Brot. Aber Delf ausgerechnet als Fluchthelfer? Nein, lächerlich. Alles wird gut. Hatte er doch gewusst. Selbst wenn es wahr war, hielt ihn Delf wenigstens da raus. Wir haben niemanden aussteigen lassen, betonte Renker, weil wir niemanden mitgenommen haben. Der Mann gegenüber lehnte sich zurück. Wir haben da andere Informationen! Von wem?, fragte Renker heiser. Sein Gegenüber verschränkte die Hände im Nacken. Feininger hat Sie doch für Ihre Mitarbeit mit Studiogeräten entschädigt, oder waren Sie an der Prämie beteiligt? Renker richtete sich auf. Es würgte ihn, als hätte ihn der Schließer hinter ihm am Hals. Wer sagt das? Keine Antwort. Renker suchte nach Worten, ruderte mit den Armen. Wer ..., merkte, wie seine Hände zitterten. Wer will mich da fertigmachen? Keine Antwort. Woher haben Sie diese Fotos?

Ich habe das Recht, zu erfahren, wer mich da verleumdet! Sah, wie der Mann ihm gegenüber die Papiere, die Fotos ordnete, sprang auf. Ich bestehe darauf …, hörte hinter sich den Sessel zu Boden poltern. Setzen Sie sich!, schrie ihn der Mann plötzlich an. Nicht mit mir, rief Renker, so machen Sie mich nicht fertig! Nicht mit diesen Methoden! Er wurde von dem Schließer nach hinten gerissen, schlug nach ihm, schrie auf, als ihm ein Arm auf den Rücken gedreht wurde, krümmte sich vor Schmerz, glitt mit den nackten Füßen aus, schlug mit dem Hinterkopf am Boden auf und verlor das Bewusstsein.

Darauf ging Jesus von dort weg und zog sich in die Gegend von Tyrus und Sidon zurück. Da näherte sich ihm eine Frau aus Kanaa und rief ihn an: Erbarme dich meiner, Herr, Sohn Davids. Ein schrecklicher Dämon plagt meine Tochter. Jesus aber würdigte sie mit keinem Wort. Da traten die Jünger zu ihm hin und baten ihn: Nimm dich ihrer doch an, sie schreit ja hinter uns her. Er sagte: Ich bin nur zu den verlorenen Schafen des Hauses Israel gesandt.

Als Renker aufwachte, lag er auf der Pritsche seiner Zelle. Stechen im Kopf. Niemand sonst im Raum. Wie hohes Fieber stieg die Erinnerung in ihm auf, an den kahlen Raum, den Mann ihm gegenüber, als gehörte er nicht dazu, den Schließer. Renker fror, zog die Beine an den Leib. Beschuldigungen, als hätte er nie etwas Besseres zu tun gehabt, als irgendwelche Typen über die Grenze zu bringen! Sie haben sie damals am zweiten April … Woher wusste dieser Mensch überhaupt die Daten seiner Reisen? Aus Renkers Kalender. Natürlich. Aus seinem Kalender! Immer alle Termine eingetragen, selbst im Urlaub. Deshalb das rege Interesse an seinen Aufzeichnungen. Anna irgendwas. Zusammen mit Feininger, hatte der Mann gesagt, nie Herr Feininger oder Delf Feininger, immer Feininger, wie ein Krimineller, über den Grenzübergang Hof illegal in den Westen gebracht. Schwachsinn! Wie überlebt man überhaupt eine Fahrt in einer Sitzbank? Wo wäre diese Person denn dann ausgestiegen? Renker starrte an die Decke. In der nächsten Raststätte, während Renker Kaffee trank und rauchte. Durfte man in DDR-Raststätten ja nicht.

Renker klammerte sich an den Rahmen der Pritsche. Hatten dort jedesmal einen Kaffee genommen, und Delf sich auf der Toilette frisch gemacht. Hatte er gesagt. Jedesmal. Ist ja auch nichts Besonderes, tut doch jeder. Renkers Lippen waren aufgesprungen.

Da kam die Frau herbei, warf sich vor Jesus nieder und sprach: Herr, hilf mir! Er aber erwiderte: Es ist nicht recht, den Kindern das Brot wegzunehmen und es den Hündlein vorzuwerfen.

Je länger Renker grübelte, desto unglaubwürdiger wurde ihm das Ganze. Grenzübergänge wie Tresormauern. Unzählige Male erlebt, danach jedesmal das Gefühl, als tauchte man aus der Tiefsee auf. Wäre es so einfach, Menschen hinauszubringen, dachte Renker, wäre die DDR schon leer. Von wem stammten dann die Fotos? Jemandem lag es daran, Renker fertigzumachen, war ihm klar, oder Delf, und er wurde da nur mit hineingezogen, sowieso. Aber die Bilder? Mit Namen, Geburtsdatum, Fluchttag. Irgendwelche Fotos aus dem Stasiarchiv. Könnte es sein, um Renker vielleicht dazu zu bringen, doch gegen Delf auszusagen, um seinen eigenen Kopf zu retten? Musste ja niemanden selbst gesehen haben. Müsste nur Indizien bestätigen: Autogramme an der Grenze, Aufenthalt in der nächsten Raststätte. Nein, hatte Delf nicht überallhin begleitet, war doch kein Kind! Vom Gang das Dröhnen der Gitterabsperrungen. Renker schloss die Augen. Niemand kam.

Da entgegnete die kanaanäische Frau: Oh doch, Herr, denn auch die Hündlein essen von den Brosamen, die vom Tisch ihres Herrn herabfallen.

Wieder Schritte auf dem Gang, Aufschließen der Zellentür. Komm' Se!

Da antwortete ihr Jesus: Oh Frau, dein Glaube ist groß. Dir geschehe nach deinem Wunsch. Von dieser Stunde an war ihre Tochter gesund.

Renker ging neben dem Schließer die Gänge entlang, wurde erneut in den Verhörraum geschoben. Der Mann von vorhin stand an der Wand gegenüber, rauchte. Nehmen Sie Platz! Renker setzte sich, musste sich dabei am Tisch festhalten. Kann ich auch eine

Zigarette haben? Nein, sagte der Mann, setzte sich Renker gegenüber. Wann sind Sie das erste Mal mit Feininger in den Westen gefahren?

Jesus zog darauf weg und kam an den See Genezareth. Er bestieg einen Berg und ließ sich nieder. Und große Volksmengen kamen zu ihm, brachten Lahme, Blinde, Stumme und unzählige andere Kranke mit sich. Sie legten sie Jesus zu Füßen und er heilte sie.

Das wissen Sie doch besser als ich, antwortete Renker verzweifelt. Wir sind nach München gefahren, zur Aufzeichnung von „Müllers Lust", und wir hatten niemanden mit dabei!

Die Volksscharen staunten, als sie sahen, dass Stumme redeten, Krüppel geheilt wurden, Lahme gehen und Blinde sehen konnten, und sie priesen den Gott Israels.

Der Mann warf abermals das Foto der jungen Frau aus der Verbrecherkartei vor Renker auf den Tisch. Kennen Sie diese Frau? Nein!, rief Renker. Und wenn Sie mich noch hundertmal fragen, ich habe sie nie in meinem Leben getroffen!

Jesus aber rief seine Jünger zu sich und sagte: Mir tun diese Menschen leid. Drei Tage verbringen sie schon mit mir und haben nichts zu essen. Ich will sie nicht hungrig fortziehen lassen, sie könnten unterwegs verschmachten.

Es folgte dasselbe Foto des Mannes von vorhin. Kennen Sie diesen Mann? Nein, rief Renker, fuhr sich mit den Händen übers Gesicht. Raue Finger. Ich kenne ihn nicht!

Die Jünger erwiderten Jesus: Woher sollen wir in dieser öden Gegend so viele Brote nehmen, um eine so große Menge satt zu machen?

Und diese Frau? Renker sah nicht mehr hin. Ich kenne sie nicht. Drohender Unterton: Sehen Sie sich das Foto an, Siebenhundertelf! Renker warf einen Blick auf den Mann ihm gegenüber, wandte sich kurz um, verunsichert, der Schließer lehnte am Türstock. Renker wusste nie, wie weit sie gingen, spürte Angst, Blick auf das Bild. Schüttelte den Kopf. Ich habe diese Frau nie gesehen!

Jesus sprach zu den Jüngern: Wie viele Brote habt ihr?

Sie passierten an besagtem zweiten April mit Feininger den Grenzübergang Hof. Wo ist Anna Stiegel zugestiegen? Es ist niemand zugestiegen, rief Renker.

Die Jünger sagten: Sieben Brote und ein paar kleine Fische.

Waren Sie dabei, als Anna Stiegel zustieg? Es ist niemand zugestiegen!, schrie Renker. Jedes Wort sinnlos.

Und Jesus gebot der Volksmenge, sich auf dem Boden zu lagern.

Der Mann warf das erste Foto wieder zuoberst. Wo entließen sie Anna Stiegel? Sie war nicht dabei, sagte Renker tonlos, senkte den Kopf. Abschalten, abtreten kroch ihm ins Gehirn. Niemand, der ihm half. Schüttelte langsam den Kopf. Niemand war dabei! Wie oft soll ich das noch sagen?

Dann nahm Jesus die sieben Brote und die Fische, dankte, brach sie und überreichte sie den Jüngern. Die teilten sie an die Volksmenge aus.

Wo hielten Sie das erste Mal nach der Grenze? Renker gestikulierte. An einer Raststation! Was geschah dort? Nichts, sagte Renker, Kopf gesenkt. Bleikammer. Was auch immer hier passierte, würde draußen nie jemand mitbekommen.

Alle aßen und wurden satt. Als man die übrig gebliebenen Stücke aufhob, füllte man damit sieben Körbe.

Haben Sie Fluchthelfer aus dem Westen getroffen? Renker lachte auf, ohne die Miene zu verziehen, lächerlich, zuckte hilflos die Schultern: Ich habe nie mit Fluchthilfe zu tun gehabt.

Die Zahl derer, die gegessen hatten, war etwa viertausend Männer, nicht eingerechnet Frauen und Kinder.

Der Mann klopfte auf das Foto des Mannes, der wie ein Bruder von Onkel Hans aussah. Wo stieg Rainer Wegeiner zu Ihnen? Ich habe diesen Mann nie in meinem Leben gesehen, wiederholte Renker, das Foto verschwamm vor seinen Augen. Wer weiß, was sie dem wieder angetan hatten. Hohe Stirn, eingefallener Mund, war alles egal. Renker sog den Rauch der Zigarette in der Luft ein, beantwortete die Fragen wie im Rausch, immer leiser, dann wieder aufbrausend, wie lange wollte man dieses Spiel noch mit ihm spielen? Er hatte Magenkrämpfe, seit Tagen nichts Vernünftiges mehr gegessen, Gier nach einer Zigarette, Lust, sich niederzusaufen, den Schädel an die Wand zu rennen, bis er nichts mehr mitbekäme. Ständig dieselben Fragen wie bei einer Gebetsmühle, immer im Kreis. Wurde irgendwann hinausgeführt, unvermittelt, komm' Se! Gänge, Stiegen, in die Zelle gestoßen, Quietschen der Riegel, das Dröhnen der Gitterabsperrung. Würgte das Brot und den hart gewordenen Käse hinunter, übergab sich dabei fast, warf sich auf die Pritsche. Wurde wieder abgeholt, als er eben eingeschlafen war, den Kopf nach hinten gekippt, den Mund geöffnet. Komm' Se! Schlaf wie die sanften Hände seiner Mutter über seinen Augen. Ich bin gleich wieder da, Mutter! Dann wieder derselbe Mann, rauchte Kette, dieselben Fragen. Ich möchte Oberstleutnant Gratovsky sprechen, warf Renker einmal ein. Kurzes Stutzen, Heben der Augenbrauen. Woher kennen Sie Gratovsky? Von früher! Kein weiterer Kommentar, wieder dieselben Fragen. Gratovsky wurde nie wieder erwähnt. Abführen, Zelle, Dröhnen der Gitterabsperrungen. Wusste bald nicht mehr, ob Tag oder Nacht, wie viele Tage er schon festgehalten wurde, wie viele Verhöre, brachte alles durcheinander, fiel einschlafend von der Klomuschel, wurde auf den Gang gezerrt, aufgerichtet, neues Verhör, ein anderer Mann, dicklich in Uniform, rauchte nicht. Dieselben Fragen, dieselben Fotos.

Dann ließ Jesus die Volksmenge weiterziehen, stieg ins Boot und kam in die Gegend von Magdala.

Sechzehntes Tableau

Es verging fast eine Viertelstunde, ehe die junge Frau zurückkam: Entschuldigung! Außer Atem, eine Dose Cola in der ausgestreckten Hand, verharrte kurz am Eingang zur Portierloge: Das Geschäft gibt es ja gar nicht mehr! Was heißt, das Geschäft gibt es nicht mehr? Der Portier im Türrahmen, grantiger Gesichtsausdruck, verschluckte wegen der Zigarette zwischen den Lippen die Vokale. Das Geschäft gibt es nicht mehr, artikulierte die Frau, machte eine wegwerfende Handbewegung, hinkte auf Renker zu: Bin schon da! Öffnete dabei die Dose, etwas linkische Bewegungen, als wären die Arme zu lang. Popeye the Sailor, dachte Renker, wie hieß seine Freundin mit den Schlaucharmen? Die Spinatdose als Rettung aus allen Gefahren, diesmal Cola, dachte er, war froh, nicht an Gedankenlesen zu glauben, beobachtete sich selbst dabei: Wenn Zynismus zu etwas gut sein sollte, dann um am Leben zu bleiben. Weckte ihn für Sekunden aus seiner Lethargie, riss kurz die Wolken auf. Die kalte Dose in seiner Hand, ihre Feuchtigkeit auf der Haut, das besorgte Gesicht der jungen Frau dicht vor sich. Danke, sagte er. Schön war sie nicht. Er schloss die Augen, setzte an, verschluckte sich an der prickelnden Flüssigkeit, trockener Hals, hustete los, spuckte die Frau vor sich mit Cola an. Entschuldigen Sie, wollte er sagen, schnappte nach Luft, krümmte sich hustend. Was hat er denn jetzt wieder?, vernahm er den Portier, sah aus den Augenwinkeln Werner das Gebäude betreten, auf sie zukommen, musste er gerade jetzt kommen? Was ist passiert?, hörte Renker, ruderte mit dem freien Arm, holte mühsam Luft, sah, wie die junge Frau sich Werner in den Weg stellte, als müsse sie Renker vor ihm beschützen. Der Mann ist über die Stiege gefallen, erklärte sie. Wie?, fragte Werner, Sie lassen auch nichts aus! Die Frau klopfte Renker auf den Rücken, beugte sich zu ihm hinunter: Gehören Sie zusammen? Sozusagen, antwortete Werner für Renker. Haben Sie Harry gesehen?, fragte die Frau Werner. Wen? Nein, nein, schon gut, wimmelte Renker ab, erhob sich, stand wackelig mit nassen Augen vom Husten vor den beiden, die nebeneinander zu ihm aufschauten wie zu einem überdimensionierten Kartenhaus, das einzustürzen droht. Es geht schon wieder, sagte er tonlos, stützte sich auf die Sessellehne. Werner deutete zum Ausgang: Kommen Sie! Ich stehe auf dem Gehsteig.

Renker ging mit ihm. Was bekommen Sie für das Cola?, hätte er die junge Frau eigentlich fragen wollen. Dünn war sie, wirkte verhungert, feuchte Spritzer auf dem rosa Kleid. Aber er sagte nichts. Die Wolkendecke hatte sich wieder geschlossen.

Da traten Pharisäer und Sadduzäer an Jesus heran, um ihn auf die Probe zu stellen. Sie forderten ihn auf, am Himmel ein Wunderzeichen erscheinen zu lassen.

Renker trottete hinter Werner aus dem Gebäude, die Dumpfheit des grellen Tages hatte ihn wieder, und die Hitze fiel über ihn her. Ein Polizist stand vor dem Auto, zog eben seinen Block. Ich komme schon, rief ihm Werner zu, schob Renker auf den Beifahrersitz.

Jesus aber entgegnete ihnen: Ist der Abendhimmel rot, dann sagt ihr, es wird schönes Wetter geben. Ist der Morgenhimmel rot und trüb, sagt ihr schlechtes Wetter voraus.

Wortlos stieg Renker zu Werner ins Auto. Sie fuhren los, brauchten eine ganze Weile, sich in den dichten Verkehr einzureihen.

Wie der Himmel aussieht, sagte Jesus, versteht ihr zu beurteilen, nicht aber die Zeichen der Zeit. Ein böses und ehebrecherisches Geschlecht verlangt ein Zeichen, ihm wird aber keines gegeben werden außer dem Zeichen des Jonas. Mit diesen Worten verließ er sie.

Ist es Ihnen nicht gut gegangen?, fragte Werner. Renker nickte. Hätte eine schlechte Nacht gehabt und vertrage die Tabletten nicht. Wir werden den Kurs noch aufschieben, sagte Werner. Versucht haben wir es immerhin! War Renker egal. Im Autoradio liefen die Nachrichten, irgendetwas mit Terror wie immer. Mit dem Job würde es dann auch nichts, sagte Werner. Er hätte noch Termine, ließ Renker vor dem Haus aussteigen, wollte wieder anrufen.

Als die Jünger nun das jenseitige Ufer des Sees erreichten, hatten sie vergessen, Brot mitzunehmen. Da sagte Jesus zu ihnen: Gebt acht und hütet euch vor dem Sauerteig der Pharisäer und Sadduzäer. Sie überlegten und sprachen untereinander: Wir haben kein Brot mitgenommen. Als Jesus das bemerkte, sprach er: Ihr Kleingläubigen, warum macht ihr euch Gedanken darüber, kein Brot mitgenommen zu haben? Begreift ihr immer noch nicht?

Zu Hause warteten alle auf das Essen, und Renker briet angewidert Wurstscheiben ab, kochte Kartoffeln dazu, ihre Augen waren schon ausgewachsen, grüne Büschel aus dem Kartoffelsack. Bei dem Gedanken, selbst etwas zu essen, wurde ihm übel.

Erinnert ihr euch nicht an die fünf Brote für die Fünftausend, fragte Jesus, und wie viele Körbe davon ihr noch aufgehoben habt? Oder die vier für die Viertausend, und wie viele Körbe ihr dort aufgehoben habt?

Lang witzelte über das Pflaster auf Renkers Stirn. Sei doch still, rief Gettinger, bei deinem Gehirn wäre jede Beule ein Gewinn! Und Seewald lachte mit offenem Mund.

Versteht ihr nicht, sagte Jesus, dass ich nicht von den Broten sprach, als ich zu euch sagte: Hütet euch vor dem Sauerteig der Pharisäer und Sadduzäer. Da begriffen sie, dass er nicht gemeint hatte, sie sollten sich vor dem Sauerteig des Brotes, sondern vielmehr vor der Lehre der Pharisäer und Sadduzäer hüten.

Einförmig krochen die nächsten Tage durch die Hitze Abenden entgegen, die kaum Abkühlung brachten. Renker konnte nachts das Fenster nicht öffnen, ohne Insekten ins Zimmer zu locken, die oft über Stunden Schlaf unmöglich machten. Schlurfte daher öfters nachts durch die Gegend, traf dabei einmal völlig unerwartet seinen ehemaligen Trompeter in einer Bar, Jan, sturzbesoffen, mied daraufhin das Lokal.

Einige Tage hatte er noch zu kochen, Lang übernahm das Geschirrwaschen, bis der Turnus wechselte, Renker spülte, fügte sich wie ein Schaf, alles egal, kaum Appetit, sämtliche Medikamente völlig abgesetzt, sein Widerwillen gegen die Tabletten war zu stark. Konnte daraufhin kaum mehr schlafen, nachts stundenlanges Stieren an die Decke, saß am Bettrand, ging wie ein Puma im Käfig auf und ab, legte sich wieder hin, wartete auf den Morgen eines nächsten Tages, der übernachtig seine Gallertspur zog. Und dann kam der Gedanke an Wodka. Wässerchen. Schien ihm eine Ewigkeit her zu sein, dass er den letzten Zug genommen hatte. Stand lang vor dem Lebensmittelgeschäft, sein verzogenes Spiegelbild in der staubigen Auslage, alter, unrasierter Mann in zu kurzer Hose, dahinter die Autos vor der abgebröckelten Fassade des Hauses auf der gegenüberliegenden Seite. Interessierte sich doch kein Schwein für ihn. Seine Mitbewohner hatten gelernt, ihn zu übersehen, wenn er auf nichts reagierte, selbst schuld, wusste er. Und Werner musste ihm nachlaufen wie einem Kind, bekam ja dafür bezahlt, Horrorjob. Wäre sicher auch lieber auf Mallorca in der Sonne gelegen. Die leeren Flaschen auf dem Boden von Renkers Berliner Schlafzimmer, Scheiße, lang her, das Wasser, das ihm unter dem Hemd durchgeronnen war, nachdem er minutenlang den Nacken unter den Wasserhahn gehängt hatte, die nasse Spur durchs Haus, er roch förmlich noch das Erbrochene vor der Eingangstür, kehrte ohne Flasche wieder um. Mann ohne Schatten. Eine Stunde später kam er zurück, nahm den ersten Schluck am Eck neben dem Geschäft im Schatten eines Lastwagens, schmeckte scharf. Sein Gesicht verkrampfte sich, er krümmte sich zusammen, würgte das warme Gesöff hinunter, schüttelte sich, versteckte die Flasche dann unter seinem Bett, niemand merkte etwas. Die Versuchung, sie im Kühlfach zu verstauen, hatte er sofort wieder verworfen. Zumindest Lang hätte ihn bei Werner verpfiffen, war er sich sicher, und riechen kann man Wodka nicht, wusste er. Drei Tage später kaufte er die zweite Flasche. Schlief im Rausch tief und traumlos wie betäubt. Täglich kramte er die Flasche etwas früher unter dem Bett hervor: Wässerchen der Ertrunkenen. Trug die leeren Flaschen in Papier gewickelt in den Müllraum, wenn keiner zusah. Kindsmord mit Verscharren. Konnte den Russen jeden Schluck nachfühlen, die Ruhe nach dem dritten Zug, Väterchen Friede. Die Einförmigkeit der Tundra musste etwas mit der abgegriffenen Wand neben seinem Bett gemeinsam haben.

Renker hörte Lang, Gettinger, Seewald, oder wie sie hießen, fast nur noch durch die Wand um das Fernsehprogramm und beim Kartenspiel streiten, fühlte sich wie ein Toter am falschen Friedhof. Leben als vergebliches Warten auf etwas, von dem ihm manchmal schien, er hätte es schon hinter sich, versuchte, es mit Wodka wegzuspülen, bis er sich einbildete, ein anderes Morgen striche wie die Hände einer Frau über sein Gesicht, und am nächsten Tag zitterten ihm wieder die Finger, versuchte, es zu verbergen, ging niemanden etwas an, das Gestern ließ grüßen.

Als Jesus in die Gegend von Cäsarea Philippi gekommen war, fragte er seine Jünger: Für wen halten die Leute den Menschensohn? Und sie sprachen: Die einen für Johannes den Täufer, andere für Elias, wieder andere für Jeremias oder irgendeinen der Propheten.

Wie ausgesetzt auf einer Insel, hatte Renker seinerzeit der Therapeutin seinen Zustand geschildert, hätte sie doch keine Ahnung davon. Wollte das eigentlich nicht sagen. Entschuldigen Sie. Schon gut. Bestrafungsaktion, hatte er geschildert, ausgelöst durch endlosen Knast für ausgerechnet eines der wenigen Dinge, die man nicht getan habe. Verstehen Sie? Gerechtigkeit sei etwas für Schulkinder.

Und Jesus fragte sie weiter: Ihr aber, für wen haltet ihr mich? Simon Petrus antwortete und sprach: Du bist der Messias, der Sohn des lebendigen Gottes.

Augenblicke, in denen Renker kaum einen Unterschied zwischen der Zelle mit der kaputten Klomuschel im Eck und seinen zwölf Quadratmetern hier neben der Küche erkennen konnte. Drei Jahre Gefängnis stanzen Betonwände ins Gehirn wie Brenneisen Nummern auf Rinder: Siebenhundertelf. Zahlenkabbala. Und dass es fast drei Jahre gewesen waren, hatte er auch erst draußen erfahren, nachdem man ihn entlassen hatte. Für ihn waren es hundert gewesen.

Jesus entgegnete Simon Petrus: Selig bist du, Simon, Sohn des Jonas. Denn nicht Fleisch und Blut haben dir das geoffenbart, sondern mein Vater im Himmel. So sage ich dir: Du bist Petrus, und auf diesem Felsen will ich meine Kirche bauen, und die Pforten der Hölle werden sie nie überwältigen.

Aber Sie sind jetzt frei, hatte die Therapeutin gesagt. Wofür?, hatte Renker entgegnet.

Dir will ich die Schlüssel des Himmelreichs geben, sagte Jesus. Was du auf Erden bindest, wird auch im Himmel gebunden sein, was du auf Erden löst, wird auch im Himmel gelöst sein.

Gegen Abend unten am Gehsteig, stand sich unschlüssig die Beine in den Leib, dem gemeinsamen Nachtmahl entkommen, bei dem er wie ein Fremder am Tisch saß, waren ohnehin alle schon daran gewöhnt, sich durch ihn hindurch zu unterhalten, als wäre er unsichtbar. Schlurfte durch den Park, unter den staubigen Bäumen, traf dort die junge Frau aus dem Computerkurs zu dritten Mal. Nicht schon wieder die! Die Großstadt als Dorf.

Und Jesus gebot den Jüngern, niemandem zu sagen, dass er der Messias sei. Von der Zeit an begann Jesus ihnen zu erzählen, er müsse nach Jerusalem ziehen, unter den Ältesten, Hohepriestern und Schriftgelehrten vieles erleiden, ja er würde getötet werden und am dritten Tage wieder auferstehen.

Wie geht es Ihnen?, fragte sie, lud ihn mit einer Geste ein, neben sich auf der Bank Platz zu nehmen. Danke, besser, antwortete Renker. Sie hatte ein Buch auf dem Schoß liegen, in weißes Packpapier geschlagen, die Finger als Lesezeichen zwischen den Seiten. Sicher wieder die Bibel, Renker blieb lieber stehen.

Da nahm Petrus Jesus beiseite und begann auf ihn einzureden: Herr! Das verhüte Gott! Dies darf dir nicht widerfahren!

Wohnen Sie hier in der Nähe?, fragte die Frau. Ja, sagte Renker, Genaueres ersparte er ihr.

Jesus aber wandte sich um und sprach zu Petrus: Hinweg von mir, du Widersacher! Du willst mich verführen, denn deine Gedanken sind die eines Menschen und nicht die Gottes.

Ich auch, sagte die Frau. Gelbes Kleid mit Rüschenvolant und langen Ärmeln. Wandte sich halb um, die Haare mit einem Gummiband nach hinten gebunden. Zwei Häuser weiter, sagte sie. Aber meine kleine Wohnung ist im Sommer so heiß, dass ich es kaum aushalte. Renker nickte. An der Häuserzeile bellte ein Hund. Renker wollte gehen.

Dann sprach Jesus zu seinen Jüngern: Wer mit mir kommen will, der verleugne sich selbst, nehme sein Kreuz auf sich und folge mir nach. Wer sein Leben retten will, wird es verlieren. Wer aber sein Leben um meinetwillen verliert, der wird es gewinnen.

Ist Ihre Wunde verheilt? Die junge Frau deutete auf das Pflaster über Renkers Stirn. Renker nickte wieder. Ich muss gehen! Wiedersehen, lächelte ihm die Frau zu. Renker grüßte kurz, ging, wandte sich nicht mehr um.

Was nützt es dem Menschen, sagte Jesus, gewänne er die ganze Welt, büßte aber seine Seele dafür ein? Oder was könnte ein Mensch als Preis für seine Seele geben?

In der Nacht begann es endlich zu regnen, Renker riss das Fenster auf, roch den Dampf, der über dem schwarzen Asphalt aufstieg. Nebel über dem Meer, ein Schluck vom Wodka, setzte sich mit der Flasche in der Hand aufs Bett, draußen das Wasser unter den Reifen vorbeifahrender Autos, er war unruhig, trank weiter. Fühlte sein Herz klopfen, hatte Angst, Angst vor der Angst, schnürte ihm die Kehle zu, Angst vor Panikattacken, kamen völlig unvermittelt, als risse seine Brust auf. Die ganze Scheißtherapie nutzlos.

Der Menschensohn, sagte Jesus, wird mit den Engeln in der Herrlichkeit seines Vaters erscheinen und jedem nach dessen Tun vergelten.

Renker schlürfte den Rest des Wodkas, schmiss die leere Flasche auf den Boden, hörte sie unters Bett rollen, hatte kein Geld für eine neue. Käme doch nie hier weg, von einem Gefängnis ins andere. Zu anderen Langs und Seewalds und Gettingers, Werner hatte ihm die Möglichkeit eines Wechsels angedeutet, wenn er das wollte, natürlich, irgendwann eine Bude für sich allein. Renker war nicht darauf eingegangen, sinnlos, käme aus seiner Haut doch nicht heraus, Hoffnung Luft. Und doch schien ihm das Gefühl, sein Leben klebte wie Teer an ihm, das einzige zu sein, zu dem er noch fähig war, nur Schlangen können sich häuten. Hatte Lust auf eine Zigarette, lange verdrängt, zögerte noch über eine Stunde, wofür eigentlich? Sind noch alle jestorben, hatten sie in Berlin gesagt. Hatte keine am Zimmer, schlich schließlich in die Küche, zog eine Zigarette aus Langs Päckchen auf dem Tisch, zündete sie an, sog gierig den Rauch in die Lungen, taumelte an die Wand.

Wahrlich, sagte Jesus, ich sage euch, einige von denen, die hier stehen, werden den Tod nicht schauen, bis sie den Menschensohn in seinem Königstum haben kommen sehen.

Am Morgen verschlief Renker das gemeinsame Frühstück. Betrat die Küche, Gettinger lümmelte am Tisch, las Zeitung, das Gesicht in der offenen Hand verunglückt. Morgen! Morgen! Kaffee ist noch da, sagte Gettinger. Danke. Die Balkontür halb geöffnet, die Sonne schien wieder. Ich hab so gut wie nichts geschlafen, sagte Gettinger. Renker ging nicht darauf ein, hatte Kopfweh, interessierte Gettinger sicher nicht. Renker trank eine Schale vom kalten Kaffee, spülte das Geschirr, das sich noch vom letzten Abend in der Abwasch stapelte, verließ das Haus. Die Luft klar wie schon lange nicht. Ging den gewohnten Weg in den Park, betatschte das lackierte Holz einer der Bänke, es war nicht einmal mehr feucht, setzte sich. Über ihm grell die Sonne zwischen den Blättern der Bäume. Hätte Harry gefallen. Renker schloss die Augen, hörte die Straßenbahn fahren, hörte man hier sonst nie.

Guten Morgen! Renker öffnete die Augen. Vor ihm stand die junge Frau aus dem Computerkurs. So früh schon hier? Konnte die nicht einmal woanders hingehen? Renker nickte, schloss wieder die Augen, ärgerte sich über sich selbst. Es hat endlich einmal geregnet, hörte er ihre Stimme, aber viel zu wenig. Pause. Die Luft ist aber gleich ganz anders, finden Sie nicht auch? Renker nickte, schwieg. Blabla, das Wetter. Darf ich mich ein wenig zu Ihnen setzen? Renker zögerte, schließlich war sie für sein Cola eine Viertelstunde durch die Stadt gehinkt. Bitte, sagte er, ohne die Augen zu öffnen, barmherziger

Samariter, spürte, wie sie sich neben ihn setzte. Ich habe mich noch gar nicht vorgestellt, sagte sie. Irmela. Renker blinzelte sie an: Raimund Renker! Sie ergriff seine Hand, schüttelte sie heftig, trug das Kleid vom Vortag, ein winziges, halbrundes Täschchen über der Schulter, das Haar wieder hinten zusammengebunden. Mein Großvater hieß auch Raimund, hörte er sie, die Bibel hatte sie diesmal offensichtlich nicht mit.

Siebzehntes Tableau

Sechs Tage später nahm Jesus Petrus, Jakobus und dessen Bruder Johannes mit auf einen hohen Berg. Und er wurde vor ihren Augen verklärt. Sein Antlitz strahlte wie die Sonne, und sein Gewand wurde weiß wie das Licht. Und siehe, es erschienen ihm Moses und Elias und redeten mit ihm.

Irmela hatte wasserblaue Augen, eng beisammenstehend, leicht schräg, ungeschminkt wie immer, wenn Renker sie traf. Woher kommen Sie?, fragte sie. Aus Berlin. Aus Berlin?, sagte sie, war ich noch nie! Voriges Jahr war ich einmal für ein paar Tage in Medjugorje, war schön! Liegt in Bosnien, aber das wissen Sie ja sicher ohnedies. Weiter bin ich noch nie hinausgekommen. Renker schwieg. Wenn ich könnte, wie ich wollte, sagte sie, würde ich viel reisen. Nach Amerika, Afrika. Oder ins Wolkenland. Sie schielte ihn aus den Augenwinkeln an, kicherte dann. Kennen Sie Wolkenland? Wartete seine Antwort nicht ab: Ich auch nicht! Lachte hell auf, hob dabei beide Beine vom Boden. Als Kind hatte ich ein Buch, in dem ein kleines Mädchen, so wie ich damals, mit seinem Vater ins Wolkenland fährt, wo all die Wolken liegen, die den ganzen Tag über hinter den Bergen verschwinden. Verstehen Sie? Sie müssen fahren, weil es dreizehn Wochen lang nicht geregnet hat und die Blumen vertrocknen. Und sie fahren mit großen Taschen und Säcken und holen die Wolken zurück. Sie übernachten auf einem Berg, und weil ihm kalt ist, holt das Mädchen heimlich die Wolken aus dem Sack und deckt sich mit ihnen zu. Doch als es in der Früh in der Sonne aufwacht, verdunsten alle Wolken. Der Vater des Mädchens schimpft und schlägt es, und das Mädchen weint und weint, und seine Tränen laufen wie Bäche über die Wiese, und alles beginnt wieder zu blühen. Irmela machte eine Pause. Ist doch schön, sagte sie dann. Deswegen möchte ich auch einmal dorthin!

Da sprach Petrus zu Jesus: Herr, es ist gut, dass wir hier sind. Wenn du willst, lass uns hier drei Hütten bauen. Eine für dich, für Moses eine und eine für Elias. Während er noch redete, überschattete sie eine lichte Wolke, aus der eine Stimme erscholl: Dies ist mein geliebter Sohn, an dem ich Wohlgefallen gefunden habe. Ihn sollt ihr hören!

Ich habe mich vor meinem Vater auch immer gefürchtet, erzählte Irmela. Einmal habe ich mich vor ihm unter dem Tisch versteckt, da hat er den ganzen Tisch umgeworfen.

Als die Jünger die Stimme vernahmen, fielen sie auf ihr Angesicht und gerieten in große Furcht.

Eine Handvoll dunkeläugiger Kinder liefen auf den hoch eingezäunten Spielplatz am Rand des Parks zu, alle schrien gleichzeitig.

Meine Mutter hat mir die „Reise ins Wolkenland" immer wieder vorlesen müssen, sagte Irmela. Und wenn ich geweint habe, habe ich genau beobachtet, wo meine Tränen hingefallen sind, aber es ist dort nie etwas gewachsen.

Und Jesus trat zu seinen Jüngern, fasste sie an und sprach: Steht auf und fürchtet euch nicht. Als sie nun ihre Augen erhoben, sahen sie niemanden außer Jesus allein.

Lebt Ihr Vater noch?, fragte Irmela. Nein, sagte Renker. Und Ihre Mutter? Nein. Entschuldigen Sie, sagte Irmela, wenn ich Ihnen auf die Nerven gehe. Ich weiß, ich rede zu viel! Renker schüttelte langsam den Kopf. Seit der Therapeutin war Irmela das erste weibliche Wesen, das bereit war, ein Gespräch mit ihm zu führen. Und die Therapeutin hatte dafür bezahlt bekommen. Aber es war ihm egal.

Kinder wollen immer wieder dieselben Geschichten vorgelesen bekommen, sagte Irmela. Immer wieder und immer wieder. Hat angeblich etwas mit dem Verarbeiten zu tun. Wenn man etwas Schlimmes erlebt hat und man darf immer wieder darüber sprechen, verliert es langsam seinen Schrecken. Ich bin meinem Vater heute auch nicht mehr böse, obwohl ich gar nicht weiß, ob er überhaupt noch lebt. Menschen, die nie verzeihen können, haben ihr Leben lang viel mehr Panik, dass ihnen das Gleiche noch einmal passieren könnte, als die, die verzeihen können. Glauben Sie nicht auch? Renker hob die Achseln.

Als sie dann vom Berg herabstiegen, gebot Jesus den Jüngern: Erzählt niemandem von dieser Erscheinung, bis der Menschensohn von den Toten auferstanden ist.

Die Kinder in dem abgezäunten Spielplatz schrien, als wären sie gekommen, um zu schreien und nicht um Ball zu spielen.

Und die Jünger fragten Jesus: Warum sagen denn die Schriftgelehrten, dass Elias zuerst kommen müsse? Jesus antwortete: Elias kommt und wird alles in Ordnung bringen. Ich aber sage euch: Elias ist bereits gekommen, doch sie haben ihn nicht erkannt und taten mit ihm, was sie wollten. So wird auch der Menschensohn unter ihnen zu leiden haben. Da verstanden die Jünger, dass er von Johannes dem Täufer gesprochen hatte.

Meine Mutter, sagte Irmela, hat ihm bis zu ihrem Tod nicht verziehen, dass er uns verlassen hat. War auch schwer für sie. Ich war ja damals noch ein Kind. Er ist einfach ausgezogen. Mir haben sie erzählt, er ist auf Geschäftsreise. Als hätte ich nicht mitbekommen, was da gelaufen ist! Kinder werden immer für blöd erklärt, erlebe ich immer wieder. Gerade die bekommen Sachen mit, die Erwachsene oft selbst gar nicht gleich merken. Haben Sie Kinder? Sie sah ihn lauernd an. Nein, sagte Renker. Ein Polizist ging vorbei.

Meine Mutter, sagte Irmela, hat Jahre gebraucht, bis sie mit mir über Vater reden konnte. Er selbst war ja nicht mehr da. Ich habe ihn nur ein einziges Mal wiedergesehen, als ich mit Magersucht im Spital gelegen bin. Aber da war er nur fünf Minuten bei mir, ist sofort wieder gegangen, als meine Mutter gekommen ist, hat mit mir auch nichts angefangen. Eigentlich war er ein fremder Mann.

Als sie nun zu der Volksmenge zurückgekommen waren, trat ein Mann zu Jesus, fiel vor ihm auf die Knie und sagte: Herr, erbarme dich meines Sohnes, er ist fallsüchtig und leidet schwer. Oft fällt er ins Feuer, oft ins Wasser. Ich habe ihn schon zu deinen Jüngern gebracht, doch sie konnten ihn nicht heilen.

Ich wäre damals fast gestorben, sagte Irmela. Fünfunddreißig Kilo. Die haben mich künstlich ernährt.

Jesus antwortete: Oh, ungläubiges, verkehrtes Geschlecht! Wie lange noch soll ich bei euch sein, wie lange noch soll ich euch ertragen? Bringt ihn her zu mir!

Seien Sie froh, kicherte Irmela, dass Sie keine Kinder haben! Machen nur Sorgen, hat meine Mutter immer gesagt. Renker schwieg.

Jesus bedrohte sodann den Dämon. Der fuhr aus, und der Knabe war von der Stunde an gesund.

Meine Mutter, sagte Irmela, hat ihren Glauben verloren. Irmela machte eine Pause. Die Vögel zwitscherten. Renker war müde von der letzten Nacht, schwere Glieder, ließ es über sich ergehen, saß teilnahmslos neben ihr.

Jeder Mensch hat einen Glauben, hörte er dann Irmela wieder, egal, wo er auf die Welt kommt, Gott ist in uns, auch wenn wir es nicht gleich merken.

Hierauf traten die Jünger allein zu Jesus und fragten: Warum konnten wir ihn nicht austreiben? Er antwortete ihnen: Wegen eures Unglaubens, denn wahrlich, ich sage euch, wenn ihr Glauben habt wie ein Senfkorn, könnt ihr zu diesem Berg sagen: Rücke weg von hier, und es wird geschehen. Nichts wird euch unmöglich sein. Diese Art Dämon wird aber nur durch Gebet und Fasten ausgetrieben.

Meine Mutter, sagte Irmela, hat Gott geflucht, dass er so etwas zugelassen hat, es ausgerechnet ihr passieren musste. Sie konnte doch nichts dafür! Aber ich nehme es ihr heute nicht mehr übel, ich bete für sie und ich bin überzeugt, das hilft. Beten Sie auch manchmal? Wie? Ob Sie auch manchmal beten! Nein, sagte Renker, vielleicht wäre sie dann ruhig, verschreckt, abgestoßen. Echt?, hörte er Irmela. Haben Sie es noch nie versucht? Es entstand eine Pause. Renker sah aus den Augenwinkeln, dass Irmela ihn mit schräggelegtem Kopf von unten beobachtete, wäre am liebsten aufgestanden und gegangen, bewegte sich nicht. Hatte verlernt, sich zu bewegen. Auf der Bank sitzen wie im Kino, nur saß der Film neben ihm. Im Kino gibt auch niemand Antwort. Er konnte sich nicht mehr erinnern, wann er das letzte Mal im Kino gewesen war. Mit Daniela in Berlin, glaubte er. „Die Unbesiegbaren“, irgend so ein Schinken. Daniela hatte für den Hauptdarsteller geschwärmt.

Ich habe einmal gelesen, sagte Irmela, beten sei ein Ferngespräch mit sich selbst. Klingt gut, was? Ist aber ein Blödsinn, setzte sie gleich darauf, als befürchtete sie, Renker könnte dem vielleicht zustimmen. Hatte eine angenehme Stimme, obwohl sie lispelte. Bloß weil man den nicht sieht, sagte sie, mit dem seit Jahrtausenden Menschen sprechen, muss er doch nicht gleich Einbildung sein!

Als sie sich in Galiläa aufhielten, sprach Jesus zu seinen Jüngern: Der Menschensohn wird in Menschenhände ausgeliefert werden. Sie werden ihn töten, aber am dritten Tage wird er auferstehen. Da wurden sie sehr betrübt.

Renker hörte Irmela neben sich reden, achtete bald nicht mehr darauf. Ferngespräch mit sich selbst, Empfänger verzogen. Eine Ewigkeit weit neben sich, jeder Gedanke an die Vergangenheit ein Brief, der zurückkommt. Leben unter einem Glassturz, hatte er der Therapeutin beschrieben. Posttraumatischen Stress hatte sie es genannt. Wie auch immer.

Als Jesus und seine Jünger nach Kapharnaum kamen, traten die Eintreiber der Tempelsteuer zu Petrus und sagten: Zahlt euer Meister die Doppeldrachme nicht? Gewiss, entgegnete Petrus. Und als er in das Haus eintrat, kam ihm Jesus mit der Frage zuvor: Was meinst du, Simon, von wem erheben die Könige der Erde Zoll und Steuern? Von ihren Söhnen oder von Fremden? Petrus antwortete: Von den Fremden. Jesus sprach zu ihm: Also sind die Söhne steuerfrei! Damit wir ihnen aber kein Ärgernis geben, geh an den See, wirf die Angel aus und öffne dem ersten Fisch, den du fängst, das Maul. Du wirst darin einen Silbertaler finden. Den nimm und gib ihn ihnen für dich und mich.

Achtzehntes Tableau

Renker ging. Vielleicht etwas unvermittelt, stand plötzlich auf: Ich muss gehen! Gar nichts musste er. Leben musste er, schlafen, essen, scheißen. Der Frau neben sich nicht mehr zuhören. Er hatte den Faden verloren, ihr nicht mehr folgen können, seine Gedanken woanders. Kein Mensch muss müssen, hatte seine Mutter gern gesagt. Jetzt gehen, oder auch nicht. Die lärmenden Kinder hatten schon vor einiger Zeit das umzäunte Gelände wieder verlassen, waren über die Straße getobt. Renker warf einen kurzen Blick auf die Frau auf der Bank. Gelbes Kleid, das winzige Umhängetäschchen auf dem Schoß. Sie hatte mitten im Satz zu sprechen aufgehört, lächelte ihn an. Kommen Sie wieder? Renker hob die Schultern. Wiedersehen! Auf Wiedersehen, sagte sie, blieb sitzen, die Beine schräg unter der Bank, als er den Weg hinunterging.

In jener Stunde traten die Jünger zu Jesus und sagten: Wer ist denn der Größte im Himmelreich? Da rief Jesus ein Kind herbei, stellte es in ihre Mitte und sprach: Wahrlich, ich sage euch, wenn ihr nicht umkehrt und werdet wie die Kinder, werdet ihr nicht ins Himmelreich eingehen.

Renker betrat die Wohnung, wie immer tagsüber war nur Gettinger zu Hause. Reinfried?, hörte Renker seine jammernde Stimme durch die Küchentür. Nein, sagte er.

Wer sich so erniedrigt wie dieses Kind hier, sagte Jesus, der ist der Größte im Himmelreich. Und wer nun ein solches Kind in meinem Namen aufnimmt, der nimmt mich auf.

Ich halte die Hitze nicht aus! Gettinger erschien mit der Zeitung in der Hand im Türstock, kurze Hose, Unterleiberl, kaute an etwas.

Wer aber eines dieser Kleinen, die an mich glauben, zum Bösen verführt, für den wäre es das Beste, man würde ihm einen Mühlstein um den Hals hängen und ihn im Meer versenken, dort, wo es am tiefsten ist.

Renker fühlte Hunger, wollte aber nicht mit Gettinger zusammen sein, dessen Gejammere anhören, schloss sich in sein Zimmer ein, legte sich aufs Bett. Leben unterm Glassturz, Mensch in Aspik.

Wehe der Welt und ihren Verführungen! Es gibt keine Welt ohne Verführung, doch wehe den Verführern!

An der Decke über ihm graudunkle Spinnfäden, spannten sich über die Ecken, glitzerten nachts, wenn das Fenster geöffnet war, im Licht der Straßenlaternen. Daniela hatte Angst vor Spinnen gehabt, war in alte Kellerlokale nicht hineinzubringen gewesen: Tun dir doch nichts, die Viecher! Lautes Gelächter in der Runde, hatte es nur noch schlimmer gemacht. War einmal mit Margot draußen geblieben. Renker hatte mit den anderen das Lokal betreten, musste mit der Musikgruppe eine Nummer spielen, als man ihn erkannt hatte, liebte es nicht, fremde Trompeten zu blasen. Daniela und Margot waren auf der Holzbank vor dem Keller gesessen, hatten den Sonnenuntergang beobachtet, wie sie danach erzählten. War echt schön! Adrienne war mit hineingegangen, hatte nie Angst vor Spinnen gehabt.

Wenn deine Hand oder dein Fuß dir Anlass zur Sünde gibt, hau sie ab und wirf sie von dir! Es ist besser, verstümmelt oder lahm ins Leben zu gehen, als mit zwei Händen oder zwei Füßen ins ewige Feuer geworfen zu werden.

Schien jetzt alles so weit entfernt, Warnemünde, die kühle Nacht beim Verlassen des Lokals, Adriennes knappe Hose. War jemand anderer gewesen, der das alles gelebt hatte.

Wenn dein Auge dir Anlass zur Sünde gibt, dann reiß es aus und wirf es von dir! Es ist besser für dich, einäugig ins Leben einzugehen, als mit beiden Augen ins Feuer der Hölle geworfen zu werden!

Renker erhob sich, ging in die Küche. Nur Gettinger war schon auf. Kannst du mir Geld borgen?, fragte Renker, hatte er noch nie getan, aber in zwei Tagen würde Werner mit dem Geld kommen, das Renker regelmäßig bekam. Würde es erst zurückzahlen müssen, hatte man ihm erklärt, wenn er einmal Arbeit hätte. Klar, sagte Gettinger, Kulleraugen, schlurfte in sein Zimmer, kramte unter Bergen von Gewand nach seiner Geldbörse, keuchte mit vollem Mund, aß noch immer. Genug? Danke, sagte Renker, ich geb es dir übermorgen zurück! Schon gut!

Renker ging in den Supermarkt, kaufte Wodka, setzte sich auf die kühle Metallbank unter dem Dach der übernächsten Straßenbahnstation am Gehsteigrand und nahm ein paar Schluck. Hier würde ihn kaum jemand kennen. Vor ihm die Rücken der Wartenden, nackte Waden über staubigen Sandalen. Nur ein Kind mit Schultasche an der Hand der Mutter hatte sich nach ihm umgewandt, ließ ihn nicht aus den Augen, bis die Straßenbahn kam. Renker fuhr sich mit den Fingern durchs Haar, betastete den stoppeligen Bart.

Seht zu, dass ihr keines dieser Kleinen gering schätzt, denn ich sage euch, ihre Engel im Himmel schauen allzeit in das Angesicht meines himmlischen Vaters. Der Menschensohn ist gekommen, das Verlorene zu retten.

Langsam hob die Welt ab, rückten das Kreischen der Straßenbahn, der Lärm der Automotoren in die Ferne, wich bleierne Teilnahmslosigkeit vorsichtigem Beobachten, für einen verstohlenen Augenblick der Vorhang zur Welt gelüftet: Die Spatzen hüpften über den Asphalt, dazwischen vereinzelte Tauben, autobusgroß gegen die kleinen Vögel, wie geschäftige Hausfrauen beim Einkauf, mit jedem Schritt den grauen Kopf vorgestreckt. Der Wodka war zu warm. Wie immer. Ein Kleinkind warf dreimal den Schnuller aus dem Kinderwagen, schrie los, die genervte, junge Mutter lief danach, reinigte das Ding, steckte es dem Kind wieder in den Mund. Machen nur Sorgen, hatte Irmela im Park ihre Mutter zitiert. Seien Sie froh, dass Sie keine haben! Renker tat einen Zug aus der Flasche, hätte am liebsten das Kind aus dem Wagen genommen und ein wenig herumgetragen. Ich bring's gleich wieder! Die junge Frau hätte ihn wohl erschlagen, so, wie er aussehen musste. Dann kam die Tram, zwei Frauen halfen beim Hochheben des Kinderwagens, behinderten sich dabei gegenseitig, lachten. Die durften. Knapp über den Dächern der Häuserzeile gegenüber ein paar verlorene Wolken. Zogen ins Wolkenland, dachte Renker.

Was glaubt ihr wohl? Wenn jemand hundert Schafe besitzt und sich eines davon verirrt, lässt er nicht die neunundneunzig in den Bergen zurück und sucht nach dem verirrten? Hat er es dann glücklich gefunden, wahrlich ich sage euch, er freut sich über dieses eine mehr als über die neunundneunzig, die sich nicht verirrt haben!

Auf der gegenüberliegenden Straßenseite schleppten zwei Männer eine Badewanne, hatten sichtlich großen Spaß dabei, riefen allen Mädchen nach, luden sie in die Wanne ein. Einige sahen angestrengt weg, andere kicherten, riefen ein paar Worte zurück.

Ebenso ist es der Wille eures himmlischen Vaters, dass keines dieser Kleinen verloren gehen solle.

Warten Sie auf die Straßenbahn?, fragte ein Polizist. Renker setzte die Flasche ab, sah zu ihm auf, blinzelte gegen die Sonne. Nein, sagte er. Dann geh weiter, sagte der Polizist.

Wenn dein Bruder sich verfehlt, geh hin und weise ihn unter vier Augen zurecht. Hört er auf dich, hast du deinen Bruder gewonnen.

Renker zögerte kurz, erhob sich wackelig, stützte sich an der Glasscheibe hinter sich ab, in der anderen Hand die Flasche. Er schlitterte die Scheibe entlang, löste sich vorsichtig von ihr. Bei dieser Hitze fuhr der Alkohol direkt ins Hirn, aufstehen durfte man nicht. Er gelangte endlich an die Rückseite des Stationshäuschens, versuchte, die Hausmauer am anderen Rand des Gehsteigs zu erreichen. Sah aus den Augenwinkeln, dass ihn der Polizist aus einigem Abstand beobachtete. Plötzlich kam der Beamte näher, riss ihm die Flasche aus der Hand, leerte den Rest des Wodkas in den Rinnstein. Was tun Sie da?, rief Renker. Ich habe doch nichts … Tat sich mit dem Sprechen schwer. Bevor du sie noch fallen lässt, sagte der Polizist, ohne Renker anzusehen. Du hast genug für heute! Warf die leere Flasche in einen Mülleimer. Renker stand breitbeinig in der Mitte des Gehsteigs, übergeblieben, ausgespuckt. Sah, wie die Menschen einen Bogen um ihn machten. Sozialschmarotzer, hatte er schon hinter sich gehört. Sollen gefälligst etwas arbeiten! Das gibt es in der DDR nicht, hatte seinerzeit einer der Bonzen am Rednerpult neben Renker gesagt, im Arbeiterstaat hat jeder Arbeit! Und nach der Arbeit soffen sie sich mit Wodka vom großen Bruder nieder.

Renker wankte auf den Polizisten zu. Aber was habe ich ... Ausweis!, unterbrach ihn der Beamte.

Hört er aber nicht, sagte Jesus, nimm noch einen oder zwei mit dir, damit alles aufgrund der Aussagen der Zeugen festgestellt wird.

Renker kramte in seiner Hose nach dem Zettel, den er vom Amt bekommen hatte, zog ihn hervor, entfaltete ihn mühsam, reichte ihn dem Polizisten.

Hört er auf diese nicht, dann sage es der Kirche. Hört er auch auf die Kirche nicht, gelte er für dich wie ein Heide oder Zöllner!

Der Polizist nahm das Papier mit zwei Fingern, warf einen angeekelten Blick darauf, drehte es um, gab es Renker zurück. Wo wohnst du? Da vorn, deutete Renker die Hauswand entlang. Verschwinde! Renker nickte, stolperte an die Wand, hangelte sich weiter.

Ich sage euch, was ihr auf Erden bindet, wird auch im Himmel gebunden sein. Was ihr auf Erden löst, wird auch im Himmel gelöst sein.

Traf am Haustor mit Lang zusammen, der eben das Haus verließ. Ist was? Heisere Stimme wie immer. Mir ist nicht gut, wehrte Renker ab. Lang schnippte den Zigarettenstummel über den Gehsteig, grinste. Feiner Rauch aus dem Mundwinkel. So nennt man das jetzt?

Weiters sage ich euch: Alles, worum mich zwei von euch auf Erden einmütig bitten, wird ihnen von meinem himmlischen Vater zuteil werden. Sind zwei oder drei von ihnen versammelt, bin ich in ihrer Mitte.

Renker legte sich auf sein Bett, versuchte stundenlang vergeblich, zu schlafen, hörte Lang wieder heimkommen, alle in der Küche reden, den Fernseher, den allabendlichen Streit ums Programm, in sein Zimmer kam niemand.

Nachts kroch die Angst wieder die Wände herab, geräuschlos, unaufhaltsam, schnürte seine Kehle zu. Er klammerte sich an die Matratze, grub das Gesicht in den Polster, bis er fast erstickte.

Petrus trat dazu und fragte Jesus: Herr, wie oft muss ich meinem Bruder vergeben, wenn er sich gegen mich verfehlt? Bis zu siebenmal? Jesus antwortete: Ich sage dir, nicht bis zu siebenmal, sondern siebzigmal siebenmal. Darum ist das Himmelreich einem König gleich, der mit seinen

Knechten abrechnen wollte. Als er mit der Abrechnung begann, führte man ihm einen vor, der ihm zehntausend Talente schuldete. Weil er nun diese Schuld nicht bezahlen konnte, befahl der Herr, man solle ihn samt Frau und Kind und seinem ganzen Besitz verkaufen und mit dem Erlös die Schulden begleichen. Da fiel jener Knecht vor ihm nieder und bat: Herr, habe Geduld mit mir, ich will alles bezahlen! Da hatte der Herr Mitleid, gab ihn frei und erließ ihm die Schulden. Als aber dieser Knecht hinausgegangen war, traf er einen seiner Mitknechte, der ihm hundert Dinare schuldig war. Und er griff ihn an der Kehle und sagte: Bezahle, was du schuldig bist! Sein Mitknecht fiel vor ihm nieder und bat: Habe Geduld mit mir, ich will alles bezahlen! Er aber wollte nicht und ließ ihn ins Gefängnis werfen, bis er die Schuld bezahlt hätte.

Die Dunkelheit lag Renker wie ein Stein auf der Brust, erstarrt war er, unfähig, Licht zu machen. Auf der Straße die letzte Straßenbahn.

Als nun seine Mitknechte sahen, was geschehen war, wurden sie sehr ungehalten, gingen hin und berichteten ihrem Herrn den ganzen Vorfall. Da ließ ihn der Herr zu sich kommen und sprach: Böser Knecht! Die ganze Schuld habe ich dir erlassen, weil du mich gebeten hast. Hättest du nicht auch mit deinem Mitknecht Erbarmen haben müssen, wie ich mit dir Erbarmen hatte? Und er übergab ihn voll Zorn den Folterknechten, bis er ihm die ganze Schuld bezahlt hätte. So wird auch mein himmlischer Vater mit euch verfahren, wenn ihr einander nicht von Herzen verzeiht.

Neunzehntes Tableau

Die nächsten Tage vergingen träge. Ein Ende der Hitze kündigte sich an, mehrmals regnete es kurz, kühlte etwas ab. Werner war gekommen, hatte Geld gebracht. Man war um den Küchentisch gesessen, Spaghetti bolognese mit Salat.

Renker hatte den Park gemieden. Was hätte er von Irmela noch erfahren können, was sie ihm nicht schon erzählt hatte? Er suchte die staubig grüne Insel dann doch wieder auf, im Schlurfschritt, Kopf eingezogen. War ihm doch Gettinger auf die Nerven gegangen. Waren Seewald und Lang in der Arbeit, lief der Hundertzehnkilomann Renker auf Schritt und Tritt wie ein Hund nach. Schmerzen, Schlaflosigkeit, könne niemand nachvollziehen, meinte Gettinger, wie das ist, Renker hätte ja keine Ahnung! Und dazu der Spott der lieben Kollegen. Hätte ihm gerade noch gefehlt! Lang ein Sadist, verstehst du? Jemand, der es zusammenbringt, ein Mädchen zu vergewaltigen, bedeutungsvolle Miene: Ist ja nicht ganz dicht im Kopf! Siebzehn Jahre soll sie gewesen sein, zeigte mit der Hand Schulterhöhe: So lange blonde Haare. Lang hätte sie im WC einer Disco gewürgt, bis sie bewusstlos war. Wer weiß, was noch alles vorgekommen ist! Bedeutungsvoller Blick. Besorgt sich ja immer noch Pornohefte! Renker versuchte, Gettinger auszuweichen, die Wohnung einfach zu eng. Hatte ihm das Geld zurückgegeben, jedes weitere Wort zu viel.

Bis auf zwei Buben auf den Schaukeln war der Park menschenleer. Renker setzte sich auf eine Bank am Rand zur Straße, halb verdeckt von einem Fliederstrauch, stellte die Flasche unter die Bank.

Als Jesus seine Rede beendet hatte, brach er aus Galiläa nach Judäa auf der anderen Seite des Jordan auf. Eine große Volksmenge folgte ihm, und er heilte sie dort.

Der Wodka schmeckte süßlich, Renker mochte seinen Geruch, lehnte sich zurück. Hatte einen Moment lang überlegt, einmal ein Café aufzusuchen, wollte aber nicht Gefahr laufen, wegen seines

Äußeren rausgeworfen zu werden. Hätte sich rasieren müssen, die Hose bügeln, das Bügelbrett stand immer bereit, hatte sich nicht aufraffen können.

Da traten Pharisäer zu Jesus und fragten ihn, um ihn auf die Probe zu stellen: Darf man seine Frau aus jedem beliebigen Grund entlassen? Er antwortete: Habt ihr nicht gelesen, dass der Schöpfer sie als Mann und Frau schuf und sprach: Darum wird ein Mann seinen Vater und seine Mutter verlassen und seinem Weib anhängen, und die beiden werden von einer Art sein. Also sind sie nicht mehr von zwei Arten, sondern von einer. Was Gott zusammengefügt hat, soll der Mensch nicht trennen.

Renker trank. Hier beobachtete ihn keiner dabei, zumindest konnte er niemanden sehen, nur die Kinder sprangen umher. Allein die Tätigkeit des ununterbrochenen Hüpfens musste glücklich machen: die Erde nur so kurz wie möglich berühren. Sah den beiden zu, setzte die Flasche wieder an. Den Boden verlassen. Die Sonne stand schon tiefer als noch vor einigen Tagen, zumindest bildete er sich das ein.

Da entgegneten die Pharisäer Jesus: Warum hat Moses geboten, der Frau einen Scheidebrief zu geben und sie zu entlassen?

Eine alte Dame durchquerte den Park, halb geöffneter Mund, viel zu warm angezogen.

Jesus antwortete ihnen: Moses hat euch wegen eurer Hartherzigkeit erlaubt, eure Frauen zu entlassen. Von Anfang an war es nicht so. Ich aber sage euch, wer seine Frau entlässt, auch wegen Unzucht, und eine andere heiratet, begeht Ehebruch, und wer eine Entlassene heiratet, bricht die Ehe ebenso.

Irmela kam. Wie der Sechsuhrzug, dachte Renker. Selbst schuld, wäre er nicht gekommen. Hallo! Renker nickte, stellte die Beine vor die Flasche. Darf ich?, fragte sie, setzte sich, ohne Antwort abzuwarten. Wie geht es Ihnen? Danke, sagte Renker. Sie trug dasselbe gelbe Kleid wie letztes und vorletztes Mal. Sie sehen erholter aus, sagte sie.

Da sprachen die Jünger zu Jesus: Wenn es so steht zwischen Mann und Frau, dann ist es nicht gut, zu heiraten.

Ich habe Ihnen etwas mitgebracht! Irmela fingerte kichernd in ihre winzige Tasche, zog einen Zettel hervor, faltete ihn auseinander, las vor, setzte die Worte bedächtig: Herr, falls es dich gibt, rette meine Seele, falls ich eine habe! Stille. Renker sah sie an, ihre schrägen Augen gespannt, wie er reagierte, wusste nicht, was er sagen sollte. Sie lauerte einen Atemzug lang, zwei, prustete dann los: Entschuldigen Sie! Bog sich vor Lachen, hob die Beine waagrecht. Das fiel mir in die Hände, und ich musste es Ihnen einfach bringen, wo Sie doch gesagt haben, dass Sie nie beten! Klopfte sich auf die dünnen Schenkel. Wäre das nichts für Sie? Hielt unvermittelt inne, leise: Ich wollte Sie nicht kränken. Nein, nein, sagte Renker mit schiefem Mund. Irmela stopfte den Zettel wieder in ihr Täschchen: Das soll angeblich ein Jesuit vor dem Sterben gebetet haben, sicher ein dreifacher Doktor, sind die doch alle mindestens. Also Sie sehen, Sie wären in guter Gesellschaft!

Jesus aber sprach zu den Jüngern: Nicht alle fassen dieses Wort, sondern nur die, denen es gegeben ist. Es gibt nämlich Geschlechtslose, die vom Mutterleib her so geboren sind, und es gibt solche, die durch Menschenhand so geworden sind. Und es gibt endlich Geschlechtslose, die sich selbst dazu gemacht haben, um des Himmelreichs willen. Wer es fassen kann, der fasse es.

Ich habe einmal einen Jesuiten persönlich kennengelernt, erzählte Irmela. Pater Alfred. Auch ein doppelter Doktor. Machte Rundfunksendungen und so. Jeden Sonntag. Immer donnerstags haben wir sie aufgenommen. Wir haben dort Gospel gesungen! Nickte Renker begeistert an. Ach so, ich habe Ihnen ja noch nicht erzählt, ich meine unsere Bibelrunde! War eine schöne Arbeit. Kennen Sie doch sicher! Sang: Go, tell it on the mountains! Klatschte dazu in die Hände. Die beiden Buben an der Schaukel schauten herüber. Over the hill, traf die Töne nicht ganz. Wissen Sie, strahlte sie ihn an, die Leute stellen sich uns Kerzerlschlucker, sie dehnte das Wort in die Länge, total verkrampft vor. Legte den Kopf schräg, verdrehte die Augen. Gibt's schon! Heilige Nockerln hat Pater Alfred solche Typen genannt.

Aber die sind wirklich die Ausnahme, sag ich Ihnen! Wegwerfende Handbewegung. Hielt kurz inne, schaute links, rechts, senkte vertraulich die Stimme: Habe mir sogar „Life of Brian“ angesehen. Platzte heraus: Monty Python, kennen Sie doch? Nein, sagte Renker. Sie kicherte. Also, mir hat’s echt gefallen!

Hierauf brachte man kleine Kinder zu Jesus, damit er ihnen die Hände auflegen und über sie ein Gebet sprechen möge. Die Jünger aber schalten die Leute.

Meine Lieblingsstelle, lachte Irmela, ist die Szene, in der Brian zur Menschenmenge vor seinem Fenster ruft: Ihr seid doch alle Individualisten! Und ein Einzelner schreit zurück: Ich nicht!

Jesus aber sprach: Lasst die Kinder zu mir kommen und hindert sie nicht daran, denn ihrer ist das Himmelreich. Er legte ihnen die Hände auf. Dann zog er weiter.

Irmela krümmte sich vor Lachen, hielt plötzlich inne, hob die dünnen Beine: Da läuft etwas aus! Am Asphalt unter der Bank hervor ein dünnes Rinnsal wie Wasser. Renker fasste mit schnellem Griff hinter seine Füße, hob die Flasche auf. Ist das Ihre?, fragte Irmela. Ja, zögerte Renker, verlegen, ging sie nichts an, hätte besser gelogen. Was ist das?, fragte sie. Wodka! Wodka? Ja! Renker suchte mit den Augen den Boden unter der Bank ab, war ihm peinlich. Wie schmeckt Wodka?, fragte Irmela. Renker lächelte. Hatte ihn noch nie jemand gefragt. Hatte im Mercedes immer ein, zwei Flaschen davon gehabt. Bars in Hotelzimmern waren im Osten ein Fremdwort gewesen.

Meistens gut, sagte er, entdeckte den Verschluss, hatte leichte Schwierigkeiten, ihn auf die Flasche zu schrauben. Irmela sah ihm interessiert zu. Und wann nicht?, fragte sie. Renker schwieg. War einmal so betrunken gewesen, Senftenberg, dass er in der Früh nicht wusste, wo er war: fremdes Hotelzimmer, sein aufgerissener Koffer neben dem Bett, vor dem Fenster ein asphaltierter Platz, den er noch nie gesehen hatte, auf dem Tisch ein Zettel mit einer fremden Telefonnummer. Hat sie nie angerufen. Was hätte er auch sagen sollen? Wer bist Du? Kann mich nicht mehr an dich erinnern. Blödsinn!

Wenn man trinken muss, sagte er dann. Irmela sah ihn an. Müssen Sie trinken? Nein, lächelte er. Glaubte sie ihm ohnedies nicht. Kann aufhören, wann ich will, hatte er Daniela versichert, als sie wieder einmal um die Post kam. Jederzeit! Flasche in der Hand, genau wie jetzt. Dann hör auf, hatte Daniela gesagt, war gegangen. Nach seinem fünften Glas war Renker am Tisch eingeschlafen.

Irmela nickte. Mein Vater hat immer Obstler getrunken. Sie zeigte auf die Flasche: Sah genauso aus.

Und siehe, es trat jemand zu Jesus und fragte ihn: Meister, was muss ich Gutes tun, um ewiges Leben zu erlangen? Und Jesus antwortete: Was fragst du mich über das Gute? Einer ist der Gute. Willst du aber ins Leben eingehen, halte die Gebote. Welche?, fragte ihn der Mann weiter.

Ist viel ausgeronnen?, setzte Irmela schnell drauf, wollte sichtlich nicht über ihren Vater sprechen. Renker hielt die Flasche hoch. Ja, log er. Erinnerte sich, dass vorher auch schon nicht viel mehr übrig gewesen war.

Jesus antwortete: Du sollst nicht töten, nicht ehebrechen, nicht stehlen, kein falsches Zeugnis ablegen. Du sollst Vater und Mutter ehren und deinen Nächsten lieben wie dich selbst.

Als Mädchen, erzählte Irmela, ist mir einmal bei einem Schulausflug plötzlich Himbeersirup unten aus meinem Rucksack getropft! Sie lachte. Alle Brote, Schokolade und Schnitten, die mir meine Mutter mitgegeben hatte, waren ein Brei! Müssen Sie sich einmal vorstellen! Renker lächelte. Kann ich mir vorstellen, sagte er.

Der Jüngling erwiderte Jesus: Dies alles habe ich gehalten. Was fehlt mir noch?

Und erst meine Puppe, wieherte Irmela, die ich immer mitgeschleppt habe, war rot wie eine Indianerin!

Jesus antwortete ihm: Willst du vollkommen sein, geh hin, verkaufe alles, was du besitzt, und gib es den Armen. So wirst du einen Schatz im Himmel haben. Dann komm und folge mir! Als der Jüngling das hörte, ging er betrübt weg. Er besaß nämlich ein großes Vermögen.

In einem Bach im Wienerwald, erzählte Irmela, habe ich dann alles ausgewaschen! Und hungrig heimgekommen bin ich. Trinken Sie viel? Wie bitte?, schaute Renker auf. Irmela schüttelte den Kopf. Entschuldigen Sie, geht mich ja nichts an! Renker stellte die Flasche auf den Boden. Ging sie wirklich nichts an. Wollte weg, fürchtete aber, nicht gerade gehen zu können. Keiner sagte etwas. Klang wie ein Zugeständnis.

Jesus sprach zu seinen Jüngern: Wahrlich, ich sage euch, ein Reicher wird schwer ins Himmelreich eingehen. Wiederum sage ich euch: Eher geht ein Kamel durch ein Nadelöhr als ein Reicher in das Reich Gottes!

Sie können ruhig einen Zug machen! Irmela lächelte ihn an. Hab ich einmal einen kennengelernt, der hat sein ganzes Leben am Zentralfriedhof eingesegnet. Renker bückte sich nach der Flasche, öffnete den Verschluss. Pater Wenzel, hörte er Irmela, aus Tschechien. Das muss einer erst einmal aushalten! Zum Wohl! Danke, sagte Renker belustigt, Freibier im Park, fehlten nur noch die Grillwürstchen. Nahm einen Schluck, kam sich vor wie in einer Auslage. Gewohnt hat er, sagte Irmela, in einem winzigen Kammerl in einem Kloster im dritten Bezirk, wo wir damals auf Exerzitien waren. Da ist er, sie kicherte in die vorgehaltene Hand, an einem Morgen im Vorgarten in einer Staude gelegen. Nur die Beine haben rausgeschaut. Ist mir geworden plötzlich schlecht, hat er dann gesagt. Sie bewegte eine Hand vom Mund weg. Aber so eine Fahne hat er gehabt! Grinste. Was sollte der arme Kerl denn sonst machen? Hatte ja nichts außer seinen Leichen! Nur geraucht hat er noch. Wie ein Schlot! Aber das tun die aus dem Osten alle!

Als die Jünger Jesus gehört hatten, erschraken sie sehr und sagten: Wer kann denn dann gerettet werden? Jesus sah sie an und sprach: Bei den Menschen ist es unmöglich, aber bei Gott sind alle Dinge möglich!

Hat sich irgendwann einmal zu Tode gesoffen, sagte Irmela. Hab ich gehört. Vielleicht war's für ihn auch ein schöner Tod. Dann ist er selbst eingegraben worden.

Da nahm Petrus das Wort und sprach zu Jesus: Sieh, wir haben alles verlassen und sind dir nachgefolgt. Welcher Lohn wird uns zuteil werden?

Darf ich riechen?, fragte Irmela. Was, den Wodka? Mhm! Renker reichte ihr die Flasche. Harry hatte immer riechen wollen: Körnchen, schmeckte ihm nicht, vom Bier zum Essen war ihm dann der Schaum an der Nase geklebt. Siehst du, das kommt davon! Hatte ihm gefallen, wollte es gleich wieder tun. Jetzt ist aber genug!

Irmela ergriff vorsichtig die Flasche. Wie ein Pfarrer den Messkelch, dachte Renker. Fehlten nur noch Geklingel und Weihrauch. Hatte er im Fernsehen gesehen. Anstalt Ybbs, Aufenthaltsraum. Eine der Patientinnen hatte darauf bestanden, sich alle TV-Gottesdienste anzuschauen. Streitereien waren programmiert gewesen.

Jesus erwiderte den Jüngern: Wahrlich, ich sage euch, ihr, die ihr mir gefolgt seid, werdet bei der Neugestaltung der Welt, wenn der Menschensohn auf dem Thron seiner Herrlichkeit sitzt, auf zwölf Thronen sitzen und die zwölf Stämme Israels richten.

Irmela hielt die Nase an die Öffnung. Riecht interessant! Darf ich mal? Hielt den Kopf schräg. Ich habe aber kein Glas, sagte Renker. Macht nichts, sagte Irmela, setzte die Flasche an, verzog das Gesicht, schluckte mit zusammengekniffenen Augen, setzte ab, hustete, streckte Renker die Flasche entgegen. Er sah ihr lächelnd zu, wie sie sich in die Lehne fallen ließ, die Zunge aus dem halb geöffnetem Mund streckte. Gott im Himmel, röchelte sie. Das können Sie trinken? Renker lachte. Konnte sich nicht mehr erinnern, wann er das letzte Mal gelacht hatte.

Jeder, der um meines Namens willen Häuser, Brüder, Schwestern, Vater, Mutter, Frau, Kinder oder Äcker verlassen hat, wird hundertfach empfangen und ewiges Leben erben.

Ich muss gehen, sagte Irmela, hoffentlich kann ich es jetzt noch! Erhob sich auf ihre dünnen Beine, zupfte das Kleid zurecht. Pfüat'di! Kicherte. Wissen Sie, was das heißt? Hab ich schon mal gehört, sagte Renker. Behüt dich Gott, sagte sie. Sie ging, das Täschchen in der Hand, hinkte leicht, winkte noch einmal über die Schulter.

Die Ersten werden die Letzten sein und die Letzten die Ersten.

Zwanzigstes Tableau

Renker blieb noch sitzen, bis die Dämmerung begann, über die Dächer zu kriechen.

So war er in Berlin auf einer Bank gesessen, als sie ihn entlassen hatten. Vielleicht suchte er deshalb immer wieder den Park auf. Dieses Gefühl immer wieder erleben, verarbeiten, wie Irmela gemeint hatte, obwohl er damals genauso verzweifelt war wie glücklich, zweite Geburt ins Leere, die Schmerzen waren fast unerträglich gewesen. War vorher minutenlang nur getorkelt, stechende Schmerzen in der Brust, die Oberlippe geplatzt. Sah sich nicht mehr um. Wie ein Verdurstender das Wasser saugte er den Himmel über sich ein, liefen seine Wolken ihm mit dem Blut das Gesicht hinunter. Die Arme an den Oberkörper gepresst, paralysiert, zwischen den hupenden Autos über die Straßen: Mensch, haste keene Augen im Kopp? Plötzlich mehr Schritte als fünf in eine Richtung, ohne an die Zellenwand zu stoßen, in die Tür mit dem Guckloch zu treten, elende Ärsche alle! Verhasste Schleuse in die neongefrorenen Gänge, Därme dieses Molochs. Hatte bis zuletzt nicht gewusst, wo er war. Jetzt, Jahre danach, wusste er nicht mehr, wer er war. Keinerlei Kontakt zur Außenwelt damals, kein Baum, kein Strauch, kein Grashalm, die Jahreszeiten nur noch klischeehafte Erinnerung. Immer dieselben Schließer, Kalfaktoren: Komm' Se, geh'n Se, ess'n Se! Immer die gleichen Verhöre, später gar nichts mehr, lebendig begraben, Irrsinn des Nichts. Zwischen sechs und zweiundzwanzig Uhr kein Hinlegen, nachts nur auf dem Rücken liegen, jeder Verstoß sofort von außen lautstark unterbunden. Die zwanghafte Wiederkehr jedes Tages, messerscharf wie das Lot eines Pendels. Mitgefangene nur als Schreie, Klopfzeichen durch die Wände. Scheinbare Informationen nur als plumpe Vertraulichkeiten der Schließer: Lass dich doch abschieben, dann kriegste ooch Spinat mit Ei! War die Welt draußen untergegangen, in Beton erstickt, gehirntot. Dann plötzlich die Scheidung, auch schon wieder lange her: Papiere auf den Zellentisch geworfen,

Kugelschreiber darüber. Unterschreib'n Se! Ich hole es später wieder ab! Was ist das? Das Formular für die Einleitung Ihrer Scheidung! Das was? Der Schließer ging wieder. Renker hatte ihn für sich Pferd getauft, wegen seines Gesichts. Namen wurden offensichtlich aus Sicherheitsgründen nie bekannt gegeben.

Renker sprang zum Tisch, fraß das Papier in sich hinein, als wäre es ein Brief aus der Heimat. Schläge von der Mutter sind auch eine Form der Zuwendung. Hatte nicht einmal gewusst, ob Daniela überhaupt noch lebte. Ersatzloses Abtreten der Immobilien an Daniela, las er, darunter die Beschreibung der Objekte. Stand auf dem Stuhl dicht unter der Lampe, tat sich ohne Brille schwer. Wusste nicht, was er denken sollte, war so plötzlich gekommen, hatte sich seine Scheidung anders vorgestellt. Ertappte sich dabei, fast froh darüber zu sein, alles zu verlieren, besser, als es fiele an den Staat. Weit war er gekommen. Wusste er, wer mittlerweile dort eingezogen war? Hatte schon Schauermärchen über ähnliche Situationen gehört. Unter vorgehaltener Hand: War die einzige Chance, den Laden zu retten!

Das Himmelreich gleicht einem Hausvater, der frühmorgens ausging, um Arbeiter für seinen Weinberg zu dingen.

Das soll'n Se unterschreiben! Pferd war ungehalten. Wie lang denn noch? Und Renker unterschrieb. Sein Name am unteren Ende der Seite wirkte wie ein Gruß aus der Vergangenheit, wackelige Schrift, Liebesbriefe von Großmutter, verstaubtes Bündel am Dachboden. Siebenhundertelf. Eine Woche später wurde er zur Verhandlung abgeholt, aufgeregt wie ein Kind zur Geburtstagsfeier: ein Richter, zwei Schöffen. Daniela mit Sonnenbrille und schwarzem Schleier wie zu einem Trauerfall, hätte auch eine andere sein können, wechselte kein Wort mit ihm, wandte sich ihm nie zu. Das Gericht studierte lediglich die Protokolle, stellte dabei die Zerrüttung der Ehe fest, sprach die Scheidung aus. Dauerte keine fünf Minuten, danach wurde Renker wieder abgeführt.

Nachdem der Hausvater nun mit den Arbeitern einen Taglohn von einem Denar vereinbart hatte, schickte er sie in seinen Weinberg. Als er um die dritte Stunde ausging, sah er andere auf dem Marktplatz unbeschäftigt stehen, und sagte zu ihnen: Geht auch in meinen Weinberg, und ich will euch geben, was recht ist. Sie gingen hin.

Berlin wirkte wie ein Ameisenhaufen, fremdelte, erkannte ihn nicht mehr. Die alte Hose war ihm zu weit geworden, der Mantel schlotterte. Als er sich schließlich auf eine Bank fallen ließ, pochte sein Herz bis zum Hals. Er spuckte Blut, seine Lippe unförmig angeschwollen, versuchte er, sein Gesicht zu verbergen. Pferd hatte ihm zum Abschied am Gang vor der Zelle mit dem Knüppel ins Gesicht geschlagen, ansatzlos, und als Renker nach hinten fiel, war ihm ein Kalfaktor, selbst ein Häftling, mit beiden Beinen auf die Brust gesprungen. Sie sind jefallen, versteh'n Se? Renker zusammengekrümmt am Boden. Wenn du etwas anderes erzählst, ergänzte Pferd, zum Abschied per du, geht es deinen Lieben ebenso. Klar?

Um die sechste und neunte Stunde ging der Hausvater wiederum aus und machte es so wie vorhin.

Renker hatte Angst. Angst vor einer Welt, auf der er vor einer Ewigkeit gespielt hatte wie auf seinem Instrument. Entschuldigen Sie! Wandte sich an eine junge Frau, Einkaufstüte, Hütchen. Welches Datum haben wir heute? Sie sah ihn entsetzt an: Schlechte Nacht jehabt, wa? Es waren über drei Jahre gewesen. Das Ende genauso abrupt wie der Beginn. Tschüss!

Als der Hausvater um die elfte Stunde ausging, fand er noch andere dastehen und sprach zu ihnen: Was steht ihr hier den ganzen Tag müßig herum? Sie antworteten: Es hat uns niemand zur Arbeit gedungen. Er sagte zu ihnen: Geht auch ihr noch in den Weinberg.

Schmerzen, aber auch Hunger trieben Renker zu seinem ehemaligen Haus. Er humpelte durch die halbe Stadt, zitterte vor Erregung, fiebriges Gefühl, mussten Rippen gebrochen sein, stand schließlich über eine Viertelstunde lang in sicherer Entfernung davor, starrte es an, schien ihm wie ein Traum, vergilbt, alt geworden wie er selbst. Die Tatsache, dass es einfach da vor ihm stand, schnürte ihm die Brust zusammen.

Als es dann Abend geworden war, sprach der Herr des Weinbergs zu seinem Verwalter: Rufe die Arbeiter zusammen und zahle ihnen den Lohn aus, von den letzten angefangen bis zu den ersten.

Renker läutete an der Tür, hielt die andere Hand vor den Mund, presste die Beine zusammen, fürchtete, sonst die Hose zu verlieren. Ein Mädchen öffnete, wirkte wie Personal, dezente Kleidung, flache Schuhe, zwei Kopf kleiner als er. Ja bitte? Raimund Renker. Brachte vor Aufregung kaum die Wörter über die Lippen. Ist Daniela zu sprechen? Ist verreist, sagte das Mädchen, musterte ihn mit kaum verhohlenem Abscheu. Sie sind Raimund Renker? Renker nickte. Pause, Renker wollte schon gehen, hatte ja keinen Sinn. Können Sie sich ausweisen?, fragte das Mädchen. Was soll ich? Ob Sie sich ausweisen können! Renker fingerte langsam seinen Personalausweis aus der Manteltasche, hatte ihn als letzte seiner Habseligkeiten zurückbekommen, öffnete ihn halb. Weit hatte er es gebracht. Das Mädchen nickte. Dann soll ich Ihnen etwas geben! Einen Moment, bitte!

Da kamen die um die elfte Stunde Eingestellten und erhielten je einen Denar.

Das Mädchen verschwand wieder, zog die Tür hinter sich zu. Sich an der eigenen Haustür ausweisen müssen. Renker steckte das Etui wieder ein. Neben ihm die Sträucher waren ausgerissen.

Als nun die Ersten kamen, meinten sie, sie würden mehr erhalten. Doch auch sie erhielten je einen Denar. Als sie ihn bekommen hatten, murrten sie gegen den Hausvater und sagten: Diese Letzten haben nur eine einzige Stunde gearbeitet, und du hast sie uns gleichgestellt, die wir die Last und Hitze des ganzen Tages getragen haben.

Die Tür öffnete sich wieder einen Spalt. Das Mädchen reichte Renker eine Schachtel heraus, mit Spagat zugebunden, und eine Plastiktüte mit einem in Papier gewickelten, länglichen Gegenstand darin. Renker nahm sie entgegen. Was ist mit Ihrer Lippe passiert?, fragte das Mädchen mit verzogenem Gesicht. Ich bin gefallen, sagte Renker. Sie nickte. Wiedersehen! Wiedersehen, sagte Renker. Tür zu.

Der Hausvater aber entgegnete einem von ihnen: Freund, ich tue dir nicht Unrecht! Bist du nicht um einen Denar mit mir übereingekommen?

Renker humpelte die Straße hinunter, suchte eine Bank, setzte sich, zog seine alte Brille aus dem Mantel, riss hektisch das Paket auf. Obenauf lag ein dickeres Bündel Banknoten, ein Zettel, Danielas Schrift: Habe Auto und Studiogeräte verkaufen müssen, hätte sonst Haus nicht erhalten können. Anbei Rest des Erlöses. Daniela. Ein paar Rechnungen, Namen, die er nicht kannte, sonst nichts. Kein: Endlich bist du wieder da! Was hatte er sich auch erwartet? Schaute lang den Zettel an, es wurden nicht mehr Zeilen. Darunter Briefe an ihn, alle Kuverts noch ungeöffnet, Jahre alt, ein paar von Freunden, die zum damaligen Zeitpunkt sichtlich noch nicht gewusst hatten, was mit Renker geschehen war, belanglos, hallo Alter! Plauderton aus einer untergegangenen Welt. Mehrere Anfragen wegen Auftritten, Eisenbahnerball, Kränzchen der Kriegerwitwen, alles längst nicht mehr wahr. Renker standen die Tränen in den Augen, die Hölle hinter sich, das Leben draußen verstorben. Es war wie Geburtstagspakete öffnen. Als einziger wiedergeboren. Mittendrunter ein Brief von Yvonne, über zwei Jahre alt: Herrn Raimund Renker. Als Absender stand nur der Name. Renker schloss die Augen, wartete ein paar Atemzüge, bis er den Umschlag öffnete, den Brief herausriss: Du bist Vater geworden. Ich habe mich entschlossen, das Kind zu bekommen, es ist das kleinere Übel. Es ist ein Bub, ich habe ihn Harald getauft. Keine Unterschrift.

Nimm dein Geld und geh, sagte der Hausvater. Ich will diesem Letzten ebenso viel geben wie dir. Oder darf ich etwa mit meinem Geld nicht tun, was ich will?

Renker saß wie eine Statue, vornübergebeugt, hatte das Gefühl, sich nie wieder erheben zu können. Ihm war plötzlich schlecht, war sicher das viele Blut, das er geschluckt hatte, sicher. Fürchtete, sich übergeben zu müssen, nichts im Magen. Die Schuhe an seinen Füßen waren schmutzig, drei Jahre in irgendeinem Regal verstaubt, bis das Leder hart geworden war. Taten ihm bei jedem Schritt weh, morgen, dachte er, würde er Blasen haben. Wollte nur an seine Schuhe denken.

Bist du etwa neidisch, weil ich gut bin? So werden die Ersten die Letzten und die Letzten die Ersten sein. Viele sind berufen, aber nur wenige auserwählt!

Der Lehmboden unter der Bank war abgetreten. Von Gras schon längst keine Spur mehr. Wenn es regnete, musste man hier im Dreck sitzen. Kam niemand auf die Idee, ein paar Scheißplatten zu legen? Jahrelang hätte Daniela gern selbst Kinder gehabt, Renker nicht: Noch nicht so weit, erst das Haus. Später hatte man dann nicht mehr darüber gesprochen. Dieses Getue um die Mädchen, hatte sie dann sogar selbst angefangen, nachts im Bett. Ständig ist Margot rum um sie! Eifersucht.

Na, wann geht denn ihr endlich in die Produktion?, hatte Armin einmal zu Daniela gemeint, gegrinst, Geste auf seine Töchter, sprangen gerade im Sand umher: Papi guck mal hier und Papi guck mal da! Was hatte denn der für Ahnung? Vorstandsmitglied der Warnow Werft. Mit voller Hose ist gut stinken. Hätte zehn Kinder auch locker verkraftet. Als Musiker bist du über Nacht im Arsch zu Hause, hatte Renker geantwortet, im Arsch! Wie sprichst du denn, hatte sich Daniela mokiert, ein Glas Campari in der Hand. Die Kinder! Ist doch wahr, hatte Renker gesagt. Dann stehst du irgendwann einmal da und weißt nicht, wie du die ganze Bande durchbringst! Daniela hatte geschwiegen. In unserem Kinderzimmer steht der Studiotisch, hatte sie dann gesagt.

Harald hieß er. Musste jetzt zwei Jahre alt sein. Hatte ihn eingeholt, ihn, der die Haralds dieser Welt ständig auf morgen verschoben hatte. Wie schauen zweijährige Kinder aus? Hatte seinen Vater noch kein einziges Mal gesehen. Vielleicht hatte er die schwarzen Haare seiner Mutter? Kinder sind doch immer blond. Blödsinn! Blut tropfte von seiner Lippe auf seinen rechten Schuh. Wenn es doch nicht Yvonne gewesen war, die ihn bei der Stasi angezeigt hatte, wusste sie höchstwahrscheinlich bis jetzt nicht, wo er die ganzen Jahre gewesen war.

Einfach verschwunden. Arschloch. Das Letzte. Kein Wort auf den Brief.

Er hörte den Plastiksack von der Bank fallen, hob ihn nach einer Weile auf, holte den eingewickelten Gegenstand heraus, es war seine Trompete.

Als Jesus nach Jerusalem hinaufzog, nahm er die zwölf Jünger unterwegs beiseite und sagte zu ihnen: Seht, wir gehen hinauf nach Jerusalem. Der Menschensohn wird den Hohepriestern und Schriftgelehrten übergeben werden, und sie werden ihn zum Tod verurteilen.

Renker blieb sitzen, bis es dunkel war, und kein Mensch beachtete ihn.

Sie werden den Menschensohn den Heiden ausliefern, um ihn zu verspotten, zu geißeln und zu kreuzigen. Am dritten Tage wird er jedoch auferstehen.

Renker erhob sich mühsam, es wurde kalt. Bei jeder Bewegung stach es ihm durch die Brust. Er hatte alle Knoten der Spagatschnur des Pakets gelöst, band sie sich wie einen Gürtel um die zu weite Hose, steckte die Briefe zu der Trompete in den Sack, schlurfte weiter.

Da trat die Mutter der Söhne des Zebedäus mit ihren Söhnen zu Jesus, fiel ihm zu Füßen und wollte sich etwas von ihm erbitten.

Renker ging durch die Straßen, achtete nicht darauf, wo. Konnte nur flach atmen. Betrat schließlich durchfroren eine kleine Gastwirtschaft. Vermieten Sie auch Zimmer? Die Stube war überheizt und rauchig. Die dicke Besitzerin musterte ihn misstrauisch. Er zog einen Schein aus dem Sack, zahlte gleich im Voraus. Hatte sie wohl nicht von Typen wie ihm erwartet. Er aß eine Wurst mit Salat, ohne den Mantel auszuziehen, ließ die Hälfte davon stehen, konnte nicht mehr, zog sich am Geländer in den ersten Stock hinauf. Zimmer fünfzehn, gleich links! Sie sollten zum Arzt gehen! Jaja, sagte Renker.

Jesus fragte die Frau des Zebedäus: Was wünscht du? Sie antwortete ihm: Bestimme, dass diese meine beiden Söhne einst in deinem Reich dir zur Rechten und zur Linken sitzen sollen!

Das Zimmer war schmal und dunkel, roch nach Mottenpulver. Renker zog sich aus, wusch sich an einem Waschbecken neben dem Bett, kühlte die aufgesprungene Lippe unter dem aufgedrehten Wasserhahn, putzte, so gut es ging, die Blutflecken aus dem Mantel, hängte ihn über einen Haken an der Tür.

Jesus antwortete den Söhnen: Ihr wisst nicht, worum ihr mich bittet! Könnt ihr den Kelch trinken, den ich trinken werde? Sie antworteten: Ja, wir können es!

Renker legte sich vorsichtig aufs Bett, nach drei Jahren das erste Mal Bettzeug, als wär's das teuerste Hotel. Hätte es sogar genossen, knatternden Lärm vorbeifahrender Autos zu hören, bekam aber alles nicht mit.

Da sprach Jesus zu den Söhnen: Meinen Kelch werdet ihr zwar trinken, aber die Sitze zu meiner Rechten und Linken habe ich nicht zu vergeben. Über diese bestimmt mein Vater.

Er schlief unruhig, wachte auf, als es draußen langsam hell wurde. Schwerer Kopf, verspannte Gliedmaßen trotz des weichen Betts, oder vielleicht gerade deswegen, drängte sich ihm auf, war es nicht mehr gewöhnt. Bildete sich ein, die Schmerzen in seiner Brust wären stärker geworden, kroch aus dem Bett, fluchte auf Pferd und seinen Kollegen, hatte nie viel gesprochen, der andere. Junger Typ, Scheißkerl, wer machte denn sonst schon so eine Drecksarbeit!

Renker versuchte durchzuatmen, stechender Schmerz. Über den Bodenbrettern lagen bunte Flickenteppiche. Fremdes Spiegelbild über dem Waschbecken, Jahre nicht gesehen: die Lippe dick angeschwollen, die Wunde aber etwas mehr geschlossen, bildete er sich zumindest ein. Tief liegende Augen eines fremden Wesens, unrasiert, der Haaransatz weit nach hinten gekrochen.

Als die zehn Jünger die Söhne des Zebedäus gehört hatten, wurden sie unwillig über die beiden Brüder.

Renker hängte den Kopf unter den Wasserhahn. Verkehrslärm von der Straße, Frauenstimmen draußen am Gang, unwirklich, wie im Film.

Jesus aber rief die Jünger zu sich und sprach: Ihr wisst, dass die Fürsten die Völker regieren und die Großen Gewalt über sie ausüben. Nicht so soll es bei euch sein. Wer bei euch groß sein will, soll euer Diener sein. Wer Erster sein möchte, euer Knecht.

Renker zog sich unter Schmerzen an, knüpfte die Schnur um die Lenden, steckte die Geldscheine ein, humpelte die Stiege hinunter ins Gastzimmer.

Auch der Menschensohn ist nicht gekommen, bedient zu werden, sondern zu dienen und sein Leben als Lösegeld hinzugeben für viele.

Die Stube war gut besucht, die Wirtin geschäftig unterwegs. Kaffee? Bitte, sagte Renker. Es erkannte ihn niemand mehr, war sich nicht sicher gewesen, stiller Bruder Hoffnung, oder war's nur die Gewohnheit: Wo war'n Se denn so lang? Lächerlich, so wie er aussah. Was hätte er auch sagen dürfen: Verreist? Vielleicht: Im Westen, sehen Sie mich doch an! Die Leute an den Tischen um ihn schauten durch ihn durch, riskierten höchstens einmal einen verstohlenen Blick auf seine Lippe. Kein: Ach sind Sie nicht? Schnee von gestern. Drei Jahre tot, und selbst das Grab findet niemand mehr. Vielleicht erzählt Yvonne Harald, sein Vater wäre verstorben.

Als sie dann von Jericho wegzogen, folgte ihnen eine große Volksmenge. Und siehe, es saßen zwei Blinde am Weg.

Der Kaffee war heiß, tat gut, vertrauter Geruch.

Als die Blinden hörten, dass Jesus vorbeikomme, riefen sie laut: Herr, Sohn Davids, erbarme dich unser!

Eine Tageszeitung auf der Anrichte an der Wand. Renker holte sie zu sich, andere Gedanken, würde sonst noch verrückt. Kramte seine Brille heraus.

Das Volk herrschte die Blinden an, sie mögen still sein. Sie riefen aber nur noch lauter: Herr, Sohn Davids, erbarme dich unser!

Berichte über lauter Fremde, Renker kannte keinen einzigen Menschen. Betriebsfeiern, standen alle aufgefädelt zum Foto bereit, die Langen hinten, kannte er von früher, lächelten: Dreijahresplan erfüllt. Ein Bild wie das andere. Von Weltpolitik kein Wort. Sittich entflogen.

Da blieb Jesus stehen, rief die Blinden herbei und fragte sie: Was wollt ihr, dass ich euch tun soll?

Kommentar zur Neugestaltung von Busstationen, Kochrezept: Gemüsebrühe.

Die Blinden antworteten Jesus: Herr, unsere Augen sollen aufgetan werden!

Junger Mann, rief die Wirtin im Vorbeieilen, Sie haben ja die Zeitung von voriger Woche! Kehrte um, jonglierte die Tassen auf einem kleinen Silbertablett kunstvoll im Halbkreis, brachte die neue. Tschuldig'n Se! Danke, sagte Renker. Fand keinen Unterschied zur alten Zeitung, legte die Brille beiseite.

Da fühlte Jesus Mitleid mit den Blinden, berührte ihre Augen, und sogleich konnten sie sehen und folgten ihm nach.

Einundzwanzigstes Tableau

Renker blieb noch einige Tage in der Pension, wartete ab, bis seine Lippe einigermaßen abgeschwollen war, hatte sich Schlaftabletten besorgt, Faustan, andere hatte es nicht gegeben, verließ das Zimmer nur, um Zigaretten zu kaufen, einmal neue Kleidung. Warenhaus, zu viele Menschen, war es ihm früher lachhaft erschienen: Solltest mal Neckermann in München erleben! Furchteinflößend jetzt wie einem Kind, eine Armlänge zu weit von der Mutter entfernt. Schuhe gab's immer noch die gleichen, klobigen Modelle. Warf die alten weg, hart das Leder, mussten im Feuchten gestanden haben, ewig schade, waren aus Stuttgart gewesen, italienisches Modell. Flüchtete auf sein Zimmer, dicht an den Häuserwänden entlang, wie die Ratten, setzte sich auf einen Stuhl am Fenster, die Scheiben dürften schon längere Zeit nicht geputzt worden sein, zog den Kopf ein. Hatte sich jahrelang vorgestellt, was er alles unternehmen würde, wäre er nur endlich draußen, und jetzt saß er da und starrte durch den Vorhang, bis es dunkel wurde, sog durchs sichere Glas die Dämmerung in sich ein wie den Geruch einer exotischen Frau: die lautlosen Schritte des Tages in die Nacht, Geschenk der Erde, die aufknospenden Bäume vor den Plattenbauten, Frühlingstage. Der Wind in den Haaren der Passanten, wie sie ihre Hüte festhielten, einander zuriefen, tonlos. Renker drehte kein Licht auf, hatte drei Jahre im ewigen Gleichklang der Neonröhre über seinem Kopf verbracht, tausend Tage, keine Nacht, tausend Nächte, kein Tag, hatte keinen Unterschied gemacht. Maurertünche in die Augen gegossen, blind unter der Erde, der Himmel nur ein Traum. Saß, bis das Zimmer hinter ihm in der dunklen Staubigkeit seiner abgewohnten Tapeten in die Nacht gesoffen war, rauchte Zigaretten, heilige Handlung, jeder Zug ein Gebet, wäre beim ersten tiefen Zug fast vom Sessel gekippt. Sah aus dem Fenster, als hätte er nie in seinem Leben aus dem Fenster gesehen. Die schmutzigen Scheiben als Schutz. Angst vor Menschen, geschlagenes Kind, misstrauisch geworden, geduckt.

Als sie sich dann Jerusalem näherten und nach Betfage am Ölberg kamen, sandte Jesus zwei Jünger voraus und sprach zu ihnen: Geht in das Dorf, das vor euch liegt. Dort werdet ihr eine Eselin finden und ein Füllen bei ihr. Bindet sie los und bringt sie zu mir.

Renker fuhr nach Dresden. Hatte sich einen Bart stehen, die Haare schneiden lassen. Dunkle Hosen, weißes Hemd mit Manschetten, ein zweites hatte er sich zum Wechseln besorgt. Sakko, die Ärmel waren ein wenig zu kurz, aber ein größeres war nicht zu bekommen, Mantel mit Fischgrätmuster. In einem kleinen Koffer hatte er Waschzeug, Unterwäsche und Briefe verstaut, das Kuvert mit dem Geld. Berliner Nomade.

Und wenn euch jemand darauf anspricht, sagte Jesus, so antwortet: Der Herr bedarf ihrer. Er wird sie sofort schicken.

Dresden hatte sich kaum verändert, schmutzig die Plattenbauten wie Theaterkulissen eines schlechten Stücks. Renker stand am Straßenrand im sicheren Abstand vor Yvonnes Wohnhaus, den Koffer in der Hand.

Jesus sprach: Das ist geschehen, damit in Erfüllung gehe, was die Propheten vorausgesagt haben: Sagt der Tochter Zion: Siehe, dein König kommt zu dir, demütig reitet er auf einem Esel, auf einem Füllen, dem Jungen eines Lasttieres.

Renker wartete, selbst als es begann, dunkel zu werden, was sollte er denn anderes tun? Ging frierend auf und ab, Yvonne trat nicht aus der Tür, kam nicht nach Hause. Renker rätselte, ob er Harald erkennen würde, ohne ihn je gesehen zu haben, hielt es für möglich. Um eine Holzwippe zwischen den Wohnblöcken liefen einige Kinder herum, waren wohl alle zu groß. Er war nervös, weißer Rauch unzähliger Zigaretten in der kalten Luft vor seinem Gesicht. Angespannt, wagte nicht, das Haus zu betreten, war zehnmal losgegangen, hatte sich ein Herz genommen, zehnmal wieder umgekehrt, zu viel war passiert. Kennst du mich noch?, hatte er überlegt, sie anzusprechen, wusste nicht, wie sie reagieren würde. Ich bin's, Renker! Würde sie ihm wieder die Tür zuschlagen? Hätte ihn nicht verwundert.

Die Jünger gingen hin und taten, wie Jesus ihnen aufgetragen hatte.

Renker setzte sich auf eine Bank, als er seine Füße nicht mehr spürte, schlug die Beine aneinander, erhob sich wieder, ging einige Schritte, setzte sich erneut. Die Bretter waren feucht. Stand wieder auf. „Monika und Willi" hatte jemand ins Holz geschnitzt. Renker presste den Koffer unter den Arm, zog den Kopf ein. Sein Blick wanderte ständig von Yvonnes Haustür zu den beiden Fenstern hinauf, die Straße links und rechts hinter ihm.

Die Jünger brachten die Eselin und das Füllen, legten ihre Kleider darüber, und Jesus setzte sich drauf.

Öffnete sich die Eingangstür, zuckte Renker jedesmal zusammen, hielt die Luft an, als könnte Yvonne seinen Atem hören, wäre sie es, die heraustrat, seine Witterung aufnehmen, sich vor ihm noch in Sicherheit bringen, ihren Sohn beschützen, sollte von diesem Vater möglichst nichts mitbekommen, konnte sich Renker gut vorstellen, es ihr nicht verübeln, was wusste sie schon? Verwarf den Gedanken sofort wieder. Sie kam nicht, war es gottseidank noch immer nicht, die auf die Straße trat, Aufschub, Yvonne in die Augen zu blicken: Ich kann nichts dafür, glaub mir, noch bevor sie etwas sagen konnte.

Eine große Volksmenge breitete ihre Kleider auf den Weg, den Jesus kam, einige hieben Zweige von den Bäumen und streuten sie ihm zu Füßen.

Yvonnes Fenster blieben dunkel, als andere, wie Sterne am Himmel, eines nach dem anderen aufblinkten. Menschen dahinter, hinter jedem einzelnen Lichtfleck. Renker schloss mit sich Wetten ab, welches Fenster das nächste wäre, Zeit totschlagen, gewann fast immer. Alle tun dasselbe: aufstehen, arbeiten, heimkommen, Licht andrehen, Essen machen, schimpfen, schlafen, sonntags Liebe machen, wenn die Kinder es zulassen. Und jeder glaubt, er täte das alles freiwillig. Weeste, hatte Jan einmal in München einer jungen Statistin erzählt, blond, Minirock, Fernsehaufzeichnung. In der DDR leben wir nicht, da wer'ma jelebt! Verlegen gelächelt hatte sie, was sollte sie schon sagen? Hatte doch keine Ahnung, Pflänzchen. Renker damals auch noch nicht.

Es war kalt.

Die Volksscharen, die Jesus vorauszogen und nachfolgten, riefen laut: Hosanna dem Sohne Davids! Gepriesen sei, der da kommt im Namen des Herrn. Hosanna in der Höhe!

Yvonne kam von links. Dämmerung, die Wohnblöcke wie Scherenschnitte gegen den milchig grauen Himmel, schwarz die Sträucher auf dem abgetretenen Rasen. Sie hatte den mittleren Weg genommen, auf Rufweite von Renker entfernt, zog ein kleines Kind an der Hand hinter sich her: langes Mäntelchen bis zu den Knöcheln, Strickhaube auf dem Kopf, zu große Handschuhe. Renker sah sie in der Tasche kramen, die sie über die Schulter gehängt hatte, einen Schlüsselbund hervorziehen. In seine Richtung schaute sie nicht.

Als Jesus in Jerusalem einzog, geriet die ganze Stadt in Bewegung. Man fragte: Wer ist dieser? Und die Volksmenge sagte: Das ist der Prophet Jesus aus Nazareth in Galiläa.

Renker duckte sich in die Bretter der Bank, das Herz schlug ihm bis ins Gehirn. Hoffentlich schaute sie nicht her, nicht jetzt, fühlte er sich plötzlich noch nicht so weit, wollte doch, wusste selbst nicht, hatte eben noch gehofft, sie würde ihn erkennen, stehen bleiben, ihn ansprechen: Renker? Als wär's derselbe wie früher: Menschendampf über der Bühne, Papiergirlanden, man brüllt sich gegenseitig ins Ohr. Sie war auf den leeren Rasen vor ihm gefallen wie aus einem Zeitloch, Renkers Sohn neben sich, konnte nur er sein, als stolperte er mit seinen kurzen Beinen aus dem Himmel, aus dem Nichts, durch die Bühnentür aus dem alten Leben seines Vaters übergangslos ins Heute. Mensch gewordenes Echo von „Schwarzbraun ist die Haselnuss", Schunkeln, danke, danke! Zum Abschluss noch „Nimm den Zug, der Sehnsucht heißt", und alle singen mit! Hütchen am Kopf, Pappnase, Fröhlichkeit von sieben bis zehn, danach Vögeln im Hotel, Prost, Kleene! Deinen Arsch und das Geld vom Rothschild!

Jesus trat in den Tempel Gottes, trieb alle Verkäufer und Käufer hinaus, warf die Tische der Geldwechsler wie die Stände der Taubenverkäufer um und sprach zu ihnen: Es steht geschrieben, mein Haus soll Bethaus genannt werden, ihr aber habt es zu einer Räuberhöhle gemacht!

Renker sah Yvonne an der Eingangstür ziehen, ging immer schon schwer, quietschte wie früher. Er hatte sich erhoben, war langsam über die Wiese auf das Haus zugegangen, wacklige Beine, was war von ihm übrig geblieben? Alter Mann, Lebensangst ins Gehirn geprügelt, klammerte sich an den Griff des Koffers, als wär's die Hand seiner Mutter, doch Yvonne wandte sich nicht nach ihm um, hatte keine Ahnung, zerrte das Kind ins Haus, schloss die Tür hinter sich.

Es kamen auch Blinde und Lahme zu Jesus in den Tempel, und er heilte sie.

Renker ging bis zum Eingang, blieb davor stehen, spürte Yvonnes Geruch in der Nase.

Als aber die Hohepriester und Schriftgelehrten die Wunder sahen, die Jesus wirkte, und hörten, wie die Kinder im Tempel schrien: Hosanna dem Sohn Davids, wurden sie unwillig und sprachen zu ihm: Hörst du, was diese rufen?

Renker ging zurück zur Straße, wandte sich nochmals um. Jetzt waren auch diese beiden Fenster erleuchtet, die Vorhänge zugezogen.

Jesus antwortete ihnen: Gewiss, habt ihr niemals gelesen: Aus dem Munde von Kindern und Säuglingen hast du dir Lob bereitet?

Renker nahm sich ein Zimmer, lag bis weit nach Mitternacht wach.

Mit diesen Worten ließ Jesus sie stehen, verließ die Stadt, ging nach Bethanien und verbrachte dort die Nacht.

Am nächsten Morgen frühstückte Renker, bezahlte noch für eine zweite Nacht, ließ den Koffer am Zimmer, steckte nur das Geld ein, verließ das Haus.

Als Jesus frühmorgens in die Stadt zurückkehrte, verspürte er Hunger.

Renker fuhr zu dem Blumenladen, in dem Yvonne gearbeitet hatte, hoffte, sie dort noch antreffen zu können, hatte Angst, drückte sich auf der gegenüberliegenden Straßenseite die Hauswand entlang, versuchte, durch die Auslage ins Innere des kleinen Ladens zu sehen.

Jesus sah einen einzelnen Feigenbaum am Wegesrand stehen, trat zu ihm, fand aber nur Blätter daran.

Yvonne saß mit dem Gesicht schräg zur Straße hinter dem Verkaufspult, las offensichtlich. Außer ihr hielt sich niemand in dem Laden auf. Renker zögerte lang, stieg von einem Bein aufs andere, wollte schon wieder gehen, was hatte er schon zu erwarten? Vorwürfe, Verachtung, Bitterkeit. Überquerte schließlich die Straße, räusperte sich mehrmals, betrat das Lokal. Seine Hand an der Schnalle war feucht. Tag, grüßte Yvonne, erhob sich, legte ein Büchlein beiseite, lächelte ihn an, einen Kunden wie alle Tage. Überall Farne, einige Nelken und Margeriten in zu großen Vasen, die Luft feucht. Yvonne hatte Falten um die Augen, am Hals bekommen, trug das Haar kürzer.

Da sprach Jesus zu dem Feigenbaum: Nie mehr soll Frucht von dir kommen in Ewigkeit! Und auf der Stelle verdorrte der Baum.

Beide schwiegen. Yvonne bewegte sich nicht, verlor langsam das Lächeln um den Mund, wurde nicht mehr gebraucht, Blumen kauften die anderen. Penny for your thoughts, sagen die Engländer. Renker hatte keine Ahnung. Sie starrte ihn an. Kennst du mich noch?, sagte er dann, merkte, dass seine Stimme zitterte.

Als die Jünger das sahen, staunten sie und sagten: Wie kommt es, dass der Feigenbaum sofort verdorrt ist?

Schweigen. Was tust du hier?, sagte sie dann. Vertraute Stimme. Sie drückte die Finger gegen die Tischplatte, schob sich nach hinten, als hätte sie Angst vor Renker. Du weißt nicht, was passiert ist, sagte er. Doch, nickte sie, bewegte den Mund, brachte nichts über die Lippen. Ich habe deinen Brief ..., begann Renker, wurde unterbrochen. Du hast einen Sohn, sagte sie. Ich weiß! Es aber nicht der Mühe wert gefunden, sprach Yvonne unbeirrt weiter, presste sich an die Wand hinter sich, dass dein Sohn auch dich hat! Sprach langsam, einstudiert, wirkte auf Renker, als hätte sie es sich täglich vorgestellt, dass er zur Tür hereinkäme, einfach so. Sie kann es nicht gewesen sein, fuhr es Renker durch den Kopf. Es ist nicht so, sagte er, wie du denkst. Yvonne schüttelte den Kopf, fuhr sich mit dem Handrücken über die Nase. Ich kenne deine Geschichtchen, lachte sie auf. Glänzende Augen. Verschwinde aus unserem Leben, wir kommen prächtig ohne dich aus!

Jesus antwortete den Jüngern: Wahrlich, ich sage euch, wenn ihr Glauben habt und nicht zweifelt, so werdet ihr nicht nur das vollbringen können, was hier mit dem Feigenbaum geschah.

Yvonne, begann Renker erneut, hörte, wie ein Kunde hinter ihm das Geschäft betrat: Morgen! Yvonne zog die Nase auf, lächelte den Mann an: Tag! Was kann ich für Sie tun? Er suchte Rosen, doch es gab keine. Tut mir leid, grad heute! Tulpen? Auch nicht! Nahm schließlich Büschelnelken, und Yvonne packte sie in graues Papier, redete ununterbrochen, lobte die Ware, schimpfte über das schlechte Papier, das Wetter, viel zu kalt für Blumen, frieren so leicht ab. Als fürchte sie, Renker könnte etwas sagen.

Jesus sprach: Selbst wenn ihr zu dem Berg hier sagtet: Hebe dich empor und stürze dich ins Meer, so wird es geschehen.

Der Mann zahlte, verließ das Geschäft. Was tust du noch immer hier?, fragte Yvonne, ohne Renker anzusehen, putzte mit einem Tuch hektisch den Ladentisch.

Jesus sprach: Alles, worum ihr im Gebet bittet, werdet ihr empfangen, wenn ihr Glauben habt.

Ich habe deinen Brief erst vor wenigen Tagen erhalten, sagte Renker. Du musst es mir glauben. Dir glauben, spottete Yvonne. Zwei Jahre ein Brief? Sie fasste sich an die Stirn. Hier im gelobten Land geht vieles nicht so, wie wir wollen, das weiß ich! Aber ein Brief zwei Jahre? Nee! Das erzähl mal deiner Großmutter, aber nicht mir! Verschwand im Hinterzimmer. Jemand hat mich verleumdet!, rief Renker ihr nach, wandte sich ängstlich um, als könnte man ihn hören, ärgerte sich über sich selbst. Angst wie ein Bazillus, jedes falsche Wort eine Fußangel. Prügelstrafe, Dunkelhaft. Ich dachte, du wärst es gewesen, sagte Renker. Ich?, hörte er Yvonne. Ich weiß es auch nicht, rief Renker. Angeblich hätte ich mit Delf zusammen Republikflüchtlinge in den Westen gebracht! Er ging einen Schritt nach links, nach rechts, konnte aber Yvonne durch die schmale Tür nicht sehen. Lächerlich, rief er, wie hätte ich sollen! Er wartete. Keine Reaktion. Bist du noch da?, fragte er. Ich versuche hier, zu arbeiten, hörte er Yvonnes Stimme.

Als Jesus dann in den Tempel gekommen war und lehrte, traten die Hohepriester und Ältesten auf ihn zu und fragten: Mit welchem Recht tust du dies? Wer hat dir dazu Recht gegeben?

Renker suchte nach Worten, stammelte, äugte angstvoll durch die Auslage. Sollte ihn doch hören, wer wolle, war ihm schon alles egal, was hatte er noch zu verlieren? Seinen Sohn, und den würde er zum zweiten Mal verlieren, hielte er das Maul. Drei Jahre bin ich in einer Zelle ohne Fenster gesessen, sprudelte er durch die Türöffnung ins Hinterzimmer. Kein Kontakt nach draußen, hörst du? Außer der Scheidung, durch die sie mir alles weggenommen haben, verstehst du? Drei Jahre massakriert werden, zum Abschied haben sie mir noch die Rippen gebrochen! Drei Jahre keine Ahnung, wo ich bin, drei ganze Scheißjahre! Kannst du dir das vorstellen? Er hielt inne, hörte sich selbst keuchen. Sprechdurchfall, hatte Delf einmal gelästert. Er fuchtelte mit der Hand durch die Luft. Sei froh, wenn du es dir nicht vorstellen kannst.

Jesus antwortete den Hohepriestern und Ältesten: Auch ich will euch eine Frage stellen. Beantwortet ihr sie mir richtig, will ich auch euch sagen, mit welchem Recht ich hier so auftrete.

Und deinen Brief, redete Renker weiter, bekam ich zusammen mit einem Packen Geld und einem Stapel Briefen erst vor einigen Tagen von Danielas Hausmädchen ausgehändigt. An der Tür, das Haus gehört mir nicht mehr. Er wartete, kein Laut aus dem Hinterzimmer. Warum gehst du nicht nach Warnemünde?, hörte er dann Yvonnes Stimme. Gehört mir auch nicht mehr!

Woher stammt die Taufe des Johannes?, fragte Jesus. Vom Himmel oder von den Menschen?

Eine längere Pause trat ein. Draußen fuhr der Bus vorbei, sein Gestank drang durch die undichte Ladentür.

Die Hohepriester und Ältesten dachten bei sich: Sagen wir, vom Himmel, wird er uns fragen, warum wir ihm dann keinen Glauben geschenkt hätten. Sagen wir aber von den Menschen, haben wir das Volk gegen uns. Denn alle hielten Johannes für einen Propheten. So antworteten sie Jesus: Wir wissen es nicht.

Yvonne? Keine Antwort. „Familie Geibler“ stand auf einer schwarzen Schleife an der Wand, „In Liebe Rosa“ daneben auf einer schmäleren. An der Seitenwand tickte eine Uhr in einem schweren, altdeutschen Gehäuse. Die untere Glasscheibe war gesprungen. Renker fuhr sich durchs Haar, sah sich um, kein Mensch auf der Straße. Es, stotterte er schließlich, es tut mir leid, was ich dir angetan habe. Ich habe nur versuchen wollen, es irgendwie gutzumachen. Er lauschte ins Leere, nichts. Wandte sich schließlich dem Ausgang zu. Leb wohl, leise Stimme. Ich werde euch nicht mehr belästigen.

Jesus sprach zu ihnen: Dann sage auch ich euch nicht, mit welcher Machtvollkommenheit ich hier auftrete.

Renker öffnete die Tür, trat aus dem Laden, sah sich nicht um. Er war mehrere Schritte gegangen, als er Yvonnes Stimme hinter sich hörte. Wo wohnst du? Er wandte sich um. Yvonne stand vor dem Geschäft. Ich habe ein Zimmer genommen, sagte Renker. Sie nickte. Komm morgen nach dem Geschäft, sie sah auf ihre Uhr, um sieben zu mir. Wischte sich übers Gesicht. Danke, sagte Renker. Hast du nicht mir zu verdanken, rief sie. Ich tu's wegen Harry.

Was dünkt euch aber?, fragte Jesus. Ein Mann hatte zwei Söhne. Er ging zu dem ersten und sagte: Mein Sohn, arbeite heute im Weinberg. Der antwortete: Ich will nicht, ging aber dann doch. Dann begab sich der Mann zum zweiten und forderte das gleiche. Der sagte: Ja, Herr, und ging nicht. Welcher der beiden hat nun den Willen des Vaters getan? Sie antworteten: Der erste. Da sprach Jesus zu ihnen: Wahrlich, ich sage euch, Zöllner und Huren werden eher ins Reich Gottes kommen als ihr.

Yvonne verschwand wieder im Geschäft. Renker überquerte die Straße, ging einige Häuser weiter, nahm den Bus zurück, wusste nicht, wo er eben gegangen war.

Johannes kam zu euch mit der Lehre der Gerechtigkeit, und ihr glaubtet ihm nicht. Die Zöllner und Huren aber glaubten ihm. Ihr habt es mitangesehen, aber euch schließlich doch nicht eines Besseren besonnen und ihm geglaubt.

Den nächsten Tag verbrachte Renker bis zu Mittag auf seinem Zimmer, zahlte noch für einen weiteren Tag, verließ das Haus. Es regnete.

Jesus sagte: Vernehmt noch ein weiteres Gleichnis. Ein Hausherr legte einen Weinberg an, umgab ihn mit einem Zaun, grub in ihm eine Kelter und baute einen Wachturm. Dann verpachtete er ihn an Weinbauern und verließ das Land.

Renker saß stundenlang in einem Café, stierte zum Fenster hinaus.

Als die Zeit der Ernte kam, sandte der Hausherr seine Knechte zu den Weinbauern, um seinen Anteil an der Ernte einzuholen.

Gegen Abend verließ Renker das Lokal, kaufte Schokolade, ging über eine halbe Stunde bis zu Yvonnes Siedlung. Als er ankam, klebte ihm das nasse Haar auf der Stirn.

Da ergriffen die Weinbauern die Knechte des Hausherren, schlugen den einen, töteten den anderen und steinigten den dritten.

Renker trat ins Haus, schüttelte den Regen vom Stoff seines Mantels, versuchte, mit dem Ärmel das Haar trocken zu reiben.

Wiederum sandte der Hausherr andere Knechte, in noch größerer Zahl als zuvor. Doch sie verfuhren mit ihnen ebenso.

Renker sah zum hundertsten Mal auf die Uhr, stieg langsam die Stufen des Treppenhauses hinauf.

Zuletzt sandte der Hausherr seinen Sohn zu ihnen, weil er dachte: Vor meinem Sohn werden sie doch Achtung haben.

Renker läutete. Hier war der Filmprojektor an der Wand zerschellt, die Delle war deutlich zu sehen. Hörte das Trappeln von Kinderfüßen.

Als aber die Winzer den Sohn sahen, sprachen sie unter sich: Das ist der Erbe. Kommt, wir wollen ihn töten und sein Erbe in Besitz nehmen.

Yvonnes Stimme hinter der Tür: Harry, komm her!

Sie ergriffen den Sohn, warfen ihn aus dem Weinberg und töteten ihn.

Die Tür öffnete sich. Yvonne trug ein langes Hauskleid, an ihre Beine geklammmert Harry, blond, den Mund halb geöffnet, sah Renker mit großen Augen an.

Wenn nun der Herr des Weinbergs kommt, fragte Jesus, was wird er mit diesen Weinbauern tun? Sie antworteten ihm: Er wird die Übeltäter umbringen und den Weinberg an andere verpachten, die ihm die Früchte zur rechten Zeit abliefern.

Komm herein, sagte Yvonne, ohne zu grüßen, zog das Kind von der Tür weg, und Renker betrat die Wohnung.

Jesus sprach zu ihnen: Habt ihr nie in der Schrift gelesen: Der Stein, den die Bauleute verworfen, ist zum Eckstein geworden. Der Herr hat es so gefügt, und ein Wunder ist's in unseren Augen.

Zieh den nassen Mantel aus, sagte Yvonne.

Deswegen sage ich euch: Das Reich Gottes wird von euch genommen und einem Volk gegeben werden, das seine Früchte trägt.

Renker legte ab, hängte den Mantel über einen Haken an der Wand, stieg aus den nassen Schuhen.

Wer auf diesen Stein fällt, sagte Jesus, der wird zerschmettert. Auf wen aber der Stein fällt, den wird er zermalmen.

Renker betrat die Küche. Es hatte sich nicht viel geändert außer Spielzeug auf dem Boden, Fotos von Harry anstelle der Ansichtskarten von Renker. Durch die Wand ähnliche dumpfe Schlagermusik wie bei seinem letzten Besuch. Déjà vu.

Als die Hohepriester und Pharisäer diese Gleichnisse hörten, erkannten sie, von wem Jesus redete. Sie wollten ihn darum festnehmen, fürchteten sich aber vor den Volksscharen, weil diese ihn für einen Propheten hielten.

Setz dich, sagte Yvonne. Renker schob sich auf die Bank hinter dem Tisch. Hast du schon gegessen? Hatte sie ihn das letzte Mal auch gefragt. Nein, sagte Renker. Sie stellte vor ihm einen Teller auf den Tisch, legte Besteck drauf. Danke, sagte er. Isst du nichts? Nein, sagte sie, schnitt Brot ab, legte wortlos Käse auf einen Teller, stellte alles auf den Tisch. Harry war neben Renker auf einen Stuhl geklettert, streckte einen Arm über die Tischplatte nach dem Brot. Renker zog die kleine Tafel Schokolade aus der Hemdtasche. Darf ich? Meinetwegen, sagte Yvonne, und Harry ergriff die Scholokade, beachtete Renker nicht weiter, verschwand mit seiner Beute unter dem Tisch. Danke, heißt das, sagte Yvonne. Dante, tönte es unter dem Tisch hervor. Yvonne zog einen Aschenbecher aus einer Lade, setzte sich Renker gegenüber, zündete sich eine Zigarette an. Renker schnitt ein Stück vom Käse, nahm sich eine Scheibe Brot. Seit wann rauchst du? Es hat sich einiges geändert, sie blies den Rauch in die Luft, seitdem du das letzte Mal hier warst. Unter dem Tisch raschelte Schokoladenpapier.

Als Renker nach dem Essen die Wohnung verließ, saß Harry schokoladeverschmiert unter dem Tisch.

Zweiundzwanzigstes Tableau

Lang hatte gekocht, als Renker heimkam. Man hatte ihn schon erwartet, für ihn mitaufgedeckt. Kartoffelgulasch. Hatte Lang schon am Vortag zubereitet: Wird mit jedem Aufkochen besser! Der unvermeidliche Fernseher lief, aber keiner sah hin. Die Semmeln waren alt.

Da nahm Jesus das Wort und redete noch einmal in Gleichnissen zu den Hohepriestern und Ältesten.

Na? Lang sah Renker lauernd von unten an, T-Shirt mit rotem Aufdruck: „Fuck U“, die Gabel in der Hand. Gut, nickte Renker, erlebte alles wie durch eine Glasscheibe, hatte die leere Flasche noch im Park in einen Mülleimer gesteckt. Was heißt gut? Lang fuhr mit der Gabel durch die Luft. Zu dem Gulasch musst' Sie sagen! Wenn du nicht immer so übertreiben würdest, meinte Gettinger mit vollem Mund. Was? Lang fuhr herum: Du sei ganz ruhig! Dir brennt doch das Wasser an!

Das Himmelreich gleicht einem König, der seinem Sohn ein Hochzeitsfest bereitete.

Na, und der Fisch vorige Woche?, ereiferte sich Gettinger. Mit vollem Mund redet man nicht, sagte Lang. Talkshow im Fernsehen hinter ihm.

Der König sandte seine Knechte aus, um die geladenen Gäste zum Hochzeitsmahl zu bitten. Aber sie wollten nicht kommen.

Du selbst, spuckte Gettinger, hast gesagt, genauso macht man Dorschfilets! Das war aber Hecht, brüllte Lang mit seiner heiseren Stimme, bog sich vor Lachen.

Der König sandte andere Knechte aus und ließ sie den Geladenen ausrichten: Siehe, ich habe mein Mahl bereitet, Ochsen und Mastkälber sind geschlachtet, alles steht bereit. Kommt zum Hochzeitsmahl!

Trottel, sagte Gettinger, mach dir deinen Fisch das nächste Mal selbst! Applaus aus dem Fernseher. Danke, danke, verbeugte sich Gettinger.

Die Geladenen aber beachteten die Einladung nicht, gingen fort, der eine auf seinen Acker, der andere in sein Geschäft.

Seewald saß unbeteiligt zwischen Lang und Gettinger, als wäre er allein am Tisch.

Die übrigen Geladenen aber ergriffen die Knechte des Königs, misshandelten und töteten sie.

Woher hast du die Semmeln?, fragte Lang. Aus dem Supermarkt, sagte Gettinger.

Da wurde der König zornig, schickte seine Heere aus, ließ jene Mörder umbringen und ihre Stadt niederbrennen.

Haben auch schon bessere Zeiten gesehen, brach Lang seine Semmel auseinander, dass die Brösel über den ganzen Tisch flogen. Wir begrüßen Sonja, tönte es aus dem Fernseher.

Dann sprach der König zu seinen Knechten: Das Hochzeitsmahl ist zwar bereit, aber die Geladenen unwürdig. Geht hinaus auf die Landstraße und ladet zur Hochzeit, so viele ihr finden könnt.

Sonja watschelte die Treppe herab, Strickkleid, Pantoffeln, nahm neben einer Blondine in enger Latexhose Platz. Applaus im Off.

Die Knechte gingen auf die Straße hinaus, sammelten alle, die sie trafen, Böse und Gute, und der Hochzeitssaal füllte sich mit Gästen.

Geh doch selber einkaufen, wies Gettinger mit dem Daumen aus dem Fenster. Dich schmeißen sie doch gleich wieder raus, oder?

Als nun der König eintrat, um die Gäste anzusehen, bemerkte er einen Mann, der kein Hochzeitsgewand angelegt hatte.

Hat Schnaps mitgehen lassen, erklärte Gettinger Renker, hatte es schon einmal erzählt, erinnerte sich Renker. Einen Scheiß hab ich!, rief Lang. Im Fernseher musterte Sonja ihre Sitznachbarin abfällig: So treten sie nicht mal im Zirkus auf!

Der König sprach zu dem Mann: Freund, wie bist du ohne Hochzeitsgewand hier hereingekommen?

Ich würde an deiner Stelle nie in den Kühlschrank schauen, sagte die Blondine. Bei dir wird ja die Milch sauer. Lautes Gelächter im Saalpublikum.

Der Mann verstummte.

Glaub ihm kein Wort, sagte Lang. Der hat ja Wahnvorstellungen!

Da sprach der König zu seinen Dienern: Bindet ihm Hände und Füße und werft ihn hinaus in die Finsternis. Dort wird sein Jammern und Zähneknirschen.

Wer hat hier Wahnvorstellungen?, rief Gettinger. Die Polizei etwa damals? Arsch!, rief Lang. Kann man nicht einmal in Ruhe essen?, reichte es Seewald. Die Blondine wandte sich triumphierend auf die andere Seite.

Viele sind berufen, sagte Jesus, aber nur wenige auserwählt.

Renker ging nach dem Essen zu Bett, schlief seit Langem wieder durch.

Der nächste Tag war kühler, der Himmel bedeckt, ließ die Sonne kaum durch. Renker ging es besser, die Augen im Badezimmerspiegel klarer: älterer Bruder, wenigstens etwas wie Verwandtschaft. Pflänzchen Hoffnung, er wagte kaum, auch nur daran zu riechen, Sonnenaufgang, war doch die Nacht danach zu oft zu tief gewesen. Zahnputzbecher, Zahnpasta, im Spiegel hinter sich der geblümte Duschvorhang, Fliesen, keine Menschen: Bedürfnis und doch zugleich Albtraum. Lang betrat das Bad, Jeans, nackter Oberkörper, die sich räkelnde Frau am linken Oberarm wie eine Leuchtreklame aus dem Pornoladen ums Eck. Frühstückst du heute etwas? Wie bitte? Ob du heute etwas frühstückst? Übertriebenes Hochdeutsch. Hörte Renker Gettinger in der Küche Schleim räuspern, grauste ihm davor. Tat Gettinger jeden Morgen minutenlang. Nein, sagte Renker. Änderte sich doch nie etwas. Renker wusste nicht, ob er an der Reihe war, zu kochen, abzuwaschen, war schon länger nicht darauf angesprochen worden, war ihm egal: Schattenwesen, lag dann stundenlang auf dem Bett, stierte an die Decke, versuchte, jeden Gedanken wegzuschieben, half, bildete er sich zumindest ein, die Angst blieb draußen. Ging später mit eingezogenem Kopf durch die Straßen, kaufte sich etwas zu essen, saß kauend auf einer Bank, Insel ohne Palmen, das Leben außerhalb der Zehenspitzen, Auspuffgase statt dem Geruch des Meeres. Versuchte, nicht zu rauchen.

Dann gingen die Pharisäer hin und berieten sich, wie sie Jesus mit einem Ausspruch in eine Falle locken könnten.

Du bist dran, empfing ihn Lang, als er abends nach Hause kam, zog die Nase auf. „Fuck U" in roter Schrift. Wechselte das T-Shirt auch nur, wenn es schon von selbst stand. Renker wusch ab, das eingetrocknete Geschirr stapelte sich bereits in mehreren Schichten übereinander.

Und die Pharisäer sandten ihre Jünger zusammen mit den Männern des Herodes zu Jesus, und sie ließen ihm sagen: Herr, wir wissen, dass du wahrhaftig bist und den Weg Gottes in Wahrhaftigkeit lehrst, nicht auf das Ansehen der Person siehst. Sag uns also deine Meinung: Ist es erlaubt, dem Kaiser Steuer zu zahlen oder nicht?

Im Fernsehen eine der Seifenopern, alle Darsteller aufgefädelt auf einem Sofa vor dem Fernseher im Fernseher. Ging links einer aus dem Bild, kam rechts ein anderer dazu. Hi, Bill! Ging der rechte wieder, kam links wieder jemand dazu. Hi, Dolly! Dolly mit Riesensonnenbrille. Kratzender Lacher aus dem Lautsprecher neben Renkers Ohr. In seinem Rücken Gettinger hustend: Dieses Wetter macht mich krank!

Jesus erkannte die Verschlagenheit der Jünger der Pharisäer und antwortete: Was versucht ihr mich, ihr Heuchler? Zeigt mir die Steuermünze.

Gibt's irgendetwas, rief Lang, das dich nicht krank macht? Schnitt neben Renker Zwiebel für die Suppe. Seewald lümmelte auf einem Sessel an der Wand, versuchte, an Renker vorbei fernzusehen: Shut up!

Die Jünger reichten Jesus einen Denar.

Wow, ätzte Lang, Bubi spricht ausländisch! Der Zwiebel brannte in den Augen.

Und Jesus sprach zu ihnen: Wessen ist dieses Bild und die Aufschrift?

Wenn du das hättest, sagte Gettinger weinerlich, was ich habe, würdest du endlich dein blödes Maul halten! Lacher im Fernseher.

Die Jünger antworteten: Des Kaisers.

Seewald war aufgestanden, drängte Renker beiseite, schweißnasse Haut, drehte den Fernseher lauter. Hat ausgesehen wie eine Kröte im

Frack, krächzte eine Frau mit hochtoupiertem Haar auf dem Sofa. Nur nicht so hübsch! Lacher.

Jesus erwiderte den Jüngern: Gebt also dem Kaiser, was des Kaisers ist, und Gott, was Gottes ist!

Dreh die Kiste leiser! Lang fuchtelte herum. Wennst schlecht hörst, kauf dir ein Kino! Drehte neben Renkers Kopf den Fernseher leiser, das Küchenmesser in der Hand. Renker wich aus, sah wegen des Zwiebels nur verschwommen, tastete nach dem nächsten Teller. Ich lass mich doch nicht frotzeln, rief Seewald, stieß Renker beiseite, dass ihm der Teller aus der Hand fiel und auf dem Fußboden zerschellte. Im Fernseher läutete das Telefon: Nicht schon wieder Hollywood! Lacher.

Als die Jünger das gehört hatten, ließen sie betroffen von Jesus ab und gingen.

Jetzt reicht's!, schrie Renker, ansatzlos, Gettinger an die Wand gedrängt, fuhr sich mit dem Ärmel über die Augen. Hatte niemand erwartet, die Stille der Sekunden danach war zum Greifen, nur im Fernsehen: Die Putzfrau ist am Apparat! Sie kann heute nicht kommen, ihre Putzfrau ist krank. Lacher.

Renkers Kopf zitterte. Das ist ja ein Affenhaus!, schrie er, Speichel aus dem Mund. Ich hab immer schon gesagt ..., hörte er Gettingers gepresste Stimme, ergriff den nächsten Teller, warf ihn neben Gettingers Kopf an die Wand. Macht euch euren Scheiß selber! Schmiss das Geschirrtuch hin, verließ die Wohnung, knallte die Tür ins Schloss.

Am selben Tage kamen Sadduzäer zu Jesus, die bekanntlich behaupteten, es gebe keine Auferstehung, und fragten ihn: Meister! Moses hat geboten: Wenn einer kinderlos stirbt, soll sein Bruder seine Frau heiraten und mit ihr Kinder zeugen.

Renker lief das Stiegenhaus hinunter, schraubenhafte Enge, Schneckenhaus, die schräge Decke dicht über seinem Kopf. Ein älteres Paar stiegenauf, Einkaufstasche, mühsam schon nach wenigen Stufen, füllten die Treppe aus, hatte er schon einmal gesehen. Er drängte sich zwischen den beiden durch, über die Straße durch die stehende Kolonne, flimmernde Abgase in der Luft, betrat den Selbstbedienungsladen, riss zwei Flaschen Wodka aus dem Regal, kramte im Hosensack nach Geld, seine Hand zitterte. Ärgerte sich über sich selbst. Lächerlich. Hatte einmal auf der Neurologie seinen Akt ans vergitterte Fenster geworfen, war alles mögliche gewesen, jähzornig aber nie, bildete er sich zumindest ein. Haben Sie nur die beiden? Junge Frau vor ihm. Ja! Kommen Sie doch vor! Danke. Wie von einem anderen Planeten. Renker zahlte, verließ das Geschäft, setzte sich mit den Flaschen in den Park. Irmela? War ihm egal.

Es waren aber bei uns sieben Brüder, fuhren die Sadduzäer fort. Der, der als erster geheiratet hatte, starb. Da er keine Kinder hatte, hinterließ er seine Frau seinem Bruder.

Irmela kam nicht.

Ebenso verstarb auch der zweite Bruder, dann der dritte und so schließlich alle sieben.

Renker trank, bis er den Kopf kaum mehr halten konnte.

Zuallerletzt starb auch die Frau.

Renker fror.

In der Auferstehung nun, fragten die Sadduzäer, welchem von den sieben Brüdern wird sie angehören? Sie alle haben sie ja zur Frau gehabt.

Es wurde dunkel, Renker erhob sich. Bemühte sich, eine Weile ruhig zu stehen bevor er ging.

Jesus antwortete ihnen: Ihr irrt, kennt weder die Schriften noch die Kraft Gottes.

Als er an einer Hauswand entlangschlitterte, fiel ihm eine der Flaschen aus der Hand, zerbrach zu seinen Füßen. War noch viertel voll gewesen.

Bei der Auferstehung heiraten sie nicht und werden nicht verheiratet, sondern sind wie die Engel Gottes im Himmel.

Renker zog sich am Geländer das Stiegenhaus hinauf, verbarg die Flasche in seinem Hemd, betrat die Wohnung. Gettinger kam ihm entgegen, die Shorts spannten um seine fetten Beine. Neugierige Augen aus der Küche hinter ihm. Stimmen aus dem Fernseher.

Was aber die Auferstehung der Toten betrifft, sagte Jesus, habt ihr nicht Gottes Wort gelesen: Ich bin der Gott Abrahams und der Gott Isaaks und der Gott Jakobs.

Es tut Seewald und Lang leid, hörte er Gettinger, was da passiert ist. Gettinger fasste Renker am Oberarm, treuherziger Blick.

Gott ist doch nicht ein Gott der Toten, sondern der Lebenden.

Renker nickte, drängte sich an Gettinger vorbei in sein Zimmer, versteckte die Flasche im Kasten, kippte voll angezogen ins Bett.

Als die Volksmengen das hörten, staunten sie über die Lehre Jesu. Als die Pharisäer vernahmen, dass er die Sadduzäer zum Schweigen gebracht hatte, sammelten sie sich.

Es schwindelte Renker. Er wachte immer wieder auf, starrte an die wankende Decke, hatte gehofft, die langen Nächte Spuk von gestern, warf sich herum, das Bett war zu kurz. Zog sich erst gegen Morgen aus, träumte dann von Hügeln und Blumenwiesen, schlief bis weit in den Tag hinein. Als er endlich aus dem Bett kroch, war außer ihm niemand mehr in der Wohnung. Er duschte lang, stützte sich dabei an der Wand ab, verschob das Rasieren auf den nächsten Tag, machte sich Kaffee, holte die Flasche unter dem Bett hervor, verließ das Haus.

Einer der Pharisäer, ein Schriftgelehrter, fragte Jesus, um ihn auf die Probe zu stellen: Meister, welches ist das wichtigste Gebot im Gesetz?

Das Wetter war mild, der Spätsommer nicht mehr aufzuhalten. Wie über Nacht hatte sich das Licht verändert: gelber die Häuserwände, rund die Konturen der Dächer gegen den weißlich-blauen Himmel. Ein leichter Wind in den Quergassen, herumtollende Kinder, das Ende der Ferien war näher gekommen. Kopfweh.

Jesus sprach: Du sollst den Herrn, deinen Gott, lieben mit deinem ganzen Herzen, deiner ganzen Seele und deinem ganzen Denken. Dies ist das wichtigste und erste Gebot.

Renker nahm den Weg in den Park, die Scherben der Flasche lagen noch im Rinnsal, hatte jemand vom Gehsteig geschoben. Er ertappte sich dabei, nach Irmela Ausschau zu halten, scheuer Blick über die Schulter, ließ sich auf die Bank fallen, immer dieselbe Bank,

Gewohnheitstier. Wusste selbst nicht, ob er fürchtete oder sich freute, Irmela wiederzusehen, fernes Echo der vielen Frauen von früher, war wie aus einem vergangenen Leben. „It's a men's world", nur hier im Park war Lang nicht, nicht Seewald, nicht Gettinger. Der Typ kroch ihm in den Arsch, vertrug Renker nicht. Nahm einen Schluck, spürte den Alkohol ins Gehirn fahren, lehnte sich zurück. Schnaps gegen Kater, soll wirken. Wie auch immer. Staubiges Wohnzimmer ohne Wände, heimatloses Zuhause.

Eine Stunde später, nur noch ein Drittel in der Flasche, von hinten Kinder einer Kindergartengruppe, wie eine Flutwelle aus Menschen bis zum Oberschenkel, rannten schreiend an Renker vorbei auf den Spielplatz vor ihm. Renker umklammerte den Wodka. Einer der Buben kroch von hinten über die Lehne der Bank, verwegener Sprung vom Sitzbrett, Stimme der Kindergartentante: Benny, lass das! Eine zweite: Stellt eure Taschen drüben auf die Bank! Kurzer Rock, viel zu hohe Absätze für den Boden aus Rindenstückchen. Gekreische, ununterbrochene Bewegung, Renker davor wie in Gallert, hielt sich an seiner Zigarette fest. Ein Laufrad im Kinderzimmer, hatte Armin einmal gemeint, Ostseestrand, seine Mädchen hatten im Meer getobt von morgens bis abends. Einen kleinen Generator anschließen, und niemand müsste mehr Strom zahlen! Armin!, hatte Margot den Kopf geschüttelt. Adrienne fand es lustig.

Ein zweites, sprach Jesus, ist diesem gleich: Liebe deinen Nächsten wie dich selbst. An diesen beiden Geboten hängt das ganze Gesetz und die Propheten.

Irgendwann war plötzlich Irmela da, Renker hatte nicht gemerkt, wie sie gekommen war, riss die Augen auf, bemühte sich, aufrecht zu sitzen, trat die Zigarette aus. Sie trug wieder das gelbe Kleid mit dem Rüschenvolant, Strickweste darüber, schlappe Einkaufstasche. Hallo! Tag, antwortete Renker. Sie setzte sich zu ihm. Wie geht es Ihnen? Renker nickte, versuchte, ihrem Blick auszuweichen. Heute ist es angenehm, übersah es Irmela, musste lauter sprechen, um die Kinder zu übertönen. Renker nickte. Wenn es um diese Jahreszeit einmal ordentlich regnet, hörte er sie, ist der Sommer vorüber. Mir soll's recht sein, ich halte die Hitze ohnedies so schlecht aus. Ist es bei Ihnen zu Hause auch so unerträglich? Nachts, lallte Renker. Hätte besser erst später mit dem Trinken beginnen sollen. Wie bitte? Nachts! Kinder mussten anscheinend schreien, als sei es ein Naturgesetz. Ja, nachts, lachte Irmela, formte die Hände vor dem Mund zu einem Schalltrichter. Bei mir auch! Mach ich das Fenster auf, hab ich die ganzen Viecher herinnen, lass ich es geschlossen, ersticke ich! Eine Zeitlang habe ich es mit einem Ventilator probiert, sagte sie. Bis ich eines Morgens völlig schief war! Sie zog eine Schulter hoch, den Kopf ein. Gott sei Dank habe ich für niemanden schön sein müssen! Sie hob eine Hand empor: Dem Herrn dort oben ist's egal, wie wir außen aussehen! Sie lachte gackernd. Die herunten hätte der Schlag getroffen! Glatter Scheidungsgrund! Derselbe Bub wie vorhin kletterte wieder neben Renker über die Lehne, sprang bravourös vom Sitzbrett zu Boden. Benny!, rief die Tante von der anderen Seite des Spielplatzes, hatte sich erhoben, drohte mit der Faust. Toll, applaudierte Irmela dem Buben, der daraufhin die Bank sofort wieder umrundete: Schau her! Erklomm von hinten die Lehne, bis die junge Frau von gegenüber gelaufen kam, das Kind am Arm auf den Spielplatz zurückzerrte: Entschuldigen Sie! Keine Ursache, sagte Irmela. Gratiszirkus! Das können Sie laut sagen, meinte die Tante.

Als die Pharisäer versammelt waren, fragte Jesus sie: Was haltet ihr vom Messias? Wessen Sohn ist er?

Ich mag Kinder, sagte Irmela. Benny, hörte Renker die Tante gegenüber rufen, wenn du nicht brav bist, sitzt du neben mir auf der Bank!

Die Pharisäer antworteten: Der Sohn Davids!

Es gibt keine schlechten Kinder, sagte Irmela. Das ist das Schöne!

Jesus sprach zu ihnen: Wie kann ihn nun David im Geiste Herr nennen und sagen: Der Herr sprach zu meinem Herrn: Setze dich zu meiner Rechten, bis ich dir deine Feinde als Schemel unter die Füße lege?

Die Welt der Kinder ist so unkompliziert, sagte Irmela, schüttelte den Kopf. Ich meine nicht einfach, verstehen Sie? Aber geradeaus.

Wenn ihr nicht werdet wie die Kinder, werdet ihr nicht ins Himmelreich eingehen, heißt es bei Matthäus. Ist doch schön! Ist aber ziemlich das Schwierigste, was man versuchen kann. Drüben fiel ein Kind von der Rutsche, begann zu heulen. Die Tanten liefen zusammen. Ich hätte immer gern Kinder gehabt, meinte Irmela. Sagt Ihnen Charlie Rivel noch etwas? Rivel? Ja, sagte sie. War ein Clown in Berlin, deswegen hab ich mir gedacht, Sie könnten ihn noch kennen. War sehr berühmt, eigentlich ein Spanier! Der hat gesagt, alles was er kann, hat er von seinen Kindern gelernt. Akrobat-schööön! sagte Renker, räusperte sich. Genau, jubelte Irmela, den meine ich! Akrobat-schööön! Sie breitete die Arme wie eine Seiltänzerin aus. Kannte Renker von seiner Mutter, hatte mit Harry Seiltanzen gespielt, das Seil auf dem Boden aufgelegt: Akrobat-schööön! Wiese hinter den Plattenbauten.

War einmal eine Fernsehsendung, hörte er Irmela, wo es um den Traumberuf ging. Und da hat irgend so ein Industriemanager gesagt: Clown! Ein Spitzenmanager! Müssen sie sich vorstellen! Verdient sich eine goldene Nase und wünscht sich, im Zirkus zu arbeiten! Vom Spielplatz die Stimme einer der Betreuerinnen: Benny, jetzt kommst du aber her! Ich war's nicht, hörte man Benny. Ich habe zwei Neffen, erzählte Irmela, jetzt auch schon groß, mit denen war ich im Zirkus. Renker hörte sie wie von Weitem. Harry war mit Yvonnes Regenschirm über das Seil gegangen, die Zunge zwischen den Lippen. Saukalt, sagte Irmela, war im Winter, da gab's Freikarten, sonst wäre, glaube ich, gar niemand gekommen. Die Artisten konnten noch so haarsträubende Dinge aufführen, sag ich Ihnen, die Clowns waren für die Buben immer noch interessanter. Ist doch klar! Die waren so wie sie! Sie lehnte sich zurück. Waren so süß, die beiden Buben, rote Wangen, als hätt ich sie mit Rouge bemalt! Haben die ganze Pause lang meine Hände nicht losgelassen, weil sie Angst hatten, sie könnten mich in dem Trubel verlieren! Mich, die alte Tante! Können Sie sich das vorstellen? Sie lachte auf, beugte sich dabei zu Renker hinüber, hielt inne. Entschuldigen Sie, unsicher, berührte seinen Arm vorsichtig mit den Fingern. Ich wollte Ihnen nicht wehtun.

Und weiter sprach Jesus: Wenn nun David den Messias seinen Herrn nennt, wie soll dieser dann sein Sohn sein? Niemand konnte Jesus ein Wort erwidern, und von jenem Tage an wagte auch keiner mehr, ihm eine Frage zu stellen.

Dreiundzwanzigstes Tableau

Harry hatte sich am liebsten auf der Wiese hinter dem Bau aufgehalten. Abgetretener Rasen mit einzelnen Bänken. Sträucher, die in der schlechten Luft nie wuchsen, aber auch nicht eingingen, die Blätter braun gerändert. Sind wie wir, hatte einmal ein Rentner zu Renker gemeint, gichtige Finger, saß immer auf derselben Bank. Aufkommen lässt man sie nicht, aber eingehen tun sie auch nicht. Stundenlang saß Harry auf Renkers Knien, war das Wetter schön. Renker erzählte Geschichten, „erfundene", wie Harry sie nannte, bestand darauf, konnte ruhig mehrmals die gleiche sein, besserte sofort aus, hatte sich Renker einmal nicht genau gemerkt, was er das letzte Mal erfunden hatte. Kam Yvonne nicht zufällig früher vom Geschäft nach Haus, holte Renker Harry so gut wie immer aus der Kinderkrippe ab. Na, wie war's denn? Detlef is doof! Schon wieder der? Der ist doof! Renker hatte sich ein Zimmer mit Dusche und einer kleinen Küche gesucht, bescheiden eingerichtet, nicht allzu weit weg, half vormittags im volkseigenen Betrieb aus, VEB Kartonagenmaschinenfabrik, Vertriebsabteilung, Yvonnes Chefin war mit einem der beiden Vertriebsleiter befreundet. Renker hatte sich daran gewöhnt, nicht mehr das umjubelte Idol zu sein, schiss darauf. Hatte im Kreiskabinett für Kulturarbeit keine weitere Spielerlaubnis bekommen, Renker? Wart'n Se draußen! Wart'n Se, geh'n Se, komm' Se! Gänsehaut über den Rücken. War gegangen, bevor er zum wievielten Mal auch immer hineingerufen wurde. Erkannte ihn kaum mehr jemand, auf der Straße, in Lokalen. Vollbart, jahrelang nicht im Fernsehen, aus den Augen, aus dem Sinn. Begann schließlich, sich zu verleugnen, entdeckte ihn jemand trotzdem. Nee, diese Ähnlichkeit! Alte Dame im Bus, erklärte ihrer Freundin, wem Renker so ähnlich sah.

Jesus richtete die Rede an die Volksscharen und seine Jünger: Auf dem Lehrstuhl des Moses sitzen die Schriftgelehrten und Pharisäer. Alles nun, was sie euch sagen, das tut und befolgt. Aber nach ihren Werken richtet euch nicht!

Die erste Zeit nach dem Knast hatte Renker vergeblich versucht, in Berlin wieder Fuß zu fassen. Die Stasi hatte seine Stadtkapelle aufgelöst, hatte er von Karin erfahren. War zufällig auf sie gestoßen, sie servierte in einer Gaststube: Mensch, dich gibt's ooch noch? Wirkte abgearbeitet. Flüchtiger Blick auf Renker, der Laden voller Menschen, fragte nicht danach, wo Renker gewesen war. Ein Bier auf Fünf! Weißt du, wo ich Jan finde?, fragte er. Sie wusste.

Die Schriftgelehrten und Pharisäer reden nur, handeln aber nicht danach.

Jan lebte jetzt auf fünfzehn Quadratmetern, war voll besoffen, als Renker kam. Begrüßte Renker, als wäre dieser nur eben mal um Zigaretten gewesen, hörte ihm nicht zu, erzählte lieber selbst: Hatte in einer Rockband mitgespielt, hießen ursprünglich „Spencer's Group". Hatte Renker schon früher etwas gehört. Waren gezwungen worden, sich in „Abendstimmen" umzutaufen. Abendstimmen! Verstehste? Schlug sich an die Stirn. Ein halbes Jahr später Spielverbot wegen republikschädigender Programmgestaltung. Brachte das Wort kaum heraus. Sechzig Prozent DDR-Titel vorgeschrieben! Die sind ja bekloppt! Tanzt dir doch keiner 'zu! Suchte nach einem Bier für Renker. Vierzig Prozent West-Nummern und bloß aus der Zeit vor der DDR-Gründung oder im Osten verlegt! Weiß ich doch, sagte Renker.

Sie binden schwere Lasten zusammen, sagte Jesus, legen sie den Menschen auf die Schultern, wollen selbst aber mit keinem Finger daran rühren.

Ein Spitzel hatte die ganze Partie auffliegen lassen: informeller Stasimitarbeiter, sogenannter IM, Gitarrist. Scheißtyp, sagte Jan, konnte kein Bier finden. Bin durch Zufall draufgekommen!

All ihre Werke tun sie, um von den Menschen gesehen zu werden.

Außerdem wären die letzte Zeit vermehrt West-Gruppen über die Grenze gekommen, mit Ton- und Lichtanlagen. Mensch, du hast keine Ahnung! Angeblich wirkten die selbstgebastelten Anlagen im real funktionierenden Sozialismus dagegen wie ein schlechter Scherz.

Sie tragen breite Gebetsriemen und lange Kleiderquasten, sagte Jesus, lieben die Ehrenplätze bei Gastmählern und in Synagogen.

Kennste den?, fragte Jan: In der Tram liest ein Musiker eine Partitur. Ein Staatsschützer hält das Notenblatt für Geheimschrift und verhaftet den Musiker wegen Spionageverdachts. Jan schenkte sich nach, traf das Glas nicht mehr ganz. Obwohl der versichert, dass das eine Fuge von Bach is. Verstehste? Pause, Jan drohte, umzufallen. Und weiter?, fragte Renker. Der Verhaftete, lallte Jan, wird am nächsten Tag einem Kommissar vorgeführt, der ihn anschreit: Also denn raus mit der Sprache! Bach hat schon gestanden!

Sie wollen auf den Straßen gegrüßt werden, sagte Jesus, und lassen sich von den Leuten gern Rabbi nennen.

Yvonne hat ein Kind von mir, sagte Renker. Hast du das gewusst? Wer? Yvonne! Kurze Pause. Doch nicht die Kleene aus dem Blumenladen? Doch! Trinkste Kognak?, fragte Jan. Danke, nein.

Ihr aber, lasst euch nicht Rabbi nennen, denn einer ist euer Lehrer, ihr alle aber seid Brüder.

Wie heißt er? Harry! Auf Harry! Jan hob sein Glas. Weeste, warum Ostler und Westler nicht miteinander saufen dürfen? Nein! Weil se sonst dieselbe Fahne hätten! Wieherte los, warf dabei das Glas um.

Auch sollt ihr auf Erden niemand euren Vater nennen, denn einer ist euer Vater, der im Himmel.

Renker ging wieder.

Auch Meister sollt ihr euch nicht nennen lassen. Denn einer ist euer Meister, der Messias.

Delfs Haus war verschlossen, wirkte unbewohnt, staubige Fenster, am Telefon hob niemand ab.

Der Größte unter euch soll euer Diener sein.

Abends war Renker um sein ehemaliges Haus geschlichen wie der Wolf ums Feuer, die Hände in den Manteltaschen vergraben, sah Daniela kein einziges Mal. Verbrachte jede Nacht in einer anderen Pension. Schmerzen in der Brust, konnte nur in bestimmten Stellungen schlafen.

Wer sich selbst erhöht, wird erniedrigt, wer sich selbst erniedrigt, wird erhöht werden.

Renker fuhr wieder nach Dresden, rasierte sich, versuchte, an der Hochschule Carl Maria von Weber als Lehrer der Abteilung Tanz und Unterhaltungsmusik, der sogenannten TUM, unterzukommen, hatte vor Jahren einmal ein Angebot bekommen, damals abgelehnt, was denn noch alles? Diesmal wurde er abgelehnt.

Wehe euch, ihr Schriftgelehrten, ihr Heuchler! Ihr verschließt das Himmelreich vor den Menschen.

Darf ich mit Harry spazieren gehen?, fragte Renker Yvonne, hatte bis abends vor dem Hauseingang gewartet. Yvonne schaute ihn an, den Wohnungsschlüssel in der Hand, zögerte. Magst du mit Raimund spazieren gehen?, fragte sie Harry dann. Mami kocht inzwischen.

Ihr selber tretet nicht ein, lasst aber auch die nicht hinein, die eintreten wollen.

Renker schlenderte mit Harry über die Wiesen zwischen den Wohnblocks. Um seinen Zeigefinger Harrys kleine Hand, Menschlein, stolperte über jeden Maulwurfshügel, als wärs ein Berg. Wusste Renker nicht, was er reden sollte. Baum, erklärte Harry, zeigte auf eine der kahlen Linden am Rand zur Straße, kugelte sich den Kopf nach Renker aus. Ja, Baum, wiederholte Renker. Dann dasselbe Spiel die ganze Allee hinunter. Harrys Hand war warm.

Wehe euch, ihr Schriftgelehrten und Pharisäer, ihr Heuchler! Die Häuser der Witwen rafft ihr an euch und verrichtet zum Schein lange Gebete. Darum wird das Gericht umso strenger mit euch verfahren.

Renker gab Harry an der Tür wieder ab. Yvonne zog das Kind zur Tür hinein, kurzer Blick auf Renker: Kannst ihn ja mal wieder holen.

Wehe euch, ihr Schriftgelehrten und Pharisäer, ihr Heuchler! Durchstreift Land und Meer, um einen einzigen Menschen zu bekehren. Ist es gelungen, macht ihr aus ihm ein Kind der Hölle, doppelt so schlimm wie ihr selbst!

Unterkunft fand Renker durch Vermittlung der Wirtin, bei der er mittags zu essen pflegte, altes Haus, zweiter Stock. Durchsuchte am ersten Abend jede Ecke der kleinen Wohnung nach Mikrofonen. Ärgerte sich über sich selbst, wer sollte sich noch für ihn interessieren? Horchte trotzdem an den Wänden, klopfte den Fußboden ab, kaufte am nächsten Tag eine Kette für die Tür, musste zur Montage die Nachbarin um einen Schraubenzieher bitten. Alte Dame, kramte minutenlang in überfüllten Laden und Schachteln: Ich habe einen, ich weiß doch, noch von meinem Mann, wissen Se? Unter dem Schuhputzzeug war einer. Renker schraubte auch gleich den Deckel von dem kleinen Radioapparat auf der Anrichte, suchte das Innere des Geräts ab, hatte Schwierigkeiten, das Ding danach wieder zusammenzusetzen.

Wehe euch, ihr blinden Führer, die ihr sagt: Schwört jemand beim Tempel, hat das nichts zu bedeuten. Schwört er beim Gold des Tempels, ist er gebunden.

Zwei Tage später holte Renker Harry wieder auf einen Spaziergang. Kannte jetzt schon einige Bäume. Als es zu regnen anfing, trug er den Buben unter seinem Mantel nach Hause. Am nächsten Tag war er wieder da, hatte die Stunden schon gezählt, bis Yvonne nach Hause kam. Saß dann mit Harry auf einer Bank, hatte ihm Kuchen mitgebracht, schmeckte Harry aber nicht, aß ihn schließlich selbst. Jedes vorbeifahrende Auto wurde kommentiert, Farbe, Größe, manchmal einfach nur: Auto! Dazwischen erzählte Renker vom Meer und den Möwen am Strand, wusste nie, ob Harry ihn verstand. Zeigte auf die Vögel auf den kahlen Ästen. Vogl! Sprach das Wort mehrmals langsam vor: Vogel! Sah, wie Harry ihn beobachtete. Auto, sagte Harry dann.

Ihr Toren, ihr Blinden! Was ist größer? Das Gold oder der Tempel, der das Gold erst heiligt?

Renker gab Harry jedesmal an der Tür wieder ab, sprach nur das Nötigste mit Yvonne: Hallo, ciao und Harry hat schon etwas gegessen. Beobachtete mit Sorge, wie Yvonne das Kind scheinbar lieblos behandelte, hätte den Buben oft am liebsten wieder mitgenommen. Irgendwann schlug Yvonne Renker vor, Harry selbst von der Kinderkrippe abzuholen, stellte ihn der Erzieherin vor: Herr Renker, wird Harry fallweise abholen. Musste laut sprechen, hinter der jungen Frau tobten die Kinder. Gern!, rief die Erzieherin, drückte ihm die Hand. Ein Ball flog durch die Tür.

Den ganzen Tag über saß Renker in seinem Zimmer, stierte zum Fenster hinaus, ging höchstens in den Laden hinunter, Brot kaufen, Gemüse, wenn es etwas gab, immer wieder war eine Milchtüte undicht, lief die Milch über das restliche Eingekaufte. Stellte sich in der Konsum-Kaufhalle um Negerküsse für Harry an, waren kontingentiert, jede Familie nur eines der braunen Papiersäckchen, merkte, dass sich einzelne Familienmitglieder getrennt anstellten. Schließlich fragte er Yvonne, ob sie Arbeit für ihn wüsste, würde sonst noch verrückt, begann einige Tage später im Vertriebsbüro des volkseigenen Betriebs Kartonagenmaschinenfabrik. Saß dort in einem schmalen Raum zu ebener Erde neben einem der vergitterten Fenster zum Hof, Schreibtisch mit abgesprungener Furnier. Rufen Se an, schreib'n Se, geh'n Se! Beobachtete die anderen aus den Augenwinkeln, ertappte sich, jeden Augenblick darauf zu warten, dass ihn jemand von seinem Sessel zerrte, ihm etwas vorwarf, das er nicht getan hatte. Wusste nicht, ob man ihn erkannt hatte, niemand sprach ihn darauf an. Den ganzen Tag freute er sich auf Harry. Brachte ihm Versteckspielen bei, selbst der dünnste Baumstamm ein Versteck. Trug ihn das verfallende Stiegenhaus in seine Wohnung hinauf, kochte Suppe für beide, bemerkte erst dann, dass er nur einen einzigen Löffel besaß. Harry liebte es, sauber zu machen, kehrte einmal während einer ganzen Radiosendung über Bach die Holzdielen, bestand dann darauf, den Besen nach Hause mitzunehmen. Ich konnte es ihm nicht ausreden, lächelte Renker, als Yvonne öffnete.

Ihr sagt ferner: Wenn einer beim Altar schwört, dann hat das nichts zu bedeuten. Schwört er aber bei der Opfergabe auf dem Altar, ist er gebunden.

Gleich als der erste Schnee fiel, bauten sie hinterm Haus einen Schneemann: Stand schief, bestand eher aus Blättern und ausgerissenem Gras als aus Schnee, es hatte erst einen halben Tag lang geschneit. Anstelle der fehlenden Karotte musste ein Ästchen als Nase herhalten, tat es auch. Harry war begeistert, am meisten vom Umwerfen des seltsamen Wesens, so oft, bis nichts mehr übrig war. Er half Renker, Brennholz für den kleinen Ofen in dessen Zimmer die Stiegen hinaufzuschleppen, gemeinsam wurde eingeheizt, die ersten Minuten war der Raum jedesmal voller Rauch. Nicht berühren, nahm Renker Harry in die Arme, ist heiß! Ließ ihn nicht mehr aus den Augen.

Ihr Blinden, rief Jesus, was steht höher? Die Opfergabe oder der Altar, der die Gabe erst heiligt?

Der Winter war streng, kaum ein Tag über null Grad, die Sonne im milchig schmutzigen Himmel aus den Fabrikschlöten höchstens eine orangefarbene Scheibe knapp über den Giebeln der Häuser. Zum Spielen war's draußen meistens zu kalt, Renker besorgte Bücher aus der Leihbibliothek. Dostojewskij: die Legende vom Großinqisitor aus „Die Brüder Karamasow" und das Büchlein „Egon und die böse Ziege" mit bunten Bildern von dem störrischen Tier. Renker las „Schuld und Sühne" bis spät in die Nacht hinein, untertags saß Harry drauf, weil der Stuhl sonst zu niedrig für ihn war.

Wer also beim Altar schwört, der schwört bei ihm und bei allem, was darauf liegt.

Mit dem beginnenden Frühjahr sprossen die ersten Blumen durch Fugen des kaputten Asphalts am Straßenrand vor Renkers Wohnung: vereinzelte Primeln, denen der Schmutz anscheinend nichts anhaben konnte. Wenigstens parkten selbst auf Hauptverkehrsstraßen keine Autos, wie Renker es überall im Westen gesehen hatte. Zwei Straßen weiter, auf den Böschungen zu einem metallisch silbrigen Rinnsal, gab es keine Blumen, da war sogar das Gras weggefressen. Angeblich war einmal ein Kind, das beim Spielen ins Wasser gefallen war, ein paar Tage später gestorben. Hatte eine Frau erzählt, einen ausgemergelten Hund an der Leine, Harry dabei über die blonden

Haare gestreichelt. Schön Papa an der Hand halten! Westliche Propaganda, hätte das MfS gesagt.

Fast täglich spazierte Renker mit Harry durch die Stadt. Aus Mauervorsprüngen der Semperoper lugte frisches Unkraut. Guck mal, sagte Harry, die Wiese dort oben! Auf einem stehen gebliebenen Gerüst an der Brühlschen Terrasse war das Gras bereits einen halben Meter hoch. Harry liebte es, Tram zu fahren. Vor dem Interhotel Merkur parkte eine weiße Limousine aus Hamburg. Dort war einmal Renkers Wagen gestanden. Schwarzweißfilm im Kopf, konnte sich nicht mehr an den Namen des Mädchens erinnern. Blond war sie, wusste er noch, war stundenlang in der Badewanne gelegen. Mercedes, sagte Harry, stellte sich auf die Zehenspitzen, um ins Innere sehen zu können.

Wer beim Himmel schwört, sagte Jesus, der schwört beim Thron Gottes und bei dem, der darauf sitzt.

Eines Tages erkannte ihn jemand während der Arbeit: Polternder Typ, nie gesehen, hielt im Vorbeigehen inne, musterte ihn mit zusammengekniffenen Augen: Ach, sag'n Se, sind Se's oder sind Se's nicht? Kam näher. Klar isser"s! Schlug ihm mit der flachen Hand auf die Schulter. Genosse Vertriebsleiter dahinterstehend, jovial: Bei uns arbeitet eben die Prominenz! Der Bauch quoll ihm über den Gürtel. Der Mann zählte minutenlang Fernsehsendungen auf, in denen er Renker gesehen hatte. Kaum war er zur Tür draußen, bedrängte man Renker, doch bei der nächsten Betriebsfeier Trompete zu spielen. Bis jetzt kein Wort über seine Vergangenheit, bloß hinter seinem Rücken, war sich Renker sicher. Als hätte sich plötzlich eine Schleuse geöffnet: Kerstin, kleine Brünette, saß Rücken an Rücken mit Renker, ihr gegenüber Sabine, versuchte, mit vorhangartigen Gewändern schlanker zu wirken. Dieter, Vertriebsassistent mit einem Adamsapfel, als wäre ihm etwas im Hals stecken geblieben. Muss das sein?, fragte Renker. Doch! Nur den Zapfenstreich!

Zu Hause holte er sein Instrument aus der Bettlade, polierte es mit dem Geschirrtuch, Fossil. Setzte an, als würde er eine Verflossene küssen, Heidemarie, Uschi aus Berlin, Daniela, hielt gleich wieder inne, durchdringender Ton im toten Zimmer. Lauschte, ob die Nachbarin schon klopfte, benetzte die Lippen mit der Zunge. Scheißton, jahrelang nicht gespielt, hatte kaum Bedürfnis danach verspürt, hatte sich selbst schon gewundert, eher Widerwillen, hing doch zu viel Erinnerung dran.

Wehe euch, rief Jesus, ihr Schriftgelehrten und Pharisäer, ihr Heuchler!

Betriebsfeier, Speisesaal VEB Kombinat Kartonagenmaschinenbau. Girlanden an den Wänden, der große Staatsratsvorsitzende hinter Glas, Bühne mit Musikinstrumenten und Rednerpult.

Ihr entrichtet den Zehent von Minze, Anis und Kümmel und lasst das Wichtigere im Gesetz außer acht: Recht, Barmherzigkeit und Treue. Dieses sollte man üben, jenes nicht unterlassen!

Die gleichen Reden wie früher: die Brüder in der Sowjetunion, Jahrespläne, Erreichen des Plansolls, Klassenkampf, Ehrung von Mitarbeitern. Am liebsten wäre Renker wieder gegangen. Kaffee und Kuchen, wellenartiger Applaus, betriebsinterne Kapelle, Dieter an der Gitarre. Zuletzt spielte Renker, angekündigt wie ein Hollywoodstar im Westen. Danach Applaus. Binnen Minuten war der Saal leer. Nur zwei ältere Damen wollten ein Autogramm: Dachten, Sie sind in den Westen? Renker fuhr nach Hause, verstaute die Trompete wieder unter dem Bett, spielte nur einmal noch Harry vor, so leise es ging: „Yellow Basket". Der Bub hatte das Instrument entdeckt, klatschte vor Begeisterung: Ich werde auch Trompeter!

Ihr blinden Führer, ihr seiht die Mücke und verschluckt das Kamel!

Im Sommer kaufte Renker Harry eine kurze Lederhose. „Gruß aus Berlin" stand vorn drauf. War etwas zu groß, aber kleiner hatte es sie nicht gegeben. Harry sah aus, als hätte er ein Möbelstück umgehängt, wollte sie aber nicht mehr ausziehen, obwohl er seit Wochen hustete. Sie besuchten einen Rummelplatz, Harry war eine Viertelstunde lang nicht vom Ringelspiel runterzubekommen. Was ist das?, fragte Yvonne entsetzt, als sie abends Harry in Lederhosen erblickte. Wird schon reinwachsen, meinte Renker. Das ist meine Lederhose, sagte Harry, musste sofort vorführen, wie man sich mit dem Ding auf den Hintern fallen lassen konnte, ohne sich wehzutun. Hatte nicht mit dem Betonboden gerechnet.

Einmal blieb Harry bei Renker über Nacht. Yvonne hatte am Vortag darum gebeten, weshalb, sagte sie nicht, wirkte abgearbeitet, fahrig, dunkle Ringe um die Augen. Geht's dir nicht gut? Warum? Sie zog Harry die Schuhe aus. Frühstück musst du ihm mitgeben! Weiß ich!

Harry war begeistert, brachte ein Täschchen mit Wäsche mit, seinen Stoffaffen Huhu. Warum der so hieß, wusste niemand. Renker hatte „Bummi“ besorgt, Zeitschrift für Kinder: Abenteuer eines gelben Bären. Musste vorlesen, bis er vorgab, die Brille verlegt zu haben. Hatte Nudeln mit Salat gemacht, aber fast alles selbst essen müssen, Harry, zu aufgeregt, hustete stark. Renker hatte nur das eine Bett, legte den Arm um Harry, Menschlein, drückte ihn an sich, als er endlich eingeschlafen war, vorsichtig, als wäre er aus Porzellan, wusste gar nicht mehr, wann das letzte Mal jemand in seinem Bett gelegen war.

Wehe euch, rief Jesus, ihr Schriftgelehrten und Pharisäer, ihr Heuchler!

Gegen Ende des Sommers teilte Yvonne Renker mit, dass er den Buben die nächsten Tage nicht abholen könne, ihre Mutter aus München käme auf Besuch. Harry hat mir schon davon erzählt, sagte Renker, war nicht zu übersehen: neuer Haarschnitt, als Renker ihn von der Krippe abgeholt hatte, das Loch im Hemd geflickt. Oma kommt, hatte Harry gesagt. Hast du deine Oma schon mal gesehen? Weiß ich nicht, hatte Harry gesagt, war noch zu klein.

Dienstag nächster Woche wieder, sagte Yvonne, zerrte den Buben in die Wohnung, und Harry winkte. Renker ging, hielt sich eine Woche von Yvonnes Siedlung fern. Der Mohr hat seine Schuldigkeit getan, tat's doch für Harry, musste er sich nur immer wieder einreden, was ging ihn Yvonne noch an? Der Mohr kann gehen.

Ihr reinigt die Außenseite des Bechers und der Schüssel, rief Jesus, innen aber sind sie voll Raub und Gier.

Na, ist deine Oma lieb?, fragte Renker, als er Harry wieder von der Krippe abholte. Hat ein Cabrio, sagte Harry. Ein blaues!

Du blinder Pharisäer! Reinige zuerst die Innenseite deines Bechers, dann wird auch die Außenseite sauber sein.

Am nächsten Tag Brigadefest im VEB haushaltselectric berlin, Patenbetrieb von Harrys Kinderkrippe. Die letzten Wochen hatten Arbeiter aus dem Unternehmen geholfen, die Räumlichkeiten des Kindergartens neu auszumalen, war üblich so, Werktätige als Freunde. Als Dank dafür Ringelreihen der Kleinsten mit Blumenkränzen und Gedichten. Wirkten wie aufgezogenes Blechspielzeug. Renker stand im Türstock zum Versammlungssaal. Harry mit Halskrause aus Papier und aufgemalten, roten Wangen, winkte: Huhu war auch dabei!

Ich muss dich sprechen, sagte Yvonne, heisere Stimme, als Renker Harry abgab. Jetzt?, fragte Renker. Yvonne schüttelte den Kopf. Morgen, sagen wir fünfzehn Uhr hinterm Haus. Gesicht leicht aufgedunsen, bildete sich Renker zumindest ein. Wirkte sie in den flachen Schuhen wie zusammengesunken. Und Harry? Renker bückte sich, löste vorsichtig Harrys Hände von seinem Nacken. Komm, lass mich jetzt los! Ich hole ihn danach ab, sagte Yvonne.

Wehe euch, rief Jesus, ihr Schriftgelehrten und Pharisäer, ihr Heuchler!

Yvonne kam im Mantel, eigentlich zu warm für die Jahreszeit, nervös, ging auf eine der Bänke hinterm Haus zu. Setz dich her! Sah sich um, rutschte auf der Bank herum, setzte an, wie um zu sprechen, hielt inne, als auf dem Weg vor ihnen zwei Frauen auftauchten, Rufweite. Hinter der Bank die Straße, alle Gedanken lang das Knattern eines vorbeifahrenden Autos, krochen die unverbrannten Abgase zwischen den Füßen über den Boden. Renker zündete sich eine Zigarette an, war ihm unangenehm, Yvonne neben sich. Unruhig seine ehemalige Geliebte, fahrig, suchte mit den Augen ständig die Umgebung ab, Hände in den Manteltaschen. Gib mir auch eine, sagte sie. Entschuldige, sagte Renker, kramte das Päckchen Zigaretten hervor, würde sich nie daran gewöhnen, Yvonne rauchen zu sehen. Die beiden Frauen verschwanden hinter dem Haus. Yvonne atmete den Rauch tief ein, schaute zu Renker hinauf. Wir werden in den Westen gehen, sagte sie dann, spuckte es aus.

Ihr gleicht frisch getünchten Gräbern, die von außen schön aussehen, im Inneren aber voll sind von Totengebein und Verwesung aller Art.

Zeitenwende, hatte Renker schon einmal erlebt: Ministerium für Staatssicherheit, hatte der Mann im blauen Nylonmantel damals gesagt, Berlin, Morgendämmerung, Renker seinen Ausweis unter die Nase gehalten. War nachher nichts mehr wie früher. Panta rhei, meinten die Griechen, alles fließt, hatte Renker bei Humboldt gelesen, Volksbibliothek Dresden. Und dann gab's Wasserfälle. Ausreiseantrag?, fragte er. Yvonne schüttelte hektisch den Kopf. Hast du schon mal einen Ausreiseantrag gestellt? Nein, sagte Renker. Du? Nein, aber Angela. Die haben sie monatelang durch den Fleischwolf gedreht, sagte sie, aufgeregte Stimme. Wer? Die Abteilung Inneres, sagte Yvonne. Jürgen haben sie schließlich abgelehnt, waren ja nicht verheiratet, und ihre kleine Tochter hätte sie zurücklassen müssen, kannst du dir das vorstellen? Wäre dann zur Adoption freigegeben worden! Sie fuhr sich mit der Hand durchs Haar. Angela hat eine Tochter?, fragte Renker. Gottseidank noch immer! Yvonne sog an der Zigarette. Ist ihr zuliebe hiergeblieben. Bei uns im Geschäft hilft einer aus, dem haben sie nach einem abgelehnten Ausreiseantrag seine Anstellung als Universitätsprofessor aberkannt. Toll, was? Das hat hier ja alles keinen Sinn mehr! Sie klopfte Asche von der Zigarette, wo noch keine war. Ich tu's nicht für mich, aber was soll denn aus Harry werden? Der nächste Genosse Arsch im VEB Kartonagenmaschinenfabrik oder große Karriere als IM? Sie sprudelte die Worte heraus. Ihm soll's einmal besser gehen, verdammt nochmal! Schluckte die Tränen runter, schwieg. Ein Mann mit Aktentasche überquerte vor ihnen die Wiese. Yvonne legte ihren Arm um Renkers Schulter. Tu so, als liebtest du mich, lachte sie trocken, zog die Nase auf. Renker fasste sie zögernd um die Taille. Alte Welt, schmeckte die Erinnerung bitter. Der kann uns doch nicht hören, meinte er. Hier haben die Bäume Ohren, sagte Yvonne.

Von außen, rief Jesus, erscheint ihr den Menschen gerecht, innen aber seid ihr voll Heuchelei und Frevel!

Der Mann verschwand um die Ecke. Yvonne wischte sich mit dem Ärmel übers Gesicht. Meine Mutter, begann sie leise, Kopf gesenkt, hat von München aus mit Österreichern Kontakt aufgenommen, die mit alten Autos über ihre Grenze nach Ungarn kommen, dann dort, wo es niemand sieht, die Autos gegen einen Baum fahren und die Wracks mit einem Abschleppwagen nach Österreich zurücküberstellen. Sie sah Renker an. Verstehst du? Renker blies Zigarettenrauch in die Luft. Ein Auto fuhr hinter ihnen vorbei. Wir fliegen vorher nach Ungarn in den Urlaub, sprach hektisch, als hätte sie Zeitnot, und lassen uns dort in den Kofferraum von so einem kaputten Auto einschweißen. Wechselte den Arm auf die Lehne der Bank. Mama hat schon angezahlt. Nimmt extra einen Kredit dafür auf. Zwei Kinder liefen über die Wiese, Yvonne legte den Arm wieder auf Renkers Schulter, wartete. Renker nickte langsam, hatte das Gefühl, weit weg zu sein. Wer sagt, dass ihr euch auf diese Typen verlassen könnt? Yvonne zuckte die Achseln. Mama kennt sie. Meint, die täten das schon jahrelang. Schweigen.

Wehe euch, rief Jesus, ihr Schriftgelehrten und Pharisäer, ihr Heuchler!

Und warum erzählst du mir das?, fragte Renker, unbeteiligter Tonfall. Yvonne zögerte, sog den Rauch tief ein, senkte den Kopf. Ich wollte dich bitten, dass du uns das Geld für die Flüge vorschießt. Hundertfünfunddreißig Mark kostet ein Ticket nach Budapest, sagte sie zum Boden hinunter. Stille. Der Himmel war bedeckt, es würde Regen kommen. Sie begann zu schluchzen. Ich hab doch sonst niemanden.

Ihr baut den Propheten Gräber und schmückt die Grabdenkmäler der Gerechten.

Autoknattern hinter ihnen, Gestank. Renker kramte sein Taschentuch aus der Hose, reichte es Yvonne, erhob sich ruckartig. Das Auto in der Nebelwolke. Fuhren alle in die gleiche Richtung, morgens andersrum. Fast immer die gleichen Modelle, Renker erkannte sie schon am Geruch. Dieter aus der Kartonagenmaschinenfabrik zahlte schon drei Jahre auf eines an: Wenn ich's endlich bekomme, bin ich zu alt zum Fahren, weeste?

Renker hörte Yvonne schneuzen, hatte gedacht, dass sie ihm vorschlagen würde, endlich vor Harry auszupacken oder ähnliches. Warum eigentlich nicht? Musste doch einmal rauskommen. Raimund ließ er sich rufen, hatte es nie gewagt, Yvonne darauf anzusprechen. Nützliche Gouvernante, Ersatzonkel, dessen Pseudoneffe nicht einmal erfahren durfte, dass er sein Sohn war. Als wär's für das Kind ein Schock. Lachhaft.

Und Jesus sprach: Ihr sagt, hätten wir zur Zeit unserer Väter gelebt, wir hätten uns nicht am Blut der Propheten mitschuldig gemacht.

Wäre ohnedies erst im Sommer nächsten Jahres, sagte Yvonne in Renkers Rücken. Bloß ich muss jetzt schon wissen, ob das Ganze für mich überhaupt bezahlbar ist.

Damit stellt ihr euch selbst Zeugnis aus, Söhne der Mörder der Propheten zu sein.

Renker wandte sich zu ihr um, sah, wie sie die Zigarette am Boden austrat. Woher willst du wissen, dass ich das Geld habe? Schrei doch nicht so, sagte sie. Setz dich bitte wieder her. Ich schrei doch nicht, sagte er. Du hast ja einen Komplex! Setzte sich wieder, spürte Yvonnes Arm um seine Schulter. Entschuldige, sagte sie.

So macht auch ihr das Maß eurer Väter voll, sagte Jesus. Ihr Schlangen, ihr Natterngezücht, wie wollt ihr dem Strafgericht der Hölle entkommen?

Du hast doch erzählt, sagte Yvonne, dass deine Ex dir Geld geschickt hat. Eine junge Frau kam auf sie zu, ausgebreitete Arme, erstauntes Gesicht. Ach Gott, zischte Yvonne durch die Zähne, musste ja sein! Zog wie beiläufig den Arm von Renkers Schulter. Ich hol Harry ab, sagte Renker, erhob sich, trat die Zigarette aus. Bleiben Sie doch, rief die Frau schon von Weitem, ich will Sie nicht vertreiben! Nein, nein, ich muss ohnedies gehen! Schade, lächelte sie, Hütchen schräg im Haar, musterte Renker unverholen. Wiedersehen, sagte Renker.

Wiedersehen! Er ging, sah vom anderen Ende der Wiese die beiden Frauen nebeneinander sitzen.

Darum, sprach Jesus, sende ich euch Propheten, Weise und Schriftgelehrte.

Harry fiel Renker um den Hals, als er die Stube betrat.

Etliche von diesen werdet ihr töten und kreuzigen, andere in euren Synagogen geißeln und von Stadt zu Stadt verfolgen.

Gehen wir noch ein wenig spazieren?, meinte Renker. Harry war einverstanden, redete in einem fort auf Renker ein, war so viel zu berichten, hüpfte an seiner Hand über den Bürgersteig. Renker hörte ihn kaum, Schlafwandler, und seine Nacht war uferlos. Als es begann, dunkel zu werden, brachte er Harry nach Hause. Vor der Wohnungstür kein Wort über das Gesprochene. Wir waren am Elbufer, sprudelte Harry. Schön, sagte Yvonne, wirkte verheult. Zog Harry in die Wohnung. Ciao! Tschüss, sagte Renker, und Harry winkte.

So wird über euch alles unschuldige Blut kommen, rief Jesus, das auf Erden vergossen wurde, vom Blut Abels, des Gerechten bis zum Blut des Zacharias, des Sohnes des Barachias, den ihr zwischen Tempel und Altar ermordet habt!

Entschuldige, sagte Renker am nächsten Tag zu seiner Kollegin hinter sich, zerfahren, machte ständig Fehler, besserte falsch aus. Fühle mich heute beschissen! Geh doch heim, sagte Kerstin, leg dich ins Bett! Und er ging, fiel im Betrieb nicht weiter auf, wusste er, lief durch die Stadt, saß stundenlang im Vorgarten eines Bierlokals, starrte auf die Straße. Holte später Harry ab, tat es jetzt schon jeden Tag. Drückte den Buben an sich, die Einsamkeit würde grenzenlos werden. Bringst du mir einmal bei, fragte Harry, wie man Trompete spielt? Klar, sagte Renker. Wenn du größer bist. Wann bin ich größer? In einem Jahr, sagte Renker. Wartete mit Harry auf der Wiese vor seinem Haus. Yvonne brachte ein Paket mit, setzte sich zu den beiden. Ist von Oma, sagte sie. Oma!, schrie Harry, hustete, begann, zu ihren Füßen das Packpapier zu zerreißen. Obenauf die obligate Inhaltsliste, darunter Süßigkeiten, Damenstrümpfe, Kinderbücher. Nicht so wild, packte Yvonne Harry am Ärmel, du zerreißt noch alles!

Ihr bekommt das Geld, sagte Renker. Yvonne hielt inne, richtete sich langsam auf. Schaute Renker an, strahlte, umarmte ihn, küsste ihn auf die Wange. Renker bewegungslos. Harrys Stimme von unten: Darf ich die Schokolade essen? Yvonnes Gesicht dicht vor Renkers: Du bist ein Riesenarsch, sagte sie, aber manchmal ein lieber. Harry klopfte ihm auf die Beine: Darf ich die Schokolade essen? Erst nach dem Essen, sagte Yvonne. Bitte, Raimund, bettelte Harry, nur ein ganz kleines Stückchen! Yvonne wandte sich ihm zu, erhobener Zeigefinger: Ich hab gesagt, nach dem Essen!

Wahrlich, ich sage euch, dies alles wird über dieses Geschlecht kommen.

Ich habe nur eine Bedingung, sagte Renker. Yvonne wandte ihm das Gesicht zu, lachte. Ich möchte mitkommen, sagte er.

Jerusalem, Jerusalem, du tötest die Propheten und steinigst die zu dir Gesandten.

Renker zündete sich eine Zigarette an. Yvonnes Lachen war erstarrt. Halb geöffneter Mund, hielt sich mit einer Hand Harry vom Leib. Hatte wohl nicht damit gerechnet, ertappte Renker sich dabei, es fast zu genießen, hat doch auch ein Arsch Gefühle. Keine Sorge, sagte Renker, ich werde mich nicht in euer Leben mischen. Wenn Harry mich sehen will, werde ich für ihn da sein, sonst nichts. Yvonne schüttelte Harrys Hand ab. Gib doch endlich Ruh!

Sie musterte die Umgebung, die Wohnblöcke zu weit weg, die Straße einen Steinwurf hinter ihnen. Vor ihnen tobte ein Mädchen mit einem kleinen Hund auf dem abgetretenen Spielplatz umher. Wovon willst du dort leben?, fragte Yvonne. Die haben doch selbst tausende Arbeitslose! Ich werde drüben Delf anrufen, sagte Renker, der soll mich irgendwo als Trompeter unterbringen. Wen? Delf Feininger. Mit dem zusammen ich Fluchthelfer gespielt haben soll. Der ist drüben?, fragte Yvonne. Renker nickte langsam. Ich bin davon überzeugt! Dissidenten und Promis werden im Knast wie rohe Eier behandelt und abgeschoben. Eine Frau mit Einkaufstasche schlurfte den Weg entlang. Wieso dann nicht auch du?, fragte Yvonne, als die Frau verschwunden war. Weil mich im Westen noch nie jemand gekannt hatte, sagte Renker. Kannst du doch mit hier nicht vergleichen! Und wer guckt denn drüben unsere Scheißsender? Also interessiert sich auch kein Schwein für meine Erlebnisse mit der Stasi, verstehst du? Yvonne nickte. Und dieser ..., wie heißt er? Delf. Genau! Renker gestikulierte. Der hatte genügend Kohle und einflussreiche Freunde drüben, um sich's richten zu können!

Wie oft, sprach Jesus, wollte ich eure Kinder um mich sammeln, wie eine Henne ihre Jungen unter ihre Flügel sammelt, und ihr habt nicht gewollt.

Yvonne erhob sich, ging ein paar Schritte in die Wiese hinein. Blumenmädchen aus der alten Welt. Zapfenstreich um vier Uhr früh. Pfirsichhaut, hatte sie damals zur Frau gemacht. Über der Bank zwitscherten Vögel in den Zweigen der Bäume. Das Mädchen mit dem Hund wurde von einem Mann im Fenster, zweiter Stock, ins Haus gerufen. Yvonne kam zurück. Meine Mutter wird uns im Laufe des Winters noch einmal besuchen. Vorher kann ich es ihr nicht sagen. Klar, sagte Renker. Wann soll das Ganze steigen? Anfang Juli, sagte sie.

Seht, sagte Jesus, veröden wird euer Haus!

Und von wo weg? In der Nähe von Sopron, sagte sie. Renker erhob sich. Ich werde dort sein.

Ich sage euch, ihr werdet mich von jetzt ab nicht mehr sehen, bis ihr ausruft: Gepriesen sei, der da kommt im Namen des Herrn!

Vierundzwanzigstes Tableau

Renker stellte einen Antrag auf ein Visum für Ungarn, sogenannte Reiseanlage, musste meterweise Papier ausfüllen, Reiseziel: Budapest. Verwandte im Westen? Keine. Yvonne könnte Schwierigkeiten wegen ihrer Mutter bekommen. Kerstin aus dem VEB hatte einen Onkel in Stuttgart verschwiegen. War in die Abteilung Inneres zitiert worden, hatte sie erzählt. Die hätten alles schon gewusst: Briefe aus dem Westen, Päckchen, deren Inhalt, sogar, dass der Onkel geschieden war. War dann im Sommer statt an den Plattensee bloß an den Rheinsberger See gefahren.

Renker wartete wochenlang, schließlich abschlägiger Bescheid. Ohne Angabe von Gründen, hieß es. Fuhr nach Rostock, ohne Auto eine Weltreise. Die Werft, die Armin leitete, wirkte wie eine Stadt in der Stadt, Armin gerade nicht da. Und seine Frau? Ist im Moment mit den Mädchen in Kuba, lächelte die Sekretärin, knöchellanger, schmaler Rock, Brille mit Kettchen. Abziehbild. Kommen Sie doch mogen früh noch mal vorbei! Wann? Ist sechs zu früh?

Jesus verließ den Tempel. Da traten seine Jünger auf ihn zu, um ihm die Gebäude des Tempels zu zeigen.

Armin wirkte unterkühlt, alt geworden, vermied es geschickt, Renker die Hand zu geben, trug einen Packen Papiere, konnte ja seit seinem Schlaganfall die Linke nicht bewegen. Bat ihn nicht, weiterzukommen. Stockende Unterhaltung am Gang vor dem Büro, tiefer Teppich. Wie geht's Margot? Ist grad auf Urlaub. Hab ich gehört, sagte Renker, in Kuba, wie früher. Armin nickte. Alte Bäume verpflanzt man nicht mehr! Ging Renker nicht einmal bis zur Schulter. Und die Mädchen? Sind schon groß, sagte Armin. Du würdest sie nicht mehr erkennen. Kann ich mir vorstellen, sagte Renker. Die Sekretärin zwei Schritt hinter ihnen. Armin stieß die Tür zu seinem Büro auf. Schau vorbei, wenn du wieder mal in der Nähe bist! Ich hätte eine Bitte, sagte Renker, will dich aber nicht aufhalten. Wenn du willst ...? Nein, nein! Armin leicht genervt, bat die Sekretärin, vorauszugehen. Worum geht es? Ich habe einen Urlaub in Ungarn beantragt, sagte Renker, für nächsten Sommer. Wurde abgelehnt, fiel ihm Armin ins Wort. Renker nickte, suchte nach Worten. Du kennst doch Gott und die Welt, glaubst du, du könntest …? Die Sekretärin kam zurück: Tretkow aus Berlin ist am Apparat! Ich komme, sagte Armin. Zu Renker gewandt: Ich werde schauen, was ich tun kann! Berlin? Dresden, sagte Renker.

Zwei Wochen später kam der positive Bescheid. Renker reichte seinen Sommerurlaub ein.

Jesus sprach zu den Jüngern: Seht ihr dies alles? Wahrlich, ich sage euch, kein Stein wird hier auf dem anderen bleiben, der nicht abgebrochen wird.

Yvonne hatte eine Pauschalreise ergattert, Dresden–Budapest–Weiterfahrt an den Plattensee. Zimmer für zwei Personen in Seenähe. Stundenlanges Stehen in der Schlange war der Preis. Sozialistisches Reptil, hatte Delf seinerzeit geätzt. Den richtigen Zeitpunkt hatte ihr ein Kunde im Blumenladen gesteckt, gab es nicht alle Tage. Ging sich mit den achtzehn Tagen Urlaub, die Yvonne zustanden, gerade aus. Harry bräuchte dringend Luftveränderung, hatte sie angegeben, hustete ständig, der Bub. Wusste nicht, ob es etwas nützte, es ins Treffen zu führen, schaden konnte es nicht. Renker hatte ihr zwei Tage davor Geld übergeben. Für die Flüge und nochmal so viel für alles andere, wie er sagte. Zurückgeben brauchst du mir nichts. Hatte Yvonne mit dem Geld in der Hand stehen gelassen.

Als sich Jesus auf dem Ölberg niedergelassen hatte, traten seine Jünger gesondert zu ihm und fragten: Sprich, wann wird dies geschehen, und was ist das Zeichen deiner Ankunft und des Endes der Welt?

Es wurde Herbst, wochenlang grau bedeckter Himmel, als gäbe es keine Sonne dahinter, dann wieder einige Tage strahlendes Blau. Alles strömte hinaus aus der Stadt, genoss die bunt gewordene Landschaft. Renker fuhr mit Harry übers Wochenende nach Zschorna, eingebettet in uralte Bäume der weit verzweigte Großteich mit seinen Wasservögeln und Salamandern, an den Ufern der Wälder schwirrte und gurrte es. Er ruderte mit dem Buben bis in die Dämmerung hinein, knarrende Bänke, Harry hing über den Bootsrand, zählte die Fische, bis kein Finger mehr frei war. Aßen in einer kleinen Wirtschaft zu Abend, überfüllt, hatten gerade noch zwei Plätze ergattert. Draußen wurde es nachts jetzt schon kühl, beschlugen die Fenster.

Jeden Tag konnten sie nicht so weit fahren. Bitte, Raimund, wieder ans Wasser! Der Dresdner Zwinger tat's auch, hinter dem barocken Teich, Spiegelbild überladenen Pomps, angewittert durch die Jahrhunderte. Ein Regenwurm zwischen zwei Steinblöcken interessierte Harry mehr als die ganze Baukunst unter August dem Starken. Der Große Garten, Harry auf einem Sockel zwischen zwei Figuren aus grauem Stein, ausladende Geste neben dem stummen Freund mit Vogeldreck am Kopf. Die gewundenen Ufer der Elbe, die geduckten Brücken, die sich wie wasserscheu auf unzähligen Steinpfeilern aus dem Fluss stemmten, Harry warf stundenlang Steinchen ins Wasser: Das war jetzt am weitesten!

Jesus antwortete den Jüngern: Seid auf der Hut, dass euch niemand verführe! Denn viele werden in meinem Namen kommen und sagen: Ich bin der Messias. Und sie werden viele verführen.

Im Winter kam Yvonnes Mutter noch einmal zu Besuch, weigerte sich, Renker kennenzulernen. Sie wird die nötigen Schritte einleiten, sagte Yvonne im Flüsterton, als Mutter wieder abgereist war. Betonierter Platz hinter dem Kindergarten. Fünftausend D-Mark pro Person bekommen die Fluchthelfer an der ungarischen Grenze, noch einmal so viel liegt auf einem Wiener Depot. Sie wandte sich halb ab. Aber ..., Renker zögerte: Wo soll ich denn so viel D-Mark herbekommen? Legt Mama vorerst für dich aus, sagte Yvonne leise. Hat mich viel Überredung gekostet, kannst du mir glauben! Renker wusste nicht, was er sagen sollte. Ein Bekannter meiner Mutter, sagte Yvonne, wird das Geld bringen. Sie selbst wäre zu auffällig, so knapp hintereinander. Renker nickte. Seine Schuhe waren schmutzig. Sie bekommt alles zurück, sagte er.

Yvonne war einsilbig die Tage danach, wirkte bekümmert, Flucht besteht aus loslassen müssen. Und der Tag kam bedrohlich näher, obwohl noch Monate entfernt, mit jeder Stunde, sah Renker es Yvonne an. Keine Möglichkeit mehr, etwas zurückzunehmen, sich zu überlegen. Konnte ihr die langen Nächte der sterbenden Heimat nachfühlen, schleppte doch selbst tagsüber Harry durch die Stadt, als müsse er sich jeden Winkel noch ins Gehirn brennen.

Ihr werdet von Kriegen und Kriegsgerüchten hören, sagte Jesus. Gebt acht und lasst euch dadurch nicht erschrecken.

Es schneite. Jungfräulich weiß die Elbwiesen unter den kahlen Bäumen am Flussufer, über die Dimitroff-Brücke zum Zwinger hinüber hinterließ jedes Auto seine Spur am Boden wie Wild im Wald. Harry leider mit Grippe im Bett. Zwei Stationen fuhr Renker täglich mit der Straßenbahn zusammen mit Kerstin aus dem Betrieb nach Hause, bevor sie ausstieg. An dem Tag, an dem es schneite, fuhr sie mit ihm weiter. Hatte Renker angesprochen, als Sabine gerade draußen war, wusste, dass Harry krank war: Was tust du heute abend? Renker hatte die Schultern gehoben. Ich möchte mit dir schlafen, hatte sie gesagt. Dann war Sabine wieder zurückgekommen: Hast du den Akt von Projekt fünf?

Alles muss geschehen, sagte Jesus, aber es ist noch nicht das Ende. Ein Volk wird sich gegen das andere erheben und ein Reich gegen das andere.

Die ganze Straßenbahnfahrt lang plauderte Kerstin über belanglose Dinge wie immer, Renker kannte bereits ihre ganze Familie, Eltern, Onkel, Tante Emmas Hund, der so groß war, dass er in Gustavs Zimmer zu ebener Erde beim Fenster hineinsehen konnte, ohne sich auf die Hinterbeine zu erheben. Sie stieg nicht aus. Keine Beziehungen im eigenen Zirkus, hatte Renker schon bei Adrienne gedacht, Warnemünde, dreißig Grad, dann doch mit ihr geschlafen. Hätte Renker nie gedacht, sich einmal vor einer Liebesnacht zu fürchten, lief neben Kerstin über den frischen Schnee die Gasse hinein, unangenehm der Wind. Im Zimmer war es kalt. Renker heizte den Ofen, trieb mit dem Geschirrtuch den Rauch aus dem geöffneten Fenster. Kerstin hatte sich einen Stuhl ans Feuer gezogen, saß im Mantel, die Hände vergraben, kicherte, und der Schein der Flammen aus dem offenen

Ofentürchen flackerte über ihr Gesicht. Klein war sie, quirliger Typ, reichte Renker bis zur Brust, brünettes Haar, halblang. Magst du etwas trinken?, fragte Renker. Was hast du denn? Viel war nicht da. Zwei Flaschen Schnaps. Renker hatte nur Kaffeetassen und Harrys Becher. Sie tranken Schnaps aus den Tassen, Kerstin fand's unheimlich niedlich: Prost, auf uns zwei! Renker zog den Vorhang zu, setzte sich im Mantel auf den Bettrand, wartete, dass es wärmer würde. Wusste nicht mehr, wann er das letzte Mal mit einer Frau geschlafen hatte.

Hungersnot wird es geben und Erdbeben allerorten. All das ist aber erst der Anfang der Wehen.

Kerstin ließ sich nachschenken. Dass ihr warm würde, sagte sie. Schläfst du mit Yvonne? Nein, sagte Renker. Sie kippte die Tasse. Warum bist du nicht in Berlin geblieben? Keine guten Erinnerungen, sagte Renker. Die Verflossene?, lachte sie. Auch. Viel wusste sie nicht von Renker. Das Holz im Ofen knackte. Das Geräusch allein wärmt doch schon, hatte Onkel Hans in Cottbus immer gesagt, Renkers Mutter hatte bei ihnen trotzdem immer gefroren.

Dann werden sie über euch schwere Trübsal bringen, sagte Jesus, und euch töten. Von allen Völkern werdet ihr gehasst werden um meines Namens willen.

Renker schaltete das Lämpchen neben dem Bett an, drehte die Deckenbeleuchtung ab. Musik hab ich keine, sagte er, der Lautsprecher des Radios krächzte seit einem Monat nur noch, Bestandteile gab es nicht. Macht nichts, sagte Kerstin, lachte, spiel doch etwas auf der Trompete! Renker lächelte. War ein anderer gewesen, der um vier Uhr früh den Zapfenstreich gespielt hatte, um Yvonne zu beeindrucken. Kerstin erzählte von der Geburtstagsfeier ihres Vetters Gustav, wie falsch alle gesungen hätten, von der verunglückten Torte, die Handtasche ihrer Mutter war draufgefallen. Hielt plötzlich inne, erhob sich wackelig. Zog sich nackt aus, ließ die Kleidungsstücke rund um sich am Boden liegen. Renker im Mantel am Bettrand. Du sollst keine betrunkene Frau verführen, gurrte sie. Aber du sollst dich von einer verführen lassen!

Viele werden Anstoß nehmen, sagte Jesus, werden einander verraten und hassen. Es werden auch viele falsche Prohpeten auftreten und viele in die Irre führen.

Kerstin stellte sich breitbeinig über Renkers Beine, küsste ihn, knöpfte dabei seinen Mantel auf, schälte Renker aus dem Pullover. Sie ergriff seine Hand, legte sie sich zwischen ihre Beine. Renker streichelte sie, spürte nichts.

Weil die Gesetzlosigkeit zunimmt, wird in vielen die Liebe erkalten. Wer aber ausharrt bis ans Ende, wird gerettet werden!

Kerstin drückte Renker aufs Bett, zog ihn aus, küsste sein Glied, streichelte ihn: Hallo Kleener, ick bin's doch bloß, Kerstin! Lachte, kletterte über Renker: Wart mal! Setzte sich verkehrt auf ihn, legte seine Hände von hinten an ihre Brüste, griff ihm zwischen die Beine. Schmerzen in der Brust, die Rippen nie richtig ausgeheilt. Renker fühlte, wie es ihm langsam die Luft abschnürte, Fliegengewicht, die Kleine, war es nicht, Schatten auf der Seele, er hätte das große Licht anlassen sollen, Abbild des wippenden Körpers Kerstins an der Decke, die Bettfedern quietschten unter ihm. Dreckschwein, hatte Pferd durch die Zellentür geschrien, konnte ihn durchs Guckloch beobachten. Die hölzerne Pritsche hatte nicht gequietscht.

Renker starrte auf Kerstins Hintern. Magst du mich küssen?, hörte er ihre säuselnde Stimme, warf den Kopf herum. Kerstin erhob sich vor seinem Gesicht auf die Knie. Es tut mir leid, keuchte er, versuchte, sich unter ihr zur Seite zu drängen. Ich weiß auch nicht. Entschuldige! Warf sie fast vom Bett, saß zitternd am Bettrand, die Dielen unter seinen Fußsohlen waren rauh.

Diese Heilsbotschaft vom Reich, sagte Jesus, wird auf dem ganzen Erdkreis gepredigt werden, allen Völkern zum Zeugnis. Dann wird das Ende kommen.

Stille. Hab ich dich überfallen?, hörte er Kerstin hinter sich, vorsichtig, leise. Blödsinn, sagte er, suchte mit der Hand nach ihr, du bist in Ordnung. Spürte ihre weiche Haut unter seinen Fingern. Das bin ich schon selbst! Sie ergriff seine Hand. Soll ich nach Hause gehen?

Bitte, bleib noch! Wäre ihm lieber gewesen, sie ginge, jetzt gleich: Also dann, bis morgen! Oder wäre nie gekommen, und die Welt die gleiche geblieben. Konnte es Kerstin nicht sagen. Er suchte am Boden nach seiner Hose, zog sie über, ohne richtig aufzustehen. Kerstin hüllte sich in seine Decke, zog die Beine an, rückte an die Wand. Hast du dir sicher anders vorgestellt, sagte Renker bitter, wollte sie nicht ansehen. Er spürte ihre Hand über seinem Haar. Unsinn, sagte sie. Ich habe mich verliebt in dich. Weißt du?

Wenn ihr nun den Gräuel der Entweihung, der vom Propheten Daniel vorausgesagt worden ist, an heiliger Stätte seht, wer es liest, der beachte es wohl.

Tu das nicht, sagte Renker leise. Zu spät, hörte er sie. Das Holz im Ofen knackte. Er würde die Firma verlassen. Kerstin nichts sagen. Arbeit gab's überall. Keine Arbeitslosen, hatte er in hundert Ansprachen gehört, Applaus. Fuhr sich mit beiden Händen übers Gesicht. Würde aber nur auffallen, konnte das jetzt nicht brauchen. Wollte Kerstin auf keinen Fall einweihen, kannte sie doch kaum. Nur, weil sie nackt auf seinem Bett saß? Magst du noch einen Schluck?, fragte er. Nee, sonst wird mir schlecht, lachte sie hinter ihm. Ich schon, sagte Renker, erhob sich, schenkte sich ein, kippte die Tasse. Der Schnaps brannte im Hals. Billiger Fusel, besserer war nicht zu bekommen gewesen. Renker setzte sich auf den Stuhl, zog durch die Nase auf. Stört es dich, wenn ich rauche? Mir?, fragte Kerstin. Mensch, fühl dich wie zu Hause! Er kramte in den Taschen seines Mantels nach den Zigaretten. Du rauchst ja nicht? Nee, kicherte sie. Mir genügen die Laster, die ich habe. Renker zündete sich eine Zigarette an, setzte sich wieder. Soll ich nachlegen? Kerstin schüttelte den Kopf. Mir ist jetzt warm geworden. Es tut mir leid, wiederholte sich Renker. Hör doch endlich auf, sagte Kerstin. Kein Mensch muss müssen. Fährste nach Ungarn? Hatte die Ungarnkarte am Nachttisch entdeckt, eine Woche zuvor gekauft. Er sah, wie Kerstin sich über den Nachttisch beugte, sich auf die Knie erhob. Hatte ihm noch gefehlt, Scheißkarte. Die Decke glitt von ihren Schultern. Sie öffnete die Karte, suchte sie kurz mit den Augen ab, zeigte auf eine bestimmte Stelle. Hier ist Till verschwunden, sagte sie. Wer ist Till? Dein Vorgänger im Betrieb, sagte sie. War auf Urlaub am Balaton, ist nie zurückgekommen. Sie lächelte Renker über die Karte an, Augenbrauen hochgezogen. Renker fühlte, wie seine Handflächen nass wurden, nie etwas von einem Till gehört. Kerstin zog mit einer Hand die Decke wieder an sich. Würde ich gern mal hin, soll ganz doll sein! So mit Schiffchen fahren, studierte die Karte, und abends am See schön essen, weißte? Unschuldsengel. Zufall. Zufälle gibt's nicht, Delfs Weltanschauung. So ziemlich die einzige, die er hatte. Und wenn sie ihn aufs Kreuz legen wollte? Jeder dritte ein Spitzel, schrien doch die Spatzen von den Dächern. Alle unter einer Decke, Falle stellen, endgültig einkassieren, den Beweis liefern. Verwarf es wieder, fixe Idee, Verfolgungswahn, wusste er doch ohnedies, konnte nicht mehr anders. Als säßen sie in seinem Kopf, komm' Se, geh'n Se, stell'n Se sich an de Wand! Brunnenvergifter, hatten ihm die Pest in die Schläfe gespritzt, hätte am liebsten aufgeschrien, schwarze Welt. Er klammerte seine Finger um die Sitzfläche des Sessels. Pause. Kerstin drehte die Karte vor ihrem Gesicht. Mir ist nicht gut, sagte Renker. Entschuldige, aber ich glaube, es ist doch besser, du gehst.

Dann fliehe, rief Jesus, wer in Judäa ist, in die Berge! Wer auf dem Dach ist, steige nicht herab, um seine Habseligkeiten aus dem Haus zu holen. Wer auf dem Feld ist, kehre nicht zurück, um seinen Mantel zu holen.

Kerstin ließ die Karte sinken, wollte sichtlich etwas sagen, ließ es dann doch, faltete die Karte wieder zusammen, zog sich wortlos an, streichelte Renker über den Rücken, küsste sein Haar. Danke für den Schnaps, flüsterte sie in sein Ohr. Freu mich schon auf morgen. Schlaf dich mal aus! Renker hörte die Tür ins Schloss fallen, ihre trippelnden Schritte die Treppe hinunter.

Wehe aber den Frauen, die in jenen Tagen ein Kind unter dem Herzen oder an der Brust tragen! Betet, dass eure Flucht nicht im Winter geschehe oder am Sabbat!

Sie sprachen nicht mehr darüber. Kerstin fröhlich wie immer, als wäre die Nacht nie geschehen. Renker hockte an seinem Schreibtisch, Aktenordner vor sich, Stöße beschriebenen Papiers, Kerstin hinter sich. Totstellen. Wusste, dass es der falsche Weg war, bemühte sich, hatte aber das Gefühl, wie gelähmt zu sein. Die Auffälligkeit der Kinder, die etwas zu verbergen hatten: Harry hatte sich einmal plötzlich nicht zu Tisch setzen können, Schmerzen im Rücken. Beim Massieren hatte Renker dann hinten in Harrys Gürtel das Lineal der Kindergartentante entdeckt, lachen müssen. War selbst nie ein guter Schauspieler gewesen, musste Harry von ihm geerbt haben. Daniela hatte stets mehr gewusst, als sie sagte, war er sich sicher.

Es wird dann große Trübsal herrschen, wie sie von Anfang der Welt an bis jetzt noch nicht war und auch nicht wieder sein wird.

Till war hier gesessen, wer immer er war, auf demselben Stuhl, an demselben Schreibtisch, weggeschwiegen, niemand wusste, wo er war, Verräter, beneideten ihn sicher einige darum. Renker verstand mit jedem Tag alle besser, die es nicht taten, verfluchte nachts zwischen den Zähnen schon mal seine Liebe zu Harry, ertappte sich, dass ihm jeder Scheißplattenbau, die verschneiten Elbufer, die Dachgiebel des Schlosses wie zuckrige Stufenpyramiden, selbst die gesprungene Decke über seinem Bett vertrauter geworden waren, als er wollte. Heimat. Idiot. Als würde die Welt untergehen.

Würden jene Tage nicht verkürzt, sagte Jesus, könnte niemand gerettet werden.

Kerstin lebhaft, nie länger als ein paar Sekunden an derselben Stelle. Wartete, dass Renker sie ansprach, kam ihm mitunter vor, doch er sprach sie nicht an.

Aber um der Auserwählten willen werden die Tage verkürzt werden. Wenn dann jemand sagt, hier ist der Messias oder dort, glaubt ihm nicht! Falsche Messiasse werden auftreten und falsche Propheten und große Zeichen und Wunder tun, um die Auserwählten in die Irre zu führen, wo es ihnen möglich ist.

Das Frühjahr war mild, ausgesprochen warm schon der erste März, Tag der nationalen Volksarmee, festliche Appelle, Musik bis in Renkers Zimmer zu hören. Mimis großer Bruder hätte sie in der Kinderkrippe besucht, erzählte Harry, Soldat der NVA, sorgte mit seinen Kameraden dafür, dass alle Kinder in Frieden leben könnten. Alle hatten gesungen: „Kleine weiße Friedenstaube". Dann wieder verregnete Wochen. Schon im Winter hatte Harry Huhu verloren, wo, war nicht mehr festzustellen. Tage verzweifelter Suche, im Kindergarten, in Renkers Wohnung, in der Straßenbahn: Wurde bei Ihnen ein Stoffaffe abgegeben? Nee, hatte der Fahrer gelacht. Affen haben wir viele, aber aus Stoff? War ja nur ein Fahrer von vielen. Wir müssen alle fragen, hatte Harry gesagt. Ging nicht. Lange Nächte ohne den Freund im Bett. Ich kauf dir einen neuen, hatte Renker versucht zu trösten. Ich will aber keinen neuen! Kaufhalle, Renker mit Harry an der Hand. Igel in Felljäckchen hatten sie gefunden, Mäuse mit Spitznase, Hose und Joppe, keinen Stoffaffen. Im April entdeckte Renker Huhu wieder, zufällig: in einem Strauch hinter dem Wohnblock, ein Auge fehlte, das Fell von Schnee und Regen verwittert. Harry ließ ihn nicht mehr aus den Armen.

Denkt daran, sagte Jesus, ich habe es euch vorausgesagt. Wenn sie also zu euch sagen: Seht, der Messias ist in der Wüste, geht nicht hinaus. Seht, er ist in den Gemächern, glaubt es nicht.

Wurde immer schwieriger, sich nichts anmerken zu lassen, mit niemandem darüber sprechen zu können. Renker hatte es unterschätzt, erstickte daran. Alltag, wusste, dass es Yvonne noch schlechter gehen musste. Ihre Wohnung würde nach Entdeckung ihrer Flucht versiegelt werden, alles an den Staat fallen, verschleuderte Kindheit. Manche hinterließen fingierte Verkaufsverträge für verschiedene Gegenstände, hatte Renker gehört, um sie Freunden zukommen zu lassen. Yvonne sah schlecht aus, redete kaum mit ihm. Nur Harry hüpfte ihm fröhlich entgegen, Tag für Tag, die Welt war in Ordnung. Renker lag auf seinem Bett, hörte das Ticken der Uhr, Stunde für Stunde, war in dem finsteren Zimmer im zweiten Stock wenigstens nicht aufgewachsen, schwacher Trost. Ihm war seine Heimat schon ausgeprügelt worden, sein Huhu schon tot.

Wie der Blitz aufleuchtet im Osten und bis zum Westen blendet, so wird die Ankunft des Menschensohns sein. Wo ein Aas liegt, versammeln sich die Geier.

Ende April: Internationaler Tag der Jugend und Studenten gegen Kolonialisierung und für friedliche Koexistenz. Ruhig gegen den ersten Mai: arbeitsfrei, allgemeine Pflicht, an den Umzügen teilzunehmen. Wird kontrolliert, hatte Kerstin Renker geflüstert. Harry mit roter Nelke aus Papier, die Musik aus den Lautsprechern an den Laternenpfählen gefiel ihm, hatte darauf bestanden, mit Renker zu marschieren. Mittags begann es leicht zu nieseln. Einheit, Geschlossenheit und Kampfbereitschaft der Arbeiterklasse im Kampf gegen den Imperialismus, die Redner unter riesigen, schwarzen Regenschirmen, den weißen Mädchen neben ihnen klebten die nassen Locken am Kopf. Für Sozialismus, proletarischen Internationalismus, Völkerfreundschaft und Weltfrieden! Ich möchte auch eine Völkerfreundschaft, sagte Harry, bitte! Nach der Demonstration Feier im VEB, Kerstin und Sabine überboten einander im Füttern von Harry mit Kuchen und Keksen.

Sofort nach den Tagen der Bedrängnis, sagte Jesus, wird sich die Sonne verfinstern und der Mond seinen Schein verlieren. Die Sterne werden vom Himmel fallen und die Kräfte des Himmels erschüttert werden.

Der Frühsommer war warm, sattes Grün überall, die Menschen saßen in den Vorgärten der Gaststuben. Renker nervös. Nie wieder zurück in die Zelle, eher wollte er sich umbringen. Überlegte jedes Wort, schlief unruhig. Musste noch einmal Trompete spielen, war nicht zu verhindern: Internationaler Kindertag, erster Juni, Harry hatte ihn verraten. Die Arbeiter aus dem VEB haushaltselectric hatten zusammen mit Eltern den Kindergarten geschmückt, die Tante erzählte im hellblauen Kleid von Kindern, die nicht die Errungenschaften sozialistischer Länder genießen konnten. Renker musste seine eigene Parteihymne spielen: Steht zusammen, dichte Reihen, sangen die Kinder dazu, lasst gedeihen Volkes Kraft. Ein Wink der Tante, Harry erhob sich und verkündete, sein Vater hätte dieses Lied geschrieben. Alle standen auf, Applaus. Danke, sagte Renker verlegen, hätte lieber ein Kinderlied gespielt.

Dann wird das Zeichen des Menschensohnes am Himmel erscheinen, und alle Geschlechter der Erde werden wehklagen.

Am Tag vor seiner Abreise räumte Renker seinen Schreibtisch auf. Hatte morgens als Erster das Büro betreten, heimlich ein verklebtes Kuvert in Kerstins Ordnermappe gelegt, wusste, dass sie das betreffende Fach erst öffnete, wenn er schon im Westen wäre: Kerstin persönlich. Hatte einen Großteil seines restlichen Geldes reingelegt, fing im Westen damit nichts an, hätte selbst für Harry nicht viel kaufen können, wäre am Zoll nur aufgefallen. Dickes Bündel Banknoten, mit Gummibändern zusammengehalten. Ein paar Zeilen darunter: Für einen Urlaub am Plattensee, trink nach dem Schiffchenfahren beim Abendessen am See ein Glas auf mich! Raimund.

Später Nachmittag, die Strahlen der Sonne fielen schräg zwischen den Wänden der benachbarten Gebäude hindurch auf die Tischplatte. Nur wenige Tage im Jahr, meinte Kerstin, wäre ein gutes Zeichen für Renkers Urlaub. Sabine war schon früher gegangen: Komm gesund wieder! Mach ich, sagte Renker. Fährst du an den Plattensee?, hatte Dieter gefragt. Nach Budapest, sagte Renker. Als Dieter kurz das Zimmer verließ, fiel Kerstin Renker plötzlich um den Hals, zog ihn hinunter, presste ihre Lippen gegen seine, ließ ihn gleich wieder los. Hatte doch nicht das Kuvert entdeckt? Hab gehofft, flüsterte sie, du nimmst mich mit. Zog ihren Rock zurecht. Hatte sie nicht. Dieter betrat wieder den Raum. Lass liegen das Zeug, deutete Kerstin auf Renkers Schreibtisch, beiläufig. Läuft doch nicht weg!

Alle werden den Menschensohn kommen sehen auf den Wolken des Himmels mit Macht und großer Herrlichkeit.

Renker verließ das Büro, erster Abschied, ohne dass es jemand merken durfte, Kerstin an der Wand gegenüber der Tür, nickte ihm zu: Tschüss! Er kam sich schäbig vor. Draußen die heiße Luft über dem betonierten Platz, als wäre Urlaub. Kaufte noch Reiseproviant, wusste nicht, wie die Verpflegung im Flugzeug, im Zug sein würde, ging nach Hause. Harry musste bereits in Ungarn sein, Yvonne war zwei Tage zuvor abgereist. Treffpunkt: irgendwo südlich von Sopron. Renker würde vom Bahnhof abgeholt. Er legte die restliche Miete auf den Tisch, packte die wenigen Sommersachen, die er einige Tage zuvor gekauft hatte, in seinen kleinen Koffer, eine Badehose, würde sie nie brauchen. Keine warme Kleidung mitnehmen, hatte Yvonne ihn gewarnt, fällt auf! Seine Trompete. Er zog die Schachtel unter dem Bett hervor, drehte das Instrument lange in seinen Händen herum, konnte es doch nicht einfach zurücklassen, wusste nicht, was er tun sollte, Musikerbraut, fremd gewordener Kumpan, hing doch ein halbes Leben dran. Packte das Ding dann doch in den Koffer, vielleicht erkannte ihn einer der Zöllner, alte Zeiten.

Unter lautem Posaunenschall wird der Menschensohn seine Engel aussenden. Von allen vier Winden wird er sammeln seine Auserwählten, von einem Ende des Himmels bis zum anderen.

Schlief die letzte Nacht schlecht, bemühte sich, zog die Decke über den Kopf, nichts denken, würde ausgeschlafen sein müssen, am nächsten Tag direkt von Budapest nach Sopron weiterfahren müssen. Kein Aufenthalt, alles geplant. Hatte aus Österreich genaueste Anweisungen bekommen, Profis.

Er träumte von Berlin, enge Gassen, seine Mutter neben ihm, warteten auf den Bus, Gras aus dem Boden. Träumte in Farbe, graue wahre Welt. Wachte immer wieder auf, warf sich von einer Seite auf die andere, wäre am liebsten aufgestanden, zurückgefahren, jetzt gleich: Hab es mir überlegt! Kannte doch jede Straße. Sei mir nicht bös! Alle Läden in seiner Umgebung in seinem Kopf, als wär's gestern gewesen. Hatte sich vieles verändert gehabt, als er zum letzten Mal dort gewesen war: Der Platz hinter seinem Elternhaus geschrumpft, schien ihm als Kind viel größer. Hatte hier mit einer Steinschleuder auf Vögel geschossen, dafür von Mutter Schläge bezogen: Du schießt doch auch nicht auf deinen Kanari! Das ist doch etwas anderes!

Du musst ja immer recht haben, sagte Daniela neben ihm. Renker schüttelte den Kopf: Die Schleuder habe ich von Vater bekommen. Nur noch klischeehafte Erinnerungen an ihn, wusste nicht mehr, ob selbst erlebt oder Erzähltes übernommen. Hatte das Grab nicht mehr besucht, seit sie Mutter dazugelegt hatten. Sicher alles verwildert, der Tod gestorben, er würde sie nie wieder besuchen können. Du hast mich um mein halbes Leben betrogen, sagte Daniela, hatte sich im Bett neben Renker aufgesetzt, er konnte sie riechen. Fahr, sagte sie, ich konnte dich ohnehin noch nie aufhalten! Es war das Schlafzimmer seines Warnemünder Hauses. Seine Mutter im Türstock. Er wollte die alte Frau nicht beunruhigen, sie regte sich über alles immer so auf.

Vom Feigenbaum lernt das Gleichnis, sagte Jesus.

Hast du wieder getrunken?, fragte Mutter, woher wusste sie das? Gottseidank muss dich dein Vater so nicht mehr erleben!

Sind seine Zweige saftig geworden und treiben Blätter, dann erkennt ihr, dass der Sommer nahe ist.

Sag deiner Mutter, zischte Daniela, sie soll sich da nicht einmischen!

So sollt auch ihr, wenn ihr das alles seht, erkennen, dass es nahe an der Tür steht.

Renker sprang aus dem Bett, prallte voll gegen die Wand, war in Warnemünde doch das Bett mit der anderen Seite an der Mauer gestanden.

Wahrlich, ich sage euch, dieses Geschlecht wird nicht vergehen, bis all dies geschehen ist.

Platzwunde auf der Stirn. Er starrte in den Spiegel über dem kleinen Waschbecken. Hatte ihm noch gefehlt. Blut lief ihm ins Auge. Fluchte, tupfte mit dem Handtuch die Wunde. War noch nicht ganz da, taumelte durchs Zimmer, ließ sich aufs Bett fallen, presste das Tuch gegen seinen Kopf. Draußen war es noch dunkel. Das Ticken der Uhr in der stickigen Luft, hektischer Atem, bemühte sich, sich zu beruhigen. Keine Fehler. Die Wunde bedeutete nichts, redete er sich ein. Er hatte das Visum, den Flug längst gebucht, was sollten sie von ihm wollen? Hatte vor dem Abflug nach Ungarn mehr Angst als vor der Flucht selbst. Lachte auf. Lächerlich. Draußen fuhr ein Auto vorbei.

Himmel und Erde werden vergehen, aber meine Worte nicht.

Als Renker wieder erwachte, war es eben hell geworden. Später, als er vorgehabt hatte. Er stand auf, der Polster blutverschmiert, ebenso das Handtuch. Wusch sich vorsichtig, die Wunde blutete nicht mehr. Er klebte ein Pflaster drüber, hatte er für Harry gekauft, blutige Knie nach einem Fußballspiel am Beton. Zog sich an, stellte Kaffee auf, den letzten. Strahlendes Wetter, blauer Himmel durch die ungeputzten Scheiben. Sah ständig auf die Uhr. Hielt schließlich die Tür in der einen, den Griff des Koffers in der anderen Hand. Sonnenbrille, sein Fischgrätmantel lag über dem Bett wie ein Kind, das nicht mitdurfte, die Winterschuhe davor. Letzter Blick zurück, stand lang in der Tür, zog sie schließlich zu. Nicht denken, alles fließt. Sperrte ab. Würden sie aufbrechen müssen.

Über jenen Tag, sagte Jesus, jene Stunde weiß niemand Bescheid, auch nicht die Engel im Himmel, sondern nur mein Vater allein. Wie in den Tagen Noahs, so wird es auch bei der Ankunft des Menschensohns sein, wie sie es in den Tagen vor der Sintflut gehalten haben: Sie aßen und tranken, freiten und ließen sich freien, bis Noah die Arche bestieg.

Über der Einfahrt zum Flughafen lag flimmernd der frühe Sommertag, spiegelten die Scheiben den stahlblauen Himmel. Renker schälte sich aus dem Taxi, war so gut wie für jedes Auto hier zu groß. Leg dich zusammen, hatte Jan geätzt. Ist nicht alles Mercedes, was fährt! Den Wagen meiner Frau hab ich im Kofferraum, hatte Renker gern zum Besten gegeben. Daniela hatte nicht einmal den Führerschein, zumindest damals. Hatte ihn vielleicht inzwischen gemacht, keinen Chauffeur mehr. Würde jetzt wohl noch schlafen, war die letzte Zeit mit ihm nie vor neun aus den Federn, wartete nicht hier, wie die Menschen in der Halle, unter dem hohen Dach klein wie Insekten, bis er hinter dem Zollschalter verschwand: Schönen Urlaub! Und schreib doch! Das Essen ist gut, heute hat es geregnet.

Sonnenbrand. Oft kam die Post später an als man selbst. Daniela wusste nicht einmal, dass er hier stand, seinen Koffer in der Hand.

So wie die Menschen nichts erkannten, bis die Sintflut kam und alle hinwegraffte, so wird es bis zur Ankunft des Menschensohns sein. Zwei Männer werden auf dem Feld sein, der eine wird mitgenommen, der andere bleibt zurück.

Renker verglich seine Uhr mit der in der Halle, stellte sie nach, war leicht zurück, suchte einen Bankschalter auf, wechselte Mark in Forint, Taxi in Budapest und die Fahrt nach Sopron. Nicht auffallen, er war nur ein Tourist, endlich einige Tage frei, ein Jahr lang auf den verdienten Urlaub gespart, atmete durch. Verglich seine Uhr mit der in der Halle. Ging langsam zum Abfertigungsschalter.

Dann werden zwei Frauen an derselben Mühle mahlen, die eine wird mitgenommen, die andere bleibt zurück. Seid also wachsam, denn ihr kennt nicht die Stunde, in der euer Herr kommt!

Leibesvisitation: Geh'n Se da rein! In einer Kabine klopfte ihn ein Beamter ab, roch nach Schweiß, untersuchte die Taschen seines Sakkos, das Innenfutter. In Berlin war Renker dafür gegen die Wand gestoßen worden, Beine nach hinten gezogen, festgehalten. Was haben Sie da an der Stirn?, fragte der Beamte. Bin gestürzt, sagte Renker. Diesmal wirklich.

Das merkt aber wohl, sagte Jesus: Wüsste der Herr des Hauses, zu welcher Stunde der Nacht der Dieb kommt, er würde wachen und ihn nicht ins Haus lassen. Darum haltet euch bereit, der Menschensohn kommt zu einer Stunde, in der ihr es nicht vermutet.

Danke! Wegen der Trompete auch nur Routinefragen. Hab ich schon seit zwanzig Jahren, sagte Renker. Wurde weitergeschoben, wandte sich nicht mehr um, ihm war leicht übel. Gestern wie der Traum vom Leben, beim Aufwachen gegen die Wand geprallt. Renker wartete mit den anderen in Plastikfauteuils, niedrige Decke, musterte die Mitreisenden aus den Augenwinkeln. Raimund Renker? Angstvision: Komm' Se mit. Sagte keiner. Bis jetzt. In einer Ecke ein Ventilator mit großen Rotorblättern. Wenn Sie bitte weiterkommen?

Im Flugzeug saß Renker einer Frau mit Kind gegenüber, Bub, älter als Harry, zwischen den Sitzreihen ein kleines Tischchen aus der Wand. Russische Maschine, erklärte das Kind seiner Mutter. Als das Flugzeug abhob, schloss Renker die Augen.

Wer ist nun der treue und kluge Knecht, fragte Jesus, den der Herr über seine Dienerschaft gesetzt, um ihnen zur rechten Zeit die Speise zu reichen? Selig der Knecht, den der Herr bei seiner Heimkehr bei seiner Arbeit vorfindet. Wahrlich, ich sage euch, er wird ihn über sein Gut setzen.

Unser Flug wird zwei Stunden dauern, hörte Renker die Stimme der Flugbetreuerin. Wir wünschen angenehmen Aufenthalt an Bord.

Denkt aber der schlechte Knecht bei sich: Mein Herr kommt noch lange nicht, und beginnt, seine Mitknechte zu schlagen, und isst und trinkt mit Trunkenen, da wird der Herr jenes Knechts an einem Tag kommen, wo er es nicht erwartet, und zu einer Stunde, die er nicht kennt. Der Herr wird seinen Knecht in Stücke schlagen, sagte Jesus, und ihm seinen Platz bei den Heuchlern geben. Dort wird sein Jammern und Zähneknirschen.

Fünfundzwanzigstes Tableau

Budapest Ferihegy. Fliegen Sie wieder mit uns! Die kleine Gruppe Menschen quoll aus dem Flugzeug, Renker geduckt durch die niedrige Luke, jemand hinter ihm kicherte, und die heiße Luft fuhr ihm ins Gesicht, als wäre er im Süden. Zu Fuß ging es über den flirrenden Asphalt zum Flughafengebäude, das Gepäck von Flughafenarbeitern auf Wägelchen getürmt, nachgekarrt. Eine halbe Stunde lang Formalitäten an langen, abgewetzten Schaltern, ungarischer Akzent, alle sprachen Deutsch. Gehen wir jetzt baden?, fragte neben Renker der Bub seine Mutter. Keleti Pályaudvar, tessék, sagte Renker zu dem Taxifahrer, mühsam aus dem Wörterbuch auswendig gelernt, zum Bahnhof! Hatte alles mit Yvonne mehrfach durchbesprochen, keine Fehler machen, jeder Anschluss musste klappen. Budapest schien mit Autos überfüllt, das alte Taxi blieb immer wieder im Verkehr stecken. Renker sah auf die Uhr, nervös, war noch Zeit genug, Sicherheitspolster. Da musst du stets darauf achten, hatte ihm Yvonne eingebläut, das Flugzeug könnte Verspätung haben, hundert andere Unvorhersehbarkeiten passieren.

Draußen Busse, die an Oberleitungen hingen, Passanten zwischen den stehenden Autos, graubraun die hohen Hausfassaden, wie verrußte Grabmäler des Kaiserreichs, erinnerten Renker an Wien, lang nicht mehr dort gewesen. Doris hatte sie geheißen, Wiener Fernsehballett, war damals beim Pas de deux im Sand vor dem Schloss Schönbrunn Renker vor die Füße gefallen. Hatte früher mit Delf angeblich auch schon etwas gehabt.

Und Jesus sprach: Sodann wird das Himmelreich zehn Jungfrauen gleichen, die ihre Lampen nahmen und dem Bräutigam entgegengingen. Fünf von ihnen waren töricht und fünf klug. Die Törichten hatten Lampen, aber kein Öl mitgenommen. Die Klugen hatten für ihre Lampen auch das Öl in Krügen bei sich.

Endlich der Bahnhof. Sopron tessék! Die Fahrt mit dem Zug dauerte noch einmal so lang wie der Flug, über zweihundert Kilometer durch eine Landschaft wie ein Film über gelbe Ginsterstauden auf weiten Wiesen, Menschen vor ihren Häusern um Tische mit karierten Plastiktischtüchern, die Wäsche wie zum Fotografieren zwischen den Bäumen aufgefädelt. Renker zwang sich, die Brote, die er noch in Dresden vorbereitet hatte, zu essen, hatte keinen Appetit, schwitzte trotz halb geöffneter Fenster, der Stoff seiner Hose klebte am Kunststoffüberzug des Sitzes. Es war wesentlich wärmer als in Deutschland, das Waggondach wie eine Herdplatte. Viele Plätze waren leer, die meisten Urlauber fuhren wohl in den Süden an den Plattensee.

Als nun der Bräutigam auf sich warten ließ, wurden die Jungfrauen müde und schliefen ein.

Ein Taxifahrer mit einer roten Kappe würde Renker ansprechen. Du fragst zurück: Sprechen Sie Deutsch?, hatte Yvonne ihm aufgetragen. Er würde antworten: Meine Mutter war Berlinerin. Hatte angeblich ein Foto von Renker. Konnte nur ein altes aus einer der Zeitungen sein, die Yvonne vielleicht noch aufgehoben hatte, neues gab es keines.

Um Mitternacht erhob sich Geschrei: Der Bräutigam ist da! Macht auf und geht ihm entgegen! Die Jungfrauen erhoben sich und machten ihre Lampen zurecht.

Renkers Gesicht im Spiegel der Fensterscheibe neben sich. Er fuhr sich mit den Fingern durchs Haar, hatte tiefe Ringe um die Augen, drückte das Pflaster über seiner Wunde fest, Magenweh, hätte nichts essen sollen. Merkte, dass seine Hände zitterten. Übernachtig.

Die törichten Jungfrauen sagten zu den klugen: Gebt uns von eurem Öl, denn unsere Lampen erlöschen. Da erwiderten die klugen: Für uns und für euch reicht es nicht. Geht lieber zu den Krämern und kauft euch welches!

Renker musterte heimlich jeden einzelnen Mitfahrenden in seinem Blickfeld. Manie. Dösten zum Teil, eine Gruppe junger Menschen, alberten herum, ein älterer Herr stierte aus dem Fenster. Zwei Reihen weiter ein Mann, der schon im Flugzeug gesessen war, bildete sich Renker zumindest ein, um die dreißig, offenes Hemd. War ihm bis jetzt nicht aufgefallen, Durchschnittstyp, Scheitel, hatte Pomade im Haar, wer verwendete heute noch Pomade? Renker war sich nicht sicher, hob sich vorsichtig ein wenig aus dem Sitz: offensichtlich allein, las eine deutsche Zeitung. Renker glaubte, sich erinnern zu können, dass er im Flugzeug weiter vorn gesessen, einmal aufgestanden war wegen des Gepäcks, war sich so gut wie sicher, merkte, wie ihm der Schweiß den Rücken hinunterlief, bemühte sich krampfhaft, nicht hinzusehen. Verfolgungswahn. Blödsinn. Siehst wieder mal Gespenster, hatte seine Mutter gesagt. Deine Phantasie möchte ich haben!

Während die Jungfrauen hingingen, um Öl zu kaufen, kam der Bräutigam. Die Jungfrauen, die bereit waren, gingen mit dem Bräutigam zur Hochzeit, und die Tür ward verschlossen.

Viele stiegen mit Renker in Sopron aus, schleiften überdimensionierte Reisetaschen und Koffer durch den engen Gang, Gedränge vor den Waggontüren. Der Mann mit dem offenen Hemd saß noch auf seinem Sitz, als Renker die Trittbretter hinunterkletterte, schaute den Aussteigenden scheinbar unbeteiligt nach.

Später kamen auch die anderen Jungfrauen und sagten: Herr, Herr, öffne uns doch! Der Bräutigam aber antwortete: Wahrlich, ich sage euch, ich kenne euch nicht! Darum seid wachsam, denn ihr kennt weder den Tag noch die Stunde, in welcher der Menschensohn kommen wird.

Renker durchquerte das Bahnhofsgebäude, trat auf die Straße hinaus, wartete nervös. Geschäftiges Treiben, eine Kette von Taxis am Straßenrand, keiner beachtete ihn. Er zündetet sich eine Zigarette an, sah sich um, sein Blick blieb in der Schalterhalle hängen: Der Mann mit dem offenen Hemd vor einem der Schalter, Sonnenbrille, zusammengerollte Zeitung in der Hand, wandte sich im selben Augenblick um, als Renker hinschaute. Renker war sich nicht völlig sicher, spürte sein Herz schlagen, setzte die Sonnenbrille auf, nahm sie sofort wieder ab, man sollte ihn ja erkennen. Taxi? Renker fuhr herum. Ein Mann neben ihm, der Bauch hing ihm über den Gürtel, Backenbart, rote Schirmkappe, Zigarette im Mundwinkel. Renker zögerte, ging einige Schritte zur Seite, aus dem Sichtfeld des Mannes am Schalter. Taxi?, lief ihm der Mann mit der Kappe nach. Renker irritiert: Sprechen Sie Deutsch? Sicher sprachen andere Taxifahrer auch Deutsch, was passierte, wenn es ein Fremder wäre? Meine Mutter war Berlinerin, sagte der Mann mit starkem ungarischen Akzent. Wo wollen sie hin? Er war es also. Hatte sich ihn anders vorgestellt. Wie im Film: Szene, Cut, Szene. Du antwortest: Zum Schloss Eszterhazy, hatte Yvonne gesagt. Zum Schloss Eszterhazy, sagte Renker unkonzentriert. Der Mann nickte, nahm Renker den Koffer aus der Hand. Tessék, kommen Sie! Renker im Vorbeigehen aus den Augenwinkeln in die Schalterhalle: Der Mann war verschwunden. Hektisches Absuchen der Menschen um ihn, ruhig bleiben. Trat seine Zigarette aus.

Es wird so sein, sagte Jesus, wie bei einem Mann, der auf Reisen geht. Er rief seine Knechte zusammen und vertraute ihnen sein Vermögen an. Dem einen gab er fünf Talente, dem anderen zwei, dem dritten eins, einem jedem nach seinen Fähigkeiten. Danach reist er ab.

Renker im Fond des klapprigen Autos, sogar den Kopf schräggelegt, war das Dach zu niedrig. Sie schlängelten sich durch die Straßen, verließen den Stadtbereich. Es folgte ihnen niemand, zumindest konnte Renker nichts entdecken, sah sich immer wieder um. Vereinzelte Dörfer, in den Feldern verloren, zum Teil bessere Straßen als in Deutschland. Unter Renkers Sitz quietschten die Federbeine des Wagens. Niemand sprach ein Wort. Die beiden vorderen Fenster halb geöffnet. Der Fahrer rauchte. Überall ein weißlicher Überzug aus Zigarettenasche.

Sogleich ging der, sagte Jesus, der die fünf Talente erhalten hatte, hin, handelte mit dem Geld und gewann weitere fünf Talente dazu. Ebenso gewann der Knecht mit den zwei Talenten zwei dazu. Nur der, der das eine Talent bekommen hatte, grub ein Loch in die Erde und verbarg darin das Geld seines Herrn.

Ein Auto hinter ihnen bog zweimal dieselbe Straße ab, auf Sichtkontakt, ein hellblauer Wagen, zu weit, um Personen erkennen zu können, spiegelte die Frontscheibe zu stark. Renker rutschte auf dem zerschlissenen Stoff des Sitzes herum, wagte nicht, sich völlig umzudrehen. Minutenlange Fahrt, die Windschutzscheibe des Wagens hinter ihnen blitzte in der Sonne. Schnurgerade Straßen zwischen Alleebäumen. Ich glaube, setzte Renker mehrfach an, den Fahrer zu warnen, es fährt uns jemand nach. Und was sollte er weiter sagen? Hängen Sie ihn ab? Lächerlich, schwieg dann doch. Nasse Hände. Vor ihm die Kappe des Fahrers, vom Rückspiegel baumelte ein Babyschuh. Irgendwann ging das Auto hinter ihnen verloren. Schweiß auf der Stirn, starrte Renker noch minutenlang durchs Rückfenster.

Nach langer Zeit kam der Herr jener Knechte zurück und hielt Abrechnung mit ihnen. Derjenige, der fünf Talente bekommen hatte, trat vor, brachte noch fünf andere mit und sagte: Herr, fünf Talente hast du mir anvertraut, siehe, fünf weitere habe ich dazugewonnen. Und der Herr sprach zu ihm: Recht so, mein guter und getreuer Knecht! Über weniges warst du treu, über vieles will ich dich setzen. Geh zum Freudenmahl deines Herrn!

Nach einer Viertelstunde wurde die Gegend hügelig. Sie bogen in einen breiteren Waldweg, schlängelten sich sanft empor bis ans Scheunentor eines Gehöfts vor einer asphaltierten Straße hinter dem Wohntrakt. Grün gestrichener Holzzaun, schweres, weit heruntergezogenes Dach, abgebröckelte Fassade. Der Fahrer schaltete den Motor aus, zog den Schlüssel ab, stieg aus. Warten Sie! Verschwand in der Scheune. Renker hielt den Atem an, plötzlich wie in einer anderen Welt: der Asphalt unter ihnen stehen geblieben, die Bäume vor dem Fenster, die Häuser ohne Außenverputz, das Knattern des Diesels verklungen.

Da trat der hervor, der zwei Talente bekommen hatte und sprach: Herr, zwei Talente hast du mir anvertraut, siehe, zwei weitere habe ich dazugewonnen. Und der Herr sprach zu ihm: Recht so, mein guter und getreuer Knecht! Über weniges warst du treu, über vieles will ich dich setzen. Geh zum Freudenmahl deines Herrn!

Renker kroch aus dem Wagen, sein Rücken schmerzte. Er richtete sich auf, starrte die Straße zurück, lauschte angestrengt. Nichts. Eben noch der Flughafen Dresden, das Kind gegenüber mit seiner Mutter, Taxi, Großstadt, Bahnfahrt, die Hitze, die Angst, und plötzlich Singvögel, das ferne Raunen der Luft in den hohen Zweigen über ihm, der Traum vom Leben.

Dann trat der mit dem einen Talent vor und sprach: Herr, ich wusste, dass du ein harter Mann bist. Du willst ernten, wo du nicht gesät hast, und sammelst ein, wo du nicht ausgestreut hast. Aus Furcht vergrub ich dein Talent in der Erde. Siehe, hier hast du es wieder.

Renker wandte sich wieder dem Hof zu, ging langsam einige Schritte rückwärts hinter das Auto, ließ das Tor nicht aus den Augen, hörte das Knirschen des Sands unter seinen Füßen. Konnte immer noch eine Falle, alles verraten worden sein, er hatte den Fahrer nie zuvor gesehen, schaute sich wieder um, jederzeit bereit, in den Wald zu flüchten: hohe Bäume wie schwarze Finger, kaum Unterholz, nicht die geringste Möglichkeit, unterzutauchen. Fluchte leise, tastete in seiner Sakkotasche fahrig nach dem Zigarettenpäckchen.

Der Herr antwortete dem dritten Knecht: Du böser und fauler Knecht, du wusstest, dass ich ernte, wo ich nicht gesät, und einsammle, wo ich nicht ausgestreut habe. Dann hättest du mein Geld den Wechslern geben sollen, und ich hätte es nach meiner Heimkehr mit Zinsen wiederbekommen.

Renker hatte keine Ahnung, wo er war, Löverak oder so ähnlich sollte die Gegend heißen, hatte Yvonne gesagt, oder Löverek, südlich von Sopron. Überlegte einen Atemzug lang, davonzulaufen, bevor sie kommen könnten, ihn zu holen, stellte fest, dass er seine letzte Zigarette in Sopron ausgetreten hatte, zerknüllte das leere Päckchen in der Faust. In den Zweigen über ihm zwitscherten die Vögel.

Nehmt ihm das Talent ab, rief der Herr, und gebt es dem, der die zehn Talente hat! Denn, wer hat, dem soll gegeben werden, so dass er im Überfluss hat. Wer aber nicht hat, dem wird auch das noch genommen, was er hat. Den unwürdigen Knecht werft hinaus in die Finsternis, dort wird sein Jammern und Zähneknirschen.

Die Scheunentür wurde einen Spalt aufgeschoben, Harry streckte den Kopf heraus, rannte los, fiel Renker um den Hals, ließ ihn nicht mehr los. Hinter Harry der Taxifahrer: Is jön! Deutete ihm, reinzukommen. Lass mich los, lachte Renker, der Bub drückte ihm fast die Luft ab. Stein vom Herzen, war ihm plötzlich egal, ob sie entdeckt würden, sollten sie doch mit ihm machen, was sie wollten. Mama ist auch da, sagte Harry. Renker küsste ihn ab, trug ihn an dem Mann vorbei, selig: Mensch, bist du schwer! Habe Apfelkuchen gegessen, sagte Harry, drei Stück! Man merkt's, sagte Renker, betrat die Scheune. Auf einem Abschleppwagen, hinten schräg nach unten hängend, das verbeulte Wrack eines grünen Autos, der offene Kofferraum zur Fahrerkabine, ein Vorderreifen platt, die kaputte Seitenscheibe mit Cellophan verklebt. Daneben zwei Männer, einer in einem blauen Overall, der andere in Jeans und T-Shirt, Yvonne zwischen ihnen, bleich und eingefallen.

Wenn aber der Menschensohn in seiner Herrlichkeit kommt, sagte Jesus, und alle Engel mit ihm, wird er sich auf den Thron seiner Herrlichkeit setzen. Dann werden vor ihm alle Völker versammelt, und er wird sie voneinander scheiden wie der Hirt die Schafe von den Böcken.

Das ist er, sagte Yvonne. Hallo, sagte Renker. Stille. Keiner sagte ein Wort. Alle starrten Renker an. Auto ist an einen Baum gefahren, flüsterte Harry in Renkers Ohr. Bumm! Wie groß sind Sie?, durchbrach der Mann in Jeans das Schweigen. Breiter österreichischer Dialekt. Wie? Wie groß Sie sind! Eins dreiundneunzig, lächelte Renker, verstand nicht. Der Mann schüttelte den Kopf: Keine Chance, das ist doch verrückt! Was?, fragte Renker. Der Kofferraum ist zu klein! Der Mann kletterte auf die Ladefläche des Abschleppwagens. Kommen Sie einmal rauf? Renker stellte Harry wieder ab. Ich komm gleich wieder. Zog sein Sakko aus, hing es an eine der Verstrebungen des Abschleppwagens, ergriff die Hand des Mannes, ließ sich hinaufhelfen, hangelte sich die Seitenwand des Wracks entlang nach vorn.

Legen Sie sich einmal hinein, deutete der Mann in den geöffneten Kofferraum.

Er wird die Schafe zu seiner Rechten und die Böcke zu seiner Linken stellen. Dann wird der König zu denen zu seiner Rechten sagen: Kommt her, die ihr von meinem Vater gesegnet seid. Ererbt das Reich, das für euch bereitet ist seit der Gründung der Welt.

Renker stieg in das Auto, hatte Schwierigkeiten, die Beine nachzuziehen, krümmte sich, schob den Rücken gegen die hintere Wand, den Kopf zwischen die Arme, füllte den Raum fast vollständig aus. Keine Chance, wiederholte der Mann draußen. Hab ich doch gleich gesagt. Wer hat denn diesen Schwachsinn ausgemacht? Ich habe ihrem Verbindungsmann alle Daten gegeben, hörte Renker Yvonnes aufgeregte Stimme. Es muss klappen! Erheitert die Stimme des Mannes neben dem Wrack: Wie soll das gehen? Mit jemandem, der so groß ist wie ich, unter Umständen, aber mit ihm? Ist doch lächerlich! Yvonne hatte die Laderampe von der Seite erklommen: Lassen sie mich her! Kletterte zu Renker in den Kofferraum, versuchte, ihren Körper vor ihm auf den Boden zu drücken, spürte ihren hektischen Atem im Gesicht. Rück zurück, keuchte sie. Renker presste sich gegen das schwarzlackierte Blech. Ich kann nicht weiter! Das Bein dort rüber, klopfte sie ihm auf den Fuß. Das geht nicht, hörte Renker die Stimme des Mannes von oben. Dort läuft dann die Verstrebung, die den Deckel zuhält!

Denn ich war hungrig, wird der König zu denen zu seiner Rechten sagen, und ihr habt mir zu essen gegeben, ich war durstig, und ihr habt mir zu trinken gegeben.

Yvonne kroch über Renker, drängte ihn vor, versuchte vergeblich, sich hinter ihm zu Boden zu pressen, wechselte fieberhaft abermals die Stellung, drehte sich um die eigene Achse. Renker hatte nicht viel Möglichkeit, sich zu bewegen, steckte zwischen den Blechwänden fest, hörte, wie Yvonne zu weinen begann.

Ich war fremd, und ihr habt mich beherbergt. Ich war nackt, und ihr habt mich bekleidet.

Harrys Stimme von unten: Mama! Yvonne gab auf, sprang aus dem Wagen, völlig aufgelöst.

Ich war krank, und ihr habt mich besucht. Ich war im Gefängnis, und ihr seid zu mir gekommen.

Wie soll's denn jetzt weitergehen?, schrie Yvonne, ließ sich vom Anhänger fallen. Jetzt steh ich mit dem Kind da wegen, wegen ... Renker schälte sich aus der Öffnung, Schmerzen im Rücken, sah, wie Yvonne sich auf dem Lehmboden neben dem Abschleppwagen wieder aufrappelte, gestikulierte, vor Aufregung beim Sprechen spuckte, tat sie immer. Wegen diesem Scheißmann, schlug ihre Stimme über. Beruhigen sie sich doch, sagte der im Overall. Gepflegtes Deutsch mit österreichischer Färbung. Yvonne riss Harry an sich, ging mit ihm erregt auf und ab, klopfte ihm auf den Rücken, schluchzte laut. Renker kletterte schweigend vom Wagen, steckte sein Hemd in die Hose zurück, nahm sein Sakko von der Stange.

Dann werden die Gerechten ihm antworten: Herr, wann haben wir dich hungrig gesehen und gespeist oder durstig und haben dir zu trinken gegeben?

Das war's dann. Traum von der großen Freiheit. Seine Eltern waren auch in Berlin gestorben, Onkel Hans und seine Frau in Cottbus. Er würde Kerstin anrufen: Mach das Kuvert im Donnerstagordner erst auf, wenn ich zurück bin! Fühlte sich plötzlich völlig ruhig, aus dem Rennen. Die Angst hinfällig, Schnee von gestern. Das Leben ist kurz, der Tod ist lang, hatte Jan gesungen. Die Kunst sei, den anderen lediglich zuzusehen, wie sie dem bisschen Leben nachlaufen.

Wann sahen wir dich als Fremdling und nahmen dich auf? Wann ohne Gewand und haben dich bekleidet?

Renker schaute im Kreis, nickte. Durch die Spalten zwischen den Brettern der Wände fielen Lichtstrahlen im aufgewirbelten Staub schräg auf den Boden. Dann geh ich wieder, sagte er leise, zog sein Sakko an, versuchte, nicht an Harry zu denken, Blick auf den Taxifahrer, Zigarette im Mundwinkel. Fahren Sie mich zurück?

Wann sahen wir dich krank oder im Gefängnis und besuchten dich?

Nein!, rief Harry, strampelte sich von Yvonne frei, rannte zu Renker, sprang an ihm hoch, klammerte sich an ihn.

Und der König wird antworten und sagen: Wahrlich, ich sage euch, was ihr dem geringsten meiner Brüder getan habt, das habt ihr mir getan!

Haben Sie eine Zigarette für mich?, fragte Yvonne den Taxifahrer, ließ sich dann zitternd Feuer geben. Die beiden Österreicher besprachen sich gedämpft, der in Jeans gestikulierte heftig, wies mehrmals energisch auf seine Uhr. Stille danach. Der Mann im Overall ging auf Renker zu. Sie müssen entschuldigen, sagte er, normalerweise bringen wir immer nur Einzelpersonen über die Grenze. Hatte eine ruhige Art, zu sprechen. Hatte Delf auch beherrscht, wenn er wollte, Sänger vor großen Livesendungen beruhigt: Sitzen immer nur zwei und zwei vor dem Fernseher, müsst ihr euch nur vorstellen! Breites Lächeln. Dann ist's nicht so schlimm!

Ist schon gut, wehrte Renker ab. Der Mann schüttelte den Kopf. Es gibt eine Möglichkeit. Haben Sie hier in Ungarn ein Quartier gebucht? Ich?, fragte Renker, nein. Der Mann schaute zum Taxifahrer. Lajos wird das regeln! Sah zu Yvonne hinüber. Sie und das Kind fahren heute, wie ausgemacht. Wandte sich Renker zu. Und Sie holen wir Mitte nächster Woche. Wir müssen etwas Zeit verstreichen lassen und einen anderen Übergang wählen. Ist sonst zu auffällig. Außerdem brauchen wir ein paar Tage, um ein zweites Auto zu organisieren. Der in Jeans klopfte auf das Ziffernblatt seiner Uhr: Wir sind schon verdammt spät dran! Gut, sagte Yvonne ungeduldig. Fahren wir!

Dann wird der König auch zu denen zu seiner Linken sprechen: Hinweg von mir, ihr Verfluchten, in das ewige Feuer, das dem Teufel und seinen Engeln bereitet ist.

Yvonne warf die Zigarette weg, ergriff Harry. Komm! Versuchte, das Kind von Renker zu lösen. Harry begann zu weinen, hielt sich an Renkers Hals fest. Raimund kommt doch nach, beschwor ihn Yvonne. Harry klammerte sich fest, weinte laut. Harry, mein Kind, versuchte Renker zu beruhigen, ich komm doch nach! Nur sieben Mal schlafen! Versuchte vergeblich, die kleinen Finger von seinem

Sakko zu lösen. Hatten in seiner Wohnung in Dresden an den Fingern schon bis zehn gezählt. Das ist der Daumen, der schüttelt die Pflaumen. Ich zeig dir's, sagte Renker, aber es nützte nichts. Der Mann in Jeans half, Harrys Finger vom Sakkokragen loszureißen. Danke! Yvonne schleppte das strampelnde Kind zum Wagen, fiel dabei fast um. Harry schrie, trat um sich. In meiner Tasche ist eine Schachtel mit Tabletten!, rief Yvonne den beiden Männern zu. Der in Jeans suchte nach der Tasche, brachte Yvonne ein Schächtelchen, während der andere aus der Scheune gelaufen war, mit einem Glas Wasser zurückkam. Der Taxifahrer beobachtete sie schweigend, Hände in den Taschen, die Zigarette im Mund.

Ich war hungrig, wird der König zu denen zu seiner Linken sprechen, und ihr habt mich nicht gespeist. Ich war durstig, und ihr habt mir nicht zu trinken gereicht.

Yvonne versuchte, dem tobenden Buben eine der Tabletten in den Mund zu stecken, redete ohne Pause auf ihn ein. Harry wand sich, röchelte, spuckte die Tablette auf den Boden, warf dem Mann das Glas Wasser fast aus der Hand.

Ich war fremd, und ihr habt mich nicht beherbergt, nackt, und ihr habt mich nicht bekleidet.

Das ist sinnlos, erhob der im Overall seine Stimme. Wenn er sich so aufregt, hält er nie über die Grenze still! Harry riss sich los, rannte zu Renker, umklammerte dessen Beine. Der in Jeans klopfte erneut auf seine Uhr, hochgezogene Augenbrauen.

Ich war krank und im Gefängnis, und ihr habt mich nicht besucht.

Wir fahren heute mit ihm, der Mann im Overall zeigte auf Renker. Und dem Kind! Wandte sich Yvonne zu: Und nächste Woche mit Ihnen! Einverstanden? Renker sah Yvonne an, streichelte über Harrys Kopf, schwieg. Draußen fuhr ein Auto vorbei. Yvonne starrte auf den Boden. Was ist, sagte Renker, wenn ihr beide es morgen in aller Ruhe nochmal versucht? Ich … Wir müssen noch heute rüber, schüttelte der Mann in Jeans den Kopf. Einige Atemzüge Stille, schienen Renker minutenlang. Harry hing an seinen Beinen.

Dann werden auch sie zur Antwort geben: Herr, wann haben wir dich hungrig oder durstig, fremd oder nackt gesehen und haben dir nicht gedient?

Schließlich nickte Yvonne wortlos, wandte sich ab. Renker zögerte, aller Augen auf sich. Wir machen jetzt etwas ganz Tolles, raunte er Harry zu. Lass mal los! Musst du im Kindergarten Detlef erzählen. Dem nicht!, protestierte Harry. Wieso nicht? Detlef ist doof! Na, dann Meggie. Renker nahm Harry hoch, stemmte ihn von der Seite auf den Abschleppwagen, kletterte nach, hob das Kind in den Kofferraum, stieg nach. Der Mann im Overall zeigte auf den Fond des Wagens: Wir werden jetzt den Deckel innen anschweißen, um den Eindruck zu vermitteln, er hätte sich bei dem Unfall verklemmt. Klar? Verstanden, sagte Renker leise. Meinen Koffer soll Yvonne mitnehmen! Der Mann betrachtete Harry. An der Grenze werden sie versuchen, den Kofferraum aufzustemmen. Kein Laut von innen! Verstanden, wiederholte Renker. Der Mann nickte. Wir fahren dann weiter bis Wien. Harry zitterte leicht, renkte sich den Hals nach seiner Mutter aus. Kommst du auch? Ängstliche Augen. Klar, sagte Yvonne aufgeregt von unten, ganz bald! Zog durch die Nase auf. Und das Geld?, fragte Renker. Ist schon erledigt, sagte Yvonne.

Wann haben wir dich krank oder gefangen gesehen und haben dir nicht gedient?

Renker bedeutete Yvonne, ihm die Tabletten, das Glas zu reichen, starke Schlaftabletten, kannte er aus der Zeit nach seiner Entlassung, drückte mit ruhigen Bewegungen eine aus der Folie, zeigte sie Harry, stieß ihn mit dem Ellbogen an, Augenzwinkern, von Mann zu Mann, raunte: Heute darfst du ausnahmsweise eine richtige Tablette nehmen! Wie die Großen, ja? Und Harry schluckte. Yvonne war auf die schräge Plattform geklettert, tränenerstickte Stimme: Schau, wen ich für dich habe! Harry ergriff Huhu gierig, während Renker sich hinter ihm in den Kofferraum zwängte, drückte das fast felllose Stofftier an sich. Hey, grinste Renker mit gepresster Stimme, das hast du noch nie erlebt! Und Harry wandte sich ihm begeistert zu, kuschelte sich neben ihm auf den Boden des Kofferraums, kicherte, plötzlich war es lustig: Erzählst du mir eine Geschichte? Was, jetzt? Bitte, sagte Harry. Von einem Maulwurf! Das Zirpen der Grillen draußen in den Ohren. Muss aber erfunden sein! Dresden. Harry war in seinen Armen eingeschlafen. Die nächste erfundene Geschichte gibt's morgen! Die Welt war noch in Ordnung.

Dann wird der Herr ihnen antworten: Wahrlich, ich sage euch, was ihr nur einem dieser Geringsten vorenthalten habt, das habt ihr mir vorenthalten. So werden diese in die ewige Pein, die Gerechten aber in das ewige Leben eingehen.

Meine Mutter holt euch ab, unterbrach Yvonne, konnte kaum sprechen, bemühte sich sichtlich, fröhlich zu erscheinen, klammerte sich mit einer Hand an den Kofferraumrand, streichelte Harry zittrig mit der anderen, das Wasser lief ihr aus der Nase. Mama kommt gleich nach! Vorsicht! Der Mann in Jeans schloss langsam den Deckel. Kreischend metallisches Geräusch in Renkers Rücken. Yvonne zog widerstrebend die Hände zurück, hätte sichtlich nochmals gewollt, ein allerletztes Mal, spüren, festhalten, kleines Leben, zusammengerollt in verbeultem, schwarzen Blech. Achtung! Zuckte zurück, loslassen, presste die Hände vor den Mund. Renker spürte zwischen seinen Füßen die Bewegung einer am Innendeckel angeschweißten Verstrebung, kalt, metallisch, machte den Raum noch enger. Yvonnes angestrengtes Lächeln, Tränen über ihre Hände, die abgeschundene Rückwand der Fahrerkabine hinter ihr, waren das Letzte, was er sah, dann nur noch im schwachen Dämmerlicht, das durch den zu seinen Füßen geschnittenen Schlitz drang, die Konturen der Streben am Deckel über sich. Wieso kommt Mama nicht mit?, hörte er Harry beunruhigt. Ist doch viel zu eng hier, drückte ihn Renker an sich. Du hast doch gehört, sie kommt gleich nach! Hätten dem Kind schon vor seinem Eintreffen die Tabletten geben sollen. Konnte keiner wissen. Rumoren in Renkers Rücken, einige Minuten das Zischen eines Schweißgeräts. Es wurde völlig dunkel. Huhu braucht sich nicht fürchten, hörte er Harry. Ich bin ja da! Schließlich

Starten. Der Abschleppwagen fuhr an, dumpfes Rollen des Motors, Knacken des Getriebes. Renker hielt Harry umschlungen, streichelte ihn, konnte nach mehrmaligem, kurzem Anhalten nur schlecht feststellen, ob es vorwärts oder rückwärts ging. Und Harry schwieg.

Sechsundzwanzigstes Tableau

Renker erhob sich ruckartig, die Flasche mit dem Rest vom Wodka in der Hand, war ihm jetzt egal, was Irmela über ihn dachte, wollte nur nach Hause. Wenn ich etwas Falsches gesagt habe, hörte er die Frau hinter sich auf der Parkbank, tut es mir leid! Er versuchte, sich gerade zu halten, abwehrende Handbewegung. Schon gut, wollte er sagen, gelang nicht, war zu betrunken. Würde gehen, verstehen Sie? Wollte eigentlich etwas anderes sagen, taumelte den Weg entlang, einatmen, tief, die Schuhe schlitterten über den Asphalt. Seit vierundzwanzig Stunden, hätte er ihr sagen wollen, ihr hinten: Außer dem Wodka nur eine Tasse Kaffee zu sich genommen. Seit vierundzwanzig Stunden. Nur einen Scheißkaffee. Kein Wunder. War ihm das Zeug ins Gehirn gefahren. Aufstehen gibt's nicht! Hatte Jan immer gesagt. Bleiben wir sitzen, irgendwann tragen sie uns ohnedies weg! Der Weg schien ihm entgegenzukommen, die Wiese. Tappte vorwärts, hinter ihm schrien die Kinder. Kinder schreien immer, Kinder. Sah sich nicht um, immer geradeaus, strauchelte, Maulwurfshügel, oder weiß der Teufel, was, fing sich, stolperte gleich noch einmal über die eigenen Beine, fiel der Länge nach auf den Bauch, prallte mit dem Gesicht aufs Gras.

Als Jesus diese Reden beendet hatte, sprach er zu seinen Jüngern: Ihr wisst, dass in zwei Tagen das Passahfest ist, und der Menschensohn wird hingegeben werden, um gekreuzigt zu werden.

Um Gottes Willen, hörte Renker Irmelas Stimme, ist Ihnen ewas passiert? Er war unfähig, sich aufzurichten, sah Kinderbeine um sich herum, Kniestrümpfe in staubigen Schuhen. Was gibt's da zu sehen? Stimme der Tante, Befehlston, ein Strumpf nach dem anderen hüpfte wieder weg. Irmelas Hände, drehten ihn mit äußerster Anstrengung auf den Rücken, ihr Gesicht über sich: Jetzt haben Sie aber Glück gehabt, dass Sie auf den Rasen geraten sind! Half ihm dabei, sich aufzusetzen. Danke. Weiß auch nicht, wie das ... Sah sie neben sich hocken, ihre knochigen Beine aneinandergepresst. Barmherzige

Samariterin. Was musste sie ihm auch immer nachlaufen? Scheißjob. Es geht schon wieder, sagte er, wäre am liebsten sitzen geblieben, liegen. Nomade. Hatte einmal gehört, dass in England Zigeuner überall bleiben könnten, wo sie sich gerade niedergelassen hätten. Altes Asylrecht oder so. Die Besitzer der Grundstücke chancenlos. Benny von vorhin stand neben ihm, betrachtete ihn interessiert, bohrte mit dem Zeigefinger in der Nase. Benny, rief die Tante, wenn ich sage, alle kommen her, gilt das auch für dich! Benny ging. Im Rückwärtsgang. Warum war der Park nicht England? Wohnen Sie weit weg?, fragte Irmela. Renker schüttelte den Kopf. Sie erhob sich, klaubte die Flasche vom Weg auf, kam zurück. Kommen Sie, ich helf Ihnen nach Hause. Allein werden Sie es heute kaum mehr schaffen.

Dann versammelten sich die Hohepriester und Ältesten des Volkes im Palast des Hohepriesters namens Kaiphas und beschlossen, Jesus mit List zu ergreifen und zu töten.

Renker richtete sich auf die Knie auf, hatte ihn ordentlich erwischt, alles um ihn drehte sich. Einen Moment! Hielt inne, schluckte, stützte sich am Boden ab, starrte auf eine bestimmte Stelle, half meistens, wartete. Es tut mir leid! Ist ja nichts passiert, lachte Irmela. Lachte immer, würde gleich nicht mehr lachen, würde er ihr vor die Füße kotzen. Tief atmen, Bauch dabei rausstrecken. Am Bahnhof Zoo war einer gelegen, und alle waren drübergestiegen, Renker auch. Sonst wäre die S 1 abgefahren, nach Bohnsdorf. Hatte gewusst, dass Hildegard nichts anhaben würde, wenn sie ihm die Tür öffnete. War eine Gala gewesen am Ku'damm, Palast Hotel, Messing und Mahagoni. Die Fahrt hinüber in den Osten in zwanzig Minuten wie von der Erde auf den Mars.

Geht schon wieder, sagte Renker, erhob sich langsam. Irmela stützte ihn an den Armen, er kam sich doppelt so groß vor wie sie.

Die Hohepriester und Ältesten sagten aber: Nicht während des Festes, damit kein Auflauf entstehe im Volk.

Sie schleppten sich den Weg entlang. Dann stand Benny neben ihnen, die Tante hintennach: Jetzt reicht's aber! Entschuldigen Sie!

Nichts passiert, lachte Irmela. Dorthin? Renker nickte, drängte sie immer wieder zur Seite, schlitterte mit ihr die Hauswand entlang. Entschuldigung! Schmutzflecken auf dem gelben Stoff ihres Kleides. Geht wieder raus, beruhigte sie, kämpfte verbissen, Renker in die Mitte des Gehsteigs zurückzuschieben. Haben Sie den Wodka?, fragte Renker. Den holen wir morgen. Renker erwischte mit einer Hand die Stange eines Halteverbots, hustete, klammerte sich fest, krümmte sich. Geht schon wieder, sagte er. Beim Husten schmerzten die Rippen immer noch, nach all den Jahren, nie richtig zusammengeheilt. Hoffentlich hatte irgendjemand diese Saukerle in Berlin inzwischen erschlagen. Über die Straße dauerte es fünf Minuten, verursachten so etwas wie einen Verkehrsstau, Renker blieb mitten auf der Fahrbahn stehen, drohte umzukippen. Hupen, Rufe aus dem Autofenster: Schleich dich! Halt die Gosch'n, schimpfte Irmela zurück, Idiot! Starkes Stück! Hätte Renker der Kleinen gar nicht zugetraut, lächelte, wankte weiter. Da drüben wohne ich. Wollte sie am Haustor abwimmeln, gelang nicht. Wusste nicht, wer zu Hause war, Gettinger, dieser Schwachkopf, würde sie sicher ansingen: Sie haben ja keine Ahnung! Der nächste Fall zum Samaritern. Sie brauchen nicht, verstehen Sie? Stützte sich an der Wand des Hausflurs ab, sah sie den Kopf schütteln, hob resignierend die Schultern, tastete sich weiter. Wollte das nicht. Ging sie doch nichts an, wie er wohnte, mit all diesen Typen. Stufe für Stufe, hinten schob Irmela. Wenn sie jemand so sähe. Wo ist denn Benny geblieben?, lallte Renker. Keine Witze jetzt, kam es von hinten, wir sind bei der Arbeit! Wie ein Klaviertransport, meinte Renker, das Wort Klavier war schwierig. Na, dann spielen Sie einmal was, hörte er ihre Stimme von hinten, hörte sie lachen. Das kann doch einen Seemann nicht erschüttern, sang Renker, traf die Töne nicht mehr so richtig, fürchtete, jeden Augenblick mit Irmela nach unten zu poltern. Yvonnes Wohnung und die Musik durch die Gipswände: Keine Angst, keine Angst, Rosmarie! Danielas Platte. Hatte sie von Delf bekommen. Endlich waren sie oben. Irmela keuchte.

Als Jesus zu Bethanien im Hause Simons des Aussätzigen weilte, trat eine Frau mit einem Alabastergefäß voll kostbaren Salböls zu ihm hin und goss es über sein Haupt, während er zu Tisch lag.

Renker suchte vergeblich nach dem Schlüssel: Irgendwo, jedesmal dasselbe! Kenn ich, sagte Irmela, hielt Renker ihre Einkaufstasche entgegen. Normalerweise trag ich eine kleinere, aber man sucht trotzdem stundenlang nach allem. Sah ihm zu. Lassen Sie mich mal? Renker war es recht, ihm war alles recht. Sie klopfte ihn ab wie zur Leibesvisitation am Flughafen. Zu verzollen hab ich nichts, sagte er, rülpste. Entschuldigung! Irmela kicherte, entdeckte den einzelnen Schlüssel in Renkers hinterer Hosentasche. Den werden Sie auf diese Art verlieren, sagte sie, sperrte auf, schob Renker vor sich in die Wohnung. War offensichtlich niemand zu Hause. Renker steuerte auf sein Zimmer zu, hörte hinter sich die Tür ins Schloss fallen. Ich danke Ihnen! Ließ sich auf sein Bett fallen, kippte hintenüber. Wollen Sie Kaffee? Danke, sagte Irmela, war in der Tür zu seinem Zimmer stehen geblieben: Kommen Sie zurecht? Renker nickte. Ist mir unangenehm, weiß nicht, konnte kaum die Augen offen halten, wie das passieren konnte, verstehen Sie? Ist doch kein Problem, hörte er sie, den Schlüssel lege ich auf Ihren Tisch. Spürte, wie sie ihm die Schuhe von den Füßen zog. Darf ich kurz ihr Bad benützen? Möchte mir nur die Flecken aus dem Kleid putzen. Draußen, wies Renker ins Vorzimmer. Danke, hörte er, ihre Schritte entfernten sich, er bewegte vorsichtig den Kopf zur Seite. Vier Uhr. Lang müsste schon da sein, war um diese Zeit sonst immer schon zu Hause. Nie wieder Alkohol! Jederzeit aufhören, hatte Jan schon gesagt, hatte anfangs viel weniger als er gesoffen, erst begonnen, als Heidemarie auszog. Renker konnte sich noch an ihr eintätowiertes Herz erinnern: rechte Arschbacke. War das erste Mal, dass er so etwas gesehen hatte. Links hab ich schon eins, hatte sie gesagt, aber innen. Er hörte im Bad Wasser fließen, unfähig, sich zu bewegen.

Als die Jünger die Frau mit dem Salböl sahen, wurden sie unwillig und sprachen: Wozu diese Verschwendung? Man hätte es auch teuer verkaufen und den Erlös den Armen geben können.

Viertel nach vier, Renker schien es, als wären Stunden vergangen, war ihm übel. Er setzte sich vorsichtig auf, den Kopf in beiden Händen, Stechen hinter der Stirn. War das Rauchen. Wusste er. Als er einmal eine Zeit nichts geraucht hatte, gab es auch keinen Kater. Wartete, Geräusche aus dem Bad, Irmela musste längst gegangen sein, hatte er verschlafen, würde sich bei ihr bedanken, wenn er sie das nächst Mal im Park träfe. Sah sich im Spiegel an der Kastentür: die Haare wirr, Grasflecken im Gesicht. Er erhob sich langsam, tastete sich die Wand entlang hinaus in den Vorraum, hörte Wasser fließen, trat in eine Lacke, die unter der Badezimmertür ins Vorzimmer drang. Musste Lang sein. Idiot. Die Socken nass.

Jesus merkte es und sprach zu den Jüngern: Warum macht ihr dieser Frau Vorwürfe? Sie hat doch ein gutes Werk an mir getan. Denn die Armen habt ihr immer bei euch, mich aber nicht allezeit. Wenn sie dieses Salböl auf meinen Leib ausgoss, so tat sie es bereits für mein Begräbnis.

Renker öffnete die Tür zum Bad. Zu seinen Füßen lag Irmela auf dem Rücken, weit aufgerissene, starre Augen, verheult, ihr Unterkleid über ihre Brüste hinaus hochgeschoben, das gelbe Kleid im Waschbecken. Über Irmela Pius Lang, stoßartige Bewegungen, die Hose runtergelassen, eine Hand am Boden aufgestützt, die andere auf Irmelas Mund gepresst, bemerkte Renker gar nicht. Aus dem Waschbecken ergoss sich das Wasser über den ganzen Boden.

Wachtraum. Renker stand mit schräggelegtem Kopf im Türstock, war ihm, als schliefe er noch, Dejà-vu mit vertauschten Rollen, in unzählige Albträume verdrängt. Mit ausgebreiteten Armen sprang der Schachtelteufel ins Heute, rote Nase. Träumen Sie?, hatte die Therapeutin gefragt. Nie wieder, hatte er gesagt. Danielas Lächeln: Ich wollte deiner lieben Freundin nur zu meinem Mann gratulieren!

Wahrlich, ich sage euch, wo auch immer in der ganzen Welt dieses Evangelium verkündet wird, wird man zu ihrem Gedächtnis davon reden, was diese Frau getan.

Lang bemerkte Renker, hielt inne, stierte ihn grinsend an. Im Waschbecken verstopfte das Kleid die Abflusslöcher, ließ das Wasser über den Rand quellen, Weltenende, Ende der Scheibe, dahinter stürzte der Ozean ins Nichts. Renker packte Lang an den Haaren, am T-Shirt, riss ihn empor, warf ihn gegen die Wand. Lang prallte zurück, starrte Renker entsetzt an, suchte Halt, riss dabei den Duschvorhang von der Stange. Irmela hustete, krümmte sich zusammen. Renker holte aus, schlug Lang die geballte Faust so hart ins Gesicht, dass dieser rücklings über die Duschtasse fiel, Blut aus seiner Nase. Irmela schrie auf, kroch unters Waschbecken. Renker zerrte Lang hoch, schlug ihm erneut ins Gesicht, hörte seine Finger knacken. Lang fiel erneut, rappelte sich auf, stolperte über die Hose an seinen Füßen. Bist du wahnsinnig geworden? Taumelte. Renker stützte sich am Waschbecken auf, trat Lang zwischen die Beine, dass er aufjaulte, durch die Tür ins Vorzimmer stürzte, hechtete nach, plötzlich völlig nüchtern, riss ihn ein weiteres Mal empor, rammte ihm das Knie in den Bauch. Lang klappte zusammen, übergab sich. Hör auf, hörte Renker Irmela aus dem Bad schreien, bitte! Sah sie auf allen Vieren halbnackt zur Tür kriechen, sich aufrichten, dünne Beine: Lassen Sie ihn, er weiß nicht, was er tut! Renker öffnete die Eingangstür, ruhig, Bewegungen wie unter Wasser, wandte sich Lang zu, zerrte den zusammengekrümmten Körper durch die Tür ins Stiegenhaus, packte ihn, stemmte ihn hoch und warf ihn mit aller Kraft gegen die gegenüberliegende Wand. Lang prallte mit dem Gesicht auf, sackte die Mauer hinunter, kauerte sekundenlang regungslos am Boden, die Arme halb erhoben, kippte dann lautlos nach hinten, schlug mit dem Hinterkopf hart am Beton auf, die Augen weit geöffnet. Über seinen Füßen kroch in feinen Bahnen Blut den Wandverputz herab.

Darauf ging einer von den Zwölfen, Judas Iskariot, zu den Hohepriestern und sprach: Was wollt ihr mir geben, wenn ich euch Jesus ausliefere? Da zahlten sie ihm dreißig Silberstücke aus. Von da an suchte er nach einer günstigen Gelegenheit, Jesus auszuliefern.

Stille. Nur Renkers keuchender Atem, die Zeit endgültig stehen geblieben, eingerostete Räder, quietschend, ausgedient, morgen würde keine Nacht mehr sein. Sonne und Mond, schließt du die

Augen, sind sie am Himmel gestorben. Über die dunklen Berge, die weiten Wiesen strich der Morgenwind, beugte die Halme der Gräser, Krankheit Mensch geheilt, Bruder Schlaf.

Keine Tür öffnete sich, niemand schrie auf wie im Fernsehkrimi. Niemand kam zufällig die Stiegen herauf, keiner prallte entsetzt zurück. Zeitloch. Keine Polizei, Verhöre, immer auf demselben Stuhl, keine Vorhänge vor den Fenstern, Milchglasscheiben bis über Sichthöhe, Justizanstalt, Halbgesperre, schon wieder lange her. Renkers Verteidiger ein gemütlicher Typ, hatte eher ausgesehen wie ein Straßenbahnfahrer, dick, Haarkranz um die spiegelnde Glatze. War schon in den ersten Tagen mit Renker die Formalitäten durchgegangen: Staatsangehörigkeit Ostdeutschland, Antrag gemäß §3 AsylG97, Artikel 1, Abschnitt AZ2 Genfer Flüchtlingskonvention.

Der Staatsanwalt mit oben abgeschnittener Brille: Wer hat Ihre beiden Fluchthelfer bezahlt? Das Gefühl, als wäre der ganze Innenraum von Renkers Kopf mit Watte ausgestopft. Erneut der Staatsanwalt: Wer hat Ihre beiden Fluchthelfer bezahlt? Er kenne die Frau nicht, hatte der Verteidiger für Renker geantwortet, klang, als wäre er in einem anderem Raum. Wann wurde das Geld übergeben? Ich glaube, er war zum Zeitpunkt der Übergabe nicht dabei, sagte der Verteidiger. Wie hießen die beiden Fluchthelfer? Renker schwieg, Schweiß auf der Stirn, war nicht imstande, seine Gedanken zu ordnen: Sah den Mann in Jeans vor sich, den im Overall. Hatten einander nie mit Namen gerufen. Dem Taxifahrer, stets die Zigarette im Mundwinkel, hatte es nichts ausgemacht, dass ihm der Rauch in die Augen stieg. Harry am Bein. Musst du im Kindergarten Detlef erzählen, hörte sich Renker sagen. Dem nicht! Wieso nicht? Detlef ist doof! Na, dann Meggie!

Der Staatsanwalt, zurückgelehnt, die Augenbrauen hochgezogen: So kommen wir nicht weiter. Der nächste Tag, dasselbe Spiel. Mein Mandant steht unter Schock, sagte der Verteidiger. Der Staatsanwalt über die Brille: Die Flucht Ihres Mandanten ist, blätterte in den Akten, in wenigen Tagen zwei Monate her! Der Verteidiger kramte in seiner Aktentasche: Das psychiatrische Gutachten spricht von posttraumatischem Stress. Eine merkbare Besserung des Zustandes meines Mandanten wäre noch zu früh. Renker saß zwischen den beiden, immer auf demselben Stuhl, in den Fenstern Milchglasscheiben bis über Sichthöhe. Seine Zelle war hell, vergittertes Fenster in den Innenhof, Tisch und Sessel, grau lackierte Tür, gegen Berlin ein Sanatorium, hätte aber auch der Wartesaal eines Bahnhofs sein können, die Düne einer Wüste oder der Mittelpunkt einer Kugel, hatte sich Renkers Wahrnehmung verschoben. Mittags wurden die Teller auf Metallwagen den Gang entlang geschoben. Eine halbe Stunde lang tobte Renker, warf den Teller an die Tür: Spinat mit einem Stück gekochtem Rindfleisch. Anfangs kam der Verteidiger fast täglich, später nur noch zu wichtigen Anlässen, wirkte immer, als wäre ihm die ganze Angelegenheit unangenehm.

Am ersten Tag der ungesäuerten Brote kamen die Jünger zu Jesus und fragten: Wo willst du zu Passah essen? Er antwortete: Geht hin in die Stadt zu dem und dem und richtet ihm aus, euer Meister spreche, seine Zeit sei nahe, er wolle bei ihm mit seinen Jüngern Passah feiern.

Die Verhandlung sei auf zwei Tage anberaumt, kündigte der Verteidiger Wochen später an, Renker war die Zeit verloren gegangen. Haben Sie mich verstanden? Renker solle möglichst ihn sprechen lassen, lachte dabei unterdrückt auf. Es könne nichts passieren: Würde Renker verurteilt, und deshalb sein Asylantrag negativ beschieden werden, könne man sich immer noch an den VGH wenden, was auch immer das war, war Renker egal. Danach gab es Nudeln mit Schinkenstreifen, Renker rührte fast nichts an. Am ersten Tag der Verhandlung regnete es. Renker hörte das Rauschen des Regens durch das gekippte Fenster über den leeren Sesseln an der Wand, sah gegenüber unter dem Dachsims Tauben hocken. Über dem Kopf der jungen Richterin das Bild des österreichischen Bundespräsidenten. Ihr Name ist Raimund Renker, begann die Richterin. Geboren in Berlin Ost. Ja, sagte Renker. Kam sich vor wie eine Aufziehpuppe, hatte Angst. Bloßfüßig in Berlin, Vernehmungszimmer, wenn er die

Augen zumachte, passierte ihm öfter, damals hatte ihn der Schließer niedergeschlagen, als er aufbegehrte. Neben Renker blätterte der Verteidiger ununterbrochen in seinen Unterlagen. Hören Sie endlich mit dem Blättern auf, fuhr ihn Renker unvermittelt an, wollte aufstehen, wurde wieder runtergezogen. Am Ende des zweiten Verhandlungstages wurde die Einvernahme von Zeugen vertagt, es regnete immer noch. Nach weiteren zwei Monaten vergeblicher Suche nach den Fluchthelfern, wie der Anwalt erzählte, und einer halbstündigen Erklärung eines Gutachters wurde Renker schuldig gesprochen, im Namen des Volkes, bekam eine teilbedingte Haftstrafe wegen Körperverletzung mit tödlichem Ausgang. Ich empfehle Ihnen, anzunehmen, raunte ihm der Verteidiger ins Ohr. Den unbedingten Teil der Strafe hätte er bereits in der Untersuchungshaft abgesessen. Renker bewegte sich nicht. „Schuld und Sühne“ hatte er Harry einmal vorgelesen, wie Rodion Raskolnikow selbst in der Verbannung keine Reue für seine Taten empfinden kann. Bis Sibirien war ihm die Geliebte gefolgt. Mein Mandant nimmt an, hörte Renker den Verteidiger sagen. Hiermit ist das Urteil rechtskräftig, sagte die Richterin, schloss geräuschvoll die Akte auf dem Pult vor sich. Die Verhandlung ist geschlossen! Es hatte zu regnen aufgehört, glaubte Renker.

Die Jünger taten, wie ihnen von Jesus aufgetragen, und bereiteten das Passahfest.

Irmela hatte das wassertriefende Kleid übergezogen, eine Spur hinter sich, wie die Schleimspur einer Schnecke, hockte vor Lang am Boden, das Ohr an seinem Mund. Richtete sich auf. Er ist ..., begann sie zu schluchzen, ihre engstehenden Augen schienen noch näher zusammengerückt zu sein, das Unaussprechbare nicht sehen zu wollen, sieht man ja sonst nur im Fernsehen. Schlussroller, Werbung und dann die Tagesschau. Tot, heulte sie, stolperte zurück ins Bad. Renker hörte, wie sie sich übergab, stand mit dem Rücken an der Wand vor Langs Körper, die Handflächen gegen die Wand gepresst, spürte seine Hände zittern, stoßweise der Atem, Stille im

Stiegenhaus, Langs Blut tropfte hinter dessen Schuhen auf den Boden, Menetekel upharsin. Flammenschrift an der Wand. Schulgedicht, alles Blödsinn: Dir künd ich auf ewig Hohn, Belsazar hatte er geheißen, Renker an die Tafel! Hatte er Auswendiglernen gehasst. Ich bin der König von Babylon!

Er hatte das Gefühl, zu ertrinken, stieß sich von der Wand ab, schleifte Lang an den Haaren ins Vorzimmer zurück, Atemnot, hektische Bewegungen, schlug die Tür zu. Komm' Se, sagte Pferd, geh'n Se, stand einen Gedanken lang vor ihm, Albtraum, Sekundenschlaf, nicht das erste Mal, drei Jahre Beton über dem Kopf. Reichte der Himmel draußen von den Giebeln der Dächer bis hinter die Bäume des Parks, Wolkenland, oder weiß der Teufel, wie Irmelas Traum aus weißer Luft geheißen hatte. Wir müssen die Polizei holen! Irmelas überschlagende Stimme aus dem Bad. Seien Sie still!, fuhr er sie an, stolperte über Langs Körper in sein Zimmer, taumelte gegen den Türstock, fing sich wieder, spürte den Boden nicht unter den Füßen. Haben Sie ein Auto? Irmela tauchte in der Badezimmertür auf. Wie? Ob Sie ein Auto haben! Ja, wieso? Renker riss die Kastentür auf, suchte fieberhaft nach seinem Geld, Zigaretten, dem Zimmerschlüssel, fegte dabei alles auf den Boden, fand den Schlüssel auf dem Tisch, torkelte ins Vorzimmer zurück. Irmela im Türstock, die Hände auf der Stirn, wagte offensichtlich nicht, das Bad zu verlassen, um Lang nicht zu berühren: Sie müssen die Polizei verständigen! Abgehackt, als bekäme sie keine Luft. Hören Sie? Lispelte stärker als sonst. Lang mit heruntergezogener Hose zu Irmelas Füßen, die nackte Frau in den Oberarm tätowiert, praller Busen, Sterne statt Brustwarzen. Irmela beschwörend: Ich werde mich für Sie einsetzen! Seien Sie endlich ruhig!, rief Renker, lauschte einen Moment an der Tür, riss sie dann auf, zog die Frau am Ärmel an der Leiche vorbei auf den Gang hinaus, warf die Tür zu, versperrte sie, brach mit großer Anstrengung den Schlüssel im Schloss ab, stopfte den Rest davon in die Tasche. Irmela fassungslos: Was tun Sie da? Er zerrte sie das Stiegenhaus hinunter, aus dem Haustor, atmete tief durch, über die

Straße: Kein Wort! Nasse Fußabdrücke am Pflaster. Sie stolperte neben ihm her, starrte ihn an. Die Leute drehten sich nach ihnen um, lachten. Renker spürte sein Herz im geöffneten Mund schlagen, um ihn war alles in vibrierendes Rot getaucht, flimmerte wie in großer Hitze. Wir gehen zu Ihnen, keuchte er, sah ihren verständnislosen Blick. Sie blieb stehen: Wir müssen zur Polizei! Sperrte sich gegen Renker. Zu Ihnen, hab ich gesagt!, schrie er sie unvermittelt an, wandte sich ab: Entschuldigung! Sie nickte hastig, wand sich unter seinem Griff, schluchzte in den nassen Ärmel: Lassen Sie mich los, ich lauf nicht weg! Zitterte am ganzen Körper. Einige Menschen waren stehen geblieben, begafften sie, sagten nichts. Die zweite Seitengasse bog Irmela ab. Sie stiegen eine enge Wendeltreppe in den zweiten Stock hinauf, altes, dunkles Haus, die Wände stark mitgenommen, zum Teil schwarz wie nach einem Brand. Irmelas Wohnung bestand aus einem schmalen Raum mit einem Fenster in einen Lichtschacht an der Breitseite, einer winzigen Küche und zwei Türen in Nebenräume. Ziehen Sie etwas Trockenes an, sagte Renker. Ich muss duschen, schluchzte sie.

Gegen Abend legte sich Jesus mit den zwölf Jüngern zu Tisch. Und während sie aßen, sprach er: Wahrlich, ich sage euch, einer von euch wird mich verraten. Da wurden sie tief betrübt und fragten ihn, einer nach dem anderen: Ich bin es doch nicht, Herr? Jesus antwortete: Der mit mir zusammen die Hand in die Schüssel taucht, der wird mich verraten. Der Menschensohn geht zwar dahin, wie von ihm geschrieben steht, doch wehe dem Mann, durch den er verraten wird. Für ihn wäre es besser, er wäre nie geboren.

Renker ging die drei Schritte vor dem Fenster auf und ab, wühlte in seinen Taschen nach den Zigaretten, zündete sich eine an, konnte das Streichholz kaum halten. Vor einigen Wochen hatte er Lang noch nicht einmal gekannt. Der Lichtschacht vor dem Fenster wie ein Schlauch zum Tageslicht. Schmerzen in den Handgelenken, kommt vom Onanieren, hatte Lang zu Gettinger gesagt. Renker schloss die Augen, sog den Rauch ein, wollte nur weg, versuchte, sich zu beruhigen. Irmela duschte scheinbar endlos. Zigarettenasche auf den Boden, den Stummel in der hohlen Hand, war nirgends ein Aschenbecher zu sehen. Sind Sie endlich fertig? Ich komm schon! Irmela kam in dem rosa Kleid mit Spitzenkragen, in dem Renker sie das erste Mal getroffen hatte, aus dem Bad, besaß anscheinend sonst nichts, arme Haut, eingefallenes Gesicht, die nassen Haare klebten ihr am Kopf: Gehen wir jetzt zur Polizei? Kramte in einer Lade, steckte ihren Pass in ihr Täschchen. Haben Sie einen Ausweis? Renker antwortete nicht, ging ihr voraus auf den Gang, trat die Zigarette aus.

Da nahm Judas, der Jesus verraten hatte, das Wort und sprach: Bin ich es etwa, Rabbi? Jesus antwortete: Du hast es gesagt!

Irmelas Auto war ein altes Modell, an den Türen angerostet, rote Plastiksitze. Ich fahre, sagte Renker, streckte die Hand nach dem Schlussel aus. Sie zögerte: Aber in Ihrem Zustand? Er drängte sich zwischen sie und das Auto: Sie können auch hier bleiben, wenn Sie wollen! Nein, nein, schluchzte sie, gab ihm den Schlüssel. Renker zwängte sich hinters Steuer, Lenkradschaltung, auch nicht besser als die Ostfahrzeuge, fluchte er unterdrückt, rückte mit dem Sitz nach hinten, startete, ruckte an, das Kupplungspedal viel zu nah am Sitz, fuhr die Straße hinunter. Irmela saß zitternd neben ihm, die Beine ineinander verschlungen, weinte unterdrückt. Jetzt rechts, wimmerte sie, und Renker bog ab. Die nächste wieder links! Zog durch die Nase auf, kramte in ihrer Tasche. Links! Trommelte mit den Fingern auf Renkers Arm: Nicht geradeaus, links! Fuchtelte vor seinen Augen herum. Wir sind eben an der Polizeistation vorbei! Sie schaute ihn entgeistert an: Wohin fahren Sie?

Während des Mahles nahm Jesus das Brot, segnete es, brach es und gab es seinen Jüngern mit den Worten: Nehmt und esst, dies ist mein Leib.

Bleiben Sie stehen!, rief Irmela. Suchte sichtlich nach Worten, klammerte sich an einen Haltegriff über der Tür, stotterte aufgeregt: Sie, Sie werden sehen, Sie werden ein faires Gerichtsverfahren bekommen!

Dann nahm Jesus den Kelch, dankte, reichte ihn den Jüngern und sprach: Trinkt alle daraus, denn dies ist mein Blut, das Blut des neuen Bundes, das für viele vergossen wird zur Vergebung der Sünden.

Raimund, rief sie, Sie machen einen Fehler! Sie machen das Ganze doch nicht ungeschehen, wenn Sie einfach weglaufen! Ich laufe nicht weg, sagte Renker. Wie? Ihre Stimme wurde schrill. Und was tun wir denn dann jetzt? Helfen Sie mir noch ein letztes Mal, bat Renker leise.

Ich sage euch: Von nun an werde ich von dieser Frucht des Weinstocks nicht mehr trinken, bis zu jenem Tag, da ich davon erneut trinken werde mit euch im Reich meines Vaters. Da stimmten sie Jubelgesang an und gingen hinaus an den Ölberg.

Irmela rutschte auf ihrem Sitz herum, Schweiß auf der Stirn, setzte mehrmals zum Sprechen an, heulte dann doch nur in ihr Taschentuch. Renker hatte keine Ahnung, wo er war, suchte die Gegend nach Hinweisschildern ab, richtete seinen Oberkörper auf, so gut es in dem engen Auto ging, atmete durch, schloss abwechselnd ein Auge, hatte er schon zu Hause nach durchsoffenen Nächten getan: trichterförmige Straßen vor der Scheibe. Einmal bist du dran, hatte Karin gesagt, war mit ihm nur gefahren, wenn es nicht zu verhindern war.

Renker bog in eine Hauptverkehrsstraße, die aus der Stadt hinauszuführen schien, erwartete jeden Augenblick, dass Irmela sich aus dem Auto fallen ließe, wirkte so: sich neben dem Fahrzeug überschlagen, Gehupe, Reifen quietschen, dahinter krachen Autos ineinander. Irgendwann beugte sie sich vor: Raimund! Versuchte, ihm ins Gesicht zu sehen. Sie können bei mir zu Hause bleiben, bis wir eine Lösung gefunden haben. Berührte seinen Arm. Sie können am Sofa schlafen. Meine zwei Neffen haben das auch immer getan. Die Ampel wurde grün. Zu Hause. Renker wusste nicht, ob er Irmela beneidete, fuhr an. Der Verkehr war dicht. Schweigen. War dieser Mann ein Freund von Ihnen?, fragte Irmela dann. Karin hatte nicht einmal den Führerschein gehabt: Ich bin doch nicht doof! Einer aus der Gruppe hatte sie immer mitgenommen. War dieser Mann ein Freund von Ihnen?, wiederholte Irmela. Nein, sagte Renker. Wieso konnte er dann in Ihre Wohnung? Er wohnt dort, sagte Renker.

Und Jesus sprach zu den Jüngern: Heute nacht werdet ihr verwirrt an mir werden, denn es steht geschrieben: Ich werde den Hirten niederschlagen, und die Schafe der Herde werden sich zerstreuen. Nach meiner Auferstehung aber werde ich euch vorausgehen nach Galiläa.

Zuhause. In Warnemünde zu Hause, in Berlin, im Knast war Renker der offene Abort vertrauter geworden als vor Jahren sein Schreibtisch in Berlin. Im Sammellager in Österreich zu Hause, Trakte wie die des Palais einer untergegangenen Herrscherfamilie. Ist angeschwemmter Müll auch zu Hause an Strand, hatte Ivo gesagt, Kroate, seine Frau kein Wort Deutsch gesprochen. Schnörkelgitter vor einigen der Fenster, hinter einer Mauer eine Anlage wie ein Schlossgarten. Portierhaus mit Schlagbaum, herumlungernde Kinder, zu Hause. Autos auf einem Parkplatz neben dem ersten Gebäude. In einem der hinteren Blocks war Renker fotografiert, geröntgt, mit einer Betreuungskarte mit seinem Polaroidfoto in einer Plastikhülle in der Hand durch den Park zurückgeführt worden. Hohe Bäume, zwei Schwarze rechten das letzte Laub aus dem Gras zu kegelförmigen Haufen. Im Gebäude lange Gänge mit abgeschlagenen Wänden, alten Fliesenböden, verzierten Schmiedeeisengeländern entlang der Stiegenaufgänge in die oberen Stockwerke. Überall Menschen, Zuhause schrieb man anders. Schwarze und hellhäutige, Kinder, die stehen blieben und Renker nachsahen. Säuerlicher Geruch. In Zimmer zwölf bekam Renker einen Bettüberzug in die Hand gedrückt, Leintuch, Decke, Handtuch, ein Stück Seife, Zahnputzzeug, Unterwäsche und einen grauen Morgenmantel.

Petrus aber sprach zu Jesus: Solltest du alle verwirren, mich verwirrst du nicht. Und Jesus antwortete: Wahrlich, ich sage dir, noch heute nacht, ehe der Hahn kräht, wirst du mich dreimal verleugnen. Da beteuerte Petrus: Selbst wenn ich sterben müsste mit dir, ich würde dich nicht verleugnen! Gleicherweise sprachen auch alle anderen Jünger.

Die hohen Türen zum dritten Stockwerk waren verschlossen. Einer der Mitarbeiter, Pulli, Halbglatze, Bärtchen, dunkle Augen, versperrte sie hinter Renker wieder. An der Wand entlang des Gangs lehnten Matratzen. Die nimmst du! Hatte einen starken Akzent. Die Rahmen der Fenster waren morsch, mit Leisten geflickt, einige Scheiben durch Holzplatten ersetzt, die Wände an manchen Stellen bis auf die Ziegel abgeschlagen. Zwischengitter wie Schleusen, ihre Schlösser klangen genauso wie die in Berlin. Komm' Se, geh'n Se! Der Mann ging voran, Renker mit der Matratze, den Zetteln und der Wäsche mühsam hinter ihm her. Hier sind die Klos. Der Mann zeigte auf eine Tür, ohne hinzusehen. Wer auf den Gang scheißt, weil wieder einmal alles verstopft ist, putzt seinen Dreck selbst weg, klar? Menschen an den Fenstern, junge, ältere mit verwitterten Gesichtern, nur Männer, standen in Gruppen, beobachteten die beiden reglos. Der Mann stieß zusammengeknüllte Papierfetzen am Boden, ein verdrecktes Tuch mit dem Fuß beiseite: Das wird sich hier nie ändern, ich kapier das nicht!

Dann kam Jesus mit seinen Jüngern an einen Ort, genannt Gethsemani, und sprach zu den Jüngern: Lasst euch hier nieder, ich will inzwischen dorthin gehen, um zu beten. Er nahm Petrus und die beiden Söhne des Zebedäus mit sich und er wurde immer betrübter und beängstigter.

Ohne zu klopfen stieß Renkers Führer eine der Tafeltüren auf, betrat den hohen Raum. Links und rechts an den Wänden mit Decken verhängte Stockbetten. Frauen und Kinder oben auf den Betten, davor, hielten inne, während sich der Mann nach Renker umwandte: Hier schläfst du! Zeigte auf eines der Betten, untere Ebene. Frühstück sieben bis acht, Mittag elf Uhr dreißig bis zwölf Uhr dreißig, ihr werdet abgeholt. Ging zwischen den Betten durch. Für den Abend werden zu Mittag Lunchpakete ausgeteilt. Da ist deins für heute! Legte ein Päckchen auf einen Tisch beim Fenster. Wäschetausch jede zweite Woche, Zimmer sechs. Steht alles auf den Zetteln, falls du lesen kannst. Lagerruhe ist vorgeschrieben, wann wer Licht abdreht, ist der Leitung egal. Alles klar? Renker nickte. Okay, sagte der Mann. Hast du an Schmerzmittel für Frau gedacht?, fragte ein Mann im Türrahmen. Vergessen, sagte der Mann mit dem Bärtchen, nickte, ging wieder.

Jesus sprach zu Petrus und den Söhnen des Zebedäus: Meine Seele ist zu Tode betrübt. Bleibt hier und wacht mit mir. Er ging ein wenig weiter, fiel nieder auf sein Angesicht und betete: Mein Vater, wenn es möglich ist, lass diesen Kelch an mir vorübergehen. Doch nicht mein Wille geschehe, sondern deiner.

Renker zog den Kopf ein, legte alles auf dem Boden ab, warf die Matratze auf den Einsatz, überzog sie, hob seine Sachen vom Boden aufs Bett, hockte sich daneben, vermied es, jemanden anzusehen, fühlte viele Augen auf sich. An der Wand gegenüber zwei mit Decken miteinander verbundene Bettentürme. In der Tür jetzt drei Männer, die Hände in den Hosentaschen. Zwischen den Flügeln des Fensters Lebensmittel, auf dem Tisch Zahnbürsten und Seifenstücke. Ein Mann und eine Frau am Tisch, unterhielten sich lautstark, Serbokroatisch, Slowenisch, Renker wusste es nicht. Woher kommen?, näherte sich ihm nach einer Weile der Mann, der nach dem Schmerzmittel gefragt hatte, Mitte vierzig, Stoppelbart. Renker wollte nicht reden. Deutsch?, beugte sich der Mann zu ihm hinunter. Renker nickte, versuchte, seinen Blicken auszuweichen. Der Mann streckte ihm die Hand entgegen: Ivo! Renker ergriff zögernd die Hand. Raimund! Zwei Frauen und einige Kinder waren aus ihren Behausungen gekrochen, beobachteten Renker. Ivo wandte sich ihnen zu: On je iz Njemačke, zove se ... Wieder zu Renker: Wie heißen? Raimund, wiederholte Renker, hatte sich auf sein Bett verkrochen. Zove se Raimund, sagte Ivo zu den anderen, hob die Schultern mit einem Blick auf Raimund: Sprechen nichts Deutsch. Renker kauerte auf der Matratze, den Rücken an der Wand, stieß mit dem Kopf an den oberen Einsatz.

Jesus ging zu den Jüngern zurück und fand sie schlafend. Und er sprach zu Petrus: Konntet ihr nicht einmal eine einzige Stunde mit mir wachen? Wacht und betet, damit ihr nicht in Versuchung geratet. Der Geist ist willig, aber das Fleisch ist schwach.

Zwei Familien mussten es sein und zwei einzelne Männer, die sich das Zimmer teilten, Ivo anscheinend der einzige, der einige Brocken Deutsch beherrschte. Das Bett über Renker blieb leer. Stumm saß Renker auf seiner Matratze, an die Wand gelehnt, gegenüber die zwischen den Stockbetten aufgespannte Decke, wurde von den Kindern mit großen Augen beobachtet, bis es ihnen zu langweilig wurde, und sie begannen, im Zimmer herumzutoben. Langsam wurde es dunkel. Die Beleuchtung fahl. Ivo stierte stundenlang aus dem Fenster. Renker saß, starrte ins Leere, klammerte sich an die Matratze, hatte Angst zu ersticken, gleichsam in die Wand hinter sich abzusaufen. Kalk über die Augen. Hier hinterließ wohl keiner eine Spur von Leben. Hoćemo se igrati zajedno?, stieß ihn eines der Kinder an. Renker verstand nicht, reagierte nicht, schaute weg. Hoćemo se igrati zajedno? Ivo zerrte den Buben von Renkers Bett: Pusti ga na miru! Schlug ihm mit der flachen Hand auf den Hinterkopf, dass er durchs Zimmer stolperte. Entschuldigung, sagte Ivo zu Renker. Das Kind begann zu heulen. Wie viel Erde braucht der Mensch?, hatte Renker in Dresden gelesen, Tolstoj. Eine Decke und ein paar Fuß Boden, Kinder nur einige Handbreit. Geschrei vom Gang, mehrere Männerstimmen gleichzeitig, im Zimmer nahm niemand Notiz davon. Dead man walking, sagen die Amerikaner zu Todeskandidaten. Hatte ihm Delf erzählt. Walking man dying: Der Abend kann ein halbes Leben dauern. Von draußen das Geräusch der Klospülung. Sie saßen beim Tisch, auf ihren Betten. Sie können mein Paket haben, sagte Renker. Ivo nickte, reichte Renkers Lunchpaket den Kindern. Renker sprang auf, nervös, verließ den Raum, fühlte nichts, lief sich selbst wie einem Fremden nach. Am Gang stritten immer noch mehrere Männer, gestikulierten heftig, hinter ihnen die schwarzen Scheiben der Fenster, in Glas eingelegte Freiheit. Renker ging bis an die Stäbe des Zwischengitters, hielt sich daran fest, wusste selbst nicht, warum, seitwärts dahinter die Ausgangstür. Leere im Kopf, weite, verschneite Ebene, Kälte. Wandte sich dem Fenster zu, die Hände neben das Gesicht, Schutz vor den Spiegelungen der Lampen am Gang. Die kahlen Bäume draußen, einzelne helle Streifen aus den unteren Fenstern über den schwarzen Boden. Die gegenüberliegenden Gebäude wie dunkle Trutzburgen mit fahlweißen Löchern. Bewegung dahinter. Zuhause, Asylantenausgabe.

Zum zweiten Mal ging Jesus hin und betete: Mein Vater, wenn dieser Kelch nicht an mir vorübergehen kann, ohne dass ich aus ihm trinke, so geschehe dein Wille.

Der Himmel war sternenlos, die obersten Zweige der Bäume schienen in ihn wie in Pech einzutauchen.

Als Jesus zurückkam, fand er die Jünger abermals schlafend. Die Augen waren ihnen vor Müdigkeit zugefallen. Zum dritten Mal ging er hin und betete mit denselben Worten.

Necu jos ici spavati, eine Kinderstimme hinter Renker. Huhu kann gar nichts sehen, hatte Harry gesagt, bevor er in Renkers Armen eingeschlafen war.

Jesus kehrte zu den Jüngern zurück und sagte zu ihnen: Ihr schlaft und ruht noch weiter? Seht, die Stunde ist nahe, in der der Menschensohn in die Hände der Sünder ausgeliefert wird. Steht auf, lasst uns gehen. Seht, mein Verräter ist nahe.

Renker kehrte ins Zimmer zurück, legte sich angezogen aufs Bett, krümmte sich zusammen. Lange Zeit noch das Gewirr der Stimmen, einmal schrie eines der Kinder auf, eine zornige Frauenstimme, langsam Ruhe. Renker zog die Decke über die Ohren, hörte noch mehrmals das Öffnen der Tür, Schritte durch den Raum, bevor er einschlief. Träumte, langsam erdrückt zu werden, konnte nicht sehen, was sich über ihn legte, bekam immer weniger Luft, schlug um sich, undurchdringliche Dunkelheit, fuhr mit einem Aufschrei hoch, schlug mit dem Kopf gegen den oberen Einsatz. Licht nur durchs Fenster an die Decke, Rufe von gegenüber, eines der Kinder begann zu weinen. Renker ließ sich aus dem Bett kippen, kroch auf, verließ den Raum. Die Helligkeit des Gangs fiel über ihn. Die Toilettenanlage war gefliest, anstelle einer Klomuschel nur ein Loch im Boden mit emaillierten Trittflächen. Fremdleben.

Während Jesus redete, näherte sich ihm Judas, einer der Zwölf, und mit ihm war eine große Schar von den Hohepriestern und Ältesten des Volkes mit Schwertern und Knüppeln. Judas, der Verräter, hatte mit ihnen ein Zeichen ausgemacht und gesagt: Der, den ich küssen werde, der ist es, ihn nehmt fest.

Als Renker über den Gang zurückging, hörte er von draußen Bellen, sah durch die Fenster unten zwischen den Bäumen in den Kegeln von Taschenlampen einige Schwarze in Jeans und Unterhemden, die Hände am Rücken zusammengebunden. Hinter ihnen Uniformierte mit dem Hund an der Leine. Die Gruppe verschwand im Erdgeschoß des Gebäudes aus Renkers Gesichtsfeld.

Judas trat sogleich auf Jesus zu und sprach: Sei gegrüßt, Rabbi. Und er küsste ihn. Jesus aber sprach zu ihm: Mein Freund, dazu bist du hergekommen? Da traten sie herzu, legen Hand an Jesus und nahmen ihn fest.

Renker hielt den Atem an, lauschte. Nur das Surren einer Lampe, Schnarchgeräusche, irgendwo von unten Kinderweinen, sonst nichts.

Und siehe, einer der Begleiter von Jesus streckte die Hand aus, zog das Schwert und hieb damit dem Knecht des Hohepriesters ein Ohr ab. Doch Jesus sprach zu ihm: Steck dein Schwert wieder an seinen Platz. Wer zum Schwert greift, wird durch das Schwert umkommen.

Renker stand am Fenster, bis ihn fror, kehrte dann widerwillig ins Zimmer zurück. Die Luft verbraucht, säuerlicher Geruch. Er rollte sich auf seinem Lager zitternd in die Decke, versuchte lange Zeit vergeblich, einzuschlafen.

Oder meinst du, sagte Jesus, ich könnte meinen Vater nicht bitten, und er würde mir sogleich mehr als zwölf Legionen Engel zu Hilfe senden? Wie sollten aber dann die Schriften erfüllt werden, dass es also geschehen muss?

Am Morgen wurden alle zum Frühstück ins Erdgeschoß getrieben: großer Raum mit Säulen wie in einer Arkadenhalle eines Reitstalls, zwischen einem Geländer und der Wand hatte man sich zum Essenausfassen anzustellen. Schweißgeruch, müde Gesichter, viele Schwarze. Achtertische mit Resopalplatten, jeder hatte seinen Platz.

Sitzen hier, wies ein Mann mit Stoppelbart Renker einen Platz an. Neben ihm lümmelte ein junger Mann mit ausgebreiteten Ellbogen am Tisch, gegenüber ein verschreckt blickendes Paar, sie weiß wie die Wand hinter ihr, nervig. Kaffee oder Tee, helles Brot mit Margarine und Honig. Nach dem Frühstück wurden sie wieder hinaufgeführt, die Türen hinter ihnen versperrt. Zu Mittag gab es Selchfleisch mit Gemüse, für Muslime Rindfleisch. Renker aß unwillig, hatte keinen Appetit, ließ die Hälfte stehen. Wieder eine Nacht hinter Gittern. Zum Frühstück gab es Kakao und Truthahnleberaufstrich.

Zur selben Stunde sprach Jesus zu dem Haufen: Wie gegen einen Räuber seid ihr ausgezogen, ihn mit Schwertern und Knüppeln gefangenzunehmen. Saß ich nicht täglich im Tempel und lehrte, und ihr habt mich nicht gefangengenommen?

Einige Tage später zogen Ivo und seine Frau aus, nervös, gereizt, die Decken unter den Armen. Nur die Kinder, als wär's ein Faschingsumzug. Schoben alle ihre Matratzen auf den Gang hinaus. Drei Türken nahmen ihre Stelle ein.

All dieses ist geschehen, sagte Jesus, damit die Schriften der Propheten erfüllt würden. Da verließen ihn die Jünger alle und flohen.

Eines nachts eine Schlägerei draußen am Gang, Renker steckte den Kopf unter die Decke. Schlagen der Gittertür, Geschrei, aufgeregtes Murmeln der Mitbewohner im Zimmer, nach längerer Zeit wieder Ruhe. Am nächsten Morgen waren einige Stellen am Boden des Gangs mit Fäkalien verschmiert, der Gestank nahm Renker fast den Atem. Zwei weitere Männer und ein Paar zogen ins Zimmer, einer der Männer auf das Bett über Renker, redete stundenlang heftig auf die gegenüberliegenden Betten hinüber, schimpfte offenbar, Renker verstand kein Wort. Die beiden anderen verschüchtert, trennten sich so gut wie nie voneinander. Der zweite Mann, Bett im Eck, unten, kam aus Leipzig, wie er laut verkündete. Ist da noch wer? Renker stellte sich vergeblich schlafend. Über eine Stunde stand Karl dann neben Renkers Bett und redete. War bereits das zweite Mal hier, seine Flucht Heldentum pur.

Diejenigen die Jesus ergriffen hatten, führten ihn zu Kaiphas, dem Hohepriester, wo sich auch die Schriftgelehrten und Hohepriester versammelt hatten. Petrus aber folgte ihnen von ferne bis zum Palast, ging hinein und setzte sich dort unter die Diener, um den Ausgang der Sache abzuwarten.

Zwei Wochen später wurde Renker unvermittelt aufgefordert, seine Sachen zusammenzupacken. Zehn Uhr vormittags. Seine Mitbewohner sahen zu, wie er das Bett abzog, seine Habseligkeiten in einen Plastiksack stopfte, die Matratze auf den Gang hinaus zerrte. Er wurde ein Stockwerk tiefer einquartiert, die gleichen hohen Zimmer, wieder mit Decken verbundene Stockbetten, aber keine versperrten Türen, keine Gitter am Gang. Kannst du gehen, wo willst, sagte der Jugoslawe, der ihn abgeholt hatte, erklärte, einer der sogenannten Remuneratoren zu sein, Asylanten und gleichzeitig Betreuer. Verdienten sich so etwas dazu, sagte er. Aus dem Bettenturm im Eck gegenüber orientalische Schlagermusik aus einem eiernden Kassettenrekorder. Zwei kleine Mädchen sprangen auf der Matratze herum. Renker bezog das obere Bett, unter ihm ein älterer Mann, schälte mit den Fingern eine Wurst, als Renker kam, schien sich nicht für ihn zu interessieren.

Der Hohepriester und der gesamte Hohe Rat suchten nach einer falschen Zeugenaussage gegen Jesus, um ihn zum Tode verurteilen zu können. Sie fanden aber keine, obwohl viele falsche Zeugen auftraten. Zuletzt traten zwei auf und sagten aus, Jesus habe behauptet, er könne den Tempel Gottes niederreißen und in drei Tagen wieder aufbauen.

Es war der Tag, an dem Renker erstmals das Heim verließ, hinausging auf die Straße vor den Mauern. Hatte das Gefühl, auf fremden Beinen zu stehen, als schwankte der Boden unter seinen Füßen. Keine Menschen dicht um ihn, schien ihm ihr Fehlen wie Luftleere. Auf der anderen Straßenseite Häuser hinter Alleebäumen, dunkle Fenster. Durch die kahlen Äste die Sonne. Er taumelte die Straße hinunter, blieb an der nächsten Kreuzung stehen. Ginge er immer weiter, niemand würde ihn suchen.

Da erhob sich der Hohepriester und fragte Jesus: Entgegnest du nichts auf das, was diese gegen dich vorbringen? Jesus aber schwieg.

Die Äste der Bäume scharf gegen den stahlblauen Himmel, nach oben immer feiner, schwarz wie Spinnennetze bis in die äußersten Zweige. Weißer Dunst, vergessener Morgenschleier, bleichfingrig durch die dünnen Rauchsäulen über den Dächern.

Da sprach der Hohepriester zu Jesus: Ich beschwöre dich beim lebendigen Gott, sag: Bist du der Messias, der Sohn Gottes? Jesus antwortete: Du sagst es. Ich aber sage euch: Von nun an werdet ihr den Menschensohn sitzen sehen zur Rechten der Macht und kommen auf den Wolken des Himmels.

Autos fuhren vorbei, die hohen Gräser am Straßenrand schwankten in ihrem Sog. Eine Frau mit einer Einkaufstasche am Gepäckträger radelte in die Kreuzung ein, bog ab. Auf der anderen Straßenseite eine Gruppe junger Schwarzer, die Köpfe vorgestreckt, ein Streifenwagen mit der Aufschrift „Gendarmerie" verschwand am Ende der Allee. Das gelobte Land.

Da zerriss der Hohepriester seine Kleider und rief: Er hat Gott gelästert, was brauchen wir noch Zeugen? Ihr habt selbst die Gotteslästerung gehört! Was meint ihr? Sie schrien: Er ist des Todes schuldig! Sie spien ihm ins Gesicht, schlugen ihn mit Fäusten, andere mit Stöcken, verhöhnten ihn: Weissage uns, Messias, wer es ist, der dich geschlagen hat?

Renker kehrte ins Lager zurück, verkroch sich in sein Bett. Aus dem Kassettenrekorder jeiernde Musik. Am Tisch spielten zwei Männer Mühle.

Petrus aber saß draußen im Hof, und es trat eine Magd zu ihm und sprach: Auch du warst mit Jesus, dem Galiläer! Er aber leugnete es vor allen mit den Worten: Ich verstehe nicht, was du sagst!

Zu Mittag Grießdukatensuppe, Schweinsbraten mit Reis und Letschogemüse, Vanillepudding. Für die Muslime Rinderbraten. Renker gegenüber saßen zwei Männer, unterhielten sich auf Russisch, aßen dabei mit offenem Mund, Lücken zwischen den fauligen Zähnen. Karl hatte Renker entdeckt, verlangte, neben ihm sitzen zu dürfen: Der Fraß ist auch nicht besser geworden!

Als Petrus zum Tor hinausging, erblickte ihn eine andere und sprach zu den Leuten dort: Auch dieser war bei Jesus, dem Nazarener! Und wiederum leugnete er und sprach: Ich kenne den Menschen nicht!

Eines der kleinen Mädchen in Renkers Zimmer war krank geworden, weinte fast die ganze nächste Nacht durch. Die Mutter, Kopftuch, bodenlanger Überrock, trug es stundenlang vergeblich von der Tür zum Fenster und zurück, streichelte es über den Rücken. Irgendwann übergab sich das Kind an ihrer Schulter. Große Aufregung, einer der Männer schrie eine Weile herum, die Frau weinte, wischte mit Toilettenpapier den Boden auf.

Kurz danach kamen die Menschen, die dort standen, auf Petrus zu und sagten: Wahrhaftig, du bist einer von ihnen, denn auch deine Sprache verrät dich! Da fing er an zu fluchen und schwor: Ich kenne den Menschen nicht! Gleich darauf krähte der Hahn.

Zum Frühstück war Renker übernachtig, konnte auch später untertags nicht schlafen, neue Menschen waren ins Zimmer gezogen, wieder zwei Deutsche, versuchten, sich mit einigen Brocken Türkisch lautstark mit den anderen zu unterhalten, verstanden selbst aber so gut wie nichts. Das Kind heulte. Renker drehte sich auf den Bauch, ihm war, als ertrinke er in den Leibern. Vor den Fenstern zog schlechtes Wetter auf.

Da erinnerte sich Petrus der Worte Jesu: Noch ehe der Hahn kräht, wirst du mich dreimal verleugnen. Und er ging hinaus und weinte bitterlich.

Siebenundzwanzigstes Tableau

Stundenlang hatte Irmela in ihr Taschentuch gewimmert, durchs Seitenfenster auf den Pannenstreifen der Autobahn gestarrt. Langsam wurde es dunkel. Wohin fahren wir? Renker schwieg, hatte keinen Pass, wusste, dass viele durchgewinkt würden. Der Sprit wird ausgehen! Draußen im Dämmerlicht weite Felder, Dörfer darüber verstreut, als hätte sie jemand vergessen. Wenn wir nach Deutschland fahren, sagte sie, werde ich Geld wechseln müssen! Der Motor des Autos sang in eigentümlich hohem Ton, als würde er ständig überzogen. Raimund, ich bin doch Ihr Freund! Renker drehte das Licht an, suchte im Rückspiegel die Autos hinter sich ab, suchte ständig nach dem Polizeifahrzeug, das sie überholte, zum Stehenbleiben zwang. Unsinn, verwarf jedesmal den Gedanken daran, konnte niemand Irmelas Auto kennen. Ist Harry dort?, fragte Irmela. Renker schaltete einen Gang hinunter. Wie kommen Sie darauf? Versuchte zu überholen, gab im Ansatz wieder auf, ärgerte sich über die hakende Lenkradschaltung. Armin hatte einen Oldtimer besessen mit Lenkradschaltung. Alter Motortotalschaden, war in Armins Garage vor sich hingerostet. Ich glaub, hatte Margot einmal gesagt, er liebt ihn mehr als mich!

Wer ist Harry?, fragte Irmela zurück. Ein Lastwagenzug überholte sie im Schneckentempo. Irmelas alte Kiste ging nicht schneller. Mercedes war da etwas anderes gewesen. Irmela sah Renker an. Haben Sie ihn verloren? Dabei hatte Delfs BMW Renkers Wagen noch glatt weggeblasen. Haben Sie Geld zum Tanken?, fragte Renker. Ich hab nicht genug. Irmela zog sich am Haltegriff hoch, nickte. Sie fuhren eine Tankstelle an, direkt vor der Grenze. Bitte voll! Irmela kramte in ihrer Tasche nach ihrer Geldbörse, reichte dem Tankwart einige Scheine.

Am frühen Morgen hielten alle Hohepriester und Ältesten Rat und beschlossen, Jesus töten zu lassen. Nachdem sie ihn gefesselt hatten, führten sie ihn fort und übergaben ihn dem Statthalter Pontius Pilatus.

Renker bog aus der Tankstelle, reihte sich in die Kolonne vor dem Zollgebäude. Irmela kramte wortlos in ihrer Tasche, zog ihren Pass hervor. Sie sind kein schlechter Mensch, hörte Renker sie sagen, nur weil Sie diesen Mann umgebracht haben. Der nächste Versuch. Renker lachte kurz auf, wurde zunehmend nervöser. Gott sieht Ihre Seele, sagte Irmela. Renker schwieg, versuchte, sich vor dem Rückspiegel die Grasflecken aus dem Gesicht zu wischen. Schlechte Beleuchtung, die Nacht war schnell gekommen. Er ist die Barmherzigkeit, sagte Irmela. Niemand auf Erden hat das Recht, Sie zu verurteilen. Richtet nicht, damit ihr nicht gerichtet werdet! Haben Sie nie gehört? Renker hielt die Hand auf, merkte, dass er zitterte: Geben Sie mir Ihren Pass! Vor ihnen nur noch wenige Autos, Beamte in Uniformen dahinter, Ampeln, Grenzbalken, Zollhäuschen. Langsam rückten sie vor. Keiner sagte ein Wort. Renker konnte durchs geöffnete Seitenfenster den Kopf des Zöllners nicht sehen, hielt Irmelas Pass in der Hand, wurde weitergewinkt. Atmete tief ein, tappte nach dem Zigarettenpäckchen. War vor Jahren mit Delf am Steuer hier durchfahren. Halten Sie dort, zeigte Irmela auf einen Parkstreifen entlang des Zollgebäudes. Ich werde Geld besorgen. Renker hielt an. Irmela stieg aus, zog umständlich ihr Kleid zurecht, beugte sich noch einmal zum Fenster herein: Ich hol nicht die Polizei, keine Sorge! Anflug von Lächeln, verschwand sie in der Baracke.

Als nun Judas, der Jesus ausgeliefert hatte, sah, dass Jesus verurteilt worden war, bereute er seine Tat.

Irmela kam zurück, stieg wortlos ein. Renker warf seine Zigarette zum Fenster hinaus, fuhr los. Ich versteh Sie doch, hörte er ihre Stimme, leise, sah, wie sie die Ärmel ihres Kleids ein Stück hochschob.

Judas brachte die dreißig Silberlinge den Hohepriestern und Ältesten zurück und rief: Ich habe mich versündigt, habe unschuldiges Blut verraten!

Sie hatte die gleichen feinen Narben an den Handgelenken wie Renker. Die Glasscherbe hatte er zufällig im Bad gefunden, Asylantenlager, nachts gegen halb drei, offenbar hatte ein anderer Insasse sie unter dem Waschbecken versteckt. Renker hatte nicht mehr geschlafen, am nächsten Morgen noch vor dem Frühstück das Gebäude verlassen, am Schlagbaum des Geländeingangs vorbei, das Ortsgebiet, die letzten Häuser, war über ein Feld gegangen, hatte die Schuhe ausgezogen, weggeworfen, weich wie rohes Fleisch die durchnässte Erde unter seinen Füßen. Das Wetter war schlecht, der Regen ein Freund, Wasser auf seinem Gesicht, die eigenen Tränen längst versiegt. Die feuchte Luft durchs welke Gras, legte er sich zwischen Büschen auf den Boden, weich unter seinem Rücken die Erde. Under der linden an der heide, hatte er noch in Berlin gelesen, dâ unser zweier bette was. Walther von der Vogelweide. War ein Weihnachtsgeschenk Danielas gewesen. Dâ mugt jr vinden schône beide, gebrochen bluomen unde gras. Er hörte das Motorgeräusch eines Autos, wusste aber die Straße weit weg. Vor dem walde in einem tal, tandaradei, schône sanc diu nahtegal. Das Regenwasser vermischte sich mit seinem Blut, lief die Unterarme herunter, Wasser des Lebens. Als er Stimmen hörte, vermochte er nicht mehr zu erkennen, wie die näherkommenden Kinder, die seine Schuhe gefunden hatten, diese an den Schnürriemen über ihre Köpfe drehten, sah nur noch einen engen Kreis des milchigen Himmels über sich.

Die Hohepriester und Ältesten entgegneten Judas: Was kümmert uns das? Das ist deine Sache! Da schleuderte er die Silberstücke in den Tempel, ging hin und erhängte sich.

Irmela schaute Renker an, wartete, zog dann die Ärmel wieder herunter. Haben Sie Hunger?, fragte Renker. Irmela schüttelte den Kopf.

Die Hohepriester hoben die Silberlinge auf und sagten: Es geht nicht an, dass wir das Geld in den Tempelschatz zurückgeben, es ist Blutgeld. Sie berieten und kauften davon den Acker des Töpfers zum Begräbnisplatz für die Fremden. Darum heißt jener Acker bis zum heutigen Tag Blutacker.

Ich muss hinaus, sagte Irmela nach längerer Zeit Schweigens. Renker fuhr den nächsten Rastplatz an. Kreise fahlen Lichts der hohen

Laternen am Asphalt. Irmela stieg wieder aus, hinkte über den Parkplatz. Aus der Toilettenbaracke trat eine Frau, hielt Irmela die Tür auf, stieg dann in ein Auto vor Renker, Kinder im Fond, Renker konnte ihre dünnen Arme über den Sitzen sehen. Fuhren weg.

Und es ging in Erfüllung, was durch den Propheten Jeremias geweissagt worden war: Sie nahmen die dreißig Silberlinge, den Preis, den sie bei der Schätzung für den Hocheingeschätzten geboten hatten, von den Söhnen Israels und gaben ihn für den Totenacker, so wie es der Herr befohlen.

Wissen Sie, sagte Irmela, als sie wieder neben Renker saß, dass die meisten Selbstmorde Hilferufe sind, die nur niemand hört? Hab ich gelesen, ist was dran! Und dann ist das Wort falsch, verstehen Sie? Wenn ich jemanden ermorde, nehme ich ihm ja vorsätzlich das Leben! Sie lehnte den Kopf an den Türrahmen. Es sind Unfälle, genau wie in Ihrer Wohnung vorhin! Die längste Zeit fuhren sie hinter einem Lastwagen her. Obermeiertrans stand auf der hinteren Ladefläche. Immer der Zeit voraus! Renker stand voll am Gas, als er überholte, den Blick ständig im Rückspiegel, unterdrückte Angst, versuchte, nicht zu denken. Irgendwann schlief Irmela neben ihm ein, den Kopf hintenübergekippt, den Mund halb geöffnet.

Jesus aber wurde dem Statthalter vorgeführt, und dieser fragte ihn: Bist du der König der Juden? Jesus antwortete ihm: Du sagst es! Auf die Anklagen der Hohepriester und Ältesten antwortete er nicht.

Der Verkehr nahm ab. Sicher hatten sie die Wohnung längst aufgebrochen, Lang entdeckt. Überall Polizei, Spurensicherung, Gettinger aufgeregt wie ein fettes Huhn, konnte Renker förmlich hören, Seewald. Protokolle, Werner würde geholt, irgendwann zur Verantwortung gezogen werden. Renker hatte das Gefühl, seine Brust würde zusammengeschnürt. Schweiß auf der Stirn, hoffentlich wachte Irmela bald auf, lenkte ab, Betäubung. Blut an der Wand, feine Linien, Langs Augen. Fuhr sich durchs nasse Haar, er war kein Mörder, nie gewesen. Bist du wahnsinnig geworden? Langs letzte Worte, heisere Stimme, keine Chance gehabt, sich zu wehren. Renker nahm zögernd den Fuß vom Gas, stierte im Rückspiegel in seine eigenen Augen.

Hupen von hinten. Was konnte Werner dafür? Scheiße. War ohnehin alles vorüber. Teilbedingte Strafe, hatte die Richterin gesagt. Komm' Se, geh'n Se, lass dich doch abschieben, dann kriegste ooch Spinat mit Ei! Verpfuschtes Leben wie unter dem Glassturz. Nach Hause, Berlin, irgendjemand aus der alten Clique würde ihm vielleicht über die nächsten Tage helfen. Stieg aufs Gas. Dann weitersehen, Irmela zurückschicken, würde er, ja. Nie wieder von draußen träumen müssen. Karin. Er wusste, wo sie arbeitete, so sie noch dort war.

Und Pilatus fragte Jesus: Hörst du nicht, was sie alles gegen dich aussagen? Er aber antwortete auf kein einziges Wort, so dass sich der Statthalter sehr verwunderte.

Und dann stand „Hof" auf einer Anzeigetafel: Zu beiden Seiten der Autobahn eine breite Schneise in den nachtschwarzen Wald gehauen, neben der Fahrbahn Reste der Betonplatten von Grasbüscheln in schiefe Bruchstücke zersprengt, unwirklich, übermalte Vergangenheit. Fast alle Wachtürme der Grenze verschwunden, die Maschinengewehre gegen den Himmel, die Baracken seinerzeit, graue Honigstreifen für Menschenfliegen.

Renker fuhr auf den Pannenstreifen, hielt an, ließ den Motor laufen, sprang aus dem Auto, lief ein paar Schritte neben der Fahrbahn her, blieb stehen, zündete sich eine Zigarette an, starrte minutenlang die nachtschwarze Autobahn entlang. Echo eines fremden Lebens, als hätte sich Renker als Romanheld ins falsche Kapitel verirrt. Zollwachebeamte vor gestikulierenden Reisenden. Foto für Visum zwei Türen weiter! Gleißendes Flutlicht, Motorenlärm, Abgasgestank, Rollspiegel unter die Fahrzeuge geschoben, sah er noch vor sich wie einen schlechten Traum: Gruben in der Fahrbahn, hörte das Klopfen der langen Stangen auf dem Blech. Phantomschmerzen. Machen Se auf! In Schlangenlinien weiter, sozialistisches Ringelspiel, hatte Delf geätzt. Grinsender Zöllner: Sind Sie nicht der vom Fernsehen?

Aus Anlass eines Festes pflegte der Statthalter dem Volk jedesmal einen Gefangenen freizugeben, den es auswählen durfte. Damals lag ein berüchtigter Gefangener namens Barabbas in Ketten.

Renker hatte seinerzeit in Ybbs vom Fall der Mauer gehört, es für einen weiteren schlechten Scherz des Mannes gehalten, mit dem er damals schon mehr als ein Jahr das Zimmer teilte, sein Name hatte ihn nie interessiert, hatte mit dem Mann nie zusammenleben wollen, er furzte, aß mit abgespreizten Fingern, hatte immer dasselbe erzählt, ähnlicher Typ wie später Gettinger, war schon in der geschlossenen Anstalt gewesen, als Renker eingeliefert worden war, die Handgelenke dick verbunden. Wo hast du das her? Bin gefallen, hatte Renker gesagt, ging ihn einen Dreck an. Schon wieder gefallen. Das Zimmer war hell, frisches Bettzeug. Renker war still auf dem Bett gesessen, hatte mit der flachen Hand über das weiche Leintuch gestrichen.

Als die Menge zusammengeströmt war, fragte Pilatus: Wen soll ich euch freigeben? Barabbas oder Jesus, den man den Messias nennt?

Die sind aus Berlin herüber, hatte sein Mitbewohner mitten in der Nacht gerufen. Wer? Die Ossis! Bananen haben sie ihnen nachgeschossen! Halt doch den Mund, hatte Renker gesagt. Ein Gefühl, als lebte er unter einem Glassturz, hatte schon damals die Medikamente nicht vertragen. Aber wenn ich's doch eben im Fernsehen gesehen habe! Was hast du gesehen? Wie die rüber sind! Was heißt: Die rüber sind? Na, durch die Mauer, hatte der Mann gesagt. Und dann war es doch wahr. Renker hatte von den Demonstrationen gehört, wie von Weitem, Tagesschau, nichts über Dresden und Berlin sehen wollen, lief zu viel davon des Nachts vor ihm ab. So glaub mir doch! Renker hatte es übergeschlafen, Unsinn! Erst am nächsten Morgen von der Therapeutin die Bestätigung empfangen, vorsichtig, tat alles vorsichtig, die Frau. Hab ich's doch gesagt, hatte sein Zimmerkollege gerufen.

Pilatus wusste nämlich wohl, dass sie Jesus aus Neid ausgeliefert hatten. Während er aber auf dem Richterstuhl saß, ließ seine Frau ihm ausrichten, er möge sich mit dem Gerechten nichts zu schaffen machen, sie habe letzte Nacht seinetwegen im Traum viel gelitten.

Den ganzen Tag war Renker dann vor dem Fernseher gehockt, hatte dieselben Szenen immer wieder gesehen: das offene Brandenburger

Tor, jubelnde Menschen, Reden, Trabis in Menschenmassen, hatte nicht mehr gewusst, wozu er geflohen war.

Die Hohepriester und Ältesten aber redeten auf das Volk ein, sie sollten sich Barabbas ausbitten, Jesus aber töten lassen.

Die Leere in Renker war weiter gewesen, als seine Gedanken es ertasten konnten: Die Freiheit nachgeworfen, er brauchte sie nicht mehr. Hatte es monatelang nicht wahrhaben wollen, als wäre unmerkbar langsam Wasser aus einem Bassin abgeflossen, in dem er längst ertrunken war. Es war Weihnachten. Christbaum, Sprühkerzen, ein Kinderchor sang Weihnachtslieder: Es ist ein Ros' entsprungen, Renkers Therapeutin sang falsch, aus einer Wurzel zart. Jeder bekam eine Holzschale mit Weihnachtskeks, hatten Schüler für sie geschnitzt, Renker rührte seine nicht an.

Als nun der Statthalter die Menge fragte: Welchen von beiden soll ich die Freiheit schenken?, riefen sie: Barabbas! Da sagte Pilatus zu ihnen: Was soll ich denn mit Jesus tun, den man den Messias nennt? Und es riefen alle: Ans Kreuz mit ihm!

Ist alles in Ordnung?, hörte Renker Irmelas Stimme hinter sich, fuhr herum. Jaja! Tötete die Zigarette am Boden ab, ging zum Auto zurück.

Pilatus entgegnete der Menge: Was hat er denn Böses getan? Aber sie schrien nur noch lauter: Ans Kreuz mit ihm!

Verbrannte Erde. Rechts neben ihnen vorbeirasende Autos, aufheulend, grell die Scheinwerfer, immer wieder die Druckwelle der Laster.

Als Pilatus sah, dass er nichts ausrichtete, sondern die Aufregung immer größer wurde, ließ er sich Wasser reichen, wusch sich vor dem Volk die Hände und sagte: Ich bin unschuldig am Blut dieses Gerechten, das habt ihr zu verantworten!

Renker zwängte sich in den Wagen, wartete nervös, bis Irmela auf der anderen Seite eingestiegen war, fuhr abrupt an.

Das ganze Volk aber rief: Sein Blut komme über uns und unsere Kinder! Da gab Pilatus Barabbas frei, Jesus aber ließ er geißeln und überantwortete ihn dann zur Kreuzigung.

Wohin fahren wir?, fragte Irmela vorsichtig. Renker zögerte, stand voll am Gas. Nach Berlin, hörte er sich sagen. Berlin. Komm' Se, geh'n Se! Sehen Sie sich das Foto an, Siebenhundertelf! Wusste noch nicht, wie er damit umgehen würde, schwarzer Schnee von gestern, Bilder ins Gehirn gebrannt: Sie sind jefallen, versteh'n Se? Bei feuchtem Wetter tat ihm die Brust immer noch weh.

Irmela schwieg. Es tut mir leid, sagte Renker, warf einen kurzen Blick auf sie: eingefallene Wangen, graue Haut, die Haare in dünnen Strähnen. Ich war noch nie in Berlin, sagte sie leise. Nur in Medjugorje. Pause. Ich werde Ihnen ein Zimmer besorgen, sagte Renker dann. Sie können gleich morgen wieder zurückfahren. Die Spesen ersetze ich Ihnen selbstverständlich! Irmela antwortete nicht.

Die Soldaten des Statthalters führten Jesus ins Prätorium und riefen dort die ganze Kohorte zusammen.

Die Strecke schien endlos. Irmela schlief, hing zusammengesunken im Gurt, die Tasche war ihr aus der Hand gefallen.

Sie zogen Jesus die Kleider aus und legten ihm einen scharlachroten Mantel um.

Renker kurbelte das Seitenfenster ein Stück herunter, ließ sich den Fahrtwind ins Gesicht blasen. Leipzig, las er, Dessau, die Schlaglöcher in der Fahrbahn ausgebessert, war er so oft gefahren. Als wär's ein anderer gewesen. Kaum Verkehr, gesichtslos die schwarzen Scheiben der überholenden Autos. Potsdam, eine Ewigkeit später. Rot endlich der Himmel am Ende der Straße, plötzlich Autos wie Pilze aus dem Boden, Straßenlampen, lauffeuergelb, zogen ihn in die Stadt: Berlin.

Die Soldaten flochten eine Krone aus Dornen, setzten sie Jesus aufs Haupt, drückten ihm ein Rohr in die rechte Hand, fielen vor ihm auf die Knie und verhöhnten ihn: Sei gegrüßt, König der Juden!

Und dann näherte sich Renker seinem ehemaligen Haus, lag am Weg. Er bremste, fuhr an die linke Straßenseite, direkt vor das Haus, hielt für einen Moment. Herzklopfen, sah durch die Seitenscheibe. Sternenlos der frühe Morgenhimmel über der dunklen Dachmansarde. Hatte sich alles verschoben, neue Welt: Der Vorgarten war weg, der Zaun, alles mit Steinplatten ausgelegt, in der Nachbarschaft neue Bauten, unzählige große Autos davor, Straßenmarkierungen. Sind wir da?, hörte er Irmela neben sich. Ich war noch nie in Berlin! Wir fahren gleich weiter, sagte Renker, ohne sich ihr zuzuwenden. Keine Werbung, stand groß neben der Glocke. Direkt vor Renker auf einer grünen Stange die Postbox, hatte er noch selbst montiert, Geschenk von Armin, stammte angeblich aus den Staaten. Gratovsky stand auf dem Namensschild.

Die Soldaten spien Jesus an, nahmen das Rohr und schlugen es ihm aufs Haupt. Als sie so ihren Spott getrieben hatten, zogen sie ihm den Mantel aus, legten ihm seine eigenen Kleider wieder an und führten ihn zur Kreuzigung.

Gratovsky. Renker stierte auf das Schild, Gedanken wirr im Kopf: Sanddünen vor Warnemünde, der Weg zur Pferdekoppel. Ich kenne Sie aus dem Fernsehen, hatte Gratovsky gesagt. Ach, *Sie* sind das! Immer der gleiche Scherz. Möwenschreie, Adrienne war ohne Sattel geritten, Zirkuskind. Plötzlich riss er die Autotür auf, hob sich auf den Gehsteig hinaus, wie betäubt, wieso Gratovsky? Zufall. Es gibt keine Zufälle, war Delf überzeugt gewesen. Renker spürte seine Beine nicht, übernachtig, stolperte zur Eingangstür, hörte, wie Irmela hinter ihm ausstieg. Wer wohnt hier?, fragte sie leise. Renker antwortete nicht, trockener Mund, klebte ihm die Zunge am Gaumen.

Als sie hinauszogen, trafen sie einen Mann aus Kyrene namens Simon. Diesen zwangen sie, das Kreuz zu tragen.

Lange stand Renker vor der Tür, hörte nur seinen eigenen, keuchenden Atem, fernen Autolärm, wusste nicht, was er denken sollte, hätte ihm Daniela doch nie angetan, durfte nicht wahr sein, es konnte doch keine Verbindung zwischen den beiden geben. Irmela hinter ihm: Wer wohnt hier? Presste schließlich den Finger auf den Klingelknopf, inshallah, schloss die Augen, hörte, wie das Schrillen durch die Stille schnitt, ließ die Hand wieder sinken. Wusste selbst nicht, warum er das tat, Schwachsinn, kannte er Daniela doch, hätte ihn nie diesen Schweinen ausgeliefert, aus Rache, gekränkter Eitelkeit, oder was sollte es sonst sein? Sie wusste doch, dass er nicht. Unsinn. Sie sollten wieder fahren, was wollte er hier noch? Nichts passierte.

Als sie an einen Ort kamen, der Golgotha hieß, das ist Schädelstätte, gaben die Soldaten Jesus Wein zu trinken, der mit Galle vermischt war. Er kostete davon, wollte aber nicht trinken.

Kühle Morgenluft, Schweiß auf der Stirn, war es nicht viel später am Morgen, als sie Renker damals aus dem Bett geworfen hatten: Stecktuch und polierte Schuhe. Ziehen Sie sich etwas über, hatte der mit dem Seitenscheitel gesagt. Als wär's gestern gewesen, Kreislauf der Zeit. Wo ist Ihr Arbeitszimmer? Hatten sich wie selbstverständlich durch die Zimmer bewegt. Abschaum wie ihn behandelt man so. Wieso meldete sich niemand?

Als die Soldaten Jesus gekreuzigt hatten, verteilten sie seine Kleider durch das Los. Sie setzten sich nieder und bewachten ihn.

Renker läutete ein zweites Mal, schlug gegen die Tür. Ist es nicht noch sehr früh?, hörte er Irmela fragen. Einer der beiden hatte Danielas Krimi aus München von der Anrichte genommen, sah Renker noch vor sich. Den zweiten Band hatte Daniela mitgenommen. Schlurfende Schritte im Haus, eine heisere Männerstimme hinter der Tür: Wer ist da? Renker läutete ein drittes Mal. Was tun Sie da?, flüsterte Irmela aufgeregt.

Über dem Haupt Jesu hatten die Soldaten eine Inschrift angebracht, die seine Schuld ausdrücken sollte: Jesus, König der Juden.

Sperrgeräusche, unterdrücktes Fluchen von drinnen, Quietschen der Angeln.

Zwei Räuber wurden mit Jesus gekreuzigt, der eine zu seiner Rechten, der andere zu seiner Linken.

Gratovsky stand in der Tür, war er's doch, eine Welt zerbrach. Morgenmantel, Wut im zerknitterten Gesicht, alt geworden. Hauptabteilung IX Hohenschönhausen, hatte Adrienne damals über ihn erzählt. Sei für Untersuchungen zuständig gewesen, wenn sich Renker richtig erinnerte. Die Augen zusammengekniffen, sichtlich aus dem Bett geworfen. Sind Sie verückt? Bellende, heisere Stimme.

Wissen Sie, wie spät es ist? Funkelte ihn an, Irmela, wieder ihn, als hätte er ihn nie gesehen, war's auf der Strandpromenade damals ein anderer gewesen, Fernsehlaffe: wiegende Zuschauerreihen, Blumenkugeln, „Wie weit ist es bis ans Ende dieser Welt?" Trugbild Renker heute, vergangenheitslos der Erde entstiegen, unrasiert noch vom Vortag, toter Mensch, den Knast ins Gehirn gebrannt. Für Gratovsky irgendein Idiot mit besoffener Freundin, Klingelputz, kannte man doch, hatte man als Kind schließlich auch gemacht. Renker spürte Tränen in die Augen schießen, wünschte sich, ihn nie gesehen zu haben, schob Gratovsky beiseite, betrat wie im Traum das Haus. Was fällt Ihnen ein?, hörte er hinter sich, beachtete Gratovsky nicht, ging ins Wohnzimmer weiter, sein Zimmer, jeder Schritt ein halbes Leben, Nadeln im Gehirn. Auf einem Tischchen neben der Tür zum Schlafzimmer die Messinglampe von seiner Mutter, die Tränen liefen ihm über die Wangen, protzige, neue Einrichtung, geschmacklos, hätte Daniela mehr zugetraut, großflächige Bilder hinter Glas an den Wänden, gegenstandslose Grellfarben. Verschwinden Sie!, hörte er Gratovsky rufen, ausladende Ledergarnitur, schwere Teppiche, Daniela hatte immer schon Teppiche geliebt. Raus!

Die Vorübergehenden höhnten Jesus, schüttelten die Köpfe, riefen: Du wolltest doch den Tempel niederreißen und in drei Tagen wieder aufbauen! Hilf dir selbst!

Gratovsky schäumte vor Wut: Verlassen sie auf der Stelle das Haus! Packte ihn am Ärmel, versuchte, ihn zur Tür zurückzuzerren. Ob es er selbst war, den Daniela angerufen hatte? Mein Mann bringt Menschen über die Grenze! Hatte ihn doch kaum gekannt. Oder doch?

Wenn du Gottes Sohn bist, riefen die Menschen, steig vom Kreuz herab!

Lüften Sie nie?, hatte der mit dem Seitenscheitel damals gefragt, die Brokatvorhänge vor den Fenstern zur Seite gerissen. Oder der andere der beiden, wusste Renker nicht mehr genau, der Typ hatte ihm die Gabel vom Telefon niedergedrückt: Wir telefonieren jetzt nicht! Als wär's eben gewesen, Albträume verjähren nicht.

In gleicher Weise spotteten auch die Hohepriester, Schriftgelehrten und Ältesten. Sie sagten: Anderen hat er geholfen, sich selbst kann er nicht helfen. Ist er der König Israels, so steige er nun vom Kreuz. Dann wollen wir ihm glauben.

Renker riss sich frei: Rühren Sie mich nicht an! Stolperte, fing sich am Tisch. Raimund!, hörte er Irmela rufen. So kommen Sie doch! Erstickte regelrecht an der Vorstellung, jahrelang nichts begriffen zu haben, als sich plötzlich die Tür vor ihm öffnete. Daniela, eine Ewigkeit nur Erinnerung, prallte zurück, weißer Morgenmantel, Lockenwickler, Brille. Hatte sie noch nie mit Brille gesehen. Sie rang offensichtlich nach Worten, ihr Gesicht spiegelte die Jahre, viele feine Falten um die Augen, der Mund war härter geworden.

Er hat Gott vertraut, riefen die Hohepriester, Schriftgelehrten und Ältesten. Der soll ihm jetzt helfen, wenn er ihn liebt! Hat er nicht gesagt, er sei der Sohn Gottes?

Renker schloss die Augen, hatte das Gefühl, als weiche alles Blut aus seinem Kopf. Den Morgenmantel hatte er ihr seinerzeit aus Wien mitgebracht, teure Marke, Kärntnerstraße, hätte man damals in ganz Deutschland nicht bekommen. Ich hol die Polizei, hörte er Gratovsky rufen, presste das Kinn an seine Brust. Hatte damals das Paket mit dem Morgenmantel neben einem Strauß Tulpen auf die Anrichte gelegt. Überraschung! Die Anrichte hatte dann einer dieser beiden Typen durchwühlt, Daniela hatte alles gewusst.

Ebenso schmähten Jesus auch die Räuber, die mit ihm gekreuzigt waren.

Alles zu viel. Er hörte Gratovsky das Telefon abheben, wählen, und Daniela sagte kein Wort. Die Stille schrie in Renkers Ohren, Funkenflug, weißblendend, waren die Geister der nachtlosen Träume lautlos eingefallen, die Augen eingedrückt, alles zu klebrigem Schleim verkommen. Warum hebt dort keiner ab?, hörte er Gratovsky schimpfen. Wegelang mitgezogene Illusion, Geliebte und Schreckgespenst, durch die Finger geronnen wie Sand, waren die Jahre nur Zahlen im Kalender, der Wunsch, zu glauben, nur ein blödes Kindergedicht gewesen. Idiot!

Von der sechsten Stunde an fiel eine Finsternis über das ganze Land bis zur neunten Stunde.

Renker sprang Daniela an, krallte sich in ihren Hals, stürzte über sie zu Boden, allgemeines Geschrei, Daniela schlug um sich, trat nach ihm, als Renker plötzlich einen harten Schlag auf den Hinterkopf spürte, splitternd, als spränge seine Schädeldecke auseinander, über Daniela zusammensackte. Schwarz vor Augen, alles um ihn wich zurück, fiel ins Dunkel. Er spürte noch, wie er auf den Rücken glitt, ins Leere griff, mit offenen Augen die Finsternis nicht zu durchdringen vermochte, gellte von Ferne der dumpfe Schlag durch seinen Kopf, wieder und immer wieder, plötzlich irgendwo ungarisches Stimmgewirr, klebte die Hitze ihm das Gewand an den Leib. Harry wieder aufgewacht, Horrorvision, das Schlafmittel zu schwach gewesen, hatte es sich noch gedacht, kannte es ja, Faustan hieß das Zeug. Hatte nichts sagen wollen, für ein Kind sicher stärker. Rundum Finsternis, Schläge auf den Kofferraumdeckel: Zöllner mit Eisenstangen, kannte Renker vom Grenzübergang Hof, hörte, wie Harry leise zu weinen begann, der kleine Kopf dicht vor seinem Gesicht, griff ihn hektisch ab, die Haare, seinen Mund, kein Wort. Panik, hatte er nie so erlebt, selbst die dunkelsten Momente im Knast, aus dem Gehirn gedrängt, zugeschüttet, waren immer nur er selbst gewesen, hatte sich mehrmals gewünscht, es wäre endlich vorbei. Aber jetzt war Harry da. Kinder ertappter Republikflüchtlinge würden zur Adoption freigegeben, hatte Karin einmal erzählt.

Um die neunte Stunde schrie Jesus mit lauter Stimme: Eli, Eli, lama sabachthani? Das ist: Mein Gott, mein Gott, warum hast du mich verlassen?

Renker presste mit aller Kraft seine Hand auf Harrys Mund, seine Nase, drückte ihn mit dem anderen Arm an sich, hielt mit ihm den Atem an, endlos, bis er das Gefühl hatte, die Adern an den Schläfen platzten, hatte nie beten gelernt.

Einige von den Umstehenden, die Jesus hörten, sagten: Er ruft Elias!

Ein Rucken durch das Fahrzeug, Motorlärm, erneut Rufe, fühlte Renker, wie das Wrack mehrmals niedergedrückt wurde, sich auf den Federbeinen wieder aufrichtete, endlos, irgendjemand ums Auto herum, ein Zweiter, Räuspern, unverständliche Worte, Renker presste Harry an sich, ließ ihn nicht los. Unendliche Angst.

Sofort lief einer der Umstehenden hin, nahm einen Schwamm, tränkte ihn mit Essig, steckte ihn auf ein Rohr und wollte Jesus trinken lassen.

Hochziehen des Motors, Anfahren, hörte Renker die Zollbeamten vom Fahrzeug springen. Ächzen der Federung. Schweißüberströmt, keuchend der Atem, konnte ihn niemand mehr hören, der Lärm zu groß. Überstanden, alle Träume aufgegangen? Konnte es noch nicht glauben, und schien es doch wahr geworden zu sein. Zerriss Renkers Seele fast, noch zu früh, erst aus der Gefahrenzone kommen. Gelobtes Land draußen, die Straßen besser, spürte er schon auf den ersten Metern, natürlich. Fühlte man, ohne hinzusehen. Löste vorsichtig die Hand von Harrys Mund, streichelte das Kind, seine Hand zitterte. So etwas wie Glück.

Andere Umstehende wiederum sagten: Lass ab, wir wollen sehen, ob Elias kommt, ihn zu retten!

Harry, flüsterte Renker dem Kind ins Ohr, streichelte ihn, strich ihm die nassen Haare aus dem Gesicht, küsste ihn ab, immer und immer wieder, redete auf ihn ein, die Gefahr ist endgültig vorbei, hörst du? Kannst du noch nicht verstehen! Warte nur! Konnte in der Dunkelheit sein Gesicht nicht sehen. Wenn du einmal groß bist, lachte er, war der Motor so laut, werde ich dir alles erzählen, hörst du? Hörst du, Harry?

Jesus schrie nochmals mit lauter Stimme und gab dann seinen Geist auf.

Harry! Hielt sein Ohr an Harrys Mund, starrte durch die Finsternis, hörte nichts außer dem Rollen des Diesels, schüttelte den Buben, drückte sein Ohr abermals gegen sein Gesicht, nichts. Fuhr auf, prallte mit dem Kopf hart gegen den Kofferraumdeckel, spürte nichts, drehte den kleinen Körper hastig um, konnte sich in dieser verdammten Enge kaum bewegen, schüttelte Harry, presste schließlich den Mund auf seine Lippen, blies ihm seinen Atem in den Mund, setzte ab, schrie ihn an, versuchte es ein weiteres Mal, immer wieder, minutenlang, hatte sich nie dafür interessiert, machte vielleicht etwas falsch, Herrgott hilf mir doch! Lauschte wieder, begann zu heulen, schrie, schlug wie verrückt gegen das Blech über ihm, anhalten! Niemand hörte ihn.

Und siehe, der Vorhang des Tempels zerriss von oben bis unten in zwei Teile, die Erde erbebte und die Felsen barsten.

Stehenbleiben!, schrie Renker, hörte, wie sich seine Stimme überschlug. Harry bewegungslos in seinem Arm, tastete Renker ihn immer wieder fieberhaft ab.

Gräber taten sich auf, und viele Leiber entschlafener Heiliger standen auf, kamen nach seiner Auferstehung aus den Gräbern, gingen in die heilige Stadt hinein und erschienen vielen.

Irgendwann hielt der Abschleppwagen. Stunden, schien es Renker. Die Stimme eines der beiden Männer von draußen: Was ist los? Lasst uns sofort heraus!, schrie Renker, heiser, fast keine Stimme mehr. Wieso? Lasst mich heraus!, rief Renker erneut, völlig fertig, hörte sie diskutieren. Eine Minute! Der Wagen fuhr wieder an, schlechte Straße, Renker stürzte von einer Seite auf die andere, alles egal, versuchte nur, Harry mit seinem Körper zu schützen, tränenüberströmt, konnte nicht mehr denken.

Als der Hauptmann und seine Leute, die Jesus bewacht hatten, das Erdbeben und all die anderen Ereignisse bemerkten, gerieten sie in große Furcht und riefen: Wahrhaftig, dieser war Gottes Sohn!

Das Fahrzeug hielt erneut, der Motor wurde abgestellt. Stimmen, Poltern, das zischende Geräusch eines Schweißgeräts, ohrenbetäubendes Hämmern, dann hob sich der Deckel, Licht strömte herein, Renker duckte sich darunter. Harry hatte die Augen halb geöffnet, seine Arme hingen nach hinten.

Es waren auch viele Frauen, die von Weitem zuschauten. Sie waren Jesus von Galiläa gefolgt und hatten ihm manche Dienste geleistet. Unter ihnen befanden sich auch Maria von Magdala und Maria, die Mutter des Jakobus und des Joseph, sowie die Mutter des Zebedäus.

Die beiden Männer draußen starrten auf Harry. Renker erhob sich wortlos, fühlte nichts. Stieg mit dem Kind in den Armen wackelig aus dem Kofferraum, bückte sich noch nach Huhu, kroch von der Laderampe. Waldlichtung, Laubbäume um ihn, Birken, weiße Stämme, Farne aus dem Boden. Ich muss zu einem Arzt, sagte er heiser, wollte Harry nicht mehr ansehen.

Gegen Abend kam ein reicher Mann von Arimathäa, namens Joseph, der auch ein Jünger Jesu geworden war. Er ging zu Pilatus und bat um die Leiche Jesu. Und Pilatus befahl, dass sie ihm übergeben würde.

Die beiden Männer standen unschlüssig vor Renker, tauschten wortlos Blicke, dann wich der eine langsam zurück, sprang plötzlich hastig in den Laster, startete, rief etwas, der andere zögerte kurz, kletterte dann auf der anderen Seite ins Fahrzeug. Die Staubwolke hinter dem Laster verflüchtigte sich erst nach einiger Zeit.

Joseph nahm den Leichnam, wickelte ihn in reine Leinwand und legte ihn in ein neues Grab, das er für sich in den Felsen hatte hauen lassen. Dann wälzte er einen großen Stein vor den Eingang und ging weg.

Renker versuchte erst gar nicht, dem Abschleppfahrzeug nachzulaufen, stand auf dem sandigen Boden, Harry in den Armen, die Freiheit unter den Füßen. Das Rollen des schweren Diesels verebbte, irgendwann noch einmal ein letztes Aufheulen, um dann völlig im Gezwitscher der Vögel in den lichten Zweigen, dem Zirpen der Grillen zu versinken. Renker stand einige Zeit bewegungslos, stolperte dann den Weg hinunter.

Es waren daselbst Maria von Magdala und die andere Maria, die dem Grab gegenüber saßen.

Hab keine Angst, sagte er zu Harry, legte ihm Huhu auf die Brust, Harrys kleine Hand darüber, rutschte immer wieder runter. Wandte sich um, irgendwo hinter den Bäumen war Ungarn.

Am darauffolgenden Tag, also am Tag nach dem Rüsttag, versammelten sich die Hohepriester und Pharisäer bei Pilatus und sprachen: Herr, wir erinnern uns, dass jener Betrüger, als er noch lebte, behauptete, nach drei Tagen wieder auferstehen zu wollen.

Der Himmel über Renker war gebrochen, hatte begonnen, sich rötlich zu färben, dunkel und lang die schlanken Schatten der Birken über dem staubigen Weg, jeder Schritt im weichen Sand wie auf einem Seidenteppich, gleißend die letzten Strahlen der Sonne in den Augen.

Gib also Befehl, sagten die Hohepriester und Pharisäer, dass das Grab bis zum dritten Tag bewacht wird. Sonst könnten seine Jünger hingehen, ihn stehlen und dann dem Volk erklären: Er ist von den Toten auferstanden. Dann wäre der letzte Betrug schlimmer als der erste!

Ich muss dir ja noch die Geschichte vom Maulwurf erzählen, sagte Renker zu Harry, hatte fast keine Stimme mehr. Langsam ging er den Weg weiter, konnte durch die weißen Stämme der Birken eine befahrene Querstraße unten am Rande des Wäldchens sehen. Ist auch garantiert erfunden, sagt er.

Und Pilatus sprach zu den Hohepriestern und Pharisäern: Ihr sollt eine Wache haben. Geht hin und bewacht das Grab, so gut ihr könnt! Da gingen sie hin, sicherten das Grab, versiegelten den Stein und stellten eine Wachmannschaft auf.

In einer großen Wiese mit vielen Blumen lebte ein Maulwurf, begann Renker. Unten in der Erde. Gesehen hatte ihn noch niemand, weil er nie aus seinem Bau herauskam, höchstens in der Nacht, wenn keine Sonne schien, und auch dann nur ganz kurz. Und er war fast blind, weil alle Maulwürfe fast blind sind. Dafür hatte er ein gutes Gehör und eine feine Nase. Seine Mutter hatte ihm an langen Winterabenden von der Sonne erzählt, sagte Renker, dass sie groß sei und rund, und das Fell ganz warm mache, viel, viel stärker als die Erde im Sommer, und dass ihr das alles ihre Mutter erzählt habe, weil die Mutter von ihrer Mutter wiederum hätte angeblich einmal die Sonne selbst gesehen. So träumte der Maulwurf von der Sonne, Tag für Tag, Woche für Woche, sein ganzes, kleines Maulwurfleben lang. Besonders im Winter, wenn die Erde um ihn hart und kalt wurde, träumte er von der Wärme der Sonne, wie sie seine Mutter beschrieben hatte, und es wurde ihm vor lauter Träumen ganz warm ums Herz. Doch viel Zeit zum Träumen hatte er nicht, zu viel Arbeit war zu erledigen: jede Nacht fast hundert Meter weit graben, Regenwürmer fangen, Insektenlarven und Mäuse, so ein Maulwurf frisst jeden Tag so viel, wie er wiegt, hast du das gewusst?

Renker war am Rand der Querstraße angelangt, drückte mit einer Hand Harry an sich, streckte die andere aus, aber keines der vorbeifahrenden Autos hielt.

Eines Tages, erzählte Renker dabei weiter, als der Winter besonders kalt war, nahm der Maulwurf schließlich all seinen Mut zusammen und grub sich mit seinen großen Schaufelhänden bis hinauf an die Oberfläche. Das war sehr anstrengend, doch endlich schaffte er es und kroch aus dem Maulwurfshügel hinaus auf die Wiese. Das erste Mal in seinem Leben fühlte er die Sonne auf seinem seidigen Fell, so warm wie noch nie, und er schaffte es nicht, seine kleinen Augen zu öffnen, so sehr blendete ihn die Sonne. Daher konnte er auch den Bauern nicht sehen, der neben ihm gerade Löcher für Zaunpfosten in die Erde grub, einen Hut auf dem Kopf mit einer breiten Krempe gegen die Sonne.

Ein Auto verringerte seine Geschwindigkeit, rollte langsam an Renker vorbei, hielt ein paar Meter weiter am Straßenrand.

Spät am Sabbat, in der Dämmerung des ersten Wochentages, kamen Maria Magdalena und die andere Maria, um das Grab aufzusuchen. Und siehe, die Erde begann plötzlich gewaltig zu beben.

Und der Bauer, erzählte Renker weiter, holte mit der Schaufel aus und erschlug den Maulwurf.

Zwei junge Frauen stiegen aus dem Auto, kamen auf Renker zu. Ich muss mit dem Kind zu einem Arzt, sagte Renker.

Achtundzwanzigstes Tableau

Ein Engel des Herrn war vom Himmel herabgestiegen, hatte den Stein weggewälzt und sich daraufgesetzt. Sein Aussehen war leuchtend wie der Blitz und sein Gewand weiß wie Schnee. Aus Furcht vor dem Engel zitterten die Wächter und waren wie tot.

Im Fond des Autos war es eng. Renker hatte Harry auf die Bank neben sich gebettet, hielt seinen Kopf im Schoß. Geht es so?, hörte er eine der Frauen fragen. Danke, sagte Renker.

Der Engel aber wandte sich an die Frauen: Fürchtet euch nicht, ich weiß, ihr sucht Jesus, den Gekreuzigten. Er ist nicht mehr hier. Er ist auferstanden, wie er verheißen hat. Kommt und seht den Ort, wo er gelegen ist.

Draußen vor der staubigen Seitenscheibe des Autos versank die weite Ebene langsam in der aufblühenden Nacht, Grüppchen von Häusern, furchtsam in den Boden geduckt, die schmalen Bänder der Wege zwischen den Feldern.

Und der Engel sprach: Eilt hin und sagt den Jüngern: Er ist auferstanden von den Toten und geht euch voraus nach Galiläa. Dort werdet ihr ihn wiedersehen. Siehe, ich habe es euch gesagt! Und sie gingen eilends vom Grab weg, liefen voller Furcht, aber auch in großer Freude, den Jüngern die Botschaft zu überbringen.

Es ist nicht mehr weit, sagte die Frau am Beifahrersitz, trug eine Brille mit blauem Rahmen.

Als Maria Magdalena und die andere Maria aber hingingen, den Jüngern zu verkünden, siehe, da kam Jesus ihnen entgegen und sprach: Seid gegrüßt! Sie traten auf ihn zu, umfassten seine Füße und warfen sich vor ihm nieder. Und er sprach zu den Frauen: Fürchtet euch nicht, geht hin und verkündet meinen Brüdern, sie sollen nach Galiläa gehen, dort werden sie mich wiedersehen.

Ist es Ihr Sohn?, fragte die junge Frau am Steuer. Ja, mein Sohn, sagte Renker.

Die elf Jünger gingen nach Galiläa, an den Berg, wohin sie Jesus beschieden hatte. Als sie ihn erblickten, warfen sie sich vor ihm nieder, einige aber hegten Zweifel. Da trat Jesus auf sie zu und sprach: Mir ist alle Gewalt gegeben, im Himmel und auf Erden. Darum geht hin und macht alle Völker zu Jüngern. Tauft sie im Namen des Vaters, des Sohnes und des heiligen Geistes. Lehrt sie, alles zu bewahren, was ich euch geboten habe. Und siehe, ich bin bei euch alle Tage bis ans Ende der Welt.

Sechs Jahre danach

Es war einer der Spätwintertage, an denen das noch nicht angekommene Frühjahr erste dunkle Linien des Schmelzwassers unter den Rostlöchern der Dachrinnen über die Häuserfassaden goss, als Renker erneut die überheizte Stube des Münchners Gasthofes betrat. Genau wie am Vortag. Ist heute nicht da, hatte ihm der Wirt gestern mitgeteilt, freier Tag. Kommen Sie morgen wieder! Ab zehn Uhr. Und Renker war wieder gegangen, scheinbar erleichtert, sich dem doch nicht aussetzen zu müssen, wofür er extra nach München gefahren war. Noch nicht aussetzen zu müssen, als hätte er genau darauf gehofft.

Michael fiel ihm ein, schmächtiges Männlein, über zwei Jahre Zellengenosse, Wiener Straflandesgericht, im Volksmund Landl, ehemaliger Zahnarzt, saß dort wegen schweren Betrugs ein. Erzählte Renker, wie ihm als frischgebackenem Arzt gleich am ersten Tag die gesamte Elektrik ausgefallen war. Es täte ihm leid, habe er seinen ersten wartenden Patienten verkündet, in der Gewissheit, alle damit zu vergraulen. Doch sie seien freudig aufgesprungen, erzählte Michael, als hätten sie nur auf das erlösende Wort gewartet. Kein Problem! Kommen gern ein anderes Mal!

Die Adresse hatte er von Yvonnes Mutter. Diese hatte ihn ein einziges Mal im Gefängnis besucht, sichtbar teures Kopftuch, Hosenanzug, Sonnenbrille, die sie nicht abnahm. War der einzige Besuch, den Renker in den ganzen fünf Jahren bekommen hatte. Kein Werner, kein Gettinger, Seewald, niemand, Renker konnte es ihnen ja auch nachfühlen. Und Yvonnes Mutter war auch erst kurz vor seiner Entlassung erschienen, angeblich nicht aus dem Bedürfnis heraus, ihn endlich auch persönlich kennenzulernen, sondern nur, um ihm zu erklären, die fünftausend D-Mark, die er ihr noch schulde, nicht zurückhaben zu wollen, er möge das Geld Yvonne geben. Woher sie wusste, dass er wegen Totschlags einsaß, hat er nie erfahren. Sicher hatte damals irgendein Schmierblatt über die Geschichte berichtet.

Er hatte das Geld nicht. Woher auch? Auch nicht, als er zum zweiten Mal die Münchner Gaststube betrat, mit dem gleichen flauen Gefühl im Magen wie damals, als er Yvonne das erste Mal nach seiner Berliner Haft wiedersehen sollte, in dem kleinen Blumenladen, nicht weit von ihrer Wohnung.

Yvonne stand hinter der Theke, Renker abgewandt, stellte Gläser aus dem Spüler ins Regal an der Rückwand. Grauer Nachwuchs ihrer offensichtlich schwarz gefärbten, schulterlangen Haare, magere Figur, die Bänder der weißen Schürze am Rücken zur Schlaufe gebunden.

Die Eingangstür quietschte beim Schließen. Morgen, sagte Yvonne, ohne sich umzusehen. Morgen, sagte Renker heiser. An der Stimme erkannte sie ihn offensichtlich nicht.

Zwei Tische waren besetzt, mit jeweils einem älteren Mann, stumm alle beide vor fast leeren Bierkrügen, einer mit Zigarette, beobachteten Renker, wie er nicht recht wusste, wie er sich verhalten sollte. Hatte sich schon vor Wochen davor gefürchtet, eine Zeitlang mit dem Gedanken gespielt, Yvonne doch nie wiedersehen zu wollen, das Geld hätte er ohnehin niemals aufbringen können. Hatte sie das letzte Mal vor vielen Jahren, noch bei einem der Polizeiverhöre zu Harrys Tod durch eine Scheibe im Vernehmungsraum gesehen, sie aber ihn nicht. Dass sie ihn in der betreuten Wohngemeinschaft nicht finden würde oder wollte, konnte er annehmen. Aber danach im Landl hatte er immer wieder Phasen, in denen er fürchtete, sie würde kommen, so wie ihre Mutter ihn später ja auch gefunden hatte, ihn fragen, was er selbst sich nächtelang nicht beantworten konnte, aber sie kam nicht, und in diesen Zeiten, die wie Gespenster regelmäßig wiederkamen, war ihm jede vergangene Besuchszeit Erleichterung und eine nächste lange Nacht zugleich.

Er knöpfte seinen Mantel nur auf, setzte sich an einen Tisch im Eck vor einem der Fenster. Es roch nach Rauch. Hatte Renker im Gefängnis aufgegeben, endgültig, fiel ihm schwer genug, wäre aber da drin zu teuer gekommen, bereute es einmal mehr.

Als Yvonne sich umdrehte, sah sie ihm direkt ihn die Augen. Im Radio sang eine der namenlosen Hüpfdohlen, wie Delf sie genannt hätte, austauschbare Kompositionen, Texte vom Fließband, aber angeblich immer noch besser als Stille. Jahrhundertelang hatte niemand ständig Musik gebraucht, und Renker musste sich auch erst wieder dran gewöhnen, Haftanstalten sind keine Gaststuben. Eine Ewigkeit lang bewegte Yvonne sich nicht.

Einmal noch!, hob der Mann mit der Zigarette sein leeres Glas hoch, breiter bairischer Dialekt. Yvonne nickte, drehte sich wieder um, hob ein Glas aus dem Regal, hielt es schräg an den Zapfhahn, wartete, goss nach, wartete nochmals, vermied es dabei aufzuschauen, hatte den Kopf eingezogen, als wollte jemand sie schlagen. Aus dem Radio Verkehrsnachrichten, Stau nach einem Unfall auf einer der Autobahnen, zwei Fahrbahnen gesperrt, wegen Aufräumarbeiten muss mit längerer Verzögerung gerechnet werden. Eine Uhr über der Theke schlug an, zehn Uhr dreißig. Um die Zeit hatte er, als er das letzte Mal in München war, noch geschlafen. Schon sehr lange her, Bilder im Kopf wie von einem anderen Planeten. Yvonne trug den Glaskrug an den Tisch des Mannes. Prost! Danke, sagte der Mann, drückte seine Zigarette aus.

Langsam kam Yvonne näher, blieb vor Renker stehen. Was kann ich dir bringen?, fragte sie mit verhaltener Stimme. Auch eine Halbe, sagte Renker, atmete durch, als Yvonne wortlos wieder ging, als hätte er eben eine ganze Rede gehalten, und Yvonne wirkte, als wüsste sie plötzlich nicht mehr genau, wo der Tresen war, putzte erst mit einem Lappen die Platte, hob endlich das nächste Glas aus dem Regal, zapfte, wartete, zapfte erneut, kam langsam mit dem Glas an Renkers Tisch, stellte es vor Renker ab. Danke, sagte Renker. Stille. Magst du dich kurz zu mir setzen? Darf ich nicht. Ist doch niemand da! Und sie setzte sich mit langsamen Bewegungen ihm gegenüber, wie unter Wasser, schaute ihn wortlos an, hatte Ringe unter den Augen, Falten an den Schläfen, sah jetzt ihrer Mutter ähnlich.

Deine Mutter, fing Renker schließlich an, hat mir die Adresse gegeben. Yvonne nickte. Ich soll das Geld, sagte er, das ich ihr schulde, dir geben, sie will es nicht. Aber ich hab es nicht. Yvonne nickte wieder.

Endlos lang sagte niemand etwas. Es tut mir leid, sagte Renker schließlich, räusperte sich, unendlich leid, und Yvonne presste plötzlich die Lippen aufeinander, sprang auf, schnäuzte sich im Weglaufen, als ein ein neuer Gast kam. Yvonne von einer Sekunde auf die andere jemand anderer: Morgen! Morgen! Profi. Renker legte Geld auf den Tisch, rührte das Glas nicht an, ging wortlos, lief stundenlang kreuz und quer durch München, hatte sich ein Zimmer in einer Pension am Stadtrand genommen, kam am nächsten Tag wieder.

Du hast dein Bier nicht getrunken, sagte Yvonne leise, als sie an seinen Tisch kam. Renker nickte, und sie zapfte ihm ein neues, stellte es wortlos vor ihn auf den Tisch, trug eine andere Bluse als am Vortag, einen schmalen, silbernen Armreifen ums rechte Armgelenk. Ich weiß nicht, wo ich anfangen soll, sagte Renker. Yvonne stand ihm gegenüber. Gar nicht, sagte sie. Ich werde gleich wieder gehen, sagte Renker. Wenn ich das Geld beisammen habe ... Trink erst einmal dein Bier, unterbrach ihn Yvonne, und Renker nickte.

Langsam füllte sich die Stube, es war später als am Vortag, Renker hatte lange überlegt, ob er ein weiteres Mal kommen solle. Yvonne geschäftig, scherzte mit den Gästen, servierte Speisen. Der Chef ein klassischer Vierschröter mit Schnauzbart und Bauch wie aus dem Lexikon für Münchner Schankwirte, irgendwo hinter seinem breiten Rücken die Küche. Noch eines?, fragte Yvonne im Vorbeieilen. Bitte, sagte Renker.

Sie bot an, nach ihrem Dienstschluss um einundzwanzig Uhr sich mit Renker vor dem Lokal zu treffen. Zu viel los heute! Und Renker nahm an.

Nebeneinander gingen sie dann die dunklen Gassen entlang. Es hatte untertags eine Zeitlang leicht geregnet, während Renker in einem Café gesessen war, alle Zeitungen gelesen hatte, die er finden konnte, um nicht nachdenken zu müssen. Was willst du jetzt tun?, fragte Yvonne. Ich weiß nicht. Hast du eine Wohnung? In Wien, nickte Renker, ein Zimmer, mit einem Zweiten zusammen, bis etwas für mich allein frei wird.

Und du? Ich wohn da hinten, deutete sie hinter sich, eine kleine Wohnung, die Mieten sind hier viel zu hoch. Renker nickte. Allein? Ja, sagte sie. Kein Wort über Harry, keine Frage, wie es passieren konnte, wie er damit umginge, was er die viele Jahre über getrieben habe, nichts, er hatte sich ein Wiederaufeinandertreffen ganz anders vorgestellt. Angesagte Revolutionen finden ja angeblich nicht statt. Erwartete Vorwürfe anscheinend auch nicht. Vielleicht wusste sie ohnedies alles, über seine Zeit in der Wohngemeinschaft, seine Flucht, nachdem er Lang erledigt hatte, bis Gratovsky ihn fertigmachte, der Polizei übergab, seine Auslieferung, all die Jahre im Landl, hatte es über ihre Mutter erfahren, oder selbst herausgefunden, zufällig gehört, darüber gelesen, oder auch gar nicht, interessierte sich einfach nicht dafür, hatte genug mit sich selbst zu tun.

Hast du schon etwas gegessen?, fragte Yvonne. Nein. Komm mit! Sie kehrten in ein Pub ein, dunkel und laute Popmusik, viele Gäste an klobigen Holztischen. Im hinteren Raum des Lokals fanden sie an einem größeren Tisch mit einer Gruppe junger Leute zwei leere Eckplätze. Ist hier noch frei? Bitte! Sie setzten sich, schwiegen sich eine Weile an, bis der Kellner kam, und Renker einen Toast bestellte. Yvonne hatte schon gegessen. Und zwei Bier, sagte sie. Ihre Tischnachbarn lachten laut auf, ein junger Mann am anderen Ende des Tisches führte offensichtlich das große Wort, lässig zurückgelehnt, triumphierender Gesichtsausdruck.

Yvonne, holte Renker erneut tief Luft, beugte sich zu ihr, um sich trotz Musik und lärmender Gäste verständlich zu machen. Lass es, winkte sie ab, als wüsste sie, was kommt, legte ihre Hand auf seinen Arm. Lass es! Es ist sinnlos, möchte nicht darüber reden. Lautes Lachen. Wer hätte denn geahnt, sagte Renker, dass diese Scheißmauer fällt? Ich nicht! Ich auch nicht, sagte Yvonne. Hast du Delf noch mal getroffen? Nein. Daniela? Nur einmal, ganz kurz, sagte Renker. Dann schwiegen sie wieder, bis das Bier kam. Yvonne trank auf einen

Zug das halbe Glas leer. Hast du Kontakt mit deiner Mutter?, fragte Renker. So gut wie nicht, antwortete Yvonne. Die Musik wurde noch etwas lauter. Seit wann arbeitest du hier? Wie bitte? Seit wann du hier arbeitest! Schon ein paar Jahre, sagte Yvonne, der Anfang war hart, aber ehrlich gesagt, bin's jetzt zufrieden, wie es ist. Hätte schlimmer kommen können. Erneut eine gute Minute Schweigen. Wie bist du denn eigentlich nach uns in den Westen gelangt?, fragte Renker. Prost, sagte Yvonne, hob das Glas, trank es aus. Noch eins, rief sie dem Kellner zu. Als der Toast kam, zahlte die Runde daneben, packte zusammen, und kurz darauf war Renker mit Yvonne allein am Tisch, aß wortlos. Wo wohnst du denn?, fragte Yvonne. Pension ... weiß nicht mehr, sagte Renker mit vollem Mund, deutete hinter Yvonne: Diese Richtung irgendwo. Schön? Billig, sagte Renker. Neu angekommene Gäste fragten, ob frei wäre. Natürlich, sagte Renker, und sie setzten sich, zwei Mädchen und drei Burschen, studierten intensiv die Karte, bestellten, die Mädchen Cola und Limo. Einer der Burschen in einem hellen Sakko kannte Yvonne offensichtlich. Heute bei der Konkurrenz? Werkspionage, antwortete Yvonne, und der junge Mann lachte, unterhielt sich längere Zeit mit Yvonne über Essengehen in München und seine Vorliebe für Weißbiere. Bist du öfters hier?, fragte Renker nach einer Weile. Nein, sagte Yvonne, bin meistens zu müde für alles.

Renker trank ebenfalls noch ein zweites Bier und danach Kaffee, um nicht auf die Idee zu kommen, einen Klaren zu bestellen. War die Welt von gestern, und sollte auch dort bleiben. Die neue Gesellschaft am Tisch war weit leiser als die vorherige. Nicht lange, nachdem alle gegessen hatten, gingen auch sie wieder. Tschüss! Tschüss! Bis bald, sagte der Bursch im hellen Sakko. Fein, rief ihm Yvonne nach.

Es ist spät, meinte Renker, kramte seine Brieftasche hervor. Bleib heute bei mir, sagte Yvonne wie beiläufig. Renker sah sie an. Bist du sicher? Prost, sagte Yvonne, kippte den Rest ihres Glases.

Eine Weile sagte niemand etwas. Der Kellner kam, und Renker zahlte. Wie früher. Ich hab dir etwas mitgebracht, sagte Renker, als die Musik kurz Pause machte, anscheinend fand der Mann hinter der Bar nicht gleich die richtige Scheibe. Was?, fragte Yvonne. Huhu, sagte Renker leise, und Yvonne weinte.